⊙ 爱之焦点(张资平著)

⊙《沉沦》(郁达夫著)

⊙ 暗夜(华汉著)

⊙《冲积期化石》(张资平著)

⊙《仿吾文存》(成仿吾著)

⊙《和影子赛跑》(潘怀素译)

⊙《红纱灯》(冯乃超著)

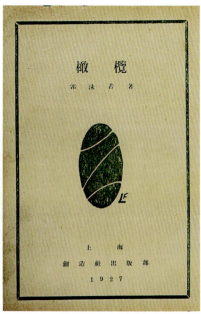

⊙《橄榄》(郭沫若著)

⊙《抗争》(郑伯奇著)

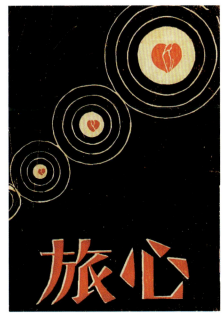

⊙《旅心》(穆木天著)

⊙《黎明之前》(龚冰庐著)

⊙《梦里的微笑》(周全平著)

⊙《蜜蜂》(穆木天译)

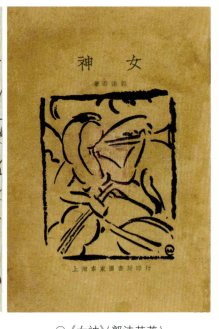

⊙《女神》(郭沫若著)

⊙《瓶》(郭沫若著)

⊙《圣母像前》(王独清著)

⊙《死前》(王独清著)

⊙《辛夷集》(创造社编)

⊙《文艺论集》(郭沫若著)

⊙《无元哲学》(朱谦之著)

⊙《玄武湖之秋》(倪贻德著)

⊙《杨贵妃之死》(王独清著)

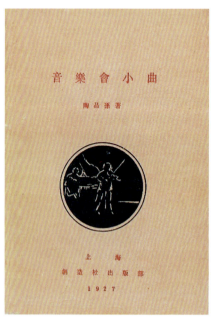

⊙《音乐会小曲》(陶晶孙著)

⊙《卷耳集》(创造社编)

⊙ 烦恼的网（周全平著）

⊙ 飞絮（张资平著）

⊙ 恢复（郭沫若著）

⊙ 灰色的鸟（成仿吾等著）

⊙ 流浪（成仿吾著）

⊙ 梅岭之春（张资平著）

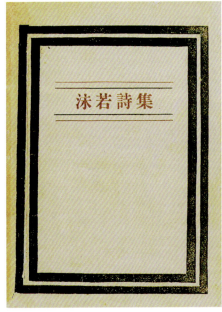

⊙ 沫若诗集（郭沫若著）

⊙ 文艺论集（郁达夫著）

浦 东 文 化 丛 书

创造社丛书
及其他

张泽贤 著

上海远东出版社

图书在版编目(CIP)数据

创造社丛书及其他/张泽贤著.—上海：上海远东出版社，2021
（浦东文化丛书）
ISBN 978 - 7 - 5476 - 1756 - 4

Ⅰ.①创…　Ⅱ.①张…　Ⅲ.①创造社—研究　Ⅳ.①I209.6

中国版本图书馆 CIP 数据核字(2021)第 203316 号

策　　划　黄政一
责任编辑　黄政一
封面设计　李　廉

浦东文化丛书
创造社丛书及其他
张泽贤　著

出　　版　上海远东出版社
　　　　　（201101　上海市闵行区号景路 159 弄 C 座）
发　　行　上海人民出版社发行中心
印　　刷　江苏凤凰数码印务有限公司
开　　本　710×1000　1/16
印　　张　36.75
插　　页　6
字　　数　720,000
版　　次　2021 年 12 月第 1 版
印　　次　2021 年 12 月第 1 次印刷
印　　数　1—700
ISBN 978 - 7 - 5476 - 1756 - 4/I · 357
定　　价　288.00 元

"浦东文化丛书"第五辑

序

　　"浦东文化丛书"已走过 15 年的历程,2020 年正值浦东开发开放 30 周年,在这个特别的年份里,"浦东文化丛书"第五辑四种书将陆续与读者见面。前四辑 17 种图书在读者当中的影响力自然不必多讲。一套文化小丛书出版至五辑 20 多种,编者的文化自信心和职业操守也自然不必多说。20 多种浦东文化图书仅仅是浦东千余年历史文化的几颗珍珠,浦东地区深厚的江南文化底蕴、亮丽的红色文化光辉、多元的海派文化胸怀,这些也自然不必多言。编者更需思考,怎样进一步多视角、多形式、多层次地去挖掘浦东地区历史文化之闪光点,把它与社会主义核心价值观结合起来,充分体现出浦东人民的伟大人文精神——这种精神将是浦东开发开放的巨大推动力。

　　有此思考而后付诸行动,编者、作者、读者三者的紧密配合与联系,使得丛书的作者队伍不断扩大,书稿主题有所深化,涉及的文化面更加宽广,读者群也就不断扩大。"浦东文化丛书"所涉及的内容主要以历史文化为主,怎样看待历史文化,怎样从历史中勾勒出有助于丰富当代人们精神生活的文化养分,进而使其成为推动社会发展的文化软实力之一分子,这份责任担当并不轻松,甚至十分艰巨。历史永远被推动着向前,对历史的理解和判断也在层层叠加。拨开云雾看清历史真相,无疑需要我们提高学识修养和历史思辨能力。我们未必能把历史看得很清楚,或者说后人会对我们的认知能力提出质疑,如同我们对前人的著作有指正一样——用发展的思维看历史,显得尤为重要。

　　我们试图用一套文化丛书解读一些浦东历史人物,介绍一些浦东历史风俗,回放一些浦东历史片段,乃至挖掘出浦东历史矿藏中的珍贵资料。这一"试图",在编者的坚持中走过了 15

年。这套小丛书的读者越来越多,从发行量可以感悟到读者的支持与鼓励,看到民众了解家乡历史文化之需求。这套小丛书能有一个读者群时时关注着,那编者的"试图"已离实现不远。

历史文化生生不息,今日之诸事逐渐成为明日之历史,"浦东文化丛书"亦以亲历者的笔触记载浦东开发开放进程中的历史瞬间。这种亲历、亲见、亲闻的历史资料,对研究浦东历史文化者而言具有重要的参考价值。人民创造了历史文化,人类的历史文化如同一股奔腾不息的巨流,"浦东文化丛书"如能成为滔滔历史长河中的一朵小小浪花,那就是对编者的最大认同。

上海市浦东新区地方志办公室编辑的这一套"浦东文化丛书",秉承"存史、资政、育人"的宗旨,编者孜孜不倦,静心聚神,甘居寂寞,努力推进丛书连续不断地出版。上海远东出版社的大力支持,也是丛书能坚持出版 15 年的重要条件。"浦东文化丛书"今后的编辑任务还有很多,还需要各方的大力支持,使之有更多的浦东历史文化书籍问世。初始之步尚不远,再续历程更加鞭。

编　者

2020 年 2 月

自序

在郭沫若先生逝世 44 周年之际，我想请各位暂时抛弃直截了当的褒贬，而能树立起这样一个平和的概念：

郭沫若是中国现代著名的诗人、学者、文学家、历史学家、古文字学家、社会活动家、剧作家以及革命家，几乎可以称之为"全才"。

确实，我们无法否认，这位"全才"，在中国的现代文学史和中国近现代史的各个重大历程中，都有着惊天动地的表现，几乎超越了所有人。

而他自己却在《少年时代》一书的序中说："自己也没有什么天才。大体上是一个中等的资质，并不怎么聪明，也并不怎么愚蠢，只是时代是一个天才的时代，让我们这些平常人四处碰壁。我自己颇感觉着也就像大渡河里面的水一样，一直是在崇山峻岭中迂回曲折地流着。"这段话相当经典，几乎概括了郭沫若先生跌宕起伏、褒贬纷纭的一生：

1921 年 6 月 8 日，创造社在日本东京帝国大学第二改盛馆正式成立，这是"五四"新文学运动初期的著名文学团体，郭沫若是"旗手"，初期成员有成仿吾、郁达夫、张资平等。同年，由创造社主编的"创造社丛书"出版，第一种便是郭沫若的诗集《女神》，它以其强烈的浪漫主义气息，成为中国新诗的奠基之作，郭沫若也成了中国新诗的奠基者和新文化运动的重要"旗手"。无数的热血青年被感染，刹那间追随郭沫若，追随创造社者众！

从《女神》"凤凰涅槃"的狂飙突进、雄浑奔放，直至灵趋宇宙，魂归大地。从叱咤风云，到守拙归田园，一个文坛的巨匠，走了一条常人无法理解的路，最终在天际划出了一条清晰的弧线，留给后人的，却是说不明道不清的纠缠。

郭沫若就是纠缠，纠缠着历史，也纠缠着现实，纠缠着崇拜者，也纠缠着恶评者，更纠缠着与他有关联的所有一切：创造社、"创造社丛书"，等等。

说到这里，也便可以引入主题，否则叙述便会失去方向。

主题是什么？就是此书的书名：《创造社丛书及其他》。

这本书的书名，最初是《创造社丛书》，后改为《创造社丛书与郭沫若版本史》，后又改为《创造社丛书及郭沫若版本 1921—1949》，最终定为《创造社丛书及其他》，可以说是渐趋准确与合理。虽然只是改动了几个字词，但却隐含着不少玄机，也纠缠了我不少的思绪。有人劝我就此写两本书，把"创造社丛书"与郭沫若分开，一本是《创造社丛书》，另一本是《郭沫若版本》。想法很好，但怎么可能分开呢?!我虽然深感纠缠，但并未被纠缠所困惑："创造社丛书"，与郭沫若绝对无法分开，这就叫做"你中有我，我中有你"! 这种"纠缠"便只有用"及其他"来统而括之，意味多于言叙。

这种对我思绪的纠缠，其实极其正常。因为只要讲到创造社，讲到"创造社丛书"，没有人会同意与郭沫若脱离，郭沫若是灵魂，是"旗手"，是当年那一拨子人的精神领袖。没有郭沫若，也便没有了创造社，更没有了"创造社丛书"，就是那么简洁明了!

从目前所知，"创造社丛书"65 种，郭沫若的版本，包括 4 种与人合著合译的，在其中所占比重接近二分之一，约 25 种：《查拉图斯屈拉钞》《法网》《浮士德》《橄榄》《恢复》《卷耳集》《鲁拜集》《落叶》《沫若诗集》《沫若译诗集》《聂嫈》《女神》《瓶》《前茅》《三个叛逆的女性》《少年维特之烦恼》《水平线下》《文艺论集》《星空》《雪莱诗选》《银匣》《从文学革命到革命文学》《德国诗选》《辛夷集》《茵梦湖》。如此众多的著作列于丛书，而且大多举足轻重，尤以《女神》为最，似狂澜席卷诗坛。闻一多的评价最真切："不独喊出人人心中底热情来，而且喊出人人心中最神圣的一种热情。"而未收入"创造社丛书"的其他著作版本，如以目前所见为依据，大约有 110 多种，如加上"创造社丛书"中的版本，其数量在 130 至 140 种。因此，无论单做《创造社丛书》，还是单做《郭沫若版本》，两者必须重复收录郭沫若被列为"创造社丛书"的版本。无论从出版成本看，还是从阅读习惯看，分开做两本，绝对不是上策。所以前两种设想被推翻，而是来一个合二为一，前为"创造社丛书"，后以"及其他"统括郭沫若的版本，而且限定于 1921 年至 1949 年。建国之后郭沫若还有不少著作，都不在此列。

其实，此书"及其他"中最具"可读性"的是《创造社部分成员版本掇萃》。

之所以说它是"看点"，一者十分罕见，即便所见，也很零星，绝无如此齐整;二者至今弄不懂创造社到底有多少成员或哪些是成员，即使弄出了一个名单，也只是个模糊概念。不像文学研究会是"编号入座"，即使还有一些需"考证"，但绝大多数很清晰。仅此一点，对中国现代文学的研究者，或专门对创造社与郭沫若的研究者，也都只能含糊其辞，无法圆说，各种名称的表述多达七八种：基本成员、中期创造社成员、创造社作家、新文艺爱好者、社外作者、外围作者、编外同人、与创造社有几缕联系的作家、创造社工作人员，等等。这种种朦胧感其实相当吸引人，因此也便成了"看点"。

对于这种状况，连创造社中人也说不清楚，那是一种相当奇怪的现象。

郭沫若就曾说："我们这个小社，并没有固定的组织，我们没有章程，没有机关，也没有划一的主义。我们是由几个朋友随意合拢来的……我们也不要甚么介绍，也不经甚么评议，朋友们的优秀的作品，便是朋友超飞过时空之限的黄金翅儿，你们飞来，飞来同我们一块儿翱翔罢！"连创造社的领袖也这样说，而且说得如此散文化，可见创造社所标榜的自由性与随意性！虽然，到了1926年9月制定过《创造社社章》，但在创造社同人的那种流浪者气质及其他因素的影响下，这社章并未得到真正贯彻，呈现的仍是不受约束的松散性。

另一位创造社后期成员龚持平，即龚冰庐，也曾在《创造社的几个人》中说道："最使人弄不清楚的是创造社的人的问题。究竟那几个算创造社的同人，那几个是创造社的友人，这往往连创造社的几个主持者都弄不大清楚，原因是在于创造社自始至终不曾有过组织。"

类似这种对于创造社同人的论述，今人的也有不少，读者可以作为辅助读物从容阅读。

其实，即便弄不清楚，但对研究者言，仍有必要罗列出一个相对能够接受的名单。一些研究者已经罗列了选择这一名单的依据，我有同感，在此借用。理由有四点：其一，创造社各刊物书籍及组织机构显示出来的成员名单，如创造社出版部"总部第一届执行委员名录"、"理事名录"、"监察委员名录"、"创造社启事"等；其二，创造社同人（当事人）的相关著述；其三，同时代非当事人的记录；其四，后人对史料进行综合整理和分析取舍而写成的资料性撰述。以此四点为基准，我从繁复的资料中总共罗列了94人（估计还有遗漏），如果加上郭沫若，则为95人。在此不妨留存：

郭沫若　成仿吾　成绍宗　段可情　方光焘　冯乃超　傅克兴　龚冰庐　何畏　何道生　洪为法　黄鹏基　黄药眠　蒋光慈　敬隐渔　柯仲平　李初梨　李铁声　李一氓　林如稷　林微音　楼建南（适夷）　孟超　穆木天　倪贻德　潘汉年　潘怀素　彭康　邱韵铎　沈起予　陶晶孙　滕固　田汉　王独清　王一榴　徐葆炎　许幸之　严良才　阳翰笙（华汉）　杨邨人　杨正宗　叶鼎洛　叶灵凤　郁达夫　袁家骅　张定璜　张资平　赵伯颜　郑伯奇　周灵均　周全平　周毓英　朱镜我　朱谦之　白薇　曹石清　陈艾藜　陈攸序　戴福年　邓均吾　冯至　冯沅君（淦女士）　高世华　黄慎之　黄祥光　景云和　冷玲女士　黎锦明　李白华　李剑华　李声华　梁实秋　梁淘生　梁预人　刘梦苇　柳克述　聂绀弩　彭坚　漆树芬　苏怡　王启煦　王怡庵　王以仁　闻一多　夏敬农　徐云阡　徐祖正　许杰　许幸之　窈窈　张立村　张曼华　张牟殊　赵邦杰　赵其文

而在本书中，我选了这份名单中的30人，选择的考虑有二，其一有肖像照片，其二能以版本书影作为基本元素加以叙述（因考虑篇幅，版权页大多舍去），从此选择也可得出这样一个结论：人要"永久活着"，只有留影与著述。

正因为此，"创造社丛书"使创造社复活，郭沫若的版本又使郭沫若永生，这是谁也无法否认的事实。一旦复活和永生了,还去纠缠褒扬与恶贬有什么意义? 生命永远是飞扬的,沉淀而被埋葬的必定是死亡!

是为自序。

张泽贤

2017 年 10 月 25 日初稿

2020 年 2 月 1 日修订稿

2021 年 4 月 19 日定稿于上海浦东犬圈斋

目录

创造社丛书

郭沫若版本

创造社部分成员版本掇萃

创造社丛书

小引

创造社,是"五四"新文学运动初期的文学团体。

1921年6月8日,在日本东京帝国大学郁达夫的寓所正式宣告成立,初期主要成员大多是在日本的留学生,如郭沫若、成仿吾、郁达夫、张资平、田汉、郑伯奇等。创造社成立后的主要活动地点是在上海,两个月后的1921年8月,"创造社丛书"的第一种、郭沫若的诗作《女神》在上海出版,随后出版的是朱谦之的《革命哲学》、郁达夫的《沉沦》、张资平的《冲积期化石》等。同时,创造社主办的《创造季刊》《创造周报》等相继创刊。在"第一次国内革命战争"期间,创造社主要成员大部分倾向革命,郭沫若、成仿吾等先后参加实际的革命工作。之后,创造社又创刊了《洪水》和《创造月刊》等,在较为广阔的天地里展示着自己所向披靡的勃勃生机……

创造社的这段历史,已有较为详尽的记载,在此无须赘述,引用上述这些话,无非是想给叙述"创造社丛书"提供一个轰轰烈烈的背景氛围。

"创造社丛书"从1921年8月开始出书,直到1929年2月创造社出版部被查封,八年之间共出版图书60多种,作者遍及创造社前后期的成员。而出版者并非单一,而是由被郭沫若曾经称之为"创造社摇篮"的泰东图书局和沈松泉、卢芳创办的光华书局,以及上海创造社出版部三家承担。然而,三家机构在出书的形态上,并非单纯"承接",呈现的是"交叉"与"平行"的复杂,彼此不搭界,而又我行我素。出版的丛书有的编号标明"创造社丛书",有的则不编号,有的甚至把创造社其他丛书版本拿来重印,还明目张胆标以"创造社丛书"。另外还看到过两种标有"创造社丛书"

⊙ "创造社"出版标记

的出版机构,一是光华书局的"延续"大光书局,还有一种是"泰东"在后期出卖版本纸型而印书的大新书局……凡此种种,在"创造社丛书"的一片天地中,出现的是"昏天黑地"的混乱异常局面,与她的对手文学研究会所出版的井然有序的丛书相比,简直是天壤之别。这局面,对后世版本研究者来说,绝对是丈二和尚摸不着头脑,面对一头雾水而叹苦经。虽然有些研究版本的专业机构费尽心力整理出版了"创造社丛书"书目,但不完整与差错不绝已经是既成事实——可见,由历史造成的混乱,要由后世来匡正,那是不现实的,更何况对版本的研究,在没有或没有可能看到所有版本的前提下,要想"匡正"并还原其本来面貌,只能是一种不现实的无奈徒劳!

鉴此,笔者在介绍"创造社丛书"时,也只能以"无奈"的心情,奉献"无奈"的整理成果,这成果最大的特点是"混乱",版本形态、版本版次等处处显露出这一形态,因此只好请各位鉴谅了,也请以平常心态看待:萝卜白菜拿到篮里就是菜而已!

笔者在整理"创造社丛书"之际,前后看到过五种不同的对"创造社丛书"书目的表述(可能还有更多),为了说明起见,请各位耐心阅读以下五种由当时的参与者所列的书目。

第一种:泰东图书局出版的"创造社丛书"九种:《女神》(郭沫若著,1921 年 8 月版)《哲学革命》(朱谦之著,1921 年 9 月版)《沉沦》(郁达夫著,1921 年 10 月版)《冲积期化石》(张资平著,1922 年 2 月版)《无元哲学》(朱谦之著,1922 年 10 月版)《星空》(郭沫若著,1923 年 10 月版)《爱之焦点》(张资平著,1923 年 12 月版)《烦恼的网》(周全平著,1924 年 3 月版)《玄武湖之秋》(倪贻德著,1924 年 4 月版)。

如果说,仅此九种也许并不复杂,然而泰东图书局在创造社于 1929 年 2 月被查封后,乘人之危,盗用"创造社丛书"之名,先后把创造社原编为"世界名家小说"第一种的郭沫若、钱君胥译《茵梦湖》重印,乱印成"创造社丛书第十九种";又把原"世界名家小说"第二种的郭沫若译《少年维特之烦恼》重印,在扉页印上"创造社丛书第十种";还把原"世界名家小说"第三种的郑伯奇译《鲁森堡之一夜》重印,在扉页印上"创造社丛书",未编号;又将原"世界儿童文学选集"第三种的穆木天著《蜜蜂》重印,在扉页印上"创造社丛书第十四种";把"辛夷小丛书"第五种的郭沫若译《雪莱诗选》重印,在扉页印上"创造社丛书",未编号。以笔者和其他研究者推测,可能还有另外一些类似的丛书版本——原本一潭清水,顿时被这五种(可能更多)"自说自话"的版本搅得一片混乱。

第二种,由光华书局出版的"创造社丛书"五种:《聂嫈》(郭沫若著,1925 年 9 月版)《梦里的微笑》(周全平著,1925 年 12 月版)《文艺论集》(郭沫若著,1925 年 12 月版)《三个叛逆的女性》(郭沫若著,1926 年 4 月版)《东海之滨》(倪贻德著,1926 年 12 月版)。

在此需说明的是,前四种初版本均印有"创造社丛书"字样,但未编号,而在之后的"光华"版重印本中,均未印上"创造社丛书",弄不清是属于丛书还是不属于丛书。第五种倪贻德著《东海之滨》,虽出版了,初版本和重印本也都相继见到,好像都也未印有"创造社丛书"字样,这便有了疑问:当年《东海之滨》是否被列入"创造社丛书"?还是尚未见到印有丛书名的版本?到目前为止,已经很难断定。有关叙述,请参见相关的篇目。

另外一份光华书局"创造社丛书"书目,除发现把创造社编的《创造日汇刊》和《洪水第一卷合订》置于丛书内,还发现一种郁达夫的《文艺论集》,此书与郭沫若的《文艺论集》并列,即在"创造社丛书"中有着两种同名、异作者的著作,因此可列入丛书。

第三种,创造社出版部重新编号的"创造社丛书"30 种:

1.《落叶》(郭沫若著,1926 年 4 月版)

2.《飞絮》(张资平著,1926 年 6 月版)

3.《橄榄》(郭沫若著,1926 年 9 月版)

4.《木犀》(陶晶孙著,1926 年 6 月版)

5.《灰色的鸟》(成仿吾等著,1926 年 6 月版)

6.《冲积期化石》(张资平著,1928 年 8 月版)

7.《瓶》(郭沫若著,1927 年 4 月版)

8.《寒灰集》(郁达夫著,1927 年 6 月版)

9.《苔莉》(张资平著,1927 年 3 月版)

10.《旅心》(穆木天著,1927 年 4 月版)

11.《最后的幸福》(张资平著,1927 年 5 月版)

12.《死前》(王独清著,1927 年 8 月版)

13.《使命》(成仿吾著,1927 年 7 月版)

14.《流浪》(成仿吾著,1927 年 9 月版)

15.《杨贵妃之死》(王独清著,1927 年 9 月版)

16.《音乐会小曲》(陶晶孙著,1927 年 10 月版)

17.《鸡肋集》(郁达夫著,1927 年 10 月版)

18.《圣母像前》(王独清著,1927 年 12 月版)

19.《抗争》(郑伯奇著,1928 年 2 月版)

20.《红纱灯》(冯乃超著,1928 年 4 月版)

21.《沫若诗集》(郭沫若著,1928 年 6 月版)

22.《前茅》(郭沫若著,1928 年 2 月版)

23.《恢复》(郭沫若著,1928 年 3 月版)

24.《从文学革命到革命文学》(成仿吾、郭沫若著,1928 年 4 月版)

25.《蔻拉梭》(张资平著,1928 年 8 月版)

26.《水平线下》(郭沫若著,1928 年 5 月版)

27.(编号缺,不知有无此版本)

28.《威尼市》(王独清著,1928 年 8 月版。误编为"29")

29.《黎明之前》(龚冰庐著,1928 年 9 月版)

30.《暗夜》(华汉著,1928 年 12 月版)

需作说明的是,名为 30 种,实际因缺了第 27 种而应是 29 种。这 29 种书目,是创造社出版部成立后所编,从理论上讲应该是最具权威的书目,而且是只收创作,不收翻译作品。

第四种,创造社出版部"新的"重新编号的"创造社丛书"。说其"新的",是相对上述 30 种编号"旧的"而言,新编号的版本 41 种,是依次以著译者排序排列的,郭沫若"打头阵",其中不少版本是笔者从未听说或从未见到过的,感觉像是从土里突然冒了出来,让人吃惊不小,括号内仅标明著译者:

1.《落叶》(郭沫若)

2.《橄榄》(郭沫若)

3.《水平线下》(郭沫若)

4.《前茅》(郭沫若)

5.《恢复》(郭沫若)

6.《沫若诗集》(郭沫若)

7.《沫若译诗集》(郭沫若)

8.《查拉图斯屈拉钞》(郭沫若)

9.《瓶》(郭沫若)

10.《少年维特之烦恼》(郭沫若)

11.《银匣》(郭沫若)

12.《法网》(郭沫若)

13.《鲁拜集》(郭沫若)

14.《茵梦湖》(郭沫若)

15.《浮士德》(郭沫若)

16.《德国诗选》(郭沫若)

17.《雪莱选集》(郭沫若)

18.《使命》(成仿吾)

19.《流浪》(成仿吾)

20.《从文学革命到革命文学》(成仿吾)

21.《灰色的鸟》(成仿吾)

22.《圣母像前》(王独清)

23.《死前》(王独清)

24.《威尼市》(王独清)

25.《杨贵妃之死》(王独清)

26.《飞絮》(张资平)

27.《苔莉》(张资平)

28.《冲积期化石》(张资平)

29.《最后的幸福》(张资平)

30.《蔻拉梭》(张资平)

31.《寒灰集》(郁达夫)

32.《鸡肋集》(郁达夫)

33.《抗争》(郑伯奇)

34.《红纱灯》(冯乃超)

35.《旅心》(穆木天)

36.《商船坚决号》(穆木天)

37.《音乐会小曲》(陶晶孙)

38.《木犀》(陶晶孙)

39.《磨坊文札》(成绍宗等)

40.《黎明之前》(龚冰庐)

41.《和影子赛跑》(潘怀素,即出)

这份新书目,是在以上三种编目的前提下编成的书目,应该说这是"创造社丛书"最具"准确性"与"完整性"的。此书目曾刊载于 1928 年 10 月的《创造月刊》第二卷第三期上,此时,离创造社被封,生命走到终极只差四个月。编此书目的"创造社人"万万没有想到这份书目成为"绝唱",它绝大部分都成了"纸上谈兵",说其"谈兵",是因为不少研究者发现过其中的一些版本,如新编"第二十八种"的《冲积期化石》和第三十九种的《磨坊文札》,这说明创造社出版部曾按此编号开始重新出版,只不过因被查封戛然而止了。

创造社命运之多舛,致使她的"子女"也跟着受尽了磨难,这便是"创造社丛书"的一个必然归宿。

创造社在其一生中,除出版"创造社丛书"外,还出过"辛夷小丛书"、"世界名家小说"、"世界名著选"、"世界儿童文学选集"、"落叶丛书"、"明日小丛书"等,而当之无愧的佼佼者当属"创造社丛书"!

第五种，是笔者摘自所见"创造社丛书"版本内的书籍广告，广告分别刊登在一些版本上，广告的内容是分为 ABC 三集的"创造社丛书"，分别称之为"创造社丛书 A 集"、"创造社丛书 B 集"和"创造社丛书 C 集"，除了书籍，还把期刊也囊括了进来——这是笔者之前从未见到过的一种让人哑然的表述：

一 "创造社丛书"A 集：

创造周报汇刊(2 册)

创造季刊(全 6 册)

二 "创造社丛书"B 集(泰东版)14 种：

1.《女神》(郭沫若著)

2.《革命哲学》(朱谦之著)

3.《沉沦》(郁达夫著)

4.《冲积期化石》(张资平著)

5.《无元哲学》(朱谦之著)

6.《星空》(郭沫若著)

7.《爱之焦点》(张资平著)

8.《烦恼的网》(周全平著)

9.《玄武湖之秋》(倪贻德著)

10.《少年维特之烦恼》(郭沫若译)

11.《鲁森堡之一夜》(郑伯奇译)

12.《王尔德童话》(穆木天译)

13.《新月集》(王独清译)

14.《蜜蜂》(穆木天译)

三 "创造社丛书"C 集 6 种：

1.《辛夷集》(随笔)

2.《卷耳集》(诗歌)

3.《茑萝集》(小说)

4.《鲁拜集》(诗歌)

5.《茵梦湖》(小说)

6.《雪莱诗选》(诗歌)

在这些广告中还有一句"广告语"："创造社丛书共分三集，每集装有美丽纸匣，便于保存，零购整购均便，但零购无纸匣。"不过，到目前为止，笔者从未见到过"创造社丛书"有过什么"美丽纸匣"。看来，在刊登广告时会夸大其辞倒是可能的，但决不会当面说假话，当时有过的"美丽纸匣"，在近百年后还想留存，概率实在是太渺茫了。

至于《创造周报汇刊》(2 册)和《创造季刊》(全 6 册)，那是期刊而非书籍，怎可能也变成了"创造社丛书"？ 即便选择"宽泛"些,也不至于把期刊也"宽泛"进去吧。

"创造社丛书C集",实际是"辛夷小丛书",是创造社单独出版的一套丛书,五种,小开本,手感极好,如今已经可以称之为珍本了。在所见的版本封面、扉页和版权页上似乎未见印有"创造社丛书"字样,是创造社"内定",还是出版机构"漏印",估计谁也讲不清楚。其中的《茵梦湖》,并存"辛夷小丛书",把它与小丛书放在一起,好像很没有道理。由于所见版本零星,且所见又恰恰未印"创造社丛书"字样,故一直以为"辛夷小丛书"并非"创造社丛书",而事实确又是"创造社丛书",偶然间见到泰东图书局1932年10月十四版的《卷耳集》和1932年10月十五版的《辛夷集》,以及大新书局1935年5月十六版的《卷耳集》,在其版权页上皆印有"创造社丛书",读者可参见本书相关的篇章。真可谓眼见为实啊,见到的也便无情地颠覆了原先的推论。可见,在未见所有版次的版本前,任何推论都可能存疑!

其实,笔者真正感兴趣的是"创造社丛书"B集,即泰东图书局的版本,共14种,对照后发现,前九种与前面已介绍的"泰东"版九种相吻合,而后五种,看来只是"泰东"自说自话、盗用"创造社丛书"之名出版的版本。其中《少年维特之烦恼》(郭沫若译)《鲁森堡之一夜》(郑伯奇译)《蜜蜂》(穆木天著)三种与上相同,其余两种:《王尔德童话》(穆木天译)和《新月集》(王独清译),据笔者所知是创造社出版的"世界儿童文学选集",从未听说过是"创造社丛书"。这些"怪现象",至少说明一点:"泰东"盗印并标以"创造社丛书"者不在少数,尚未见到的这类版本还是个未知数。

各位如能耐着性子把上述所有文字都读过的话,必然会产生一个问题:那么"创造社丛书"到底有哪些版本呢? 说实话,这一问题使笔者哑然而语塞,因为"创造社丛书"本身的"不确定性",导致了书目的"不确定性"。即便弄出一个"创造社丛书"的书目,仍然是不很理想的。即便弄出来,也是一种"无奈"的选择。

笔者以最为简便的方法,把上述所有版本进行排列,从几处都提及的相同版本中取一种,最终留存的大概就是"创造社丛书"的"全目"了。

然而,这一"全目"又呈现出一种"五彩缤纷"的局面,见到的版本并非全是初版本,版次是混杂的;见到的并非同一家出版机构所出,机构的交叉重叠在所难免;见到的也许少至一种或多至五六种,数量上参差不齐……

但是,不管怎么说,搞出一份书目,总比没有书目好,那就不陋浅见,把它奉献给各位! 笔者把它称之为"统编创造社丛书书目"65种,其中有些在版本上未标明"创造社丛书",当然标明"创造社丛书"的肯定有,只不过它还藏在某处未被人发现而已。事实上也是如此,如成仿吾的《仿吾文存》就是"创造社丛书"之一,而在一些权威的研究机构出版的有关书目的资料中都是失收的,能够碰到绝对是侥幸。诸如此类,估计还有一些。

65种书目是笔者要在此书中一一介绍的:

1. 《爱之焦点》(张资平著,泰东图书局 1926 年 5 月四版、1929 年 3 月八版)

2. 《暗夜》(华汉著,创造社出版部,1928 年 12 月初版)

3. 《查拉图斯屈拉钞》(标"世界名著丛书")

4. 《沉沦》(郁达夫著,泰东图书局,1922 年 11 月三版、1927 年 3 月八版、1928 年 9 月十版)

5. 《冲积期化石》(张资平著,创造社出版部,1926 年 12 月、1927 年 9 月改订初再版;"泰东",1922 年 5 月再版、1928 年 6 月六版;大新书局,1935 年 4 月八版)

6. 《从文学革命到革命文学》(成仿吾、郭沫若合著,创造社出版部,1928 年 4 月初版)

7. 《德国诗选》(创造社出版部,1928 年 8 月再版)

8. 《法网》(郭沫若译,创造社出版部,1927 年 11 月再版)

9. 《烦恼的网》(周全平著,泰东图书局,1924 年 3 月初版、1927 年 7 月四版)

10. 《仿吾文存》(成仿吾著,创造社出版部,1928 年 11 月初版)

11. 《飞絮》(张资平著,创造社出版部,1927 年 10 月五版、1928 年 2 月六版)

12. 《浮士德》(现代书局,1928 年 2 月初版、1932 年 6 月五版)

13. 《橄榄》(郭沫若著,创造社出版部,1926 年 9 月版、1927 年 9 月三版、1928 年 5 月六版)

14. 《革命哲学》(朱谦之著,泰东图书局,1921 年 9 月初版、1927 年 4 月四版;大新书局,1935 年 4 月三版)

15. 《寒灰集》(郁达夫著,创造社出版部,1928 年 4 月三版)

16. 《和影子赛跑》(苏尔池著,潘怀素译,创造社出版部,1928 年 10 月初版,"创造社世界名著")

17. 《红纱灯》(冯乃超著,创造社出版部,1928 年 4 月初版)

18. 《灰色的鸟》(成仿吾等著,创造社出版部,1926 年 8 月初版)

19. 《恢复》(郭沫若著,创造社出版部,1928 年 3 月初版)

20. 《鸡肋集》(达夫全集第二卷,郁达夫著,创造社出版部,1927 年 10 月、1928 年 4 月初再版)

21. 《卷耳集》(郭沫若等著,泰东图书局,1923 年 10 月再版)

22. 《抗争》(郑伯奇著,创造社出版部,1928 年 2 月初版)

23. 《寇拉梭》(张资平著,创造社出版部,1928 年 8 月初版)

24. 《黎明之前》(龚冰庐著,创造社出版部,1928 年 9 月初版)

25. 《流浪》(成仿吾译,创造社出版部,1927 年 9 月初版)

26. 《鲁拜集》(波斯莪默伽亚谟著,郭沫若译,创造社出版部,1928 年 5 月四版)

27. 《鲁森堡之一夜》(古尔孟著,郑伯奇译,泰东图书局,1922 年 5 月版、1929 年 5 月四版)

28. 《旅心》(穆木天著,创造社出版部,1927 年 4 月初版、1928 年 6 月再版)

29. 《落叶》(郭沫若著,创造社出版部,1926 年 9 月三版)

30. 《梦里的微笑》(周全平著,创造社出版部,1925 年 4 月初版)

31. 《蜜蜂》(法国 Andtolo France 著,穆木天译,泰东图书局,1927 年 10 月三版)

32. 《磨坊文札》(成绍宗译,创造社出版部,1927 年 8 月再版)

33. 《沫若诗集》(郭沫若著,创造社出版部,1928 年 6 月初版)

34. 《沫若译诗集》(郭沫若译,1928 年 10 月初版)

35. 《木犀》(陶晶孙等著,创造社出版部,1926 年 6 月初版)

36. 《茑萝集》(郁达夫著,泰东图书局,1930 年 6 月六版)

37. 《聂嫈》(郭沫若著,创造社出版部,广州,1926 年 7 月再版、光华书局,1925 年 9 月初版)

38. 《女神》(郭沫若著,泰东图书局,1923 年 8 月四版、1928 年 10 月八版)

39. 《瓶》(郭沫若著,创造社出版部,1927 年 4 月初版、1928 年 11 月版)

40. 《前茅》(郭沫若著,创造社出版部,1928 年 2 月初版、1928 年 10 月再版)

41. 《三个叛逆的女性》(郭沫若著,光华书局,1927 年 6 月再版)

42. 《商船坚决号》(穆木天译,创造社出版部,1928 年 10 月初版,"创造社世界名著")

43. 《少年维特之烦恼》(歌德著,郭沫若译,泰东图书局,1927 年 11 月九版)

44. 《圣母像前》(王独清著,创造社出版部,1927 年 12 月再版)

45. 《使命》(成仿吾著,创造社出版部,1927 年 7 月初版)

46. 《水平线下》(郭沫若著,创造社出版部,1928 年 5 月初版、1929 年 3 月再版)

47. 《死前》(王独清著,创造社出版部,1927 年 8 月初版)

48. 《苔莉》(张资平著,创造社出版部,1927 年 10 月三版)

49. 《王尔德童话》(王尔德著,穆木天译,泰东图书局,1922 年 2 月版)

50. 《威尼市》(王独清著,王一榴作画,创造社出版部,1928 年 8 月初版)

51. 《文艺论集》(郭沫若著,光华书局,1927 年 3 月三版)

52. 《文艺论集》(郁达夫著,光华书局,1926 年 6 月初版)

53. 《无元哲学》(朱谦之著,泰东图书局,1922 年 10 月初版)

54. 《辛夷集》(郭沫若等著,泰东图书局,1923 年 8 月三版)

55. 《新月集》(太戈尔著,王独清译,泰东图书局,1925 年 6 月再版)

56. 《星空》(郭沫若著,泰东图书局,1923 年 10 月初版、1932 年 4 月八版)

57. 《玄武湖之秋》(倪贻德著,泰东图书局,1924 年 4 月初版、1927 年 10 月四版)

58. 《雪莱诗选》(英国雪莱著,郭沫若译,泰东图书局,1929 年 4 月四版)

59. 《杨贵妃之死》(王独清著,创造社出版部,1927 年 9 月初版)

60. 《茵梦湖》(德国施笃谟著,郭沫若、钱君胥合译,泰东图书局,1923 年 10 月

重排六版、1928 年 3 月十版、1931 年 11 月十四版)

61.《音乐会小曲》(陶晶孙著,创造社出版部,1927 年 10 月初版)

62.《银匣》(郭沫若译,创造社出版部,1927 年 7 月版)

63.《最后的幸福》(张资平著,创造社出版部,1927 年 5 月初版、1928 年 8 月三版)

64.《梅岭之春》(张资平著,光华书局,1928 年 6 月初版)

65.《东海之滨》(倪贻德著,光华书局,1926 年 12 月初版)

最后两种,都是在成稿前不久才发现的,而且所见皆"独本",失去了"比对"参照,因此准确度难说,但为了说明问题,仍把它们一起罗列于书目中,并以音序排列分篇介绍。

被泰东图书局称之为"创造社丛书 A 集"的《创造周报汇刊》和《创造季刊》,是把期刊当作丛书,猜想这是"泰东"的自作多情,"创造社"人估计是赞成的。在此书中也不便把它们收录进去,原本想在附录中简要提及,因篇幅关系也割舍了。

以上丛书版本的排序,因原来的编号混乱,已无法按序排列;如以出版时间先后排列,也因版次的混乱而无法使用;因此只好用最为省力且最有效的办法,用音序排列,这样既眉目清晰且"老少无欺"。因此,在以下介绍版本时也依此顺序排列。至于其中"不见"(或尚未见)的版本,只好暂留空缺,如以后能见到的话,那已是后来研究者的"填空"责任了。

在"泰东"版的"创造社丛书"版本上刊登的"创造社丛书"A 集 B 集 C 集,以及光华书局版"创造社丛书"把《创造日汇刊》和《洪水》都包括进了丛书。这种"无限扩大",实际上也为"泰东"和"光华"创造了一个可以随意"放进"或"取出"的权利,其结果便是"混乱"。

泰东图书局和光华书局在刊登这些标明"创造社丛书"的书目广告时,不知是否得到过创造社的同意,如果是得到允许的,那么把"创造社丛书""搞乱"的责任就在创造社本身;如果是擅自行动,那么五十大板就要狠狠地打在赵南公、沈松泉和卢芳的屁股上!但是,遗憾的是,这件"公案"好像至今未见到过有"直接"文字的表述,"公案"也只好"石沉大海",过了将近百年之后的研究者也只好无奈地"默认"了。

这也是笔者多年"玩味""创造社丛书"的"结论"。

应该说,任何"结论"都有着史实作为铺垫的。围绕着创造社,以及"创造社丛书",如今能见到不少相关的史料,大多由创造社同人或同时代人的记录,虽然角度不一,但史实大体并无差异。这些资料笔者读过不少,对其中一篇署名"史蟫"的文章《记创造社》尤感兴趣,且感觉有一定的可信度。

这篇文章原载 1943 年 6 月 1 日上海《文友》半月刊第一卷第二期上,而这位"史蟫"又是何许人呢?他在此文中说道:"作者和创造社虽然没有什么渊源,但寝馈新文学已有十余年历史,旁观者清,对于创造社的始末情由倒比较熟稔,同时觉得创造社这文学团体在新文学运动中所建立的功绩的伟大,及其在青年群中影响的雄厚,都有较详细地把它的历史录下来的价值,所以遂作这篇《记创造社》。"

此文娓娓道来,篇幅较长,笔者只能摘其叙述"创造社丛书"的部分要点,以补单纯介绍书目之不足:

> 说到创造社丛书,可谓自有新文学运动以来以作家被书贾剥削得最厉害的一次,同时也是创造社和泰东书局的关系破裂的因素。原来泰东书局主人赵南公,是个工于心计的商人,他见到创造社所出的刊物深受读者欢迎,便把郭沫若郁达夫请入哈同路民厚里泰东书局编译所,要求他们代他另编一套创造社丛书,郭沫若等因为这工作非常容易,只要把刊物上已发表过的作品搜集起来出单行本,另外把几部未发表的长稿凑进去充数就可以,所以也就慨然的答应了。这一套创造社丛书包罗很广,先后共计出有十余册……这一套丛书,因为发行方面不像刊物那样的具有时间性,所以销数非常之广。可是销数虽广,利益却全入泰东主人赵南公的囊橐,郭沫若、郁达夫等一批作者的版税竟然毫无着落,每次在赵南公面前提起版税来,他总是笑嘻嘻的说:"你我自己朋友,何必计较,要多少钱用只管向我拿就是了,版税可以等将来再算。"郭沫若等毕竟都是文人,没有应付市侩的经验,加之赵南公在表面上对他们优礼有加,隔几天给他们一些零用钱,他们也就不好意思再开口了,这样久而久之,创造社丛书的版税竟成了一笔滥污账。无如他们虽肯让步,其他作家却不愿使自己的心血化成虚牝,屡次来信催索版税,郭沫若等无法可施,只好去和赵南公商量,赵南公却仍一味推诿,不肯拿出钱来。郭沫若等这时也看出赵南公意在剥削他们,也不免有些愤愤不平,便严厉地向他提出最后交涉,要他把创造社丛书的版税结算清楚,否则不辞和他决裂。赵南公这时已把郭沫若等利用了个足够,靠着这几本丛书刊物的纸版,也已够他享用这一辈子,没有再利用创造社的必要,并且估量郭沫若等几个无拳无勇的文人,也没奈他何,对于他们的最后交涉,居然竟显出一种爱理不理的神气。郭沫若等见交涉无效,一怒之下,便相率脱离了泰东书局,准备自己来成立创造社出版部。
>
> ……当创造社业已和泰东书局决裂,创造社出版部却还没有成立的中间一段过渡时期里,恰好有一个新书业商人乘机崛起,这便是前光华书局主人后来又开上海杂志公司的张静庐,他本来也曾在泰东书局任过事,亲眼看见创造社的书籍刊物受一般青年读者的欢迎,等到创造社和泰东书局决裂以后,他便乘机集资创办光华书局,接受创造社各作者的稿件……
>
> 民国十五年,创造社出版部居然竟宣告成立,继续发行起书籍刊物来了,而且完全是自力更生,并未凭借什么大腹贾的资助,这一番功绩,要归之于创

造社的一位小伙计周全平的身上。……他的计划是先把创造社出版部的名义揭出来,然后再用这名义去向青年们募股,股额定得很低,每股只要五元,入股后的利益却很大,凡是创造社的股东,订阅创造社出版的刊物都可以得半价优待,购买创造社出版的书籍则可得六折或七折的优待,这就是利用青年们的金钱来印自己的书籍刊物,再从中获取利润。这办法确实很巧妙,当时醉心于创造社那一班人的作品的青年为数很多,所以创造社在很短的时间内就已募足了股份,正式进行起他们的事业来了。……

以上这些由当时者说的话,应该说可信度较高,从中也可了解创造社的一批文人当时的境遇以及书贾的刁钻,试想一下,如果创造社有着雄厚的资金以及自己的书店,它所出版的"创造社丛书"也许是另一番天地了!毕竟只是假设,留下的也就是感叹了……

有关"创造社丛书",还见到过一些资料,如《创造季刊》第二卷第一号刊登有"创造社丛书"广告,其中有预告出版的张资平著《一班冗员的生活》,是从未列入丛书中的一种。与之并列的还有《无元哲学》《迷羊》《星空》,之后都已出版,唯独此书不见踪影,估计并没有出版。在此广告旁,还有一段很有意思的广告词:"本丛书自发行以来,一时如狂飙突起,颇为南北文人所推重,新文学史上因此而不得不划一时代。各书之已出者已多三版再版,未出者亦多有定购,存书无几,购者从速。"——让人感到即便做广告,也是气壮山河!

爱之焦点

《爱之焦点》,泰东图书局"创造社丛书"第七种,张资平著,创造社编辑,笔者所见两种皆为泰东图书局(上海四马路 124 - 125 号)出版。

第一种,民国十五年(1926 年)五月四版(1923 年 10 月初版),实售 4 角 5 分。

第二种,民国十八年(1929 年)三月八版,实售大洋 4 角 5 分。

另外见到的一种是"泰东"出版、大新书局印行的版本,民国廿四年(1935 年)四月十七版,版权页印"创造社丛书"。

三本书的发行者皆为赵南公。四版封面仅书名和作者名等文字,八版添图一幅,图中有躺在桌边手持书本的人、桌上的十字架、流泪的太阳(月亮)等,画面的芜杂,似乎在喻意着"爱的焦点"。"大新"印行的版本,粗线框,内竖印作者名和书名等。

四版有 250 页,八版有 240 页,内容同。收小说九篇:《双曲线与渐近线》《爱之焦点》《一班冗员的生活》《木马》《她怅望着祖国的天野》《约檀河之水》《写给谁的信?》《白滨的灯塔》《一群鹅》。

其中作为书名的《爱之焦点》,写于 1922 年。描写女主人公为了物质利益抛弃了恋人,并与他人结婚,丈夫死后,再想与从前的恋人续缘,却已为时太晚。这是作者的第一部小说集,虽以描写爱情为架构,但喻意明确:鞭挞社会丑恶,同情底层弱者。

书末有书目广告,如"东方文化之明星"的《尚书去伪》《墨子综释》等。还有《国学概论》《章太炎白话文》《美学原

⊙ 1926 年泰东图书局四版《爱之焦点》封面、版权页

⊙ 1929 年泰东图书局八版《爱之焦点》封面、版权页

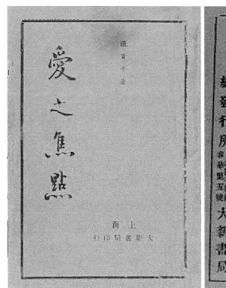

⊙ 1935 年大新书局十七版《爱之焦点》封面、版权页

理》等。另有"辛夷小丛书"四种：《辛夷集》《卷耳集》《苠萝集》《鲁拜集》。"创造社"的"世界名家小说集"：《茵梦湖》《少年维特之烦恼》《鲁森堡之一夜》等。"创造社丛书"（小说类）五种：《沉沦》《冲积期化石》《爱之焦点》《玄武湖之秋》《烦恼的网》。

暗夜

　　《暗夜》，创造社出版部"创造社丛书"第三十种，华汉著，笔者所见为创造社出版部 1928 年 12 月初版，印 1500 册，每册实价大洋 5 角。封面图白线勾勒，一群手持带刺刀步枪的人，火药味极浓。

　　扉页标明这是"创造社丛书第三十种"。

　　全书 172 页，无序跋，分十章，无标题，以"一、二……"标示。书末记"1928 年 8 月 1 日初版"。

　　华汉，即阳翰笙，四川高县人，生于 1902 年。原名欧阳本义，号继修。笔名除华汉、继修外，还有欧阳继修、欧阳华汉、寒生、欧阳翰、林箐、寒青、胡锐、一德、阳翰笙、翰笙等。华汉之名大多署于上世纪 30 年代。早年毕业于上海大学，1925 年加入中国共产党，参加北伐和南昌起义。1928 年 3 月，与李一氓创刊合编的《流沙》半月刊，并加入创造社。处女作中篇小说《女囚》发表于《创造月刊》，同年中篇小说《暗夜》（又名《深入》）出版。电影文学剧本《铁板红泪录》由明星公司制成电影，从此便转为电影戏剧创作和领导工作。

　　1928 年初，郭沫若和成仿吾分别离国去日本和法国。创造社的新成员大多数不是党员，阳翰笙与潘汉年、李一氓是 3 人党小组，领导着创造社工作，并且还担任过文化支部书记。那时，创造社和太阳社成员在提倡无产阶级文学的同时，还以"左"的面目，把矛头直指鲁迅和茅盾等。阳翰笙既感不安但又无法制止，只好以不写批评文章的沉默待之。同时，他把精力转向小说创作，小说《暗夜》便是其中之一，其他还有《女囚》《两个女性》《义勇军》，以及《地泉》三部曲（《深入》《转换》《复兴》）等。

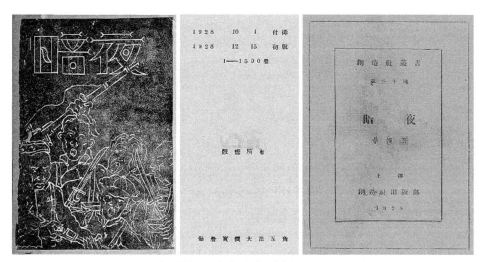

⊙ 1928 年创造社出版部初版《暗夜》封面、版权页、扉页

查拉图司屈拉钞

　　《查拉图司屈拉钞》，德国尼采原著，郭沫若译，笔者所见为创造社出版部 1928 年 6 月初版，印 2000 册，每册实价大洋 3 角半。扉页印"世界名著选第十一种"。未见印有"创造社丛书"的版本。

　　《查拉图司屈拉钞》是德国哲学家尼采的名著，由序言和四部分组成，于 1883 年至 1885 年间陆续成书并出版。查拉图司屈拉是波斯拜火教的创始人，中国古籍早有记载，译为苏鲁支。此书最早的节译，是鲁迅于 1918 年用文言文译的《查拉图斯忒拉的序言》第一至第三节，当时未正式发表。1920 年 8 月 10 日，鲁迅用白话文译完《查拉图斯忒拉的序言》，共 10 节，并作《译后附记》，发表于 1919 年 9 月《新潮月刊》第二卷第五期，署名唐俟，这是从德语原文直接翻译过来的。之后茅盾也从英文转译过一小部分。1923 年，郭沫若也加入了翻译此书的行列。从 1923 年 5 月 13 日至 1924 年 2 月 13 日的《创造周刊》登载了郭译的第一部全部 22 节和第二部四节。1928 年 6 月，创造社出版部出版了第一部，即《查拉图司屈拉钞》，编入"世界名著选"，收文：《三种的变形》《道德之讲坛》《遁世者流》《肉体之侮蔑者》《快乐与狂热》《苍白的犯罪者》《读书与著作山上树》《死之说教者》《战争与战士》《新偶像》《市蝇》《贞操》《朋友》《千有一个的目标》《邻人爱》《创造者之路》《老妇与少女》《蝮蛇之噬》《儿女与结婚》《自由的死》《赠贻的道德》。

　　1935 年，鲁迅把《尼采自传》的译者、留德归国的徐诗荃（梵澄）推荐给《世界文库》主编郑振铎。之后《世界文库》陆续刊登了徐译《苏鲁支如是说》全文。良友图书印刷公司作为"良友文库"出版了梵澄译的《尼采自传》。

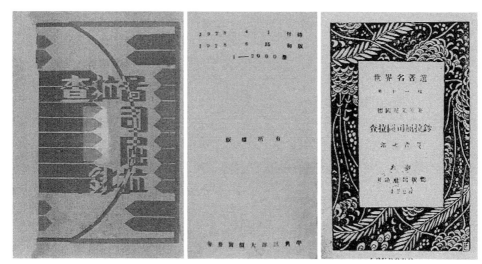

⊙ 1928 年创造社出版部初版《查拉图司屈拉钞》封面、版权页、扉页

《查拉图司屈拉钞》的确"难懂"。鲁迅撰文说过"尼采的文章既太好；本书又用箴言（Sprueche）集成，外观上常见矛盾，所以不容易了解"。郭曾想把它全部译完，但事实上并未译完，内在原因是郭的思想起了变化。他在《离沪之前》以及写给友人的文字中都说过，没有译下去，实际是"拒绝"。郭说："中国革命运动逐步高涨，把我向上的眼睛拉到向下看，使我和尼采发生了很大的距离。"也就是说，从 1925 年后尼采便淡出了郭的视野。

之后笔者还见到过雷白韦所译全本《查拉斯屈拉如是说》（中华书局 1940 年 5 月初版），两者比较，译名稍不同，全书分为四部分：《查拉杜斯屈拉》《持镜的孩子》《旅行者》和《蜜之祭品》。郭译只是其中之第一部，两者的第一部所收篇目大体相同小有出入。如《遁世者》为《遁世者说》，《肉体之轻蔑者》为《肉体之侮蔑者》，《死亡之说教者》为《死之说教者》等等。

沉沦

《沈沦》,即《沉沦》,"沈"、"沉"相通。

《沈沦》,泰东图书局"创造社丛书"第三种,创造社编辑,郁达夫著,此书初版于民国十年(1921 年)十月,发行者赵南公,笔者所见版本有三种。

第一种,民国十一年(1922 年)十一月三版,实售大洋四角,封面仅书名和作者名,全书 203 页,无序跋;

第二种,民国十六年(1927 年)三月八版,实售大洋四角,封面图案为飞在浪尖上的海鸥,全书 208 页,书前有作者 1921 年 7 月 30 日"叙于东京旅次"的自序:

> 我的三篇小说,都不是强有力的表现。自家做好之后,也不愿再读一过。所以这本书的批评如何,我是不顾着的。第一篇沈沦是描写着一个病的青年的心理,也可以说是青年忧郁病 Hypochondair 的解剖,里边也带叙着现代人的苦闷,——便是性的要求与灵肉的冲突——但是我的描写是失败了。第二篇南迁是描写一个无为的理想主义者的没落,主人公的思想在他的那篇演说里头就可以看得出来。这两篇是一类的东西,就把他们作连续的小说看,也未始不可的。这两篇东西里,也有几处说及日本的国家主义对于我们中国留学生的压迫的地方,但是怕被人看作了宣传的小说,所以描写的时候,不敢用力,不过烘云托月的点缀了几笔。第三篇附录的银灰色的死,是在时事新报上发表过的,寄稿的时候我是不写名字寄去的,学灯的主持者。好像把他当作了小孩儿的痴话看,竟把他丢弃了;后来不知什么缘故,过了半年,突然把他揭载了出来。

⊙ 1922 年泰东图书局三版《沉沦》封面、版权页

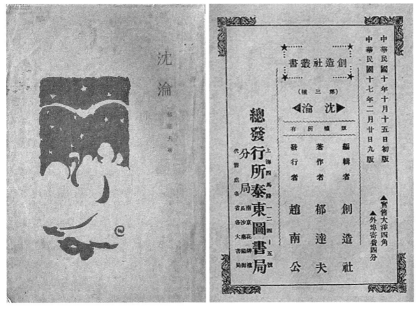

⊙ 1928 年泰东图书局九版《沉沦》封面、版权页

⊙ 1928 年泰东图书局十版《沉沦》封面、版权页

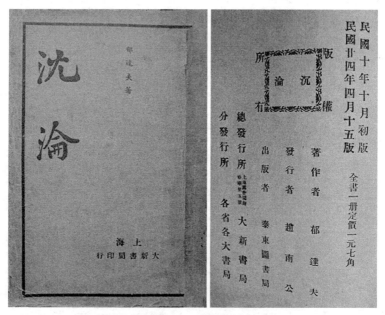

⊙ 1935 年泰东书局十五版《沉沦》封面、版权页

我也很觉得奇怪,但是半年的中间,还不曾把那稿销毁,却是他的盛意,我不得不感谢他的。

　　银灰色的死是我的试作,便是我的第一篇创作,是今年正月初二脱稿的。往年也曾做过一篇还乡记,但是在北京的时候,把他烧失了,我现在正想再做他出来,不晓得也可以比得客拉衣耳的法国革命史么?

这篇《自序》作于 1921 年 7 月,而所见出版于 1922 年 11 月的三版上却无此《自序》,从推理上讲不太可能,因此存在两种可能性:漏印或被撕,到底是什么,不清。

第三种,民国十七年(1928 年)九月十版,实售大洋 4 角,封面蓝底,仅"沈沦"书名,全书 210 页,书前也有《自序》,与八版同,版权页后有卢冀野著《三弦》广告。

三种版本的版权页设计大体相同,框线围成长方形,四角饰以花纹,仅十版无花纹。

至于"泰东"其他版本的情况如何,因未见,无法详说。

此书"文革"前就读过,是读哪一种版本,已经忘得一干二净。所谓"读过",也只是粗略一过而已。对书中较为露骨的性描写和性心理活动印象颇深,这也可以看作是此书的一个显著特点。当时及后来由此而引发的非议和指斥也就不足为怪了。其实,如从另一个角度分析,郁达夫作品中的色情描写,是更侧重于自省以及灵魂的搏斗,从苦闷中解脱,却又感受着生的痛苦,又从痛苦中去探索人的价值和人生意义……读郁达夫的作品,绝对难逃"见智见仁"的命运。

冲积期化石

　　《冲积期化石》有创造社出版部和泰东图书局两家出版机构出版的版本,张资平著,可称之为创造社出版部版和"泰东"版。笔者所见"创造社出版部"版有两种:

　　第一种,版权页表述:"1922　2　25 第一版初版　1926　10　1 改订本付印　1926　12　1 出版　1—3 000 册　每册实价大洋四角",封面除书名、作者名外,还有一圆形图案,内有红白蓝三色的色块,是何喻意,不清。在封面下方还印有"创造社丛书"和"1926"字样。

　　书前有"本书著者其他文艺著译八种":《文艺史概要》、《爱之焦点》(短篇小说)、《雪的除夕》(短篇小说)、《不平衡的偶力》(短篇小说)、《飞絮》(长篇小说)、《苔莉》(长篇小说)、《上帝的儿女们》(长篇小说)和《别宴》(日本名家小说集)。后一页还用图案框起,内印一行文字:"本书为纪念而作"。纪念什么,无法解读。扉页和封底正中皆印创造社的出版标记。

　　书前有作者的"以诗代序":真强者,不饮弱者之血。/真智者,不哂愚者之言。/五官常占有空间最高之位置,/肢体的半数可以支持重大的胴体,/这是造物持赐之恩惠! /也是万物之灵底特征! /要不辜负这特赐之恩惠,/如何利用这种牲,/未成化石之先,应常思念及底。

　　书末有作者写于 1922 年正月元旦的《篇后致读者诸君》:

　　　　我们的高等学校生活和这篇《冲积期化石》同时告终。我们出高等进大学后之生活,要待有机会时再报告诸君。

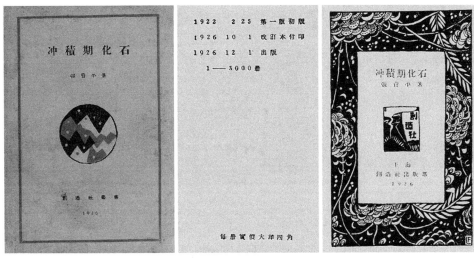

⊙ 1926 年创造社出版部改订本初版《冲积期化石》封面、版权页、扉页

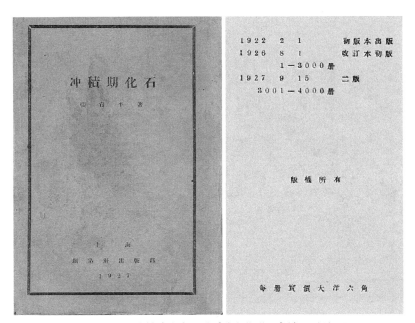

⊙ 1927 年创造社出版部二版《冲积期化石》封面、版权页

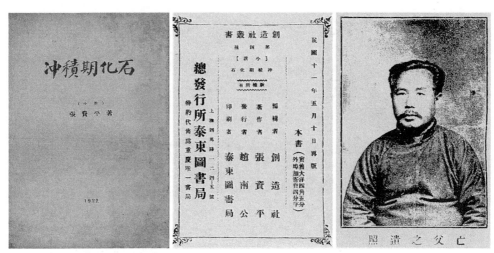

⊙ 1922 年泰东图书局再版《冲积期化石》封面、版权页、张父照片

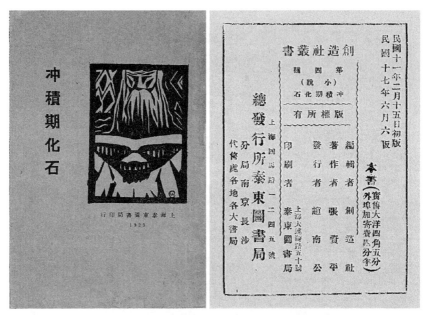

⊙ 1928 年泰东图书局六版《冲积期化石》封面、版权页

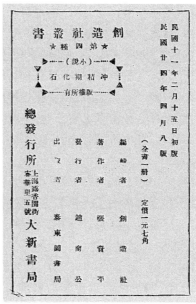

⊙ 1935 年大新书局八版《冲积期化石》封面、版权页

还有一件要紧的事要告知诸君的——想诸君也急于要听——就是陈女士的事,我到东京大学后才听见人说,她已经做了人家的第三夫人了。她在东京沉沦的经过也待第二次机会报告诸君知道。

《冲积期化石》篇中还有一个未决的问题就是鹤鸣到东京后能够遇能医治他的神经衰弱症的良医——能够爱护他的人,安慰他的人,勉励他的人,收藏他的灵魂的人么?也要待有第二次机会时才能解决。

《冲积期化石》是著者的长篇处女作,有许多生硬的句调和武断的批评,说是著者的短处可以,说是长处也可以,只望读《冲积期化石》的兄弟姊妹们不吝批评,则著者感激不尽。

《冲积期化石》原由汕头印务铸字局黄业初君发行,已印预约券,计划虽然失败,黄君助著者的厚意,应在此表示感谢。

第二种,版权页的表述是:"1922　2　1 初版本出版　1926　8　1 改订本初版　1—3 000 册　1927　9　15 二版　3 001—4 000 册　版权所有　每册实价大洋 6 角"。与第一种版权页比照,两种同出版机构出版的同一版序的版本,版权的表述虽无大的差异,但确有不同,比如在 1926 年 12 月版的版权页上,印着"1922 年 2 月第一版初版";在 1927 年 9 月版的版权页上印有"1922 年 2 月初版本出版",不管用何措词,是"初版"毫无疑问,1926 年虽为"初版",那已经是区别于之前的"改订本初版",由于不见 1922 年的初版,故不清楚 1926 年的初版到底"改订"在何处,实在是一种"版本遗憾"。再说"月日"也存有不同,这让人感到,"泰东"的出版管理者似乎各为其事,自说自话。此版本封面有长方形线框,框内仅印书名和作者名及"创造社出版部"和"1927"字样,不见"创造社丛书"。版本内容与 1926 年版同。

笔者所见泰东图书局的版本有三种,在版权页上皆注明"创造社丛书第四种"。

第一种,民国十一年(1922 年)五月再版,创造社编辑,不知印数,实售大洋四角五分,封面仅书名和作者名等。全书 210 页,在"以诗代序"之后,还刊登了一幅著者亡父的照片,首次所见且在其他版本中未见,较珍贵,故留存。其他内容同创造社出版部。

第二种,民国十七年(1928 年)六月六版,创造社编辑,不知印数,实售大洋四角五分,封面右上角增添了一幅长方形图案,抽象,无法辨别是人是鬼。版本内容同 1922 年 5 月再版,在版权页后印"狂飙丛书"第二种《清晨起来》(高歌著)和第一种《病》的广告词。

第三种,民国二十四年(1935 年)四月八版,不知印数,定价 1 元 7 角,由泰东图书局出版,大新书局(上海露香园街春华里五号)发行,封面由长方形框线框起,左侧竖排书名和作者名,右下方横排"大新书局印行"。版本的内容同前。

看到这种"泰东出版"、"大新发行"的版本,便会想起赵南公在后期以出卖发行权而苦度时日的窘况。自创造社与"泰东"决裂后,创造社并未能从"泰东"处收回书刊的版权,也便导致抗战前赵南公靠着一些"创造社丛书"的纸型租给别人印,收一分钱一本书的租金过日子。这本"大新"发行的版本,从出版时间推算应属此类。在上海"沦陷"后,赵南公不屑与汪伪同流合污,最后是在饥寒与寂寞中死于亭子间。

从新文学的角度言,第一部白话诗集是胡适的《尝试集》,第一篇白话小说是陈衡哲的《一日》,而张资平的《冲积期化石》则可称之为"第一部白话长篇小说"。

1918 年,留学日本的张资平通过文学形式表现留学生活,最初的书名是《他的生涯》,郭沫若认为太俗,作者改为现名,并由郭沫若转交郁达夫,列为"创造社丛书第四种"。"冲积期化石"是个地质学名词,指保存于第四纪时期形成的陆相沉积物地层中的古生物遗体、遗物和其生活痕迹。以此为书名,意在借喻地质与人类社会的发展关系,既表达对逝去的父亲思念之情,又刻下人与事的印迹。

此书出版后,就新文学公开发现的第一篇长篇小说的评论,就是卢冀野 1922 年 3 月 27 日在《时事新报·学灯》发表的《读〈冲积期化石〉之后》。后来,朱自清、茅盾、成仿吾等又从技术层面指出了小说的不足,成仿吾在 1927 年 8 月 25 日《创造季刊》第一卷第三期致郭沫若的《通信》中说:"这篇小说,Composition 上有大毛病,首尾的顾应,因为中间的补叙太长,力量不足。并且尾部的悲哀情调,勉强得很。作者的议论也过多,内容也散漫得很。"《冲积期化石》虽在思想艺术上尚显稚嫩,但作为新文学第一部长篇小说,却有着开拓之功绩。

从文学革命到革命文学

　　《从文学革命到革命文学》，"创造社丛书"，此书只见创造社出版部的版本，成仿吾、郭沫若合著，版权页表述："1928　3　1付排　1928　4　20初版　1—2 000册　版权所有　每册实价大洋5角"。封面由线框框起，内印书名、作者名、出版机构名及出版时间，属"素面朝天"类设计。

　　扉页印"创造社丛书第二十四种"。扉页后印"成仿吾郭沫若合著合译的书"两种：《德国诗选》和《从文学革命到革命文学》。

　　全书152页，无序跋，收文14篇：《新文学之使命》《我们的文学新运动》《艺术家与革命家》《艺术之社会的意义》《文艺之社会的使命》《民众艺术》《文学界的现形》《孤鸿——致仿吾的一封信》《文艺家的觉悟》《革命与文学》《革命文学与它的永远性》《完成我们的文学革命》《从文学革命到革命文学》《全部的批判之必要》。

　　著者之一的成仿吾，湖南新化人，生于1897年，原名成灏。笔名除成仿吾外，还有仿吾、石厚生、厚生等。1910年留学日本，与郭沫若等发起成立创造社，先后编辑《创造季刊》《创造周报》《创造日》《洪水》《创造月刊》《文化批判》等，发表过不少小说、诗歌和论文。1928年在法国参加中国共产党，回国后到鄂豫皖苏区，参加长征，到达延安。主要作品有诗歌小说集《流浪》、文艺评论集《使命》和《从革命文学到文学革命》等。有关版本情况，读者可参阅书末附录。

　　笔者"认识"成仿吾，是在"文革"中阅读鲁迅的著作获悉的，并以"反面角色"建立起对他的概念。以后书读多了，也便开始"模糊"了角色形象，因为在中国现代文学史中，也许根本无法用"正反"来匡定一切，事物和人物远比原先的

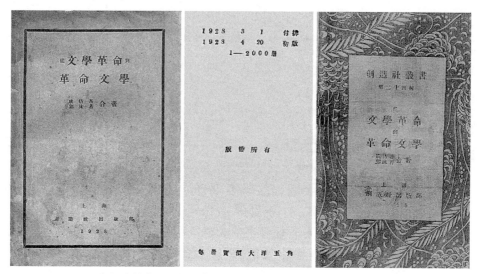

⊙ 1928 年创造社出版部初版《从文学革命到革命文学》封面、版权页、扉页

想象要复杂得多。

此书出版后,褒贬不一,引起了巨大的反响,就连创造社内部也有不少反对者。但研究者称,从历史角度而言,它是运用马克思主义文艺观第一次对"五四"以来的文学革命做了一个比较系统的总结,是对中国无产阶级革命文学最早且最有力的倡导,它标志了作者文艺观转向了马克思主义,同时也标志了中国新文艺运动已经发展到了一个新阶段。它是一部代表创造社倡导革命文学的扛鼎之作,具有着里程碑意义。

德国诗选

　　《德国诗选》是否属于"创造社丛书",还有待考证。不过,在 1928 年 10 月出版的《创造月刊》刊登的"创造社丛书"书目中被列入,权当丛书介绍。

　　世界名著选第六种,郭沫若、成仿吾合译,歌德、席勒、海涅、施笃谟、列瑙、希莱的选集,上海创造社出版部出版,版权页表述:"1927　9　20付排　1927　10　15日初版　1—3 000 册　1928　3　15 二版　3 001—4 000 册　版权所有　每册实价大洋 4 角"。

　　全书收诗:歌德诗 14 首(《湖上》《五月歌》《牧羊者的哀歌》《放浪者的夜歌》《对月》《艺术家的夕暮之歌》《迷娘歌》《弹竖琴者》《渔夫》《屠勒国王》《掘宝者》《少年与磨坊的小溪》《暮色》《维特与绿蒂》);席勒诗一章(《渔歌》);海涅诗四章(《幻景》《打鱼的姑娘》《悄静的海滨》《归乡集第十六首》);施笃谟诗一章(《秋》);列瑙诗一章(《秋的哀词》);希莱诗一章(《森林之声》)。

　　每诗之末均注明"仿吾译"或"沫若译",郭沫若译诗 19 首,成仿吾译诗七首。

　　扉页背面有:"成仿吾郭沫若合著合译的书",是用细红框框起,其中有两种:《德国诗选》和《从文学革命到革命文学》。另有五字,居然印错,把"其他待续编"印成"他其待续编"。虽小事一桩,但嫌粗糙。

　　此书再版,48 开,小开本,玲珑雅致,属创造社藏版。创造社版图书有不少是这类小开本,扉页有装饰画,选纸精良,装帧美观,得收藏者青睐。

　　这部著作是郭沫若与成仿吾合译的,既列为"世界名著选第六种",也列为"成仿吾郭沫若合著的书第二种",和第

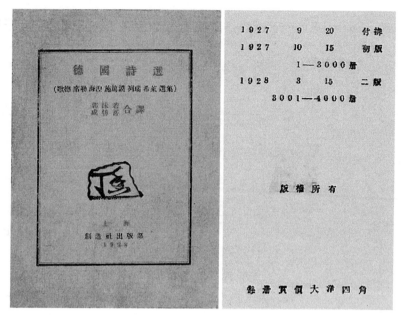

⊙ 1928 年创造社出版部二版《德国诗选》封面、版权页

一种合著合译的是《从文学革命到革命文学》。至于广告"其他多种续编",只是一种祈望,结果并未见第三种出现,第二种成了"收尾"。之后,郭沫若亡命日本,成仿吾也去了欧洲,合作也便成了泡影……

东海之滨

　　《东海之滨》是光华书局出版的"创造社丛书"书目五种之一,其余四种是《聂嫈》《梦里的微笑》《文艺论集》《三个叛逆的女性》。

　　虽然在书目中标明了"创造社丛书",但所见实物之中却未找到标有"创造社丛书"的版本,这在"创造社丛书"中属常态,也就是说,它是存在的,只不过尚未见到而已。

　　《东海之滨》,倪贻德著,笔者所见两种版本皆为光华书局版:1926 年 12 月初版,1931 年 5 月五版,两者封面图案完全不同。前四版出了 8 000 册,第五版出了 1 500 册,总达9 500 册。据笔者所知,五版之后还有六版,六版印了 1 000册。至于中间出版的再版至四版,以及六版之后是否还有其他版本,它们准确的出版时间及封面如何设计的,皆因未见实物或资料,都成了未知数。此书虽无法断定,但确又是属于"创造社丛书",所以仍以"创造社丛书"待之并予以介绍。

　　初版封面的图案居上,图中有鱼、浪、塔、房等,童话式的笔触,颇有意趣,一眼便知是在喻意"海滨"。五版的图案相当抽象,两种色块,上下对称,形成了个弧形的"湾","湾"中从左至右横排书名,似乎也在喻意"海滨"。两种封面各有特色,耐人寻味。倪贻德本人就是一位画家,原以为两种封面由他设计,后见了书前短序,才知初版封面由叶灵凤设计。至于五版的封面是否由倪设计,不得而知。

　　书前有作者写的《东海之滨的短序》,两页,所见虽不全,但不忍舍弃:

⊙ 1926 年光华书局初版《东海之滨》封面、版权页、扉页

⊙ 1931 年光华书局五版《东海之滨》封面、扉页、版权页

　　最近这半年来，我真是什么东西也没有写，有时候摊开稿纸，提起笔来，却总觉意味索然，两只眼睛是对着墙壁呆看，什么也写不出一句来的；比到两年之前，作玄武湖之秋的时代，一面流着眼泪一面振笔直书的那种精神，正如秋后哀蝉，再也提不起嗓子来高唱的了。

　　朋友们时常来责我为什么这样疏懒，我总是拿这一向来事情太忙，或是现正努力于洋画这一类的话对他们讲，其实这都是自欺欺人之谈。生活的平凡，修养的缺少，这是实在的事情。

　　最大的原因还是我对于自己的文艺起了怀疑的原故。人家都是这样说，文艺是一切受难者诉说怨苦的地方，在这里可以得到无限的同情与慰藉，这句话我觉得有些不大忠实。三四年前,我还是一个活泼泼的青年,有健全的体格与充足的精神,自从执笔为文以来,感觉便一天一天的敏锐起来,思想便一天一天的沉郁下去……

这里面所集的几篇,是我在玄武湖之秋以后所作的东西,在各处刊物上络续发表过的,里面的内容,自然是更显其贫弱与无聊,若是照现在的我的趋向看来,简直没有重印问世的必要,不过我想起了当时的一番苦心,想起了我将来或者不再在文艺园里栽一株花草,那么这一点东西,也可以算我一生的一点小小的纪念品了。

最后,我要向为这本集子绘封面的叶灵凤兄致深切的谢意。

这是一本创作合集,分为三辑,第一辑收诗十首:《秋的心》《梦里》《青春》《故乡》《湖边的少女》《湖上》《登剑门放歌》《幽怀》《迷离的幻影》《紫藤花开的时候》;第二辑收文三篇:《初恋》《零落》《秋海棠》;第三辑收文五篇:《太湖落日》《秋夜书怀》《艺术家的春梦》《道村通信》《东海之滨》。在《中国现代文学总书目》中收有此书,但只收录第三辑的散文,是作为散文版本留存的。

法网

　　《法网》是否"创造社丛书",还有待考证。不过,在1928年10月出版的《创造月刊》刊登的"创造社丛书"书目中被列入,权当丛书介绍。

　　"世界名著选第四种",二幕剧,英国高尔斯华绥原著,郭沫若译,上海创造社出版部出版,版权页的表述是:"1927　1　1付排　1927　8　15初版　1—2 000 册　1927　11　15二版　2 001—4 000 册　版权所有　每册实价4角5分"。笔者所见为再版毛边本。

　　书前无序跋。印著者的其他文艺著译 17 种:《女神》(诗)、《星空》(诗歌散文)、《瓶》(诗)、《塔》(短篇小说)、《橄榄》(短篇小说)、《落叶》(长篇小说)、《三个叛逆的女性》(戏剧)、《文艺论集》、《茵梦湖》(长篇小说)、《少年维特之烦恼》(长篇小说)、《新时代》(长篇小说)、《异端》(长篇小说)、《卷耳集》(国风选诗)、《鲁拜集》(抒情诗)、《约翰沁孤戏曲集》、《银匣》(戏剧)和《社会组织与社会进化》,版本大多能见。

　　在扉页处印"世界名著选第四种"。至于创造社出版部的这套名著选到底有多少种,众说纷纭,据笔者所知的版本书目看,起码有 14 种,所见者仅十种:第二种《磨坊文札》(都德著,成绍宗、张人权译,1927 年 8 月再版)、第三种《银匣》(高尔斯华绥著,郭沫若译,1927 年 7 月初版)、第四种《法网》(高尔斯华绥著,郭沫若著,1927 年 11 月再版)、第五种《茵梦湖》(施笃谟著,郭沫若、钱君胥译,1927 年 9 月初版)、第六种《德国诗选》(歌德等著,郭沫若、成仿吾译,1928 年 3 月再版)、第七种《鲁拜集》(莪默伽亚谟著,郭沫若译,1927 年 11 月初版)、第十种《沫若译诗集》(郭沫若译,1928 年 5 月初版)、第十一种《查拉图司屈拉钞》(尼采

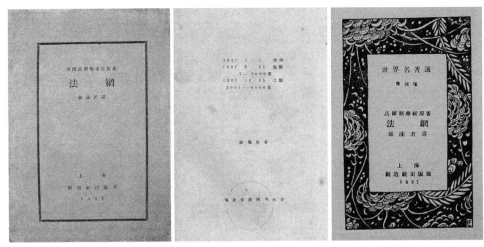

⊙ 1927 年创造社出版部二版《法网》封面、版权页、扉页

著,郭沫若译,1928 年初版)、第十二种《商船"坚决号"》(维尔得拉克著,穆木天译,1928 年 10 月初版)和第十四种《和影子赛跑》(苏尔池著,潘怀素译,1928 年 10 月初版)。创造社把这一选集中的所有版本都列入"创造社丛书",依据是 1928 年 10 月出版的《创造月刊》。

笔者还见到过联合书店版(版权表述"1927　7　1 初版　1929　9　1 三版 4 001—6 000 册")的"世界名著选";还有现代书局版(版权表述"1929　7　1 初版　1931　10　1 三版　2 001—3 000 册"),从两者出版时间的年月日看,与创造社出版部的版本好像没有直接的关系,而是各出各的版本。至于其中是否有着隐含的关联,笔者还未发现。除此,还见到过一种是 1937 年出版的《法网》,书的任何部位皆未印出版机构,看似有意隐藏,有盗版之嫌。

在创造社出版部《法网》的扉页右下角,印"LF"字母,这是创造社"小伙计"叶灵凤的一个字母笔名。"创造社丛书"版本的扉页图案,大多出自叶氏之手。

烦恼的网

《烦恼的网》,小说集,"创造社丛书",周全平著,笔者所见三种皆为泰东图书局版,发行者赵南公,属"创造社丛书第八种"。

第一种,民国十三年(1924年)三月初版,不知印数,实价大洋3角5分,封面底为本色,印书名、作者名和出版时间。版权页用细线框起,四角配以花饰,印有"创造社丛书第八种"字样。

全书162页,无序跋,收文九篇:《他的忏悔》《守旧的农人》《市声》《小端宝》《邹复千的死》《呆子和俊杰》《故乡》《烦恼的网》《圣诞之夜》。

在版权页后有"泰东"出版的各种期刊与书籍广告,如"杂志特刊"中有:《托尔斯泰号》《周年纪念号》《雪莱纪念号》《尼采号》等。在"杂志汇刊"中有:《创造季刊》《创造周报》等。另有"加新式标点符号分段的":《西厢》《老残游记》《三国志》和《水浒》等。"章太炎先生的演讲与著作"两种:《国学概论》和《白话文》。

另有"创造社丛书"10种(泰东版):《女神》《沈沦》《冲积期化石》《无元哲学》《星空》《爱之焦点》《玄武湖之秋》《烦恼的网》《迷羊》《流浪》。"创造社世界名家小说集"三种:《茵梦湖》《少年维特之烦恼》《鲁森堡之一夜》。"创造社世界儿童文学选集"三种:《王尔德童话》《新月集》《蜜蜂》。"创造社辛夷小丛书"四种:《辛夷集》《卷耳集》《茑萝集》《鲁拜集》。还有"四大定期刊物":《创造季刊》《创造周刊》《浅草季刊》《孤军月刊》。《创造周刊》实为《创造周报》,在广告中经常会印错,是故意,还是随意,不得而知。

第二种,民国十六年(1927年)七月四版,不知印数,实

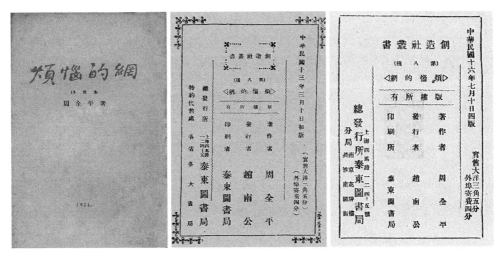

⊙ 1924年泰东图书局初版《烦恼的网》封面、版权页,1927年四版泰东图书局《烦恼的网》版权页

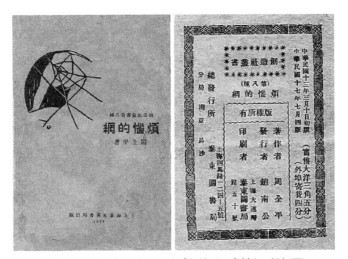

⊙ 1928年泰东图书局四版《烦恼的网》封面、版权页

价大洋3角5分,封面本色,与初版本相仿。版权页用细线框起,四角无花饰,印有"创造社丛书第八种"字样。

第三种,民国十七年(1928年)七月四版,不知印数,实价大洋3角5分,封面左上方有图案,似蛛网,除书名、作者名、出版机构和出版时间外,还印有"创造社丛书第八种"字样。

1927年版与1928年版,同为泰东图书局出版,版次却相同:"四版",显然在哪处弄错了,笔者猜想是把民国十六年(1927年)误印为民国十七年(1928年)了,否则很难"圆其说"。不过,也有一种可能是封面改变后重复出了第四版,这在民国版本中并不罕见。

　　另外还见到过一种周全平著、天下书店 1947 年 1 月出版的《烦恼的网》,那已经与"创造社丛书"不搭界了,猜想十有八九是盗版本。

仿吾文存

笔者所见《仿吾文存》，"创造社丛书"，不知第几种，成仿吾著，创造社出版部 1928 年 11 月初版，印 2000 册，不知售价。

之前，笔者并不知有此书，更不知此书是"创造社丛书"。所见封面，并未印丛书名，最早见到的版本缺扉页，直至后来才在一次偶然的机会中见到了此书的扉页，虽破损，但仍能清晰地看出"创造社丛书"的字样。此书在中国社会科学院文学研究所总纂的《创造社资料》中失收，可见此书之罕见。

全书收文 32 篇，有篇题：《诗之防御战》《新文学之使命》《士气的提倡》《悲多汶传序》《写实主义与庸俗主义》《新的修养》《东方艺术研究会》《评〈创造二卷一号创作评〉》《〈科学之价值〉的序论》《批评与同情》《作者与批评家》《牧夫》《论译诗》《秋的诗歌》《东京》《〈沉沦〉的评论》《〈残春〉的批评》《评冰心女士的〈超人〉》《创造社与文学研究会》《灰色的鸟》《学者的态度》《歧路》《欢迎会》《〈命命鸟〉的批评》《〈一叶〉的评论》《"雅典主义"》《喜剧与手势戏》《一个流浪人的新年》《〈呐喊〉的评论》《批评的建设》《海上的悲歌》《诗人的恋歌》。

笔者特别关注于《创造社与文学研究会》一文。此文原载 1923 年 2 月 1 日《创造》季刊第一卷第四期，其中揭示了不少早期创造社与"文学研究会""打架"之内幕，看起来其实还都是些鸡毛蒜皮的小事，然小事聚集，也便成了大事，小怨聚集最终却成了"大仇"，这往往也是真理……然实质是两类不同的人物、不同的思想，碰到一起，是决计无法"糅合"在一起，"打架"却成必然，而且煞是好看。尤其是之后

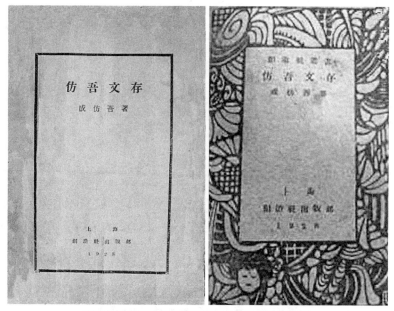

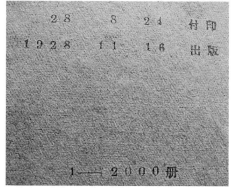

⊙ 1928 年创造社出版部初版《仿吾文存》封面、扉页、版权页

　　与鲁迅先生的"打架",那更是上了一个层次,从大将到小卒,轮番上场,而且死缠不饶,中国现代文学史从此也便有了"生色"。

　　此书十分罕见,一旦见到,便无法压抑心中的感受而一吐为快也。

飞絮

　　《飞絮》，"创造社丛书"，创造社出版部出版，张资平著。笔者所见两种版本：1927年9月五版和1928年2月六版，两种版本的形态与内容相仿，故取其中一种品相较好的"六版"。

　　六版的版权页是这样表述的："1925　8　19 脱稿于武昌　1926　3　1 排于上海　1926　6　1 初版　1—2 000册　1926　9　1 再版　2 001—3 000 册　1926　11　20 三版　3 001—4 000 册　1927　6　1 四版　4 001—6 000 册　1927　9　1 五版　6 001—9 000 册　1928　2　15 六版　9 001—11 000 册　每册实价 4 角 5 分"。六个版次共印11 000 册，印数之大，在民国时期出版的文学版本中也是较为少见的。在六版扉页印有"创造社丛书第二种"字样。

　　书前有作者写于4月8日的序，难以推断是何年：

　　　　暑期中读日本朝日新闻所载《归儿日》，觉得它这篇描写得很好。暑中无事想把它逐日翻译出来，弄点生活费。因为那时候学校无薪可领，生活甚苦。天气太热又全无创作兴趣。每天就把这篇来译，一连继续了一星期，但到后来觉得有许多不能译的地方，且读至下面，描写远不及前半部了，因之大失所望，但写了好些译稿觉得把它烧毁有点可惜。于是把这译稿改作了一下，成了飞絮这篇畸形的作品。后来因为种种原因及怕人非难；终没有把这篇稿售去。本社出版部成立后，就叫它在本社出版物中妄占了一个位置，实在很惭愧的。

　　　　总之这篇飞絮不能说是纯粹的创作。说是摹仿《归

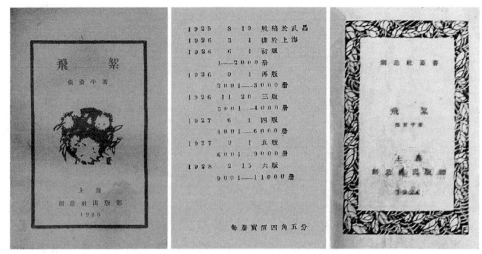

⊙ 1928 年创造社出版部六版《飞絮》封面、版权页、扉页

⊙ 1926 年创造社出版部再版《飞絮》扉页（两种）、版权页

儿日》而成作品也可，说是由《归儿日》得了点暗示写成的也可。总之我读《归儿日》至后半部时觉得它和我这篇飞絮同样的是篇笨作，这是我深引以为憾的。

　　又我还要说的一句是我此篇的完稿确在卒读《归儿日》之前。

　　另外，笔者曾见到过 1929 年 4 月出版的八版，只记录了其中的一则现代书局出版部《关于本书的版权声明》的文字，可供研究者参考：

　　　　此书从前本在上海创造社出版部发行。现因著作人张资平先生将版权完全售与本书，故自第八版起，已归本书自己印行，并将封面印刷等重新整理，自后如发见旧式装订或用创造社名义发行者,即为翻印。本书为保障版权法益起见,当依法查禁。见翻印之书,其中不免错误百出,一定使人感觉不满意的,尚请读者注意。上海现代书局出版部谨启

此书的版本见到不少,如以创造社出版部同一系列的《飞絮》来分析,所见六版标明"创造社丛书",而见到的1926年9月的再版,在其扉页上却印着"落叶丛书第二种",可见其混乱。至于创造社出版部出版的版本,哪些版印有"创造社丛书"字样,现在似乎已经无法弄清楚了。

另外,笔者还见到过现代书局1931年11月十三版(已印27 000册),从初版时间(1926年6月)看,似与创造社出版部的版本有着内在版次的关系。现代书局《飞絮》的版本还不止一种,而且封面也不同,但到底有多少种,因未见所有版本,无法叙述。还有一种是复兴书局版,1936年5月复兴第一次再版,印500册。可见此书的版本之多,已经很难弄清楚了。

浮士德

  《浮士德》，笔者所见版本较多，前后起码见到过四五种。

  其中最为主要的是创造社出版部的版本，而在所见版本上未见"创造社丛书"的字样。把它列入"创造社丛书"的依据只是：1928年10月《创造月刊》第二卷第三期上的书目。然而，在创造社出版部的版本上只标明"世界名著选第八种"，在此权作"创造社丛书"介绍。至于是否有印有丛书的版本，从目前所见无法断定。

  创造社出版部的《浮士德》，封面左侧有装饰图案，右侧从上至下印书名、著者和译者名。版权页的表述是："1927 12 1付排 1928 2 1初版 1—2 000册 版权所有 每册实价大洋1元2角"。

  全书收文多篇，"大题目"下套"小题目"，最后有《注释》和《译后》：《献词》《舞台上的序幕》《天上序曲》《悲壮剧之第一部》（《夜》《城门之前》《书斋》《书斋》《莱普齐市的欧北和酒巴》《魔女之厨》《街坊》《夕暮》《散策》《邻妇之家》《街道》《花园》《园亭》《林窟》《甘泪卿之居室》《马尔特之花园》《井畔》《城边》《夜——甘泪卿门前之街道》《寺院》《瓦普几司之夜》《瓦普几司之夜梦》《晦冥之日》《夜——旷野》《牢狱》）。从标示的题目看像是幕景。

  郭沫若的序跋，留有不少史料，只要见到此类文字，几乎全存：

    真是愉快，在我现在失掉了自由的时候，能够把我这浮士德译稿整理了出来。

    我翻译浮士德已经是将近十年以前的事了。

⊙ 1928 年创造社出版部初版《浮士德》封面、版权页、扉页

民国八年的秋间,我曾经把这第一部开场的独白翻译了出来,在那年的时事新报双十节增刊上发表过。

翌年春间又曾经把第二部开场的一出翻译了出来,也是在时事新报的学灯上发表过的。

就在那民国九年的暑假,我得着共学社的劝诱,便起了翻译全部的野心了,费了将近两个月的工夫也公然把这第一部完全翻译了。

本来是不甚熟练的德语,本来是不甚熟练的译笔,初出茅庐便来翻译这连德国人也号称难解的韵文的巨作,回想起来,实在是觉得自己的胆大;不过我那时所费的气力也就可想而知了。

我那时候还是日本的一个医科大学的学生。刚好把第一部译完,暑假也就过了。更难解更难译的第二部不消说更没有时候来着手了。我早就决定把第一部单独发表,不料我写信给共学社的时候,竟没有得着回信,我便只好把这译稿搁置了起来。一搁置竟搁置了十年之久。

搁置了这么久的原因,有一个小小的悲剧存在。

就是在我把第一部译完之后,学校便开始上课了。书既不能发表,我便只好把它放在一个小小的壁橱里面。隔了一两月的光景,偶尔想去把它再拿来检阅时,三分之一以上的译稿完全被耗子给我咬坏了。

我的译稿本来是用日本的很柔软的"半纸"写的,耗子竟在上面做起窝来。咬坏的程度真正是五零四碎,就要把它镶贴起来,怎么也没有办法了。

那时候我的绝望真是不小。整个一个暑假的几几乎是昼夜兼勤的工作!我那时候对于我国的印刷界还完全没有经验,我用毛笔写的稿子是誊写过两遍的,写得非常工整,我怕排字工友把字认错。可惜连这底稿我也没有留存着。

译稿咬坏了三分之一以上,而所咬坏的在这第一部中要算是最难译的"夜","城门之前",两"书斋"的四幕。

就因为这样的关系,所以便一直延搁下来。残余的旧稿随着我走了几年,也走了不少的地方,我几次想把它补译出来,我受友人们的催促也不知道有多少次数,但总因为那缺陷太大,而且致成那个缺陷的原因太使我不愉快了,终竟使它延置了将近十年。

十年以前的旧稿,而今又重来补缀整理,我的心情和歌德在"献词"中所歌咏出的他隔了多年又重理他的旧稿时的那种心情实在相差不多。

我好像飘泊了数年又回到了故乡来的一样。

但我这故乡是怎么样呢?这真是田园荒芜,蟏蛸满屋了。我起初以为只消把缺陷补足便可以了事,但待我费了几天的工夫补译完了以后,把其余的残稿重新阅读,实在是令人汗颜,我自己深以为幸,我不曾把它发表了出来。我自己深以为幸,我的旧稿是被耗子给咬坏了。耗子竟成了我的恩人,使我免掉了一场永远不能磨灭的羞耻。

这次的成品,可以说是全部改译了的。原作本是韵文,我也全部用韵文译出了。这在中国可以说是一种尝试,这里面定然有不少的无理的地方。不过我要算是尽了我的至善的努力了。为要寻出相当的字句和韵脚,竟有为一两行便虚费了我半天工夫的时候。

从整个来说,我这次的工作进行得很快,自着手以来仅仅只有十天的工夫,我便把这第一部的全部完全改译了。我的译文是尽可能的范围内取其流畅的,我相信这儿也一定收了不少的相当的效果。然我对于原文也是尽量地忠实的,能读原文的友人如能对照得一两页,他一定能够知道我译时的苦衷。译文学上的作品不能只求达意,要求自己译出的结果成为一种艺术品。这是很紧要的关键。我看有许多人们完全把这件事情忽略了。批评译品的人也是这样。有许多人把译者的苦心,完全抹杀,只在卖弄自己一点点语学上的才能。这是不甚好的现象。不过这样说,我也并不是要拒绝任何人来纠正我的误译的;只要不是出于恶意,我是绝对的欢迎。

总之我这个译品,在目前是只能暂以为满足了。我没有充实的时间来做这种闲静的工作。第二部我虽然也曾零碎的译过一些,但我也把那全译的野心抛弃了。这部作品的内含和我自己的思想已经有一个很大的距离,这是用不着再来牵就的。

民国十七年十一月三十日改译竣

最后的校稿送来了。我在这儿要感谢几位友人。仿吾,伯奇,独清,他们时常劝诱我,使我终竟译成了这部著作,还有韵铎,他为我司职校对,奔走印刷,这部书能够及早出世,可以说完全是他的功绩。民国十八年一月十日校读后志此

现代书局版《浮士德》的封面与创造社出版部的版本几乎一致,唯一的差别是印有"现代书局印行"。"现代"版见到过两种,第一种的版权页表述是:"1928　2　1 初版　1932　6　20 五版　8 001－10 000 册　实价 1 元 2 角"。此书是精装本,有意思的是居然还见到了在硬封外的封套,图案是向日葵,喻意是什么,搞不清楚。另一种"现代"版,只见封面,仅印书名和译者名,红色底,感觉与现代版差异较大。

群益出版社版《浮士德》,见到过三种不同封面的版本,分别是 1947 年 3 月版(版权页印"沫若译文集之三")、1947 年 11 月版和 1949 年 11 月版,有意思的是未标明版次,也看不出彼此在印数上的关系。这种模糊做法,隐含着什么意思,不得而知。

东南出版社版《浮士德》,1944 年 4 月初版,印 3 000 册,版权页标明"世界文学名著"。中亚书店《浮士德》,1936 年 10 月再版,每册实价 2 角 6 分。书前印歌德少年和老年时的肖像。在版权页上,印有发行者中亚书店,总发行所是复兴书局,从这种表述看,两家似为一家。

橄榄

《橄榄》,"创造社丛书",郭沫若著,笔者所见三种不同封面版本,皆由创造社出版部出版。

第一种,版权页的表述是:"1926 7 1付印 1926 9 1出版 1—3 000 册 每册实价大洋 7 角"。封面为本色,细框线框起,内印书名、作者名、出版机构名和出版时间,左上角印有一枚青橄榄,与书名相吻。衬页与版权页皆设计得很有"韵味",出自"LK"(叶灵凤)之手。

第二种,版权页的表述是:"1926 7 1付印 1926 9 1第一版 1—3 000 册 1927 4 1第二版 3 001—5 000 册 1927 9 15 第三版 5 001—6 000 册"。此书为毛边本,封面设计同初版,不同处是把那枚橄榄移至正中,书名字体由手写美术体变为宋体字,且缩小很多。

第三种,1928 年 5 月六版,印 2 000 册,从初版至六版,共印 10 000 册,每册实价大洋 7 角。遗憾的是,把"8 001—10 000 册",印成了"80 001",错误虽极其微小,但却是致命的。封面设计同第三版,唯一差别是少了一枚橄榄,去其橄榄,用意何在,无法解读。扉页印"创造社丛书"。

另见一种是现代书局 1931 年版,那已经与先前的"创造社丛书"没有什么关系了。封面图案具装饰性,橄榄书名,另有一个"T"形红黑色块,喻意不清。

以第六版为例,全书 245 页,无序跋。

此书为小说散文集,收中篇小说两部:《飘流三部曲》(《歧路》《炼狱》《十字架》),《行路难》,两部小说都是作者贫困与漂泊生活的写照。散文有:"山中杂记"九篇(《菩提树下》《三诗人之死》《芭蕉花》《铁盔》《鸡雏》《人力以上》《卖书》《曼陀罗华》《红瓜》)。散文诗有:"路畔的蔷薇"六篇

⊙ 1926 年创造社出版部初版《橄榄》封面、版权页、扉页

1926　7　1　　付印
1926　9　1　　第一版
　　　　1—3000 册
1927　4　1　　第二版
　　　3001—5000 册
1927　9　15　第三版
　　　5001—6000 册

版權所有

每册實價大洋七角

⊙ 1927 年创造社出版部三版《橄榄》封面、版权页

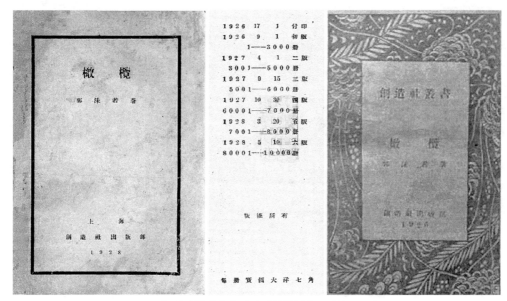

⊙ 1928 年创造社出版部六版《橄榄》封面、版权页、扉页

（《路畔的蔷薇》《夕暮》《水墨画》《山茶花》《墓》《白发》）。在书中，并无《橄榄》一篇，取作书名，估计是取其"先苦后甜"之意吧——猜想。

在出版此书的 1926 年，郭沫若的小说戏剧集《塔》由商务印书馆出版，译作《雪莱诗选》由泰东图书局出版。当年 3 月，郭赴广东大学文学院任院长，7 月随国民革命军北伐，先后任国民革命军政治部秘书长和政治部副主任等职。而当此书印到第三版时，郭的《请看今日之蒋介石》发表在武汉的《中央日报》副刊，随后参加了"八一"南昌起义，任起义军政治部主任，同年加入中国共产党——这就是《橄榄》出版前后的时代背景——郭一生中的大转折期。

书前有着"本书作者的其他著译"21 种，包括已出版的和还在"印刷中"的。

此书封面设计简洁，一枚既写实又写意的"橄榄"印在封面的正中，粗看像是一枚手指印，又像是只蚕蛹……让人会产生无限的遐想——精彩的封面设计，就有着这种无以言传的妙趣。

革命哲学

《革命哲学》，"创造社丛书"第二种，朱谦之著，笔者所见三种版本均为泰东图书局版，发行人赵南公。

第一种，民国十年（1921年）九月一日初版，不知印数，定价四角，在版权页上印有"创造社丛书第二种"。封面底色，印书名、作者名和出版时间，书名为手写美术体。

第二种，民国十六年（1927年）四月四版，不知印数，定价6角，版权页标明"创造社编辑"。封面底色，竖印书名、作者名和"创造社丛书第二种"，书名为手写美术体。

第三种，民国二十四年（1935年）四月三版，大新书局印行，定价1元3角，在版权页上印有"创造社丛书第二种"。

全书262页，书前有袁家骅写的《序文》，其中说道

> 吾友谦之主张哲学就是革命的学问，而革命是有实际努力的。故我知《革命哲学》出世后，定能引起世人许多实际上的行为。愿二十世纪的人们！奋起！努力！因作革命歌一首，歌曰：悲壮的青年哟！哭罢！哭罢！哭罢！/热烈的心血哟！沸罢！沸罢！沸罢！/自由在那？强权的领土呀！/真实在那？虚伪的侵占呀！/光明！光明！早被黑暗掩遮！/人们呀！哭的是现实黑暗！/爱的是未来光明远大！

袁家骅的这首附于《序文》末的《革命歌》有三大段，这是第一段，写于1921年7月20日。

另有《序诗三章》：《宇宙革命底狂歌》（郭沫若）、《微光》（郑振铎）、《宇宙底革命》（郑伯奇）。收文16章：《革命

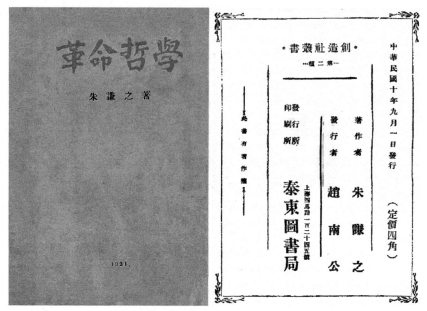

⊙ 1921 年泰东图书局初版《革命哲学》封面、版权页

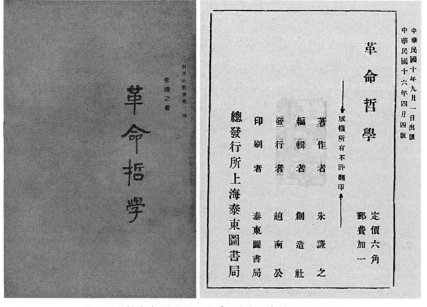

⊙ 1927 年泰东图书局四版《革命哲学》封面、版权页

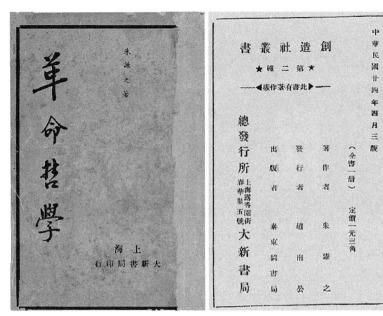

⊙ 1935 年大新书局三版《革命哲学》封面、版权页

的真意义《革命与进化》《革命与创造冲动》《革命底心理》《革命与哲学》《革命化目的与手段》《革命底恩惠》《革命与自由》《革命与群众运动》《革命与唯心史观》《革命与新生活》《革命者的性格与精神》《革命的人生观》《革命主义在进化中》《虚无主义——革命底哲学》《宇宙革命预言》。

　　笔者对其中写序者袁家骅感到兴趣,可惜对他知之甚少,只知他是位语言学家,北京大学出版社 2001 年出版过他的一部《袁家骅文选》。他在建国前的著作大多是译作,如中华教育文化基金会编译委员会编的《黑水手》(康拉德著,商务印书馆 1936 年 1 月版)和《台风及其他》(康拉德著,商务印书馆 1924 年 2 月版)、小说集《老柳树》(北新书局 1935 年 10 月版),以及哲学学派研究《唯情哲学》(泰东图书局 1924 年 2 月版)。

寒灰集

《寒灰集》,"创造社丛书"第八种(创造社排序),郁达夫著,笔者所见为创造社出版部版和北新书局版。

第一种,创造社出版部版,版权页表述是:"1925　10　1付排　1927　6　1初版　1—4 000 册(误印为 1 000—4 000 册)　1927　11　1二版　4001—6000 册　版权所有　每册实价 6 角 5 分"。封面设计素面朝天,这也是《达夫全集》的特色。封面从上至下印:达夫全集　第一卷　寒灰集　上海创造社出版部 1927。扉页上印"创造社丛书第八种",另标明"郁达夫全集第一卷"的字样,书名《寒灰集》字体被缩小,突出的是全集。

第二种,北新书局版,版权页的表述是:"1927　6　1初版　1—4 000 册　1928　6　1再版　4 001—7 000 册　1928　9　1三版　7 001—8 000 册　以上创造社印行　1928　11　1四版　8 001—11 000 册　1929　3　1五版　11 001—14 000 册"。下印郁达夫的版权印花和售价:每册实价 6 角 5 分。扉页印"创造社丛书第八种"和"郁达夫全集第一卷"字样。两种版本的封面,除出版机构不同,其他完全相同。"北新"版多出一枚"版权所有"图案,上盖郁达夫朱文印。两种版本有着前后的承继关系,版次脉络清楚,版权归属明晰。

书前有作者 1926 年 6 月 14 日旧历端午节写于上海的一家小旅馆内的《全集自序》,九页,其中有将近五页是英文,其中中文说道:

> 男子的三十岁,是一个最危险的年龄,大抵的有心人,他的自杀,总在这前后实行。而更有痛于自杀者,

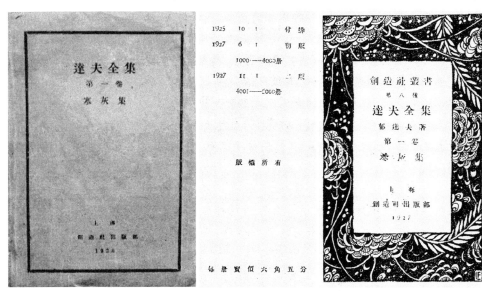

⊙ 1927 年创造社出版部二版《寒灰集》封面、版权页、扉页

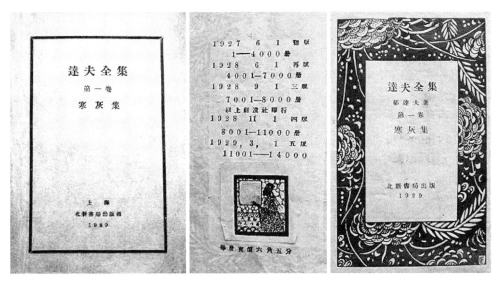

⊙ 1929 年北新书局五版《寒灰集》封面、版权页、扉页

就是"心死"。自家以为有点精神,有点思想的人,竟默默无言地,看着他自己的精神的死灭,思想的消亡!试问天下的痛心事,甚于此者,更有几多宗?

自家今年三十岁,这一种内心的痛苦,精神毁灭的痛苦,两三年来,没有一刻远离过我的心意。并且自从去年染上肺病以来,肉体也日见消瘦了,衰老了,若有人笑骂我的,这一个笑骂者自己,迟早总有知道他谬误的一日,勇敢的笑骂者呀!你们也大约必定要经过这一个心的过程的,不过我在这里却在私祝你们的康健,私祝你们的永不至于经验到这一种心身的变迁!

在人世的无常里,死灭一件常事,对于乱离的中国人,死灭且更是神明的最大的思赉,可是肉体未死以前精神消灭的悲感哟,却是比地狱中最大的极刑,还要难受。

在未死之前,出什么全集,说来原有点可笑,但是自家却觉得应该把过去的生活结一个总账的时候了。自家的精神生活,以后能不能再继续过去?只有天能知道,不过纵使死灰有复燃的时候,我想它的燃法,一定是和从前要大异,并且,并且随伴着我的这一种乾喀,这一种衰弱,谁能说他们不是回光返照的一刹那,而明日的生涯,又谁能知道更将羁栖于何地?

……(以下为十二节英文诗,每节四行,省略)

自己的半生,实在是白白地浪费去了。对人类,对社会,甚而至对自己,有益的事情,一点儿也没有做过。自己的死灭,精神的死灭,在这大千世界里,又值得一个什么?

自己的在过去浪费了的精神,不信有一点一滴可以永生。自己死了之后,那一层脸上的"永生的灵辉",是决也希冀不到的。自己权且当作一个也是孤独的流人,对于过去的自己的孤独的尸骸,将他的死眼闭上,勉强使他装成一个瞑目而终的人,也许是目下的最有意义的一点工作,全集的编制,就发源于此了。

回忆起来,在过去的三十年中间,饥寒孤苦,经历也是不少。感情的起伏,更有甚大的浪波痕迹可寻。自己在过去,虽则没有做过一点可以记录的事情,然而这一种孤凄的感觉,却是我自己一个人的。或者有人要说,"将那些无聊的梦迹编留住,不只是增加一些烦恼世界中的更烦恼的波浪而已么,于世何补?"不过我也要说,"这一点淡淡的波纹,于我却有切肤之痛!"

自家的作品,自家没有一篇是满意的。藏拙删烦,本来是有良心的艺术家的最上法门,可是老牛舐犊,也是人之常情,所以这全集里,又把我过去的作品全部收起来了。

自家今年满了三十岁,当今年的诞生之日,把过去的污点回视回视,也未始不是洁身修行的一种妙法,这又是此际出全集的一个原因。但是许多劝我的朋友们却向我说"可以做一个很好的纪念!"啊啊,纪念?纪念什么?人类中那有把他的耻辱,拿来作光荣的历史看的愚夫?

编订的次序,不是编年,也不是按文中的内容体裁。偶而在故旧的杂纸堆中翻着的,就拿来付印,有手民和校对者侮辱我的地方,也不过随便的改正改正,这又是我的病懒的一个证明。

作品写完的年月,大抵记在后面,有不写的,是出于当时的疏忽,现在溯记忆及,都把它们补上了。

诸君若再能宽恕我一次,容我的 Egotism 再显发一回,我想对诸君将目下正在此地作此序时的周围境状来说一说。

昨天自极南的广东回到了上海,便接到寄住在北京的禽兽般的恶势力下的妻儿的危急之报。上虽只说是"病笃速回",然而最后的来信,隐约说是儿子的病,已经是没有余望,我的女人,在悲痛之余,也已病倒了好多天了。火车不通,明日又只好赶海轮奔回京去。到京之日,只希望不至有更恶的凶闻,被我发见!

痛定思源,这交通的阻绝,这生活的不安,这中国人的流离惨死,又是谁为之阶?我是弱者,我是庸奴,不能拿刀杀贼。我只希望读我此集的诸君,读后能够昂然兴起,或竟读到此处,就将全书丢下,不再将有用的光阴,虚废在读这些无聊的呓语之中,而马上就去挺身作战,杀尽那些比禽兽还相差很远的军人。那我的感谢,比细细玩读我的作品,更要深诚了。

全书 298 页,收文 12 篇:《寒灰集题辞》《茫茫夜》《秋柳》《采石矶》《春风沉醉的晚上》《零余者》《十一月初三》《小春天气》《薄奠》《给一位文学青年的公开状》《烟影》《一个人在途上》。

和影子赛跑

　　《和影子赛跑》被列为"创造社丛书"，依据是刊载于1928年10月《创造月刊》第二卷第三期上的书目，当时的表述是："《和影子赛跑》(潘怀素，即出)"，可见刊出书目时，此书尚未出版。笔者也一直以为没有出版，可在一次偶然的机会中，它突然冒了出来，面目清新，书品尚好。封面设计具装饰性，黑红色块相当醒目。封面、扉页和版权页完整，版权页表述明白："1928　9付梓　1928　10初版　1—1500册　版权所有　每册实价大洋4角半"。此书好像只出过这一版，印数也不多，因此留存在世的版本相当少，实为珍品。扉页印"创造社世界名著选第十四种　德国苏尔池原著"。

　　此书142页，为戏剧译作，三幕八场，不见序跋。开门见山罗列登场人物："马丁韩丝博士(小说家)、柏丹(其妻)、异乡人(或作不相识的人)、女仆、男仆、警察"。地点："一间房子。左侧前面，和舞台前边相垂直，置一张大的写字台。写字台后面，一扇窗。右侧前面，一张装有悬灯的沙发桌子。文件柜，书棚，三扇门"。时代："没有一定年月的现代"。

　　潘怀素，是创造社成员，可惜从未闻及，他的著作版本也只见这一种。

⊙ 1928 年创造社出版部初版《和影子赛跑》封面、版权页、扉页

红纱灯

　　《红纱灯》，"创造社丛书"第二十种，诗集，冯乃超著，笔者所见为创造社出版部 1928 年 2 月付排、1928 年 4 月 20日初版，印 2 000 册，每册实价大洋四角。封面黑底，上为书名，下为作者名，中间为图案，似科幻电影中的场景，光怪陆离，不知所云。扉页印"创造社丛书第二十种"。

　　书前有著者 1927 年 9 月 7 日写的序：

　　　　《红纱灯》，把它送到世间的光明中，会它的旧相知，或是抛在黑暗的一隅，任它埋没在忘却里——我全无一定的成见，但是，经过大半年的逡巡，卒之诞生出世了。

　　　　"舐犊情深"，这样本能的感情，对于此诗集的出世，不来当"产婆役"，只有创造社的厚意，给这畸形的小生命安产出来了。应该鸣谢的。

　　　　你们会看见小鸟停在树梢振落它的毛羽，你们也知道昆虫会脱掉它的旧壳；这是我的过去，我的诗集，也是一片羽毛，一个蝉蜕。

　　　　此集中，尽是一九二六年间的作品。

　　全书 94 页，分为八辑，即八章：《哀唱集》《幻窗》《好像》《死底摇篮曲》《红纱灯》《凋残的蔷薇》《古瓶集》《礼拜日》。每个部分（章节）收诗若干，共收 1926 年创作的诗歌43 首。书名是以其之一章节的题目命名的。

　　在《红纱灯》一章中有诗四首：《梦》《乡愁》《相约》《红纱灯》。诗作感情细致，意境深远，颇受旧诗的影响。唐弢认为"我辈从古垒中来，偶一不慎，往往会趁袭现成。因此，

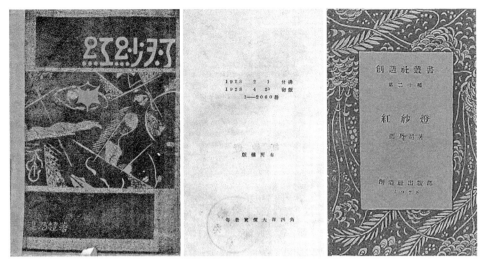

⊙ 1928 年创造社出版部初版《红纱灯》封面、版权页、扉页

我对《红纱灯》有一种偏见,认为集中接受旧诗的影响和滋润而能跳出其框框的,大抵就是好诗。"唐先生对其中的《十二月》《酒歌》《泪零零的幸福升华尽了》《榴火》等篇特别喜欢。并认为"集曰《红纱灯》,不但美丽得很,而且这三个字,对于集里各诗的情调,也是一个恰如其分的体现"。

冯乃超,笔名马公越、冯子韬,广东南海人,出生于日本,并留学日本,初学哲学和社会科学,后改学美学和美术史,因发表过一些唯美倾向的诗,被称作象征派诗人。回国之后,他成了创造社后期的中坚分子……他出版的诗集,好像就是这一种《红纱灯》。

有关作者及其版本的详情,请读者参阅书末的相关内容。

灰色的鸟

　　《灰色的鸟》，在创造社"重新编号"的"创造社丛书"中有其书名，这是把它列为丛书的主要依据。笔者所见 1926 年 6 月初版，在其各部位均未见丛书字样。而笔者所见为 1928 年 3 月五版的扉页却印有"创造社丛书第五种"的字样，这既说明此书确为丛书，而且也说明并非所有版本都印有"创造社丛书"字样。至于再版至四版（1926 年 12 月再版，1927 年 6 月三版，1927 年 11 月四版）这三个版次的版本是否印有丛书名，因未见，故无法断定。

　　《灰色的鸟》，成仿吾等著，创造社出版部（上海宝山路三德里）1926 年 8 月 1 日初版（6 月是付印），印 2 000 册，每册定价洋 4 角。封面左上框内印"创造社小说选第二种"，书脊处印"创造社作品选第二集"，表述不一。封面所标"创造社小说选第二种"，其实不准确，准确的标示应为："创造社作品选集　小说选"。从目前所见，除第二种《灰色的鸟》外，还有陶晶孙著短篇小说《木犀》（第一种，1926 年 6 月初版），在本书中有介绍，可参阅。

　　全书分篇记码，152 页，无序跋。收七人小说七篇，以成仿吾篇作为书名：《灰色的鸟》（成仿吾）、《苦雨凄风》（梁实秋）、《旅行》（淦女士）、《嫩笋》（全平）、《被摈弃者》（白采）、《薄奠》（郁达夫）和《Dona Carmela》（喀尔美萝姑娘·郭沫若）。

　　前后衬页均有图案，比较少见。从绘图的风格看，像是创造社的小伙计叶灵凤所画。封底印有创造社出版部的出版标记，此标记从未见到过，以前只见到过创造社出版的"幻洲丛书"的一枚标记，两者风格有点像，但并非同一标

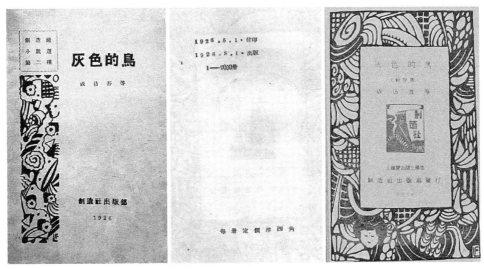

⊙ 1926 年创造社出版部初版《灰色的鸟》封面、版权页、扉页

记,故这一新发现的出版标记就显得特别珍贵了。从这两种标记图案的风格看,猜想也是出自叶氏之手。那个时期,叶灵凤是自诩为"中国的比亚兹莱",仿造的痕迹很浓,似乎有点一发而不可收的味道。

此书所收的小说,除大多数是创造社成员的作品外,还收了梁实秋的《苦雨凄风》、淦女士的《旅行》,"淦女士"就是冯沅君。这两人好像并非创造社中人,这样的编法,出于何种考虑,不得而知。也许是与创造社同人关系密切,或作品风格接近于创造社,等等。

⊙ 1928 年创造社出版部五版
《灰色的鸟》扉页

恢复

　　《恢复》，"创造社丛书"第二十三种（创造社排序），郭沫若著，笔者所见为创造社出版部 1928 年 3 月初版，印 2 000册，每册实价大洋 3 角。封面粗线框，内印书名和出版机构名，并有甲虫图案，喻意不清。

　　在扉页印有"创造社丛书第二十三种"字样。扉页的图案颇有对衬感，是否叶灵凤设计，吃不准。

　　全 书 收 诗 篇 24 首，全部系 1924 年所作：《RECONVALESCENCE》《述怀》《"恣睢"的翻译》《HYSTERIE》《怀亡友》《默认和我对话》《归来》《得了安息》《诗的宣言》《对月》《我想起了陈胜吴广》《黄河与扬子江对话(第二)》《传闻》《如火如荼的恐怖》《外国兵》《梦醒》《峨眉山上的白云》《巫峡的回忆》《诗与睡眠争夕》《电车复了工》《我看见那资本杀人》《金钱的魔力》《血的幻影》《战取》。

　　在《诗的宣言》中，诗人公开宣称"我的阶级是属于无产"。在《如火如荼的恐怖》中大胆喊出："我们已经视死如归，大踏步地走着我们的大路"……诗篇的激昂情绪和明快节奏，预示着诗人已彻底摆脱泛神论思想的纠缠，认识有了飞跃。

　　关于《恢复》，有一些郭沫若自己叙述的史料值得留存：1927 年 10 月，郭已经成了被通缉的亡命之徒，在最初计划到苏联时，生了一场大病并得以痊愈，在恢复期中，失眠得厉害，"继续了差不多有两个礼拜光景。白日黑晚躺在床上，丝毫的睡意也没有。头脑非常的清醒，而且一点也不感觉疲倦，一点也不感觉焦躁。诗的感兴，倒连续地涌出了，不，不是涌了，而像从外边侵袭来的那样。我睡在床上，把一册抄本放在枕下，一有诗兴，立即拿着一枝笔来记录，公

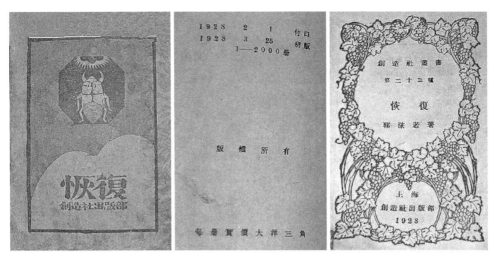

⊙ 1928 年创造社出版部初版《恢复》封面、版权页、扉页

然也录成了一个集子。那便是曾经出版而且遭过禁止的《恢复》了。像那样受着诗兴的连续不断的侵袭，我平生只有过三次。一次是五四前后收在《女神》里面的那些作品的产生，一次是写《瓶》的时候，再一次便是这《恢复》的写出了。但这写《恢复》时比前两次是更加清醒的。"

鸡肋集

　　《鸡肋集》,"创造社丛书",郁达夫著,笔者所见为创造社出版部版和北新书局版。

　　第一种,创造社出版部1927年10月初版,印3 000册,每册实价大洋6角5分,封面底色,细线框,内印书名、出版机构名和出版时间,并印"达夫全集第二卷"。扉页印"创造社丛书第十七种"。

　　第二种,北新书局1931年4月六版,印3 000册,每册实价大洋7角。封面与初版无异,仅色彩有异。从所见的其他版权页得知,创造社出版部印至1928年4月二版(共5 000册)。从三版始,由北新书局出版。

　　据笔者所知,从第三版始由北新书局出版,版权页上贴有版权图案,图案左上留有方形空白,下横印"郁达夫著作之印",空白处未盖作者版权印,所用的版子好像仍为原版,出版时间与印数分别是:1928年12月三版,印3 000册;1929年4月四版,印3 000册;1930年2月五版,印3 000册;1931年4月六版,印3 000册,总印数17 000册,仅"北新"版就印了12 000册。印数虽然如此之多,但留存至今的却罕见,实乃怪事。至于是否还有七版乃至八版,不得而知。

　　"北新"版已不属于"创造社丛书"。因"北新"与创造社出版部版有一个"承上启下"的关系,故必须留存一处介绍。

　　全书收文九篇:《题词》《沈沦》《南迁》《银灰色的死》《胃病》《血泪》《茑萝行》《还乡记》《还乡后记》。以篇记码,总共271页。

　　《鸡肋集题辞》虽较长,但具有语境感的史料极为丰富,弃之可惜,全文留存:

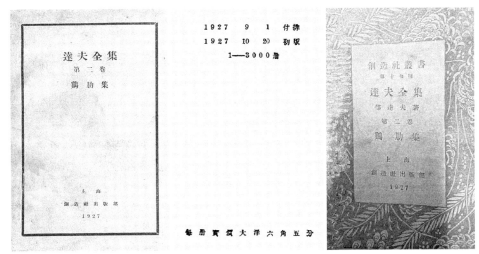

⊙ 1927 年创造社出版部初版《鸡肋集》封面、版权页、扉页

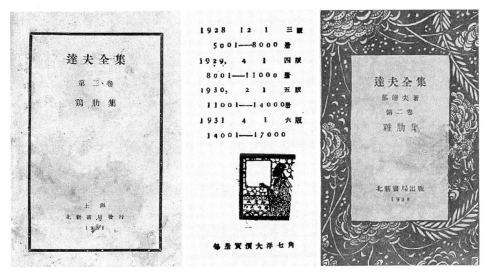

⊙ 1931 年北新书局六版《鸡肋集》封面、版权页、扉页

"弃之可惜，存之可羞"，像这一类的东西，古人名之曰鸡肋，我就把它拿来作了全集第二卷的名称。

凭良心说起来，自己到现在为止，所做的东西，没有一篇不是鸡肋，但是稚气满满的这集里所收的几篇，尤其觉得不成东西。

回溯从前，当一千九百二十一年的七月，——是沉沦等篇作完的时候——自己毫没有成一个滥作家的野心。当时自己还在东京帝大的经济学部里念书，住在三铺席大的一间客舍楼上，志虽不大，也高足以冲破牛斗，言出无心，每大而至于目空一世。到如今五六年来，遇了故国的许多奇波骇浪，受了社会的许多暗箭明创，觉得自己所走的出路，只有这一条了，不得已也只好听天由命，勉强承认了这一种为千古伤心咒诅的文字生涯。年纪到了三十，心里又起了绝大的幻灭，今后如何的活过去，虽不能够预说，然而近一年来，日夜在脑里汹涌的愤世的洪涛，我想过几年后，总能找出一个适当的决裂河口，变程流出。现在我所感到的，可以说是中道的悲哀，歧途的迷惘，若有所成，若有所就，总不得不期之于最近的将来。

牢骚怨愤，现在暂且搁起一旁，让我先把这集里所收的几篇东西写成以后的变迁情状来说一说。《沉沦》《南迁》《银灰色的死》是成于一个时期的，年代是一千九百二十一年。当时国内，虽则已有一班人在提倡文学革命，然而他们的目标，似乎专在思想方面，于纯文学的讨论创作，还是很少。在这一年的秋后，《沉沦》印成了一本单行本出世，社会上因为还看不惯这一种畸形的新书，所受的讥评嘲骂，也不知有几十百次。后来周作人先生，在北京的晨报副刊上写了一篇为我申辩的文章，一班骂我诲淫，骂我造作的文坛壮士，才稍稍收敛了他们痛骂的雄词。过后两三年，《沉沦》竟受了一班青年病者的热爱，销行到了贰万余册。到现在潮流逆转，有几个市侩，且在摹声绘影，造作奇形怪状的书画，劫夺青年的嗜好，这《沉沦》的诲淫冤罪，大约是可以免去了，我在重编此书的卷后，也不知不觉的想向那些维持风化的批评家，发放半脸微笑的嘲讥。

一九二二年，在日本的大学里毕了业，回国来东奔西走，为饥寒所驱使，竟成了一个贩卖知识的商人。这中间所受的待遇，所感到的悲哀，到第二年的暑假止，又写成了一本"茑萝"小集，共有小说不像小说，记事不像记事的杂文三篇。

《茑萝集》出后，——一九二三年的秋天——一般人对我的态度改变了，我的对于艺术的志趣，也大家明白了，可是在这里，我又接受了一个新的称号，就是说我是一个颓废者，一个专唱靡靡之音的秋虫。伟大的天才，我是没有，如洪钟大吕般的号吹，我也没有，天生就我是这样的一个能力薄弱的人，靡靡也罢，颓废也罢，这一回我却不顾前后左右，勇猛的前进了，结果就在一九二四的一年中，写成了几篇实在是衰颓得透顶的自伤自悼之文。这些文章，有的已收在《寒灰集》里，有的还在这里重新修改，大约在此集出后的两三个月中间，也能够印行问世。

一九二五年是我衰颓到极点以后，焦燥苦闷，想把生活的行程改过的一年。这一年中书也不读，文章也不写，从前年冬尽，到这年的秋后止，任意的喝酒，任意的游荡，结果于冬天得了重病，对人生又改了态度。在家中病卧了半年，待精神稍稍恢复的时候，我就和两三位朋友，束装南下，到了革命策源地的广州。在那里本想改变旧习，把满腔热忱，满怀悲愤，都投向革命中去的，谁知鬼蜮弄旌旗，在那里所见到的，又只是些阴谋诡计，卑鄙污浊。一种幻想，如儿童吹玩的肥皂球儿，不待半年，就被现实的恶风吹破了。这中间虽没有写得文章，然而对于中国人心的死灭，革命事业的难成，却添了一层确信。

一九二六年年底，迁回上海，闲居了半年，看了些愈来愈险的军阀的阴谋，尝了些叛我而去的朋友亲信的苦味，本来是应该一沉到底，不去做和尚，也该沉大江的了，可是这前后却得到了一种外来的助力，把我的灵魂，把我的肉体，全部都救度了。对于这助力的感谢，我很想不以笔墨来铭记，我很想以后半生的行为思想来表彰，现在可以不必说，总之在黑暗中摸索了半生，我现在似乎得到了光明的去路了。

在这一个新生出发的当儿，我匆忙编成了这一本"鸡肋"，结束了许多杂务。等秋风一到，就想蹈海东游，远离开故国，好静静的去观察人生，孜孜的去完成我的工作。

在过去的半生中，使我变成了一个顽迷不醒的游荡儿，在最近的数年中，和我也共过许多中国习俗的悲苦的我的女人，我在记念你，我在伤悼你，这一本集子里，也有几篇关于你的文章，贫交远别，没有旁的礼物可以赠送于你，就把这一本集子，虔诚献上，作个永久的纪念罢！　一九二七年八月一日达夫题于沪上

1927 年 6 月，郁达夫与孙荃分居，并认识了杭州王映霞，半年之后结婚。郁在题辞中所说"得到了一种外来的助力，把我的灵魂，把我的肉体，全部都救度了。"可能就是指这而言的。

卷耳集

　　《卷耳集》是否属于"创造社丛书"，从偶尔所得的版本无法弄清，有待以所见版本作为佐证来确定。在此把它作为"创造社丛书"介绍，主要依据是刊登在相关版本上"创造社丛书C集"的书目，六种，其中之一便是《卷耳集》。

　　笔者所见几种版本都是创造社编辑、泰东图书局出版，发行者赵南公。第一种，民国十二年（1923年）八月初版，实售大洋2角5分。此书初版少见，见到的大多是1923年10月的再版。封面和版权页皆印"创造社辛夷小丛书第二种"，未见"创造社丛书"字样。另附1929年1月五版的版权页，较之初版更为完整。

　　之后见到了一些其他版次的《卷耳集》，比如"泰东"版1932年10月的十四版，以及"泰东"版、大新书局1935年5月印行的十六版，在其版权页上皆印有"创造社丛书"字样，可见此书无疑属"创造社丛书"。至于在十四版之前的版本是否印有"创造社丛书"字样，因未见，故不敢妄断。

　　在初版版权页上未标明著作者，实际作者是郭沫若。此书属"创造社辛夷小丛书第二种"，第一种《辛夷集》，也是郭沫若所著。这种手掌型小开本，封面设计简单，一个头戴小花的女子在弹钢琴，背景好似花布窗帘，在钢琴部位镂空写有"T. Y. LI. 1023"的字样，先是弄不清这是何人，后读到书末作者的自跋，才知此人是"李尊庸"，不过仍不知其背景。

　　扉页之后是郭沫若写于1922年8月的序：

　　　　我这个小小的跃试，在老师硕儒看来，或许会说我是"离经叛道"；但是，我想，不怕就孔子复生，他定也要

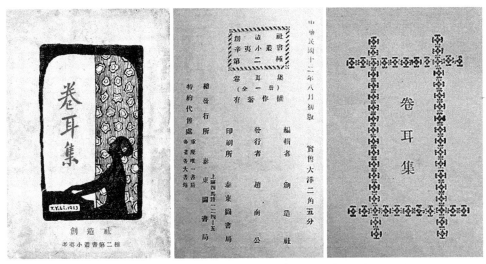

⊙ 1923 年泰东图书局初版《卷耳集》封面、版权页、扉页

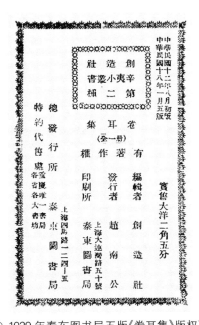

⊙ 1929 年泰东图书局五版《卷耳集》版权页

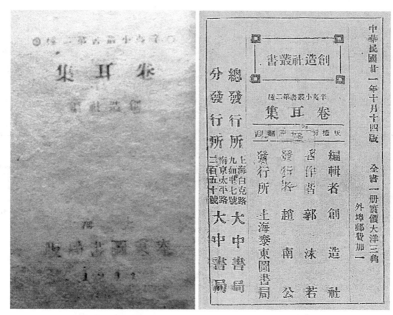

⊙ 1932 年大中书局十四版《卷耳集》扉页、版权页

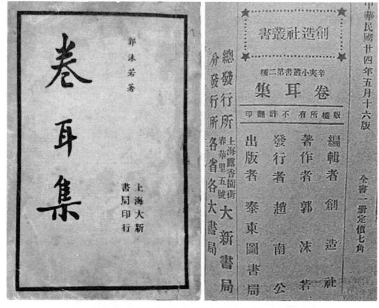

⊙ 1935 年大新书局十六版《卷耳集》封面、版权页

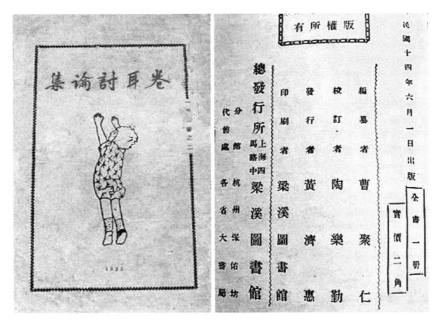

⊙ 1925年版《卷耳讨论集》(曹聚仁编纂)封面、版权页

说出"启予者沫若也"的一句话。

我这个小小的跃试,在新人名士看来,或许会说我是"在旧纸堆中寻生活";但是,我想,我果能在旧纸堆中寻得出资料来,使我这刹那刹那的生命得以充实起来,那我也可以满足了。

我选译的这四十首诗,大概是限于男女间相爱恋的情歌。国风中除了这几十首诗外,还尽有好诗;我因为有些是不能译,有些是译不好的缘故,所以我便多所割爱了。

我对于各诗的解释,是很大胆的。所有一切古代的传统的解释,除略供参考之外,我是纯依我一人的直观,直观在各诗中去追求他的生命。我不要摆渡的船,我仅凭我的力量能及,在这诗海中游泳;我在此戏逐波澜,我自己感受着无限的愉快。

我译述的方法,不是纯粹逐字逐句的直译。我译得非常自由,我也不相信译诗定要限于直译。太戈儿把他自己的诗从本加儿语译成英文,在他《园丁集》的短序上说过:"这些译品不必是字字直译——原文有时有被省略处,有时有被义释处"。他这种译法,我觉得是译诗的正宗。我这几十首译诗,我承认是受了些《园丁集》的暗示。

我国的民族,原来是极自由极优美的民族。可惜束缚在几千年来礼教的桎梏之下,简直成了一头死象的木乃伊。可怜!可怜!可怜我最古的优美的平民文学,也早变成了化石。我要向这化石中吹嘘些生命进去,我想把这木乃伊的死象苏活转来,这也是我译这几十首诗的最终目的,也可以说是我的一个小小的野心。

我因为第一首诗是《卷耳》,所以我就定名这本小诗集为《卷耳集》。我为读者的便利起见,把原诗附录在后方,更加了些注解上去。

最先赞成这个小小的计划的,是我的朋友郁达夫邓均吾两君,他们给了我许多勇气。我更得均吾多大的援助,为我缮写核对。我在此向二君特志感谢之意。

第一首诗《卷耳》,译得相当通畅,开头一段是这样译的:

一片碧绿的平原,/原中有卷耳蔓草开着白色的花。/有位青年妇人左边肘上挂着一只浅浅的提篮,/她时时弓下背去摘取卷耳,/又时时昂起头来凝视着远方的山丘。

关于什么是"卷耳",在书后原诗部分有解释:卷耳,叶青白色,白花,细茎,蔓生。四月中生子(据古解,今名待考,有人以为苍耳,恐非是)。原诗开头一段是这样的:"采采卷耳,不盈顷筐,嗟我怀人,寘彼周行。"在原诗部分,还有对此诗一解:"此诗叙一女子因丈夫行役而思之,第一节叙女子出游,其余三节叙女子心中之想像。"

书末是作者校后写于 1923 年 7 月 23 日的自跋:

去年交出去的稿子,今年来自行校对,我们中国的出版界只好像一个 Amoeha 在蠕动。但我也感谢他,因为我藉此也得了几处改正的机会。

事隔一年,我自己的见解微有变迁,外界的趋势也稍呈异态了。近来青年人士对于古代文学改变了从前一概唾弃的弊风,渐渐发生了研究的趣味,这是可贺的现象。

但是国人研究文学,每每重视他人的批评而忽视作者的原著。譬如研究西洋文学,不向作品本身去求生命,只从新闻杂志上贩输些广告过来,做几篇目录,便算是尽了研究的能事一样。近来研究诗经的人也不免有这种气习,诗经一书为旧解所淹没,这是既明的事实。旧解的腐烂值不得我们去迷恋,也值不得我们去批评。我们当今的急务,是在从古诗中直译去感受它的真美,不在与迂腐的古儒作无聊的讼辩。

朋友们哟,快从乌烟瘴气的暗室中出来,接受太阳的清光罢!太阳现了,烟瘴自有消灭的时候。

最后,我向为我画封面的李尊庸君表示谢忱。

与此书有关的还有一些轶闻,比如汪静之曾有一段回忆:1928 年暑假中,有一天,达夫沫若二兄来游吴淞海滨,在月色如银的海滨玩到夜半时分,后来回到我的房里,我把十四首拙劣的《国风》译稿给沫若看,他看了发生了兴趣,说他也要回去译一些,后来他便译成了一册《卷耳集》。

《卷耳集》出版之后,曾引起轩然大波,唐弢曾在《晦庵书话》中说过,称赞与诋毁者皆有,辩论文字遍及书报杂志,群众图书公司曾编为一集,书名为《卷耳讨论集》,是由曹聚仁编纂的,现早已绝版。唐的回忆记错了出版机构,是梁溪图书馆而非群众图书公司。至于群众图书公司是否有此版本出版,现已经无法弄清。

曹编纂的《卷耳讨论集》(有不少资料误记为《卷耳集讨论集》),笔者曾见过,因属于"梁溪"版"一角丛书",故在研究丛书时留存过相关图文资料。又因与郭著《卷耳集》有着直接关系,故在此文中一并介绍,以供较为完整的信息。

《卷耳讨论集》出版于 1925 年 6 月,是在《卷耳集》初版后的第三年出版的。封面右上方印有"一角丛书之二"字样,出版时间要比良友图书印刷公司印行的"一角丛书"早。封面除书名外,还画了一个跷起双脚伸出双手的小孩,不清楚与此书有什么关系。此书共收文 13 篇:《引言》(曹聚仁)、《卷耳》(原文)、《周南卷耳》(译文 郭沫若)、《茸芷缭室读诗杂记》(俞平伯)、《卷耳集的赞词》(小民)、《读卷耳》(曹聚仁)、《我对于卷耳一诗的解释》(郭沫若)、《读卷耳》(二 曹聚仁)、《说玄黄》(郭沫若)、《蘋华室诗见》(施蛰存)、《我对于卷耳的臆说》(胡浩川)、《再论卷耳》(俞平伯)、《我也来谈卷耳》(蒋锺泽)。

笔者曾粗略翻阅,只记录了书前曹聚仁写于 1925 年 4 月 15 日的引言,其他各位所说大多遗忘。这篇引言尚可留存:"余董理《诗经》,又读《卷耳》一诗,旧日纠纷,都来眼底,爰检三年前友朋讨论之文而阅之,觉昔日之悬案至今犹未决也!今之愚见,将于《诗经集解》中详之,诚恐海内贤哲有所讨论,乃辑旧日论文都为一册以备参证焉!"

抗争

　　《抗争》，"创造社丛书"第十九种（创造社排序），郑伯奇著，笔者所见为创造社出版部 1928 年 2 月初版，印 1 500 册，每册实价大洋 4 角。封面印书名和作者名，图案设计别具一格，右手握住对方的左手，左手握住右手，使其不得动弹，喻意十分明确："抗"与"争"。这一封面设计可称之为"上乘之作"。

　　在此书扉页处标明"创造社丛书第十九种"。

　　书前有"本书著者的其他著译"三种：评论 1.《时代的印象》（纂辑中），戏剧 2.《牺牲》（纂辑中），翻译 3.《鲁森堡之一夜》（改版中）。

　　全书 134 页，无序跋，收两部分，第一部分戏剧：《抗争》《危机》《合欢树下》；第二部分小说：《最后之课》《忙人》《A 与 B 底对话》。

　　郑伯奇，陕西长安人，生于 1895 年，原名郑隆谨，字伯奇，曾用名郑君平。笔名除郑伯奇外，还有伯奇、东山、虚舟、何大白、周裕之、席耐芳、华尚文、郑君平等。1910 年参加"同盟会"。1919 年参加"少年中国学会"。1921 年参加创造社。1926 年任黄埔军校政治教官。1930 年任"左联"常务理事，参加"中国左翼戏剧家联盟"。1932 年任良友图书公司编辑。1939 年为上海杂志公司编辑"每月文库"……1928 年，《创造月刊》发表了郑伯奇的表现中国人民反抗精神的独幕剧《抗争》，同年便出版了这部短篇小说和戏剧集《抗争》。他的作品还有散文集《两栖集》《参差集》、短篇小说集《宽城子大将》《打火机》、戏剧集《轨道》《哈尔滨的暗影》、译作《鲁森堡之一夜》等。有关详情，读者可参阅书末的相关内容。

⊙ 1928 年创造社出版部初版《抗争》封面、版权页、扉页

蔻拉梭

　　《蔻拉梭》，"创造社丛书"第二十五种（创造社排序），张资平著，笔者所见为创造社出版部 1928 年 8 月初版，印3 000 册，道林纸版本，每册实价大洋 7 角，白报纸版本，每册实价大洋 4 角半。封面为底色，线框，内印书名、作者名、出版机构名和出版时间，正中有一图案，杯旁有倒地流酒的酒瓶，喻意猜想是"今日有酒今日醉"。

　　扉页书名"CURACAO"，并标明"创造社丛书第二十五种"，扉页后有"本书著者的其他文艺著作十三种"。

　　全书 269 页，无序跋，收文七篇：《梅岭之春》《CURACAO》《末日的受审判者》《圣诞节前夜》《密约》《双曲线与渐近线》《爱之焦点》。

　　最后一篇应为《爱之焦点》，可是在版页上方却印为《CURACAO》，这一时期的"创造社丛书"，印刷差错不计其数，整个流程的粗糙可见一斑。

　　1921 年 7 月，张资平与郭沫若、郁达夫、成仿吾一起组织创造社，成为"创造社四巨头"之一。曾有过一张四人的合影，但以前所见是经过处理的照片，仅三人，张资平是被"剔除"在外的。被称为"三角恋爱"小说家的张资平，是一个公认的多产作家，一生写有 30 多部小说，不妨列出书目（只列书名）：《冲积期化石》《雪的除夕》《不平衡的偶力》《飞絮》《苔莉》《爱之焦点》《最后的幸福》《植树节》《蔻拉梭》《柘榴花》《素描种种》《青春》《长途》《爱力圈外》《糜烂》《跳跃着的人们》《爱之涡流》《天孙之女》《红雾》《明珠与黑炭》《紫云》《恋爱花》《欢喜陀与马桶》《上帝的儿女们》《群星乱飞》《脱了轨道的星球》《北极圈里的王国》《黑恋》《青春的悲哀》《恋爱错综》《无灵魂的人们》《时间与爱的歧路》。

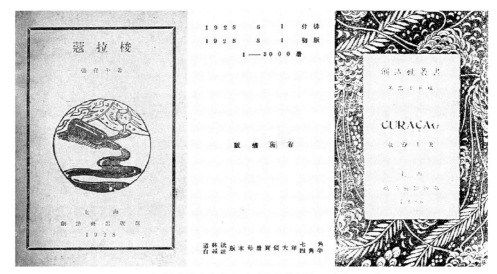

⊙ 1928 年创造社出版部初版《蔻拉梭》封面、版权页、扉页

　　现代文学研究者大多把《时间与爱的歧路》作为他的最后一部长篇小说,因为这篇小说在《申报·自由谈》连载,受到了社会舆论的指责而中断,从此以后他便逐渐从文坛销声匿迹。其实,在"最后一部"之后,笔者还见到过张资平的几部长篇小说,如合众书店 1934 年 9 月初版的《爱的交流》、1936 年 12 月初版的《青年的》;大连启东书社 1942 年 11 月出版的《母爱》;知行出版社 1945 年 7 月初版的《新红 A 字》等。有关作者及其版本的详情,请读者参阅书末的相关内容。

黎明之前

  《黎明之前》,"创造社丛书",龚冰庐著,笔者所见为创造社出版部 1928 年 7 月付排、1928 年 9 月初版,印 2 000 册,每册实价大洋 4 角。扉页印"创造社丛书第二十九种"。

  此书的封面设计有一种震撼力,一道闪电划过,五个被铁链铐起的赤裸着上身的"囚徒"在挣扎,在"黎明之前"抗争……

  全书 131 页,无序跋。

  笔者较早读过龚冰庐的《黎明之前》,版本非"创造社丛书",而是乐华图书公司 1930 年的版本,隐约还记得内容是讲一个工人和一个女佣,背景是痛苦、觉醒、罢工、示威……着重描写的是心理,但感觉水准平平。

  龚冰庐,江苏崇明(今上海)人,生于 1908 年,曾用名龚持平。笔名除龚冰庐外,还有冰庐、樱影、持平等。他的著作除《黎明之前》,还有一种短篇小说集《炭矿夫》,现代书局 1929 年 3 月初版。

⊙ 1928 年创造社出版部初版《黎明之前》封面、版权页、扉页

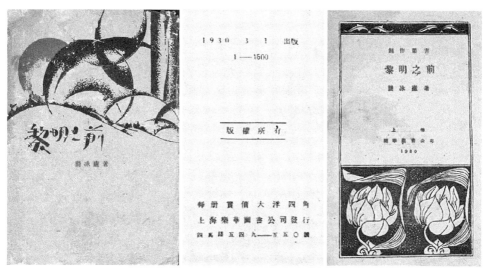

⊙ 1930 年乐华图书公司版《黎明之前》封面、版权页、扉页

流浪

　　《流浪》,"创造社丛书",诗文合集,成仿吾著,笔者所见为创造社出版部 1927 年 6 月 1 日付排、1927 年 9 月 1 日初版,印 3 000 册,每册定价大洋 6 角。封面细线框起,内印书名、作者名、出版机构名及出版时间。初版的扉页不见,见到的是 1928 年的扉页,在上面印有"创造社丛书第十四种"。

　　在扉页背面有"本书著者的其他著译":《使命》(文艺评论集)、《德国诗集》(成仿吾、郭沫若合译)、《水滨集》(译诗集)。

　　书前有序诗,全书收新诗:《海上吟及其他十五首》(《海上吟》《我想》《房州寄沫若》《归东京时车上》《梦一般的》《静夜》《秋暮》《白云》《哦,我的灵魂!》《疲倦了的行路》《故乡》《冬天》《残雪》《冬的别辞》《春树》《一刻》)《送春归》《长沙寄沫若》《岁暮长沙城晚眺》《海上的悲歌》《诗人的恋歌》《白云》《早春及其他九首》(《早春》《春》《断片》《小坐》《梦见》《彷徨》《醉醒》《丽》《当我复归到了自我的时候》《微礼》《清明时节及其他三首》(《二十八年前的今天》《悔恨》《当我忽地从梦中醒来》《清明时节》)。收散文:《东京》《太湖纪游》《江南的春讯》《春游》《跋》。收小说:《一个流浪人的新年》《深林的月夜》《灰色的鸟》《牧夫》。

　　《序诗》一
　　我生如一颗流星,/不知要飞往何处;/我只不住地狂奔,/曳着一时显现的微明,/人纵不知我心中焦灼如许。　　是何等辽阔的天空! /又是何等清爽! /我摇摇而奋奔,/我耀耀而遥征,/回顾长空而中心怅惘。

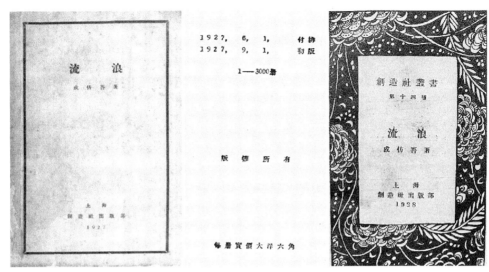

这是何等的运命——／这短短的一生，／尽流浪而凋零，／莫或与我相亲，／永远永远孤独而凄凉！　　人纵在愁苦之中，／皆能强笑而为乐，／欢情的火焰熊熊，／悲哀的幕影犹可潜踪，／我连这种欢情也无从得着。　　啊，这是何等的运命——／在这无涯的怅惘，／曳着瞬间的微明，／抱着惨痛的凄情！／我还要不住地奋进而遥往。　　啊，我生如一颗流星，／不知要流往何处；／我只不住地狂奔，／曳着一时显现的微明，／人纵不知我心中焦灼如许。

一九二三

《序诗》二

这是我的残骸！／凋零的我呀，早已不知所在。／亲爱的远方的朋友哟！／请莫惜，请莫忘你的怜爱！　　便是我这漂渺的生涯，／也曾梦想过幻美的纯爱；可如今百合的花时过了，／空剩了这片残骨骸。　　但这虽是我的残骸，／我的音空呀，或许仍然未改。／亲爱的远方的朋友哟／请莫惜，请莫忘你的怜爱！

黄埔，十六年六月廿九。

其中的小诗很有可供想像的意趣，如《雨》："欲停还雨，／我立窗前，／默默无语。半角天空如乳，／冥蒙的雨中，／斜烟在凝盰。April l6. 1923"

书末有作者 1927 年 7 月 31 日早晨写于沪滨旅舍的短跋：

岁月匆匆，不觉已经三十寒暑了。万事都如一梦，这些便都是梦中的呓语。青春时代的欢乐与悲哀,一去已无踪迹;它们的残照与余音,通通收在这里。请宽恕这种利己的动机,因为这都不过是一场易醒的迷梦。

在"创造社丛书"中,成仿吾的著作除《流浪》外,还能见到一种是《使命》,那是一本文学评论集,"创造社丛书之十三种",1927年7月版,全书分为四辑,收有《新文学之使命》《写实主义与庸俗主义》《诗之防御战》《评冰心女士的超人》《〈呐喊〉的评论》《论译诗》《文学界的现形》《完成我们的文学革命》等28篇论文。有关作者及版本的详情,请读者可参阅书末的附录。

《流浪》的另一种版本是大光书局1936年6月三版,与"创造社丛书"已经没有一点关系。

鲁拜集

　　《鲁拜集》版本极多，出版机构不同，版次各异，可谓一片乱象。因此只能以所见叙述，所述难免顾前而失后，顾左而失右。所见版本有"创造社"编的"泰东"版、创造社出版部版、"光华"版和"新光"版。如把其他零星版本再放进去的话，就乱得更无法阅读了，所以只好割舍。

　　笔者所见版本大多未印"创造社丛书"字样，把它作为丛书，依据是 1928 年 10 月出版的《创造月刊》刊登的"创造社丛书"书目。

　　第一种，属"辛夷小丛书第四种"，创造社编，郭沫若转译，泰东图书局民国十五年（1926 年）七月三版，实售 2 角。发行人赵南公。封面框起，印有人物及景物图案，并印书名（RUBAIYAT OF OMAR KHAYYAM）和"辛夷小丛书"名。三版未印"创造社丛书"。后见与之封面相同的 1932 年 10 月第十三版，版权页既印"创造社丛书"又印"辛夷小丛书第四种"，虽为双重，但足以可证《鲁拜集》属"创造社丛书"。

　　扉页有小插图，书前有导言，全书分上下篇，上篇收：《读了鲁拜集后之感想》《诗人我默伽亚谟略传》。下篇收：《鲁拜集》 1《诗百干什么》一首（英汉对照），2《注释》。其中讲到有关这一版本的情况：

　　　　Fitzgerald 英译，是一八五七年正月十五日出版的，第一版只是一种小小的 Pamphlet，并且是没有记名的，出版书店伦敦 Quaritch 把它丢在四片尼均一的书匣里，甚至减价卖到一片尼，也还没有人要。一八六〇年 D. G. Rossetti 先发见了这部译诗的好处；接着

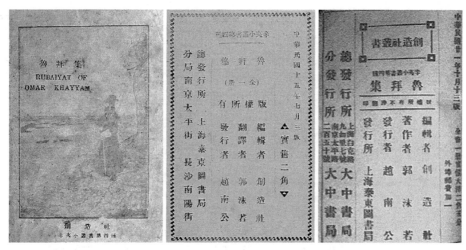

⊙ 1926 年泰东图书局三版《鲁拜集》封面、版权页，以及 1932 年十三版版权页

⊙ 1927 年创造社出版部初版《鲁拜集》封面、版权页、扉页

⊙ 从左至右：1930 年、1933 年光华书局再版、三版《鲁拜集》封面，另一种泰东图书局的《鲁拜集》封面

Swinburne，Lord Houghton 也极力称赞，一直到一八六八年又才出了第二版。其后七二年，七八年出了三四版。第一版只有七十五首，第二版最多，有百一十首，第三四版均为百零一首，次第和语句均各有不同。我此处所译的是他的第四版。第一版我在 Henry Newbolt 所选的《英国诗文钞》里看见过。第二版我看过竹友藻风的日译本，只有第三版我还不曾得见。

Rubaiyat 本是 Rubai 的复数。Rabai 的诗形一首四行，第一第二第四行押韵，第三行大抵不押韵，与我国的绝诗颇相类。我记得胡适之的《尝试集》里面好像介绍过两首，译名也好像是"绝诗"两字……原文我不懂，我还读过荒川茂的日译本（大正九年十月号的中央公论）说是直接从波斯文译出的，共有一百五十八首。我把它同 Fitzgerald 英译本比较，它们的内容几乎完全不同，但是那诗中所流的精神，是没有甚么走转。翻译的工夫，到了 Fitzgerald 的程度，真算得创作无以异了。

以下我据 Fitzgerald 英译的第四版，重译成汉文；读者可在这些诗里面，寻出我国刘伶李太白的面孔来。

第二种，创造社出版部版，版权页的表述："1922 9 30 译完 1923 5 28 改正 1927 10 1 付排 1927 11 10 初版 1—2 000 册 版权所有 每册实价大洋 3 角"。这种对版权事项完整的表述，在民国时期出版的图书中是较为少见的，"创造社"对版权的尊重，也可见一斑。此书有双扉页，皆印"世界名著选第七种 莪默伽业谟原著"。所见版本未印"创造社丛书"字样。

第三种，见光华书局两种版本，1930 年 12 月再版和 1933 年 5 月三版，封面构图大体相同，与"创造社丛书"已经没有内在的关联。

第四种，封面印"泰东图书局印行"，扉页印"新光书局印行"，版权页印"新光书局发行 国华书局总经售"，重版时间是 1939 年 8 月。1937 年赵南公在上海病逝，"泰东"随之寿终正寝，这本 1939 年的重版，可以说是自说自话的盗版本。

鲁森堡之一夜

　　《鲁森堡之一夜》,"创造社丛书"第三种(泰东图书局排序),法国古尔孟原著,郑伯奇译,笔者所见两种版本均为泰东图书局版,发行者赵南公。

　　第一种,民国十一年(1922年)十一月再版,封面为底色,上印书名、著者译者名和出版时间,在书名上方还印有"世界名家小说",此情况与《茵梦湖》属同一类型。泰东图书局趁创造社被封之危,在1929年5月之后,除把"世界名家小说"的《茵梦湖》重印后印上"创造社丛书第十九种"外,还把同属"世界名家小说"的郑伯奇译的《鲁森堡之一夜》重印,并在扉页上印上"创造社丛书"(但未编号)。此书虽为1922年版,但与重印本有着"前后"之关系,故把这一版本的原始状态在此作一介绍。遗憾的是,至今未见印有"创造社丛书"字样的重印本。

　　第二种,民国十八年(1929年)五月四版,不知印数,实售大洋3角5分。版权页上未见"创造社丛书"字样,在扉页上印"世界名家小说"。封面右上方与右侧为图案,黑底上绘有人头、闪电和蛛网的图案。

　　书前有《赖弥·德·古尔孟(人及其思想)》一文,是作为此书的代序,全序18页,极长。接着是《发端》,像是小说的一篇引言。之后便是正文《鲁森堡之一夜》。

　　正文之后是"注",24条,主要是对原文(英文)的注释。

　　最后是译者写的《译余小记》:

　　　　此书原书(第十二段)译出,而与兰荪 Arthur Ransomc 的英译,参照处亦颇不少。英译颇多删略之处,概以描写太露,易招误解之故,译者间亦从之。

⊙ 1922 年泰东图书局初版《鲁森堡之一夜》封面、版权页

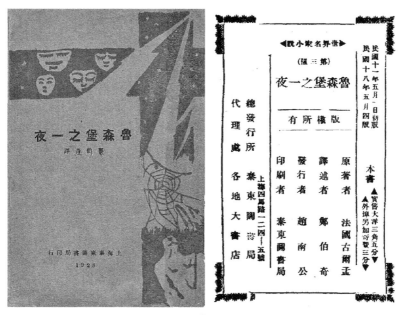

⊙ 1929 年泰东图书局四版《鲁森堡之一夜》封面、版权页

书中谈哲理处有为中国现时浅陋不备之白话文所不能完全表示者，望读者意会之。至于行文之拙陋，则译者之责任，一与原著无涉；如有误谬尚希指正。

封面有图案的版本先后见到过多种，其中有一种封底左上角盖有长方形蓝章："柳亚子藏书 NO.787"，为柳先生旧藏，至于何时成为图书馆藏书，不得而知。其实，作为专门与图书打交道的机构，在接受作家赠予时，应较为详细地记载所有过程以及所有藏书，且能公诸于众，便于收藏者与研究者了解其中的版本情况，可惜这些看似小事的"大事"却没有人去做，或无暇顾及，或不屑一顾，反正缺乏关注。至于捐赠之书流落于旧书市场，如巴金的赠书在北京旧书市场发现，从而引发一番关注，那就是另外一码事了。

旅心

《旅心》，"创造社丛书"第八种，穆木天著，笔者所见两种版本皆为创造社出版部出版。

第一种，1927年2月付排，4月初版，印3 000册，每册实价3角5分。封面细线框起，内印书名、作者名、出版机构名和出版时间，皆从右至左排列，这种排法往往会误读为《心旅》。而且把目录页排在书末，那叫本末倒置。

第二种，1928年6月二版，印1 000册，每册实价大洋4角。封面与初版判若两人，有图案，四个波纹状的圆圈，内圆中有一颗红心，由近而远或由远而近，并携带一心，完全符合书名"旅心"。隐喻式的图案设计，为上乘之作。1928年6月再版的文字与初版同，纠正了初版的错误，把目录页移至书前。

书前有《献诗　献给我的爱人麦道广姑娘》，这是一首很有韵律和节奏的文字，耐读：

> 我是一个永远的旅人永远步纤纤的灰白的路头/
> 永远步纤纤的灰白的路头在薄暮的灰黄的时候　我
> 是一个永远的旅人永远听寂寂的淡淡的心波/永远听
> 寂寂的淡淡的心波在消散的茫茫的沉默　我心里永
> 远飘着不住的沧桑我心里永远流着不住的交响/我心
> 里永远残在着层层的介殻我永远在无言中寂荡飘狂
> 妹妹这寂静的我的心情妹妹这寂寞的我的心影/妹
> 妹我们共同飘零妹妹唯有你知道我心里永远的蒙眬

这本诗集所收诗作，是作者1923年至1926年间写的31首新诗，大部分是在日本东京帝国大学时所写。第一首

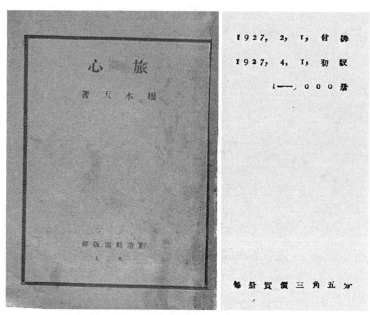

⊙ 1927 年创造社出版部初版《旅心》封面、版权页

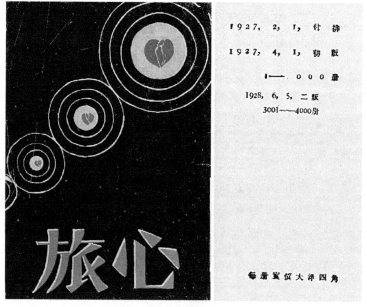

⊙ 1928 年创造社出版部再版《旅心》封面、版权页

为《心欲》,其一是:

> 我愿作一个小孩子/濯足江边的沙汀/用一片欢愉的高笑/消尽胸中的幽情　我愿作一个小孩子/泅在木排旁的水中/恣几回的游泳/洗尽胸中的幽情　我愿作一个小孩子/撑小舟顺江流东行/吸满暖暖的江风/刷尽胸中的幽情

书末还附有散文诗《复活日》和《谭诗——给郭沫若的一封信》。对于这本诗集的评价,笔者见到有两种。一是阿英,认为在艺术上"别创一格者"。二是朱自清:"托情于幽微远渺之中,音节也颇求整齐"。笔者也读过其中的几首,虽未感受到名家的意思,但却能直觉地感受到,诗人所表达的一种淡淡的哀愁。

这部诗集是诗人较早的著作,估计是第一部。之后好像是在参加"左联"后,与任钧等一起成立中国诗歌会后出版的一部诗集《流亡者之歌》,再之后创办《新诗歌》旬刊,主编过诗刊《时调》和《五月》等。《新的旅途》是他的另一部诗集,1942年9月由文座出版社出版,是否最后一部,不清。其实,作者真正的"强项"是翻译,他所译巴尔扎克的《欧也尼·葛朗台》,可说是中国第一部巴尔扎克的译作。有关作者及版本的详情,请读者参阅书末的相关内容。

梅岭之春

　　《梅岭之春》，"创造社丛书"，原名《蔻拉梭》，张资平著，笔者所见为 1928 年 6 月初版、1929 年 3 月再版，每册实售大洋七角。初版印 3000 册，再版也印 3000 册，之后还见到过四版，印数达 9000 册。再之后还有大光书局版，是否还有其他版次，不得而知。但笔者所见印有"创造社丛书"字样的版本（皆印在扉页），仅再版与四版，至于初版和三版以及其他版本是否也印有"创造社丛书"，从逻辑上讲是可能的，但未见版本实物，也便无法断定。

　　在 1930 年 8 月四版上，印有"原名《蔻拉梭》"的字样。也就是说，《蔻拉梭》之名先于《梅岭之春》。但从两书版权页记载的初版时间看，《梅岭之春》和《蔻拉梭》的初版皆为 1928 年 6 月，因此可断定，这"原名"之说似乎不准确，至于《梅岭之春》之名是从第几版开始改的，是第三版，还是第四版？因未见第三版的版本实物，故只能推断是从第四版开始改的。推断的并非准确，在此是需说明的。

　　在"创造社丛书"的书目中曾记有"第二十七种"不知为何种版本，如大胆假设的话，这第二十七种也许可能就是这本《梅岭之春》，无足够佐证，只好权作为真。

　　全书收文七篇：《梅岭之春》《curacoa》《末日的受审判者》《圣诞节前夜》《密约》《双曲线与渐近线》《爱之焦点》。在所收内容上看，与《蔻拉梭》绝对相同。

⊙ 1929 年光华书局再版《梅岭之春》封面、版权页、扉页

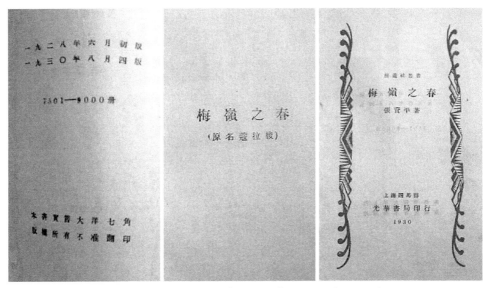

⊙ 1930 年光华书局四版《梅岭之春》版权页及扉页（两种）

落叶

　　《落叶》，笔者前后见到超过四种版本，估计还有遗漏，有待渐次补正。

　　第一种，创造社编，创造社出版部出版，初版版权页的表述是："1926　2，1付印　1926　4，1出版　1—2 000 册　布面定价洋 4 角 2 分　纸面定价洋 2 角 8 分"。封面和版权页皆印"落叶丛书第一种"。未见"创造社丛书"字样。据资料记载，1927 年 9 月六版时列为"创造社丛书第一种"。创造社版的"落叶丛书"，除郭著《落叶》，还有一种是张资平的《飞絮》（1927 年 10 月五版时列为"创造社丛书第二种"）。实际上，所见印有"创造社丛书"字样的版本是1927 年 6 月的五版，以所配的扉页为证。另外还附有 1928年 10 月九版的版权页，从初版至九版，版权事项罗列得一清二楚。封面正中印一直观图案：飘落在书上的叶子。图案左下方印"LF"，绘图者叶灵凤。

　　第二种，乐华图书公司出版，1929 年 11 月十版，总共印 14 000 册，每册实价 3 角 5 分。封面图案同创造社出版部版，扉页印"创作丛书"，版本虽属于"创造社丛书"，但在版次的延续上有关系。

　　第三种，光华书局出版，笔者见到两种不同封面的版本（1930 年 10 月初版，1934 年 10 月六版），封面图案与创造社版和"乐华"版完全不同。扉页印"沫若小说戏曲集"，在版次上已经与前两种版本没有关系，而是自己的面目出初版。初版本印 1 500 册，每册实价大洋 4 角。

　　第四种，新兴书店出版，1929 年 11 月初版，印 2 000 册，书报邮售社（上海中华路）经售，实价大洋 4 角。在版次上与前两种版本没有关系，同"光华"版一样，以自己面目出初版。

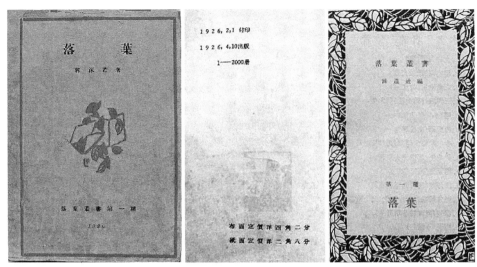

⊙ 1926 年"落叶丛书"版《落叶》封面、版权页、扉页

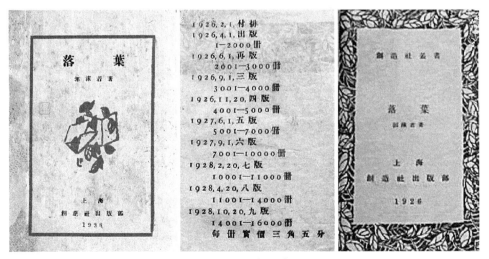

⊙ 1928 年创造社出版部九版《落叶》封面、版权页、扉页

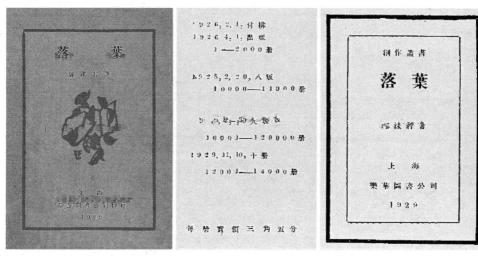

⊙ 1929 年乐华图书公司十版《落叶》封面、版权页、扉页

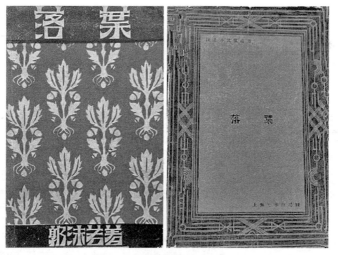

⊙ 从左至右：
1930 年光华书局初版《落叶》封面
1934 年光华书局六版《落叶》封面

第五种,新文艺书店出版,1932 年 7 月三版,累计印 3 500 册,每册实价大洋 4 角,也是以自己的面目出初版。

从所见版本的版次看有两种情况,一是有延续性,二是自主出版。至于两者之间的版权关系,已经复杂到无法再弄清楚了。

全书 140 页,无序跋,收中篇小说《落叶》一篇。

在"新兴"版的书末,印有"沫若小说戏曲集 第三四辑 漂流曲优待券",并标明:"凭券至新兴书店及其特约发行所购第三四辑者,得按实价七五折计算,每券限购一部",而且还特别标明:"本券永远有效"。这是一种以"书"促销的噱头,从一个侧面说明郭沫若的著作受人欢迎。但最末一句就有点"画蛇添足":永远? 能永远吗?

据笔者所知所见,书名《落叶》者,不只郭沫若所著,其他还有三种,一是徐志摩的散文集《落叶》,北新书局 1926 年出版,与郭著几乎同时出版;二是赵清阁的小说集《落叶》,商务印书馆 1948 年出版,此书只在上海文庙旧书市场见过一眼,品相极差,一晃而过;三是杜零雁等的小说集《落叶》,中学生书局 1933 年 5 月初版,属"中学生小说丛刊",收短篇小说 10 篇,《落叶》是其中之一篇,作者许乃茂。

梦里的微笑

　　《梦里的微笑》，"创造社丛书"，全平（周全平）著，创造社出版，光华书局发行，实为光华书局版，笔者所见为1925年12月初版，扉页印"创造社丛书"字样，并注明"叶灵凤画"。封面图案风格一看便知出自叶氏之手，图案置封面右侧，一支蜡烛一个女人，蜡烛之火焰向上升腾，女人的眼睛向下低垂，是何喻意，难解。

　　笔者发现一个非常奇怪的现象：扉页下方印"1925"，那是初版时间，而在版权页上却印"一九二七，七，一，四版"。在同一本书上出现完全不同的出版时间，肯定在某一出版程序出了错。以笔者浅见，此书实为四版，而在装订时，很可能把初版时剩下的扉页胡乱地装订上去，否则就无法自圆其说。光华书局在出版程序上的粗糙有目共睹，犯这种低级错误好像也很自然。另附1929年9月六版的版权页，至六版时已出9500册，每册7角5分。

　　书前有代序：《昨夜的梦》。全书259页，分上下卷，上卷收：《林中》《薄暮》《童时》《姑母家》《湖畔》《秋雨》《他乡》《佳节》《月夜》《姑母家》《微笑》《薄暮》；下卷收：《对话之夜》《爱与血的交流》《旧梦》。书末有代跋：《致梦里的友人》。

　　书中有叶灵凤作的插图七幅，每幅插图都有文字说明，如"呈献给梦里的友人"、"他捧着头动也不动"等。

　　在目录页后有用线框框起的献辞文字："这一叠墨痕，呈献给梦里的友人"。书末又有一线框，内印："梦里的友人呀，你是我的光明！"这个"梦里的友人"是谁？哑谜一个。

　　周全平，江苏宜兴人，生于1902年，原名周承澍，号震仲，曾用名周霆生。笔名除周全平外，还有全平、霆声、骆驼

⊙ 1927 年光华书局四版《梦里的微笑》封面、扉页、版权页

⊙ 1929 年光华书局六版《梦里的微笑》版权页、插图（两幅）

等。1922 年参加创造社。1925 年主持创造社出版部工作,主编《洪水》,后又编辑《幻洲月刊》、《出版月刊》等。1929 年与潘汉年合编《小物件》杂志,还组织西门书店。1930 年当选为"左联"候补常委,同年加入中国共产党。主要作品有散文集《残兵》和《箬船——故乡问灾记》,小说集《烦恼的梦》("创造社丛书")、《梦里的微笑》("创造社丛书")、《苦笑》("幻洲丛书")和《楼头的烦恼》等。

　　成仿吾曾在《创造日·终刊感言》中说,在创造社刊物推荐的作者中,"尤以周全平和倪贻德二君为最有望。二君是这半年以来的最杰出的新进作家"。

　　有关作者及其版本的详情,请读者参阅书末的相关内容。

蜜蜂

《蜜蜂》,此版本十分罕见,到目前为止笔者只见过这一种。

"世界儿童文学选集"第三种,穆木天译,法国 Anatol France(法郎士)著,泰东书局民国十三年(1924 年)六月出版,民国十六年(1927 年)十月三版,此书为三版,实售大洋2 角半,发行者赵南公。据资料记载,创造社出版部把它列为"世界名著选之一"。至于是否有印有"创造社丛书"字样的版本,因只见这一种版本,故无法断定,有待考证。把此书作为"创造社丛书",依据是"创造社丛书 B 集(泰东版)"的书目广告。

书前有一篇滕固 1923 年国庆日草于月浦的《蜜蜂的赞歌——赠木天及其诗人》的诗序,非常别致,值得诵读:

> 嗡咙! 嗡咙! /可拉里的蜜蜂;/加上了美丽的冠冕,/翱翔于小人们的王宫。她巡遍了五花八门,/领略了秘密的美妙;/她看过些神工鬼斧,/悟出了造化的奇巧;/她抚摩着金银玉帛,/想见了乔治的颜色。   痴情的鲁格王啊! /枉费了你多少的殷勤,/她忘不了旧时的深情。/七年的幽禁期满了,/梦想的乔治也来了。
>
> 鲁格王唱道: /"来,我们的小朋友! 你们站在蜜蜂和乔治的前面,/他们在相倚而相亲。/你们应当歌颂那如花美眷!"/你们应当歌颂那一对玉人!   于是小人们同声地唱道: /"万岁,万岁,/可拉里的蜜蜂万岁,/伯兰的乔治万岁! /你们千万莫要忘了,/尊者圣者的鲁格王。/万岁,万岁,万万岁!"

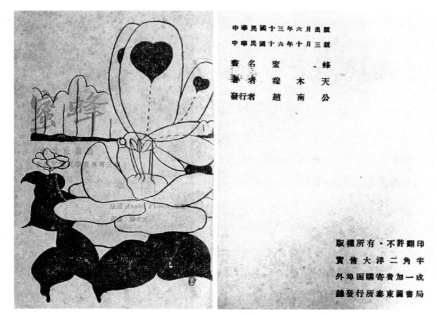

⊙ 1927 年泰东图书局三版《蜜蜂》封面、版权页

　　此书的书目广告,出现在一些"创造社丛书"中,广告词既可作为小散文读,也可作为版本资料保存,有关作者及其版本的详情,请读者参阅书末的相关内容。

磨坊文札

　　《磨坊文札》，此书笔者起码见到过三种不同出版机构出版的版本。

　　第一种，都德原著，成绍宗、张人权合译，皆创造社出版部出版。把它作为"创造社丛书"的依据是：创造社重新编号的"创造社丛书"四十一种之一。

　　所见两种不同封面的版本：其一，1927年1月付排，3月初版，印2000册，每册大洋6角。封面细线框起，框线内左上角有带风车的磨坊，右上角印书名、原著者名和译者名，下印出版机构名与出版时间。扉页印"创造社丛书"。其二，1927年8月再版，印2000册，每册实价大洋6角，平装毛边本。封面底色，细线框起，内印书名、译者名、出版机构名和出版时间。扉页印"世界名著选第二种"。

　　书前有序文（Avant propos）。这篇序文很特别，实际是篇"引言"，其中一段描写磨坊的文字很有意境：

　　　　此磨坊地址在普罗望斯内地罗纳山谷中一处柏橡葱茏的坡上；磨坊废弃已二十余年，已失磨转之效能。且藤葛藓薜紫薜及其他寄生植物，滋蔓攀牵，直上翅尖；该废物以如此景状，其中磨轮已断，平台上的砖缝已挤生着荒草……

　　其实，真正有意思的是第一篇文章《安顿》（Installation），它的开头的文字，正好能接上引言的内容：

　　　　受惊的才是这些兔儿哟！……这么久以来它们看见磨坊的门总是关着，墙壁和露台是渐渐地被草侵占

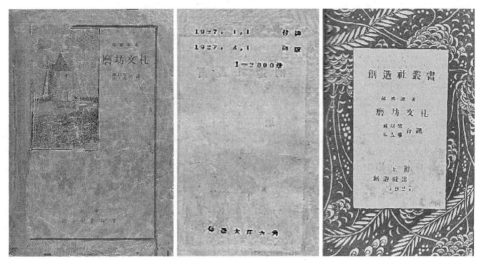

⊙ 1927 年创造社出版部初版《磨坊文札》封面、版权页、扉页

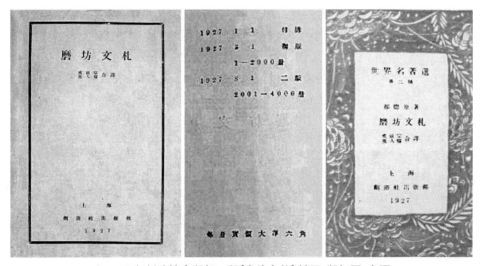

⊙ 1927 年创造社出版部二版《磨坊文札》封面、版权页、扉页

⊙ 从左至右：
1931 年乐华图书公司版《磨坊文札》封面
1935 年大光书局重版《磨坊文札》封面

了，它们到后来简直是相信磨工的种类已然减绝了，因为觉得这个地方还不错，它们于是把来做了它们的一个大本营，一个战事行动的中心点：兔们的Jrmmapes 的磨坊了……我来的那晚，足足有，实实在在的有二十几只兔儿环坐在那露台上，正在月光之下烘它们的脚呢……

在扉页前，有原著者都德的肖像。

全书每个章节又以小标题来分：《安顿》《在濮垓耳的驿车中》《高尼叶师傅的秘密》《晒甘先生的山羊》《星星的故事》《亚雷女子》《教皇的骡子》《沙吉莱尔的灯塔》《水密洋的遇险》《关卒》《古壤的牧师》《老夫妻》《散文诗两章》（《太子之死》《知事下乡》《毕格秋的护书》《金脑子人的传说》《诗人米斯特拉》《三堂"弥撒"忏》《桔子》《二旅舍》《米里亚拉旅行记》《蝗虫》《戈贤神文的 LELIXIR》《记加马克怀故营》。

书末有《注释表》，对一些难懂的名词进行解释。如"毛地黄"——法名Digitale，玄参植物名。"费德吕 Vitellius"——纪元前十五年罗马皇，等等。

第二种，乐华图书公司 1931 年 7 月版，每册实价大洋 6 角。封面图案是一个扛着大包行走在两座冒着烟的烟囱间，与"磨坊"有何关系，费解。

第三种，大光书局 1935 年 12 月重版，原价国币 6 角，特价国币 2 角 5 分。封面图案自成一统,对称图案,椭圆形中印"幻洲丛书"字样,而扉页却印"创造社丛书",是"脚踏两头船"的版本。译者也只印成绍宗一人,不知什么原因"剥夺"了张人权的版权。

成绍宗,湖南新化人,不知出生年月。笔名除成绍宗,还有绍宗、绍等。他是成仿吾的亲戚,创造社成员。笔者最早"认识"这位仁兄的是那段传得十分离奇的轶事:携款与郭沫若《瓶》的女主角一起私奔,还误称此女就是郭的太太李安娜云云。实际,此女确有其人,那是创造社小伙计徐葆炎之妹徐亦定。他的主要作品是译作。

另一位译者张人权,自幼聪明过人,1920年考入上海中法工学院,攻读机械专业。毕业前夕参加学生运动被开除学籍。1923年10月考入北京中法大学服尔德学院,改读法文。他的首部译作,就是与成绍宗合译的《磨坊文札》,第二部是独译法国作家绿蒂的《我弟伊凡》,现代书局1930年初版和1933年再版。

沫若诗集

　　《沫若诗集》，此书笔者所见版本混杂，常见的起码有三种不同出版机构的版本。

　　第一种，创造社出版部出版，笔者前后见到过初版至三版三种版本，粗看封面大致相同，但细微处仍有不同。其一，1928 年 4 月付排，6 月初版，印 3 000 册，每册实价大洋 8 角。笔者所见初版本失扉页，但从其他资料中获悉，初版扉页印"创造社丛书第二十一种"。封面底色，用两条粗线框起，内印书名，在书名上下各印两条横线，虽不解其意，但感觉粗犷。其二，1929 年 3 月再版，印 1 000 册，每册实价大洋 8 角，封面单线黑细框，内印书名等外还有"创造社出版部"字样。扉页印"创造社丛书第二十一种"。其三，1929 年 12 月三版，印 2 000 册，每册实价大洋 8 角，封面单线红细框，封面、扉页和版权页皆印"创造社出版部"字样，未印"创造社丛书"。之后笔者还见到过第四版，与前三版大同小异，至于创造社出版部总共出了多少版，心中无数。

　　第二种，现代书局出版，笔者前后见到过三种封面各不相同的版本。其一，1929 年 12 月三版，印 2 000 册，每册实价大洋 8 角；其二，1932 年 4 月五版，不知印数；其三，1932 年 11 月七版，印 2 000 册。三版和五版的封面大体相同，手写美术体书名，缺乏美感。七版稍作装饰，左下一红一黑双线呈 L 形，右上有小图案，书名竖排，硕大，其中"沫"字（音 mo），写成"沫"（音 mei），完全是两个不同读音和意思的字，即便是美术体，也不该写错。而在民国时期，只要书名涉及"沫若"或"郭沫若"的，两者并不相通，写错的居多，弄不明白其中之意。

　　第三种，复兴书局出版，笔者所见两种不同封面但出版

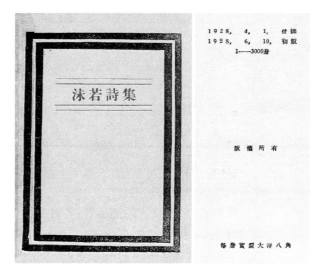

⊙ 1928 年创造社出版部初版《沫若诗集》封面、版权页

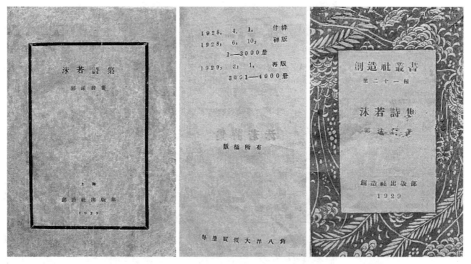

⊙ 1929 年创造社出版部再版《沫若诗集》封面、版权页、扉页

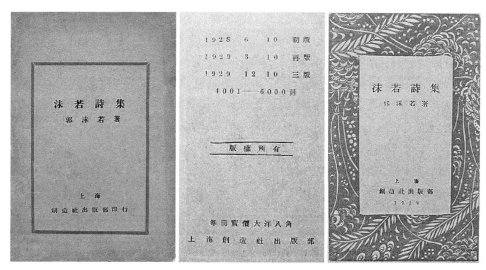

⊙ 1929 年创造社出版部三版《沫若诗集》封面、版权页、扉页

时间相同的版本,版权页的表述是:"民国二十五年五月复兴第一次再版一千册",即 1936 年 5 月再版。其中一种封面有图案,全一册实价 7 角 2 分;另一种只印书名,全一册实价 4 角 8 分,价格相差 2 角 4 分,估计是把封面制版和印刷的成本都估算在内了。

三种不同出版机构出版的同名图书,内容基本相同,书前似乎都印有"本书作者的其他文艺著译 24 种",一至 16 种同前介绍,17 种至 24 种分别是:《异端》、《约翰沁孤戏曲集》、《德国诗选》(与成仿吾合译)、《从文学革命到革命文学》(与成仿吾合著)、《雪莱选集》、《水平线下》、《查拉图司屈拉钞》和《抒情诗选》(创造社同人合集)。

以创造社出版部的初版为例,全书 319 页,无序跋。收诗:Ⅰ《女神三部曲》(诗剧 3 篇):《女神之再生》《湘累》《棠棣之花》,Ⅱ《凤凰涅槃》(诗 1 首):《凤凰涅槃》,Ⅲ《天狗》(诗 10 首):《天狗》《心灯》《炉中煤》《日出》《晨安》《笔立山头展望》《地球我的母亲》《雪朝》《立在地球边上放号》《浴海》,Ⅳ《偶像崇拜》(诗 9 首):《电火光中三首》《演奏会上》《夜步十里松原》《我是个偶像崇拜者》《新阳关三叠》《金字塔》《巨炮之教训》《匪徒颂》《胜利的死》,Ⅴ《星空》(诗 10 首):《登临》《光海》《梅花树下醉歌》《创造者》《星空》《洪水时代》《伯夷这样歌唱》《月下的故乡》《夜》《死》,Ⅵ《春蚕》(诗 28 首、童话剧一篇):A《爱神之什》:《Venus》《别离》《春愁》《司健康的女神》《新月与白云》《死的诱惑》《火葬物》《鹭鸶》《鸣蝉》《晚步》,B《春蚕》:《春蚕》《蜜桑索罗普之夜歌》《霁月》《晴朝》《岸上三首》《晨兴》《春之胎动》《日暮的婚筵》,C《Sphinx 之什》:《月下的 Sphinx》《苦味之杯》《静夜》《偶成》《南风》《新月》《白云》

《雨后》《天上的市街》《新月与晴海》,D《广寒宫》,Ⅶ《彷徨》,A《归国吟》:《新生》《海舟中望日出》《黄浦江边》《上海印象》《西湖记游十首》,B《彷徨之什》:《黄海中的哀歌》《仰望》《江湾即景》《吴淞堤上》《赠友》《夜别》《海上》《灯台》《拘留在检疫所中》《归来》,C《Paolo 之什》:《Paolo 之歌》《冬景》《夕暮》《暗夜》《春潮》《新芽》《大鹫》《地震》《两个大星》《石佛》,D《泪痕之什》:《叹逝》《泪痕》《夕阳时分》《白鸥》《哀歌》《星影初现时》《白玫瑰》《自然》《庚死的春兰》《失巢的瓦雀》。

其中 12 首诗是 1919 年至 1923 年作品未收入《女神》和《星空》中的。有些诗,作者还做过修改。

沫若译诗集

　　《沫若译诗集》，此书属创造社出版部重新编号的"创造社丛书"之一种，书目曾刊于 1928 年 10 月的《创造月刊》第二卷第三期上。然而笔者所见的三种版本，皆未注明"创造社丛书"，是尚未见到印有"创造社丛书"的版本，还是本来就没有，从笔者所见的版本看，已经无法断定了。

　　第一种，创造社出版部出版，伽里达若等著，郭沫若译，1928 年 5 月初版，印 2 000 册，每册实价大洋 4 角 5 分。扉页印"创造社世界名著选第十种"。

　　"创造社"的"世界名著选"到底有多少种，起初以为就那么三四种，其实不然，从掌握的资料看多达 18 种，不妨一记：《少年维特之烦恼》《磨坊文札》《银匣》《法网》《茵梦湖》《德国诗选》《鲁拜集》《浮士德》《沫若译诗集》《查拉图斯屈拉钞》《商船"坚决号"》《雪莱诗选》《和影子赛跑》《蜜蜂》《卷耳集》《王尔德童话集》《威廉退尔》《死》。其中有些版本还是"创造社丛书"，而最后两种则不见出版，估计是从未面世。

　　书前印有"本书著者的诗集鸟瞰"，共九种：《瓶》《前茅》《恢复》《沫若诗集》《抒情诗选》《鲁拜集》《浮士德》《沫若译诗集》《雪莱选集》。其中《抒情诗选》从未见到过，据说是创造社出版部出的"明日小丛书"之一种。

　　全书收译诗：伽里达若一首：《秋》，克罗普遂妥克一首：《春祭颂歌》，歌德诗 12 首：《湖上》《五月歌》《牧羊者的哀歌》《放浪者的夜歌（二）》《对月》《艺术家的夕暮之歌》《迷娘歌》《渔夫》《掘宝者》《幕色》《维特与绿蒂》，席勒一首：《渔歌》，海涅一首：《悄静的海滨》，归乡集第 16 首：《打鱼的姑娘》，施笃谟三首：《今朝》《林中》《我的妈妈所主张》，

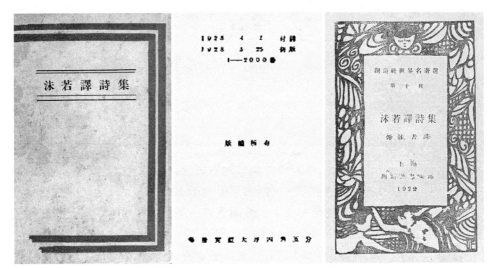

⊙ 1928 年创造社出版部初版《沫若译诗集》封面、版权页、扉页

⊙ 从左至右：
1929 年乐华图书公司再版《沫若译诗集》封面
1931 年文艺书局版《沫若译诗集》封面
1947 年建文书店初版《沫若译诗集》封面

赛德尔一首：《白玫瑰》，希莱特一首：《森林之声》，维尔莱尼一首：《月明》，都布罗柳波夫一首：《死殇不足伤我神》，屠格涅夫五首：《睡眠》《即兴》《齐尔西时》《爱之歌》《遗言》，道生一首：《无限的悲哀》，葛雷一首：《墓畔哀歌》。

第二种，建文书店出版，1947 年 9 月初版，不知印数和售价，在版本的任何部位皆未见"创造社丛书"字样。把此书与创造社出版部版相比对，所收诗篇大大超过第一种。在葛雷的《墓畔哀歌》之后还有雪莱的诗，以及《鲁拜集》的部分和《新俄诗选》20 多首。从篇目数量看，是收得较全的版本。

第三种，乐华图书公司出版，版权页的表述是："1928　5　26 初版　1—2 000 册　1929　11　5 再版　2 001—4 000 册　每册实价大洋 4 角 5 分"。封面设计与创造社出版部版稍有相似，在版本的任何部位皆未见"创造社丛书"字样。

第四种，上海文艺书局出版，1931 年 3 月付排，4 月出版，每册实价大洋 4 角 5 分。在版本的任何部位皆未见"创造社丛书"字样。

木犀

　　《木犀》被列入"创造社丛书",依据是在创造社两次重新编号的书目中都有《木犀》,这一书目刊载于 1928 年 10 月的《创造月刊》第二卷第三期上。

　　笔者所见三种版本皆为创造社出版部版:初版、三版和五版。三种版本的封面大体相同,左侧图案,右侧从上至下印书名、作者名和出版机构名。初版印"创造社出版部",三版印"上海创造社出版部",五版印"创造社刊"。表述不一,但不会引起误解。

　　初版的版权页表述上"1926　3　1 付印　1926　6　1 出版　1—2000 册,每册实价大洋 4 角 5 分"。此书属"创造社丛书"第四种(创造社排序),创造社编,陆晶孙等著。封面为底色,左侧有纹饰与花饰图案。图案上方用曲线框,内印"创造社小说选第一种",书脊处却印"创造社作品选第一集"。

　　三版出版于 1927 年 6 月,至三版已印 5000 册,每册实价大洋 2 角 5 分。封面左上角无"创造社小说选第一种"字样。

　　五版出版于 1932 年 3 月,印数标明 5000 册,看来这个印数不一定正确(因三版已是 5000 册)。封面左上角无"创造社小说选第一种"字样。扉页印"创作集"、"小说选"。

　　这是短篇小说的合集,全书收小说七篇(篇首都有叶灵凤画的小插图):《木犀》(陶晶孙)、《叶罗提之墓》(郭沫若)、《青烟》(郁达夫)、《最后的安慰》(严良才)、《一个流浪人的新年》(成仿吾)、《隔绝》(淦女士)和《圣诞节前夜》(张资平)。七人作品的风格各异,把它们收集在一起,产生的阅读感相当有趣:陶、郭行文如诗,严、郁、淦的文笔清隽,

⊙ 1926 年创造社出版部初版《木犀》封面、版权页、扉页（两种）

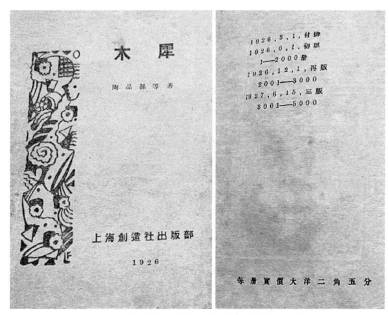

⊙ 1927 年创造社出版部三版《木犀》封面、版权页

⊙ 1932 年创造社五版《木犀》封面、版权页、扉页

张的柔婉而略嫌芜杂,所有的内容都不约而同地描写青年男女的爱情。

在这七人中大多有名有姓,唯"淦女士"是笔名,此人便是冯沅君,河南唐河人,生于 1900 年,原名冯恭兰,曾用名冯淑兰,字德馥。"淦女士"的笔名见于小说《隔绝》,刊载于 1924 年 2 月 28 日《创造》季刊第二卷第二期。由于有了这个出典,也便解开了笔者的疑问:冯沅君又非创造社中人,何以会选取她的小说于"创造社丛书"? 正因为刊载于《创造》季刊,所以选取也便成了一个理由。其实,淦女士在创造社的刊物中还不止只刊登这篇《隔绝》。经查,还有刊登在《创造周报》上的几篇文章:《旅行》(第四十五号,1924 年 3 月 24 日出版)、《慈母》(第四十六号,3 月 28 日出版)和《隔绝之后》(第四十九号,4 月 19 日出版)等。

茑萝集

《茑萝集》，在版本中均未见"创造社丛书"字样，把它作为丛书，依据是"创造社丛书"C集书目，把几种"辛夷小丛书"都囊括了进去。

笔者所见版本是郁达夫著、泰东图书局1923年10月初版，在封面和版权页上均印有"创造社辛夷小丛书第三种"的字样。

书前有著者写于1923年7月28日的"献纳之辞"：风雨晦明之际，/作我的同伴，作我的牺牲，/安慰我，仁奉我的，/你这可怜的自由奴隶哟！/请你受了我这卑微的献纳罢！/在这几张纸上流动着的，/不知是你的泪呢？还是我的血？/总之我们是沈沦在/悲苦的地狱之中的受难者，/我们不得不拖了十字架，/在共同的运命底下，/向永远的灭亡前进！/这几张书就算了爸爸在途中，/为减轻苦闷的原因，/偶尔发的一声叹声罢！/奉献于/我的女人。

另有自序四页，作者1923年7月28日午后写于上海的"贫民窑"里：

> 自《沈沦》见天日以来。匆匆的岁月，已经历有两年。回想起来，对《沈沦》的毁誉褒贬，都成了我的药石。我本来原自知不能在艺术的王国里，留恋须史，然而恶人的世界，塞尽了我的去路，有名的伟人，有钱的富者，和美貌的女郎，结了三角同盟，摈我斥我，使我不得不在空想的楼阁里寄我的残生。这事说起来虽是好听，但我的苦处，已经不是常人所能忍的了。

> 人生终究是悲苦的结晶，我不信世界上有快乐的两字。人家都骂我是颓废派，是享乐主义者，然而他们

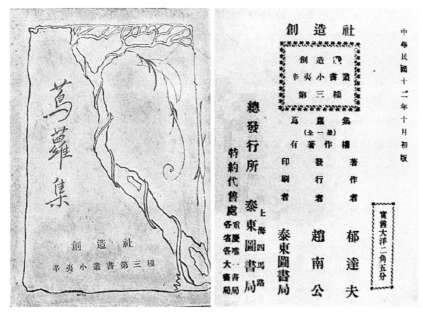

⊙ 1923 年泰东图书局初版《茑萝集》封面、版权页

那里知道我何以要去追求酒色的原因？唉唉，清夜酒醒，看看我胸前睡着的被金钱买来的肉体，我的哀愁，我的悲叹，比自称道德家的人，还要沈痛数倍。我岂是甘心堕落者？我岂是无灵魂的人？不过看定了人生的运命，不得不如此自遣耳。

半年来因失业的结果，我的天天在作梦的脑里，又添了许多经验。以己例人，我知道世界上不少悲哀的男女，我的这几篇小说，只想在贫民窟，破庙中去寻那些可怜的读者。得意的诸君！你们不要来买罢，因为这本书，与你们的思想感情，全无关涉，你们买了读了，也不能增我的光荣。

我可以不再多讲了，因为我所欲讲的，都写在后面三篇小说里，可怜的读者诸君——请你们恕我这样的说——你们若能看破人生终究是悲哀苦痛，那么就请你们预备，让我们携着手一同到空虚的路上去罢！

全书 202 页，收小说三篇：《血泪》《茑萝行》《还乡记》。

书末有《写完了茑萝集的最后一篇》，七页，作者写于 1923 年 7 月最后的一日，其中说道：

这书应该是不受欢迎的，因为读这书的时候，并不能得着愉快。本来是寥寥的几个爱读我的著书的人中，想读我这一本书的，大约更要减少下去，但是我不信在现代的不合理的社会里，竟无一个青年，能了解这书的主人公的心理。我也不信使人不快乐的书，就没有在世上存在的权利。

血泪是去年夏天在某报上发表，莴萝行是创造二卷一期里的一篇小说，还乡记是最近为创造日补白而作的。三篇虽产生年月不同，落笔时的心境各异，然而我想一味悲痛的情调，是前后一贯的。

这书付印之后，大约到出世之日止，只少总要一两个月工夫。我不知秋风吹落叶的时候，我这孱弱的病体，还能依然存在在地球上否？前天医生诊出了我的病源，说我的肺尖大弱，我只希望一个苦痛少一点的自然的灭亡，此外我对现世更无牵挂了。

我的女人昨天又写信来催我回家去养病，至少这书出世之日，我总不在上海住了。读者诸君，我祝你们的康健！

笔者还见到过此书的六版，民国十九年（1930 年）六月出版，初版至六版共印了 12 000 册，每册实价大洋 2 角 5 分。印数虽然不少，但至今已经很难见到。至于六版是否此书的最后一版，也很难说。

《莴萝集》是作者第二部小说集，问世后也引起了一些轰动，褒贬不一，持肯定态度的如萍霞的《读〈莴萝集〉》和胡梦华的《读〈莴萝集〉的读后感——复郁达夫的一封信》，中肯指出小说积极入世的思想倾向和浪漫率真的特点。但批评意见也不少，如徐志摩则认为作者是"故意在自己身上造些血脓糜烂的创作来吸引过路人的同情"。有评论称，郁的忧郁、苦闷、酗酒、玩女人、性变态以及自杀倾向，大部分是自相夸饰的幌子，他颓废的面具，盖不住一颗赤诚之心。笔者认为，这种穿透表象提示内核的评论相当中肯。

聂嫈

《聂嫈》,"创造社丛书",郭沫若著,笔者所见版本为光华书局和创造社出版分部各一种。

第一种,光华书局(上海四马路太和坊内)1925 年 9 月 1 日初版,不知印数,实价大洋 2 角,太平洋印刷公司印刷。封面底色,竖排"创造社丛书"、书名和作者名("郭沫若先生作"),横排出版机构名。光华书局出版的"创造社丛书"共五种,这是其中之一。版权页也印有"创造社丛书"字样,属于封面、版权页"双重标示"。

第二种,创造社出版分部(广州昌兴马路)1926 年 7 月再版,不知印数,实价 2 角,在版权页上方与书名一起印有"创造社丛书"字样,丁卜印刷工场印刷。封面底色,竖排作者手写书名和"沫若自题"。

全书 166 页,二幕剧,无序跋。第一幕《濮阳桥畔》,第二幕《十字街头》。

关于此书,郭沫若有过一段回忆,可供读者参阅:

前好些年辰我便想把聂政姐弟的故事写成剧本,名之曰《棠棣之花》。我也曾经发表过两幕,一幕是收在《女神》里的"聂母墓前"姐弟的诀别,一幕是《创造》季刊创刊号上的"濮阳河畔"聂政与严仲子的邂逅。落尾还有两三幕,起过好几次稿,但都不能满意,写了又毁了。那计画遭了停顿,并早决心把它抛弃了。不料五卅惨案一发生,前面所说的那对现实的"棠棣之花"却使我这虚拟的古事剧复活了转来。我便费了两礼拜光景的工夫把那两幕剧的《聂嫈》写出了。

《聂嫈》和未来的央大克,自然不同,但和真实所计

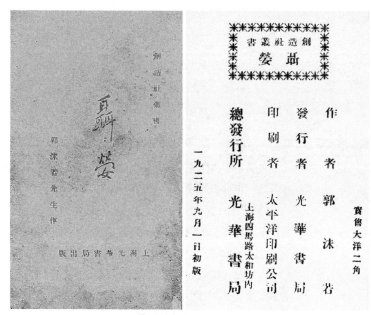

⊙ 1925 年光华书局初版《聂嫈》封面、版权页

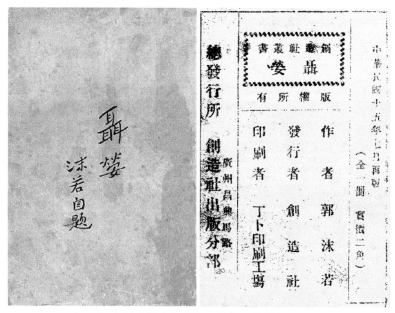

⊙ 1926 年创造社出版分部再版《聂嫈》封面、版权页

画的《棠棣之花》也完全两样。"聶母墓前"的姐弟诀别让它独立了,"濮阳河畔"的一幕是完全改造了的。这剧写成后曾由上海美专学生表演过一次。演了三天,卖了几百块钱,捐献给当时的上海总工会去了。详细的情形,我在《三个叛逆的女性》的后序里是提到过的。

《聶荌》的写出自己很得意,而尤其得意的是那第一幕里面的盲叟。那盲目的流浪艺人所吐露出的情绪是我的心理之最深奥处的表白。但那种心理之得以具像化,却是受了爱尔兰作家约翰沁孤的影响。

《聶荌》写成后,我把它同以前发表过的《卓文君》和《王昭君》两篇集合起来,成为《三个叛逆的女性》,交给了还在氤氲中的光华书局。

封底印有"光华书局出版预告":《文艺论集》(郭沫若著,印刷中)、《梦里的微笑》(周全平著,印刷中),两书均有广告词。

创造社出版部在广州还有一个分部,笔者还是第一次见到。一开始,只是感觉,认为光华书局与创造社出版分部所出初版与再版有着内在关联,但彼此间是何关系,无法解读。之后读到不少创造社的资料,才基本弄清楚其中的关系:

其实,创造社出版部分部还不止广州与北京,还有武昌、扬州、长沙等处。有些资料可资借鉴:北京分部1926年2月23日成立,1927年8月因业绩不佳歇业;广州分部1926年4月12日成立;武昌分部1926年3月成立,1927年9月又筹办武汉分部;绥定分部1926年3月成立;扬州分部1926年3月成立;日本分部1926年3月成立,作为经售处;长沙分部1926年3月成立;安庆分部1926年7月前成立;济南分部1926年7月前成立;汕头分部1927年4月成立,即被国民党当局查封;南京分部1927年9月成立,11月被搜查;重庆分部1927年9月成立。

关于"广州分部",1926年4月16日《创造月刊》第一卷第二期曾刊登一则《创造社出版部广州分部成立启事》:

本分部已经组织就绪,营业地址已择定广州昌义新街四十二号。爱读《创造》诸君,如欲购买股票,预订《创造月刊》、《洪水》半月刊,及预约创造社丛书者,请来本分部与周灵均君接洽。

附告:本分部除发行上海总部出版之书报外,并代售国内各种优良文学读物。

关于"广州分部",在1927年3月26日《新消息》周刊第三号中,有一篇灵均、曼华合写的《广州分部的第一周年》,其中写道:

……灵均因为与郁先生及成先生是旧识,说话都不是零碎的问题。在畅谈中,他们谈及设立分部的事情,于是灵均就肩承了这个担子。

算是费了两天的工夫和一点手续,我们便在现在的昌义新街四十二号的二楼,定下了这不宽不窄的两房一厅的部所。灵均那时因为是在政治部办事,所以手头也还松动,拿了两百块钱薪水出来做开办费,算就支撑起了至今已有一年的这个广州分部。……六月间,灵均便随大军北伐去了;分部是仅留了曼华和一个煮饭的佣人……分部的营业状况,平均每日都有七八百元的收入。以这间小小的铺子,有此良好的景况,已是使我们十分安慰。

钟敬文曾在《荔枝红》中记有一篇《创造社出版部分部》的文字,其中说道:

我初到广州时,第一宗吃紧的事,好像就是看书店,而那个小书店是为我所特别当心留意的。大概是到后第二天吧,我就借一位朋友的引带,到那里去了。我初以为他至少也该是在大马路上像平常商店那样的房户,那里晓得在一条短僻的街里,而且是在二楼上的一间很小的房室呢!它的门口,挂着一块狭长的黑地白字中间斜穿道一道星光般的红线之招牌,"创造社出版部分部",这便是牌上刻镂着的字句。招牌小的很可怜,不是熟识了的人,是不容易找见的。到了楼上,这排《洪水》呀,《创造月刊》呀,《现代评论》呀,《莽原》呀,……那排《落叶》呀,《少年维特之烦恼》呀,《文艺论集》呀,《呐喊》呀……倒也排列很整整齐齐的,虽然并不多。其中最令人感到幽逸雅致的,是四壁上贴着的一些用信笺和粗纸写的字画。……我很觉得它里面有点值得看的书,而空气也比较本市什么商务印书馆分馆,文明书局等,来得温和而精美。……

书名《聂嫈》的"嫈"(音 ying)一直不知其读音。其实,此人是战国时期"四大刺客"之一聂政的姐姐。《史记》中称聂荣。郭沫若就是根据聂的事迹,创作了历史剧《聂嫈》。据史书记载,聂嫈虽无惊人武艺,却有无畏精神,为信仰和亲人不惜牺牲自己生命,可称之为侠女!上世纪 20 年代中期,郭沫若就写过《三个叛逆的女性》,"三个叛逆的女性"是指:卓文君、王昭君和聂嫈。

女神

《女神》，"创造社丛书"第一种，郭沫若著，笔者所见两种版本均为泰东图书局出版，上海四马路 124、125 号，发行者赵南公。

第一种，民国十年（1921 年）8 月 5 日初版，不知印数，定价 5 角 5 分。在版权页上方印有"创造社丛书第一种"字样，这是泰东图书局版"创造社丛书"的一种排序。封面底色，横排书名、作者名和出版时间，并印有此书的体裁"剧曲诗歌集"。

第二种，民国十七年（1928 年）10 月 8 日版，不知印数，实价 5 角 5 分。在版权页上方印有"创造社丛书第一种"。封面底色，除印有书名、作者名和出版机构名外，增添一图，图案为线条随意勾勒的持号拿琴的"女神"。

书前有郭沫若 1921 年 5 月 26 日写的序诗，很有雄浑气度：

> 我是个无产阶级者：/因为我除个赤条条的我外，/甚么私有财产也没有。/《女神》是我自己产生出来的，/或许可以说是我的私有，/但是，我愿意成个共产主义者，/所以我把她公开了。　《女神》哟！/你去，去寻那与我的振动数相同的人；/你去，去寻那与我的燃烧点相等的人。/你去，去在我可爱的青年的兄弟姊妹胸中；/把他们的心弦拨动，/把他们的智光点燃罢！

《女神》是戏剧诗歌集，收戏剧：《女神之再生》（诗剧，1921 年 1 月 30 日脱稿）、《湘累》（诗剧，1920 年 12 月 27 日

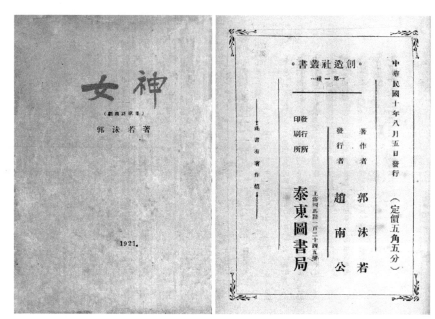

⊙ 1921 年泰东图书局初版《女神》封面、版权页

⊙ 1928 年泰东图书局八版《女神》封面、版权页

⊙ 1935 年大新书局总发行十二版《女神》封面、版权页

作)和《棠棣之花》(二场剧,1920 年 9 月 23 日脱稿)。

所收诗作,连序诗共 57 篇,写于 1919 年到 1921 年间,大多是作者留日时的作品:《序诗》,第一辑《女神之再生》《湘累》《棠棣之花》,第二辑《凤凰涅槃之什》(《凤凰涅槃》《天狗》《心灯》《炉中煤》《无烟煤》《日出》《晨安》《笔立山头展望》《浴海》《立在地球边上放号》),《泛神论者之什》(《三个泛神论者》《电火光中》《地球》《我的母亲》《雪朝》《登临》《光海》《梅花树下醉歌》《演奏会上》《夜步十里松原》《我是个偶像崇拜者》)《太阳礼赞之什》(《太阳礼赞》《沙上的脚印》《新阳关三叠》《金字塔》《巨炮之教训》《匪徒颂》《胜利的死》《辍了课的第一点钟里》《夜》《死》),第三辑《爱神之什》(《Venus》《别离》《春愁》《司健康的女神》《新月与白云》《死的诱惑》《火葬场》《鹭鸶》《鸣蝉》《晚步》),《春蚕之什》(《春蚕》《"蜜桑索罗普"之夜歌》《霁月》《晴朝》《岸上三首》《晨兴》《春之胎动》《日暮的婚筵》),《归国吟》(《新生》《海舟中望日出》《黄浦江口》《上海印象》《西湖纪游》)。

这些诗歌,在形式上突破了旧格的束缚,创造出了雄浑奔放的自由诗体,成了中国新诗的奠基之作。如果说,首倡"诗体大解放"、区分新旧诗界限是胡适和他的《尝试集》,那么堪称"新诗革命纪念碑式"的作品,就是郭沫若和他的《女神》了。

在《女神》的版权页后,有法国古尔孟著、郑伯奇译《鲁森堡之一夜》和郭沫若译《少年维特之烦恼》的广告。另外还附有一页勘误表,内有错误 16 个,都属排版手植之误。

书末还有此书读者"粗读一过"留下的一些文字:"此集诗意诗景均佳,而格式略简单,入后则不然,格式已趋复杂,意景则犹然,作者殆已悟其缺点之所在,然似觉终逊康白情一著,康诗侣无疵,较此为胜。"另外,还记有一些文字,像在谈"吾友朱东润",可惜字迹模糊,看不清。

1921 年 7 月,创造社在东京成立。在酝酿期间,郭沫若和成仿吾回国,与上海泰东图书局接洽承印文学刊物的事宜,因有困难,故先商定出丛书,将郭沫若、郁达夫等在《学灯》发表过的作品,以及未发表的,编为诗集《女神》和小说集《沉沦》等,定名"创造社丛书",由泰东图书局出版。"创造社丛书"第一种便是《女神》,《沉沦》随后出版。从此以后的近 10 年内,虽创造社成员的思想、主张和刊物均有发展变化和更动,但"创造社丛书"始终持续出版,所收作品包括了"创造社"成员不同时期的重要著作,反映出了创造社前进的轨迹。

曾被郭沫若称之为"创造社摇篮"的泰东图书局,两者最终分道扬镳,实在让人感兴趣:从创造社在东京成立,直到《创造周报》1924 年 5 月 9 日停刊,前期创造社的活动时间近三年。而这三年正是与"泰东"紧密联系在一起的。在这期间,"泰东"出版发行创造社的书刊有:《创造》季刊六期、《创造周报》52 期、"创造社丛书"九种、"世界名家小说"六种、"世界少年文学选集"六种、"辛夷小丛书"四种等。而这几年,也是"泰东"历史上最生机勃勃的几年,泰东图书局和创造社,似乎成了文学和出版相得益彰的典型范例。其实并非如此,从表面看,像是两个机构在打交道,实际上创造社只是个对外称呼,从无严密的组织。创造社之于泰东图书局,是处在一种不明朗的被动地位。郭沫若虽给泰东编辑书刊,却无明确身份,既无合同又无聘书,报酬也少,数目也不确定,而且只能三块两块到柜台领取。赵南公这种"江湖"做法,导致声誉日隆的郭沫若等人的不满,最终导致了决裂。两者决裂后,创造社并没有完全能从"泰东"收回书刊版权。直到"大革命"前后,"泰东"仍在印行创造社的书刊,从而形成了一种在版权关系上既有意思又相当混乱的局面。

全书 270 页,书末有《星空》(郭沫若著)和《三弦》(卢冀野著)的广告词。

除"泰东"的两种版本外,笔者另外还见到过第三种《女神》,虽由"泰东"出版,但已属大新书局印行,民国二十四年(1935 年)四月十二版,定价 2 元 2 角。据版本资料记载,第十二版是《女神》的最后一版。在全书的任何部位皆未找到印有"创造社丛书"字样。

瓶

《瓶》,"创造社丛书"第七种(创造社排序),郭沫若著,笔者所见两种版本皆由创造社出版部(闸北宝山路)出版。

第一种,1927年4月1日初版,印2000册,实价2角5分。封面上未印书名,只见以梅花枝干与花朵围成的框,内为椭圆形镜框,框内是一个卷发裸女,手持一支花,背景似云,又好像是一块块石头……在民国时期出版的图书中,封面不印书名者很少见,是漏印还是有意为之,实在搞不明白。

第二种,1928年4月1日四版,从初版至四版,已印7000册。扉页印"创造社丛书第七种"字样。封面为底色,除印书名和作者名,还有一幅画得极为随意的图案,插着花枝的花瓶。花瓶与《瓶》吻合,属"看图识字"。

书前有《献诗》:

月影儿快要圆时,/春风吹来了一番花们。/我便踱往那西子湖边,/汲取了清洁的湖水一瓶。 我攀折了你这枝梅花/虔诚地在瓶中供养,/我做了个巡礼的蜂儿/吮吸着你的清香。 啊,人如要我说痴迷,/我也有我的针刺。/试问人是谁不爱花,/他虽是学花无语。 我爱兰也爱蔷薇,/我爱诗也爱国画,/我如今又爱了梅花,/我于心有何惧怕? 梅花呀,我谢你幽情,/你带回了我的青春。/我久已干涸了的心泉/又从我化石的胸中飞迸。 我这个小小的瓶中/每日有清泉灌注,/梅花哟,我深深祝尔长存,/永远的春风和煦。

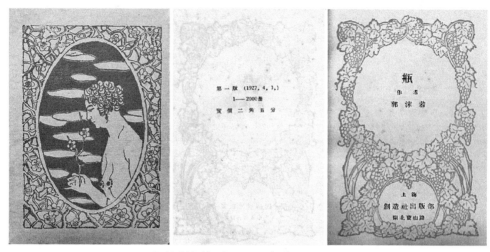

⊙ 1927 年创造社出版部第一版《瓶》封面、版权页、扉页

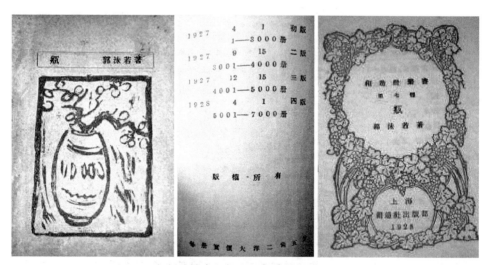

⊙ 1928 年创造社出版部四版《瓶》封面、版权页、扉页

全书收诗 42 首,皆无题。

书末有郁达夫 1926 年 3 月 10 日写的《附记》:

> 　　我们看过他的文艺论文集序文的人,大概都该知道,沫若近来的思想剧变了。
>
> 　　这抒情诗四十二首,还是去年的作品。他本来不愿意发表,是我们硬把它们拿来发表的。
>
> 　　我想诗人的社会化也不要紧,不一定要诗里有手枪炸弹,连写几百个革命革命的字样,才能配得上称真正的革命诗。把你真正的感情,无掩饰地吐露出来,把你的同火山似的热情喷发出来,使读你的诗的人,也一样的可以和你悲啼喜笑,才是诗人的天职。革命事业的勃发,也贵在有这一点热情。这一点热情的培养,要赖柔美圣洁的女性的爱。推而广之可以烧落专制帝王的宫殿,可以捣毁白斯底儿的囚狱。
>
> 　　南欧的丹农雪奥,作纯粹抒情诗时,是象牙塔里的梦者,挺身入世,可以作飞艇上的战士。中古有一位但丁,追放在外,不妨对古国的专制,施以热烈的攻击,然而作抒情诗时,正应该让理想中的皮阿曲斯而遥拜。我说沫若,你可以不必自羞你思想的矛盾,诗人本来是有两重人格的。况且这过去的感情的痕迹,把它们再现出来,也未始不可以做一个纪念。

　　《瓶》是郭沫若的第三本新诗集,写于 1925 年二三月间,是诗人仅有的一部爱情诗集。诗集较为完整地反映了一段恋爱生活,真实地记录了对一个少女的恋情。据说,写此诗集的动机,可参阅诗人 1925 年 1 月写的散文《孤山的梅花》。可惜,此文一直未见,也不知刊登在何种报刊上。而笔者见到的,却是黄药眠在回忆录中讲到过的一句无头无尾的话:"创造社是一向以提倡浪漫主义著名的,所以在出版部,也有浪漫故事先后发生。首先有《瓶》的主角那位某女士,同成绍宗恋爱,后来成带着出版部的现款连同那个女士一道逃走了。"可见,《瓶》的女主角,在当时创造社的生活中是有"原型"的,这个原型便是创造社成员徐葆炎之妹徐亦定。

　　《瓶》的结构很独特,分开时每首诗独立成篇,合起时是个统一整体。此诗早读过,内容早已忘记,只记得把青年恋爱心理描写得细腻入微。

前茅

　　《前茅》,"创造社丛书"第二十二种(创造社排序),郭沫若著,笔者所见为创造社出版部 1928 年 2 月 10 日初版,印 3 000 册,每册实价大洋 3 角。封面印书名、作者名、出版机构名和出版时间,封面上方有三角形图案,以花叶装饰。后又见 1928 年 11 月再版,印 2 000 册,每册实价大洋 2 角。封面与初版同。初版的扉页,笔名见到过两种,一种印"创造社丛书第二种",另一种印"创造社丛书第二十二种",后者为准确,前者误印。

　　书前有作者写于 1928 年 11 月 1 日的《序诗》:

　　　　这几首诗或许未免粗暴,/这可以说是革命时代的前茅。/这是我五六年前的声音,/这是我五六年前的喊叫。　　在当时是应者寥寥,/还听着许多冷落的嘲笑。/但我现在可以大胆的宣言:/我的友人是已经不少。

　　全书包括:《序诗》《黄河与扬子江对话》《留别日本》《上海的清晨》《励失业的友人》《力的追求者》《朋友们怆聚在囚牢里》《怆恼的葡萄》《歌笑在富儿们的园里》《黑螟螟的文字窟中》《我们在赤光之中相见》《太阳没了》《前进曲》《暴虎辞》《哀时古调九首》。

　　对其中之一首《暴虎辞》,作者曾写过一段注释:"这诗是民十夏间的旧诗。这在形式上和内容与前面诸作均不相伦类,但因为他的精神是反抗既成的权威;我所以不能割爱,也把他收在这儿。(11,1,1928)"

　　这本诗集中的诗作,大多写于 1923 年。版本虽不起

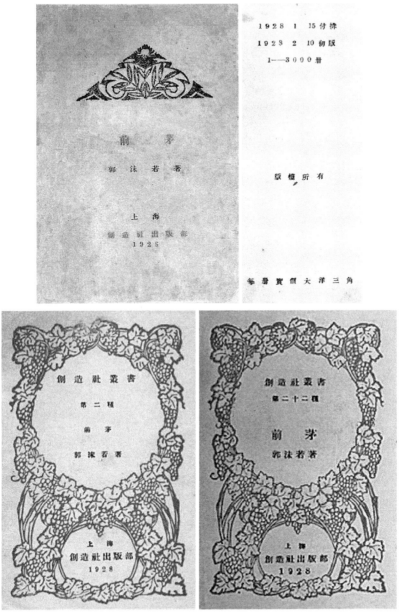

⊙ 1928 年创造社出版部初版《前茅》封面、版权页、扉页（两种）

眼，甚至有点粗陋，但它是郭沫若第四本诗集，是诗人歌颂革命、追求革命，否定过去泛神论的"过程性"作品，具有里程碑式的意义。前三种诗集是：《女神》《星空》《瓶》，后来还有三种是：《恢复》《战声集》《蝈蝈集》。建国之后还有七种诗集出版。

三个叛逆的女性

　　《三个叛逆的女性》,"创造社丛书",郭沫若著,笔者所见为光华书局民国十五年(1926年)四月初版,不知印数,实售大洋6角。封面绛红,竖排作者手写书名和"沫若自题"。事实上,笔者还见到过一种与手写书名不同的版本,从上至下印美术体书名、作者名和出版机构名,粗看似自制,但又不是,因此可以确定初版本还有着这样一种另类封面。两种封面的初版皆未印"创造社丛书"。

　　此书能常见的是民国十六年(1927年)六月再版,以及1929年四月的三版(版权页印"二版",看来是印错了),三个版次共印5 000册,扉页印"创造社丛书"。

　　研究者大多有此共识:在版本任何部位均未印"创造社丛书"字样的,并非没有印"创造社丛书"的版本存在,在未见全部版本前,任何断说都不准确。此类版本,权且可称之为"创造社丛书准版本"也许更合适。笔者认为,这只是一种自我推断,是自嘲,但不科学。

　　全书272页,无目录页,收戏剧三篇:《聂嫈》、《王昭君》(二幕)、《卓文君》(三景)。书末印有"创造社丛书"、"幻洲丛书"和"狂飙丛书"的书目广告。

　　书末还有作者写于1926年3月7日的《写在〈三个叛逆的女性〉后面》,35页,俨然是篇评介文字,不过最后总算说到了写此书的"动机":

　　　　我本来是想把王昭君,卓文君,蔡文姬三人作为"三不从"的三部曲的,但是蔡文姬我终竟没有做出,不过聂嫈也不失为一个叛逆的女性,所以我就把她收在这儿,编成这部《三个叛逆的女性》。旧式的道德家要

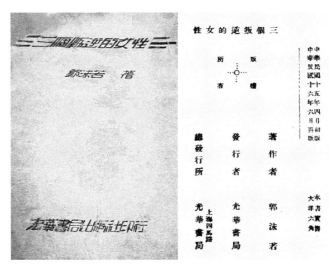

⊙ 1927 年光华书局初版《三个叛逆的女性》封面、版权页

⊙ 1929 年光华书局二版《三个叛逆的女性》封面、版权页、扉页

说我是大逆不道，那我是甘居于大逆不道，但我不幸的是看见有些新人，他们看见我爱作史剧竟有目我为复古派，东方文化派者，那真不知道是何所见而云然。不受人了解我觉得还不要紧，受人误解我觉得是顶不愉快的事体，我做这篇文字的动机也就在这儿。

商船"坚决号"

　　《商船"坚决号"》,"创造社世界名著选第十二种",创造社出版部出版,戏剧集,法国维勒德拉克著,穆木天译,版权页的表述是:"坚决号　1928　7　1付印　1928　10　15初版　1—1500册　版权所有　每册实价大洋3角"。从付印到初版相隔三个月,书名省略了"商船"两字。此书好像只印过初版,从未见其他版次的版本出现。

　　此书实属创造社出版的"世界名著选"十八种之一,把它拉进"创造社丛书"的依据,是刊载于1928年10月的《创造月刊》第二卷第三期上创造社出版部"重新编号"的"创造社丛书"书目。为了不遗漏,在此一并介绍。

　　书前印有"本书著者的其他著译"四种:《旅心》《王尔德童话》《蜜蜂》《窄门》。其实,穆木天的著作不少,主要是译作,起码在20多种。有关他的版本,读者可参阅书末的附录。

　　全书125页,三幕12场,地点在"海港上按劳动者往来的小酒店。"空白页印"呈保罗·维利"和拉伯雷的一句话"顺从运命的,运命推动他,拒绝运命的,运命牵拉他。"人物有:蝶烈施、舅妇古尔代、英国水手等。全剧基本以对话为主,间忽有文字记录,如"脱出身来","她息了账台上的电灯"等,是显示动作的。

　　在此书的书末空白页上,原书的收藏者于1931年9月26日写了一页《读后记》。这类版本的"衍生物",虽非名家所写,但起码留存了那时读者的阅读心态。如今的读者,似乎已经很少有这样宁静而沉着的阅读心态,时间的消蚀和对书的依存度的锐减,已经很难再拾回这种令人神往的心态!

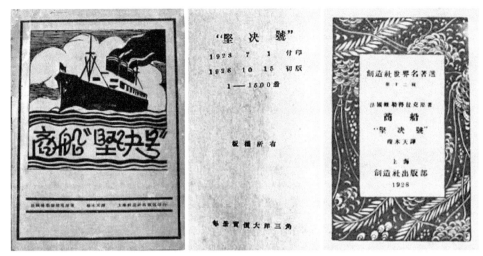

⊙ 1928 年创造社出版部初版《商船"坚决号"》封面、版权页、扉页

少年维特之烦恼

　　《少年维特之烦恼》，先引述一位收藏者的感叹：自1922年泰东图书局首版郭沫若译本《少年维特之烦恼》后，风靡全国。出版机构之多、版本之繁杂、流传之广泛、影响之深远，当为《少年维特之烦恼》中译本为冠。从初版至抗战前夕的版本，短短十几年中，由泰东图书局、联合书店、现代书局和创造社出版部四家先后再版重印者达37版之多。在这众多的早期版本中，大多随着岁月流逝而消失……

　　笔者与之同感，这是"创造社丛书"乃至现代文学版本中最为"混乱"的一种图书。从目前所见，出版机构除泰东图书局、创造社出版部属于比较"正统"的出书机构外，还有其他出版机构在以各种方式各自出书，彼此的版权关系，以及著作人的权益，都处在模糊状态，混乱已成事实。这些出版机构，除"泰东"和创造社外，还有现代书局、东南出版社、群益出版社、同化印书馆、天下书店、大新书局、复兴书局、联合书店等等，遗漏的肯定还不在少数。而比较"正统"的"泰东"与创造社，所见版本也是残缺不全，比如有封面无版权页，有扉页无封面，只见五版不见初版，八版的版本却还用着初版的封面等等，版本信息齐全的较少，缺失相当严重。尤其是版次，根本无法弄清到底出过多少版。"泰东"、创造社尚且如此，其他的出版机构出版的版本更是不知其底细了。

　　结论是：《少年维特之烦恼》的版本研究，只能以见到者为准，用比较宽泛的罗列式进行分析，并尽可能从残缺与不全中勾勒出版本的面貌。而对泰东图书局与创造社出版部的版本作为重点叙述：

　　第一种，创造社出版部的版本，版权页的表述是：

⊙ 1926 年创造社出版部增订本《少年维特之烦恼》
封面、版权页、扉页（两种）

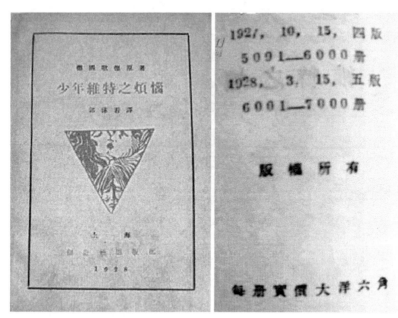

⊙ 1928 年创造社出版部五版《少年维特之烦恼》封面、版权页

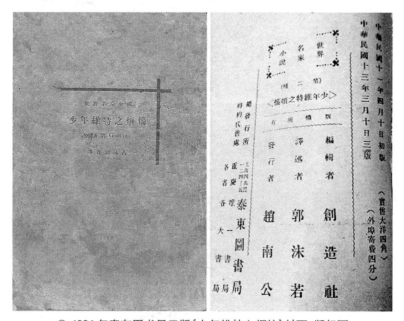

⊙ 1924 年泰东图书局三版《少年维特之烦恼》封面、版权页

⊙ 另一种泰东图书局版《少年维特之烦恼》封面、扉页

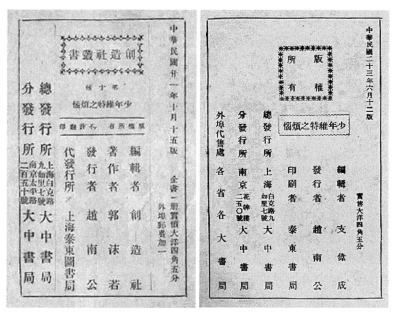

⊙ 大中书局两种不同版次的《少年维特之烦恼》版权页

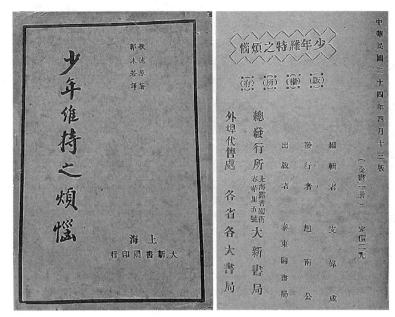

⊙ 1935 年大新书局十三版《少年维特之烦恼》封面、版权页

"1922，5，第一版初版　1926，5，增订本付印　1926，6，10 出版"。此处所说的"第一版初版"，是指泰东图书局的初版，这也说明创造社出版部版与"泰东"版有着版次延续的关系，基本属一个系列。

创造社版所见两种不同封面的版本。

其一，封面正中有一倒三角形图案，内分两黑一白，三角形四周有红色圆形圈，明显的喻意是"三角关系"。封面从上至下分别印："少年维特之烦恼　歌德原著郭沫若译　创造社丛书　世界名作选第一种"。扉页有双，一印创造社标记；二印"创造社丛书"和"世界名作选"。所谓"世界名作选"，实为"世界名著选"，是创造社出版的一种丛书。这也说明，此书既属"创造社丛书"，也属"世界名著选"丛书，"脚踏两头船"。事实上它还属于"世界名家小说"丛书，可谓"脚踏三头船"，复杂的程度可见一斑。

事实上，有关叙述"创造社丛书"、"世界名家小说"和"世界名著选"的版本资料都有着明确的记载，不妨转述。

1. 关于"创造社丛书"：1922 年 4 月 1 日，上海泰东图书局初版列为"世界名家小说第二种"，1932 年 1 月十五版时始列为本丛书"第十种"。此外，1926 年 3 月 16 日《洪水》半月刊第二卷第十三期广告列为"创造社丛书（增订本）第一种"，1926 年 7 月 1 日，上海创造社出版部增订初版列为"创造社世界名著选第一种"，亦曾列为"创造社丛书第五种"。

2. 关于"世界名家小说"：1922 年 1 月十五版时列为"创造社丛书第十种"。此外，1926 年 3 月 16 日，《洪水》半月刊第二卷第十三期广告列为"创造社丛书（增订本）第一种"，1926 年 7 月 1 日，上海创造社出版部增订初版列为"创造社世界名著选第一种"，亦曾列为"创造社丛书第五种"。

3. 关于"世界名著选"：上海泰东图书局 1922 年 4 月 1 日初版时列为"世界名家小说第二种"，1932 年 1 月十五版时列为"创造社丛书第十种"。1926 年 3 月 16 日，《洪水》半月刊第二卷第十三期广告列为"创造社丛书（增订本）第一种"，亦曾列为"创造社丛书第五种"。

三者在表述上互为交叉，感觉是"你中有我，我中有你"。文字的表述，为收藏者和研究者提供了一个探究的途径，但事实上要找到与文字相匹配的版本实物，并非易事。一些专业的图书馆也未必收全，更不用说一般的收藏者和研究者。

其二，笔者见到的创造社出版部另一种《少年维特之烦恼》的版本，是 1928 年 3 月 15 日五版，五版总共印了 7 000 册，每册实价大洋 6 角。封面图案也是一个倒三角形，内画三个人，两人亲吻，一人哭丧，喻意也相当明显，二人欢喜一人愁。在版本中未见"创造社丛书"字样。

第二种，泰东图书局的版本，封面大体一致，正中有一个醒目图案，最突出的是十字架。所见版本众多，其一，封面印"世界名家小说　少年维特之烦恼　原著者 Goethe　译者郭沫若　1922"，可见是"泰东"的初版本。实际此书是民国十三年（1924 年）三月十日的三版，用的仍然是初版的封面，可见"一乱"。版权页印"世界名家小说"。其二，民国十八年（1929 年）四月十日十二版（是延续 1927 年 11 月九版重排订正版），十二版总共印 17 000 册，每册实售大洋 4 角。其三，1930 年 4 月十四版。总共印 22 000 册，甲种实价大洋 6 角，乙种实价大洋 4 角。其四，民国廿一年（1932 年）十月十五版，"泰东"出版，大中书局印行，实为大中书局版，版权页印"创造社丛书第十种"。其五，大中书局版，民国二十三年（1934 年）六月十二版，从出版时间讲，此书理应是十六版或十七版，估计是印错了版次。版权页未印"创造社丛书第十种"，似乎与第十五版没有内在的关联。其六，"泰东"出版，大新书局印行，实为大新书局版。封面与十字架封面不同，粗线框，内竖印原著者、译者、书名和横印出版机构名。民国二十四年（1935 年）四月十三版，不知印数，定价 2 元，版权页未印"创造社丛书"字样。

第三种，现代书局版，1932 年 10 月十版，总共印 18 000 册，每册实价 6 角。封面双线框，封面设计繁复，中外文混排，感觉杂乱。

第四种，东南出版社版，民国三十三年（1944 年）三月初版，土纸本，不知印数和售价，封面从右上至左下斜印书名，右下有小插图，画得粗糙。

第五种，群益出版社版，群益是由郭沫若及其家人创办的。笔者所见版本三种，其一，民国三十三年三月（1944 年 3 月）渝二版，封面图案为蝴蝶加书名（美术体）；其二，1947年3月版，属"沫若译文集之二"，封面图案有"群益特色"，郭大多数版本都有这一风格。封面右下角印"2"，说明是文集之二。封面图案下方印"CYT"，这是Copyright的简称，版权、著作权之意，即"版权所有"。据笔者所知，"沫若译文集"除第二种《少年维特之烦恼》外，还有五种：《茵梦湖》（第一种）、《浮士德》（第三种）、《政治经济学批判》（第四种）、《德意志意识形态》（第五种）和《艺术的真实》（第六种）。其三，1949年4月版，封面图案直观而有装饰性，花饰纹，嵌以歌德侧面头像。

第六种，联合书店版，1926年7月1日增订初版，1930年8月1日八版，总共印13 000册。封面设计分左右，右侧竖印译者名、原著者名和书名；左侧深色块，上端有一舞者，不解其意。扉页印"世界名著选"。

第七种，天下书店版，激流书店发行，1948年6月出版，封面图案醒目，除书名和译者名外，就是一位风流倜傥的"维特"。

第八种，复兴书局版，笔者所见两种不同封面的版本。其一，民国二十五年（1936年）六月"复兴"第一次再版1 000册，全一册定价2元4角。封面左上有一小图案，一人持斧在砍椰子树，不解其意。其二，不知印数和出版时间，封面是原著者歌德像。书末印的译者写于广大宿舍的《后序》，其中说道："维特的初译出版以后不觉已就满了四年了。初译时我自己的生活状态，已经在旧序中略略叙述，那前半部是暑假中冒着炎热在上海译成的，后半部是在日本医科大学时期，晚上偷着课余的时间译出的。我译这部书实在是费了不少的心血。……创造社的同人和出版部的同人，我们替维特高呼三声万岁罢！维特复活了！维特复活了！歌德如有灵，或许也要和我们同声三呼万岁！今天是民国十五年六月四日，我从珠江北岸传呼出这一片欢声。"

第九种，同化印书馆康德九年（1942年）八月出版，定价1元8角。这是"伪满"时期的版本。封面设计沉稳，从上至下分为四块，人物图、书名和著译者名。书末印有同化印书馆出版部代表滕光天写的《刊行本书之目的》："本馆为向国内读书界介绍优良图书起见，倾心精选世界名著，大量刊行，藉期遂成为文化服务之使命。"

虽然版本不少，出版机构众多，封面设计也各不相同，但基本内容相同。

书前有译者一篇类似小引的文字，无题：

凡我所能寻得的可怜的维特之故事，我努力搜集了来，呈献于诸君之前，我知道诸君是会感谢我的。诸君对于他的精神和性格当不惜诸君之赞叹和爱慕，对于他的命运当不惜诸君之眼泪。

并且我，善良的灵魂哟，你正感受着同样的窘迫，和他一样的，请从他的哀苦中汲取些慰安来，把这本小书当做你的朋友罢，你如从运命或自身的错犯中寻不出更可亲近者的时候！

全书分两篇,用日记形式写成。

内附插图一幅"绿蒂姑娘分面包给她的小弟妹"。

之后还有译者在福冈,写于 1922 年 1 月 22 至 23 日的长篇《序引：近世意大利哲学家》,应该说写得相当精彩。可惜篇幅过长,其中有些展开的文字,只好把它们压缩。当然,必须留存的,则一字不漏地转述：

近世意大利哲学家克罗采氏(Bencdetto Croce)批评歌德此书,以为是首"素朴的诗"(Na ve Dichtung),我对于歌德此书,也有个同样的观念。此书几乎全是一些抒情的书简所集成,叙事的分子极少,所以我们与其说是小说,宁说是诗,宁说是一部散文诗集。

诗与散文的区别,拘于因袭之见者流,每每以为"无韵者为文,有韵者为诗",而所谓韵又几乎限于脚韵。这种皮相之见,不识何以竟能深入人心而牢不可拔。最近国人论诗,犹有龂龂于有韵无韵之争而诋散文之名为悖理者,真可算是出人意表。不知诗之本质,决不在乎脚韵之有无。有韵者可以为诗,而有韵者不必尽是诗,告示符咒,本是有韵,然吾人不能说他是诗。诗可有韵,而诗不必定有韵,读无韵之抒情小品,吾人每每称其诗意葱茏。由此可以知道诗之生命别有所在。古人称散文其质而采取诗形者为韵文,然则称诗其质而采取散文之形者为散文诗,此正为合理而易明的名目。韵文 = Prose in pocm,散文诗 = Poem in prose。韵文如男优之坤角。散文诗如女优之男角。衣裳虽可混淆,而本质终竟不能变易。——好了,不再多走岔路了。有人始终不明散文诗的定义的,我就请他读这部《少年维特之烦恼》罢!

这部《少年维特之烦恼》,我存心移译已经四五年了。去年七月寄寓上海时,更经友人劝嘱,始决计移译。起初原拟在暑假期中三阅月内译成。后以避暑惠山,大遭蚊厄而成疟疾,高热相继,时返时复,金鸡蜡霜倒服用了多少瓶,而译事终不能前进。九月中旬,折返日本,昼为校课所迫,仅以夜间偷暇赶译,草率之处我知道是在所不免,然我终敢有举以绍介于我亲爱的读者之自信,我知道读此译书之友人,当不至于大失所望。

我译此书,于歌德思想有种种共鸣之点。此书主人公维特之性格,便是"狂飙突进时代"(Sturmund Drang)少年歌德自身之性格,维特之思想,便是少年歌德自身之思想。歌德是个伟大的主观诗人,他所有的著作,多是他自身的经验和实感的集成。我在此书中,所有共鸣的种种思想：

第一,是他的主情主义：他说"人总是人,不怕就有些微点子的理智,到了热情横溢,冲破人性底界限时,没有甚么价值或至全无价值可言。"这种事实,我们每每曾经经历过来,我们可以说,是一种无需乎证明的公理……第二,便是他的泛神思想：泛神便是无神。一切的自然只是神底表现，我也只是神底表现，我即是神，一切自然都是我的表现。人到无我的时候，与神合体，超绝时空，而等齐生死……第三，是他对于自然的赞美：他认识自然是为一神之所表现，自然便是神体之庄严相，所以他对于自然绝不否定。他肯定自然，他以自然为慈母，以自然为友朋，以自然为爱人，以自然为师傅……第四，是他对于原始生活的景仰：原始人底生活，最单纯，最朴质，最与自然亲睦。崇拜自然，赞美自然的人，自然不能不景仰到原始生活去了……第五，是他对于小儿的尊崇……

《少年维特之烦恼》在一千七百七十四年出版，一般之青年大起共鸣，追慕维特之遗风而效学其装束。青衣黄裤"维特热"（Werthersfieber）流行于一时，苦于性的烦恼的青年读此书而实行自杀者有人，自杀之后在衣囊襟袋中每每有挟此小书以殉者。外马公园（Weimar）的一个宫女也因失恋之故溺死于依尔牟河（Llm）中，胸中正怀藏着这本《少年维特之烦恼》！种种传说喧动一时，佛朗克府（Frankfurt am Main）二十四岁的青年作家，一跃而成为一切批评，赞仰，倾美之的。……

郭沫若所译《少年维特之烦恼》，版本不下几十种，而与此书同名者也有一些，据笔者所知，起码有六七种：其一，钱天佑译，启明书局民国二十五年（1936年）五月初版；其二，罗牧译，北新书局1931年9月初版，不少资料把译者误印为"罗收"；其三，凌霄译，经纬书局出版，不知出版时间，属"经纬百科丛书"；其四，黄鲁不译，龙虎书店出版，不知出版时间。黄译本，笔者还见到过春明书店1940年3月的二版；其五，傅绍先注译，世界书局1932年12月五版，属"世界近代英文名著集之十七"；其六，李紫涵编选，益智书店康德九年（1942年）十月三版；其七，古大秦译，大地图书公司出版，不知出版时间……这些不同译者译的版本，在10多年前还能在上海文庙旧书市场见到，似乎那时的关注者并不多。

圣母像前

　　《圣母像前》，"创造社丛书"，王独清著，笔者所见三种封面各不相同的版本，创造社出版部、光华书局和乐华图书公司各一种。

　　第一种，创造社出版部出版，版权页的表述是："1926 12 1 初版本印行　1—2 000 册　1927 10 1 改订本付排　1927 12 15 二版　2 001—4 000 册　版权所有　每册实价大洋 4 角"。封面围以双线细框，正面半身圣母像。扉页印"创造社丛书第十八种"。

　　书前有"本书著者的其他文艺著译七种"：《杨贵妃之死》（戏剧）、《死前》（诗集）、《尸》（文札集）、《埃及人》（诗集）、《葬列》（小说集）、《貂蝉》（戏剧）和《新生》（译作）。下有说明文字："上列三至七诸书均在编集中，创造社出版部广告"。

　　这是作者第一部诗集，全书 95 页，分为六辑，收诗 26 首，都是作者于 1923 年至 1926 年旅居国外时的作品。第一至第六辑依次为：《悲哀忽然迷了我底心》《圣母像前》《流罪人语》《醒后》《流罪人底预约》《月下的病人》《淹留》《Neurasthenie》《失望的哀歌》《Ⅰ-Ⅴ》《颓废》《我底苦心》《玫瑰花》《Une jeune vagabonde persane》《Adieu》《Now I am a Choreic man》、《MELANCHOLTA》《此地不可以久留》《劳人》《三年以后》《我从 Cafe 中出来……》《最后的礼拜日》和《飘泊》《我飘泊在巴黎街上》《吊罗马》《别罗马女郎》《但丁墓旁》《动身归国的时候》。

　　王独清，陕西长安人，原名王诚，号笃卿，曾用名张云。笔名王独清，最早见于 1922 年 8 月 25 日《创造》季刊第一卷第二期上的《一双鲤鱼》。王曾经赴法国留学，专攻艺术。

⊙ 1927 年创造社出版部二版《圣母像前》封面、版权页、扉页

⊙ 1926 年光华书局初版《圣母像前》封面、版权页

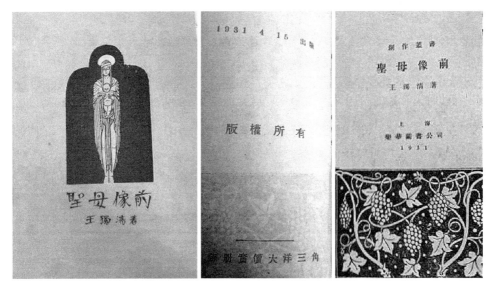

⊙ 1931 年乐华图书公司版《圣母像前》封面、版权页、扉页

回国后与郭沫若等发起成立创造社,曾任创造社理事,再之后因某种历史原因而被创造社开除。作者的作品以新诗见长,主要作品除了这一种外,还有《死前》《零乱章》《威尼市》《杨贵妃之死》等。以及长篇小说《我在欧洲的生活》。另有《独清译诗集》和《中国文学运动史》。有关作者及其版本,请读者参阅书末的附录。

笔者在收此书时,主要出于几个考虑:其一,王独清是创造社的发起人,是个具有存史价值的人物;其二,此诗集是作者第一部作品;其三,此书为毛边本,虽然其中有些书页已被裁整过,但基本上仍是"蓬头"之状;其四,此书的诗作在新诗史上具有一定的地位。

书前的序是《序诗》,写于 1926 年 3 月 9 日,全诗共 10 行:

> 我是个精神不健全的人,/我有时放荡,我有时昏乱……/但是我却总是亲近着悲哀,/这儿,就是我那些悲哀的残骸。/我是个性情很孤独的人,/我不求谅解,我不求安慰……/但是我却总是陪伴着悲哀,/这儿,就是我那些悲哀的残骸。/——哦,我的悲哀的残骸,哦,我的悲哀的残骸,你们去罢,去把我一样的人们的悲哀快叫起来!

第二种,光华书局 1926 年 12 月初版,全一册实价大洋 6 角,未印"创造社丛书"。封面三条粗横线,上二下一,书名和作者名嵌在两粗线之下,感觉有一种负重感。

第三种,乐华图书公司 1931 年 4 月初版,每册实价大洋 3 角。扉页印"创作丛书",书内文字与其他版本无大变化,但与"创造社丛书"已无直接的关联。封面图案呈对称性,一尊圣母立像,庄严肃穆。"乐华"版的"创作丛书",除《圣母像前》外,还有近 20 种,如洪灵菲的《大海》、金满成的《女孩儿们》、许杰的《火山口》等。此丛书还收有王独清的《死前》《杨贵妃之死》《威尼市》《零乱章》,连同《圣母像前》共五种。还有张资平的《红雾》《爱力圈外》,以及郭沫若的《落叶》等。可见,乐华图书公司与创造社有着密切的关系。

使命

　　《使命》，"创造社丛书"第十三种（创造社排序），成仿吾著，笔者所见两种不同封面的版本，创造社出版部和光华书局各一种。

　　第一种，创造社出版部版，版权页的表述是："（西）1927年　2月　1日付排　古　16年7月16日本书作者三十生辰初版　1—3 000 册　版权所有　每册实价大洋7角"。此书版权页有点"怪"，怪在不按"规矩"印，有点自行其事，其中的"（西）"是西历，公元纪年；其中的"古"，应该是"农历"，照字面看为"民国"。如作者1927年是三十生辰，那么1897年便是他的出生年。以出版自己的书来纪念自己的生日，十分有意义。

　　封面底色，用细线框起，内印书名、作者名、出版机构名和出版时间。与"创造社丛书"有些版本属同类设计。

　　扉页属"双扉页"，一有纹饰，另一仅文字，皆印"创造社丛书第十三种"字样。

　　书前有"本书著者的其他著译"两种：《流浪》（小说、诗、剧、杂记合集）、《德国诗选》（与郭沫若合译），书目下方印有"以上两种，现均在印刷中，北四川路麦拿里四十一号创造社出版部"。

　　书目后有插图《使命》，关良画，图案为裸女，使命与裸女间有何关联，天知道！

　　全书252页，收四辑，第一辑：《新文学之使命》《真的艺术家》《艺术之社会的意义》《民众艺术》《革命文学与它的永远性》《国学运动的我见》《写实主义与庸俗》；第二辑：《批评的建设》《建设的批评论》《批评与同情》《作者与批评家》《批评与批评家》《文艺批评杂论》；第三辑：《诗之防御

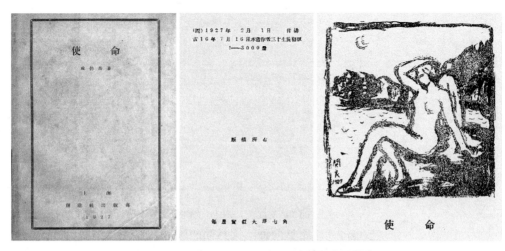

⊙ 1927 年创造社出版部初版《使命》封面、版权页、插图、扉页（两种）

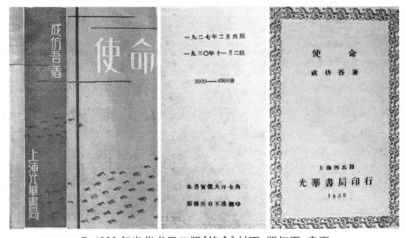

⊙ 1930 年光华书局二版《使命》封面、版权页、扉页

战》《〈沉沦〉的评论》《〈残春〉的批评》《评冰心女士的超人》《命命鸟的批评》《〈一叶〉的评论》《〈呐喊〉的评论》、《读章氏的〈评新文学运动〉论译诗》;第四辑:《文学界的现形》《矮丑的说道者》《今后的觉悟》《新的修养》《士气的提倡》《完成我们的文学革命》。

在目录页后是作者 1927 年 7 月 30 夜于沪滨旅社写的序,四页:

朋友们时常劝我把自己数年来关于文艺的论说汇成专册,但是我自己却从来不作此想。也许有人怀疑我在现在这样大家喜欢印行专册的时代故意高蹈,这也未免冤枉了我。其实,这里面的原因是很明白的。第一,我是不喜,或者应该说不能,多写的人,这几篇勉强写出应付一时的文字,既没有什么高深独到的佳言要旨,而在当时已遭辱骂,现在时过境迁,尤不舒适在大方君子的一览,最好还是藏拙。第二,近年以来,更因惯性的作用,懒于动笔,所以我所能印行的东西都是曾经发表过的,实在没有再劳印刷工人诸君的必要。第三,可以说是最重要的一个原因,就是我自己对于以前所写的各种文字之中已经有许多地方不能满意;自己所不能满意的文字再使流入人间,于自己为不诚实,于他人亦恐有害无益。

所以我至今不曾作过印行专册的妄想,拒绝了许多朋友的热诚的诱劝。这回由绍宗的好意把我这几篇一钱不值的文字集好寄来广州,却使我陷入了不能不放弃前此主张的绝境。我决然放弃了;得曼华之助,在约莫一小时之内,我就在广州分部把次序大概定了。独清见我还没有命名,因为第一篇是《新文学的使命》,就给它取了现在这个名字。

我放弃了从前的主张,我为什么?似乎不可以不一说。一个人跑到外国学了几年工业回来,无端却在新发现的所谓文学界这个鬼窟混了几年,本来就是谁也梦想不到的事。然而在当时激于一时的愤怒,不惜与群鬼打做一团,至少我自己曾出了几口恶气,而我们的文学界也减少了一些恶魔,或者稍微清净了一点;但是事过境迁,对于当时那种幼稚病的对症药既经达到了一部分的目的,而我也回国日久,觉得可愤可怒的事正多,这些群鬼的瞎闹真不值得愤怒,所以我这种反射般的言论现在已是应该结束的时候了。

上面说的是关于我这几篇论说本身的原因;这里还有关于我个人的一个。"自家今年三十岁了",这是达夫刊行全集的第一句话。我从来不说颓废的话,我也决不因为快三十岁了而赶着出什么专集。不过一个人快要三十岁了还不能彻底觉悟一番,这才是一个悲剧。从今以后,我不说要为党国建功立业,为人类祝福增光,至少也应该更加认真,认真就本质上思索,在实质上努力。为这个原故我也应该把以前的种种告一个结束。

这里所收集的以关于文艺批评的为多,虽然有许多是讲解前人陈说,专医幼稚病的东西,但是我相信自己不曾忘记暗示我对于文艺批评的意见。我至今相信文艺批评为一种再反省的努力,而关于文艺批评的考究为第三次的反省。反省的作用是无穷的,但是我们的反省常受 Zweckmaessigkeit 合目的性及 Gueltigkeit 妥当性的规定,所以反省的结果决不能是无穷的,最后我们必能达到一个同一的结果。这种追求便是我所谓建设的努力。我相信由这种努力可以解决文艺批评上的种种纷纠的议论。

国事如此,专门研究这种问题,未免问心有愧,但是文艺批评是我喜欢思索的一门东西,同好之士加以指点,使我多有考察的时机,仍是我所最感谢而最希望。

第二种,光华书局版,版权页的表述是:"1927 年 2 月出版 1930 年 11 月二版 3 000—4 500 册 本书实价大洋 7 角 版权所有不准翻印"。从版次的标示看,"光华"版与创造社出版部版前后有着密切的关联,但未印"创造社丛书"。"光华"版的封面设计与创造社出版部版不同,以竖横构图,分置书名、作者名等,但令人费解的是图案中的众多"犁耙形"的小图案,到底代表什么,似小虫,似翻过的泥土,似匍伏爬行的战士⋯⋯

水平线下

　　《水平线下》,郭沫若著,笔者所见四种不同出版机构出版的版本,分别是创造社出版部、联合书店、新兴书店和现代书局。

　　第一种,创造社出版部版,所见两种不同封面的版本。其一,1928 年 5 月初版,印 3 000 册,每册实价大洋 8 角。封面底色,双粗线框起,内印书名和作者名。书名和作者名上和左右还配以线条和花饰。扉页印"创造社丛书第二十六种"。其二,1929 年 3 月再版,每册实价大洋 8 角。封面图案虽用了初版的设计元素,但仍有所不同,虽以双粗线框起,但加了不少细细的横线条,感觉像是编成的草席。扉页印"创造社丛书第二十六种"。至于创造社出版部出过多少版次,笔者心中无底。

　　全书 265 页,分两部,分部记码,第一部"水平线下"(《序引》《到宜兴去》《尚需村》《百合与番茄》《亭子间中》《后悔》《湖心亭》《矛盾的调和》);第二部"盲肠炎"(《盲肠炎》《一个伟大的教训》《五卅的返响》《穷汉的穷谈》《双声叠韵》《马克斯进文庙》《不读书好求甚解》《卖淫妇的饶舌》《向自由王国的飞跃》)。

　　《水平线下》的《序引》,值得一存,显现出一种狂飙诗人的风范:

　　　　这本小册子的编辑是很驳杂的,有小说,有随笔,有游记,也有论文。但这些作品在它们的生成上是有历史的必然性的。

　　　　这儿是以"五卅"为分水岭。第一部的"水平线下"是"五卅"以前 1924 年与 1925 年之交的我的私人生活

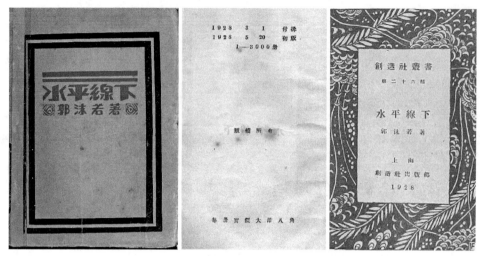

⊙ 1928 年创造社出版部初版《水平线下》封面、版权页、扉页

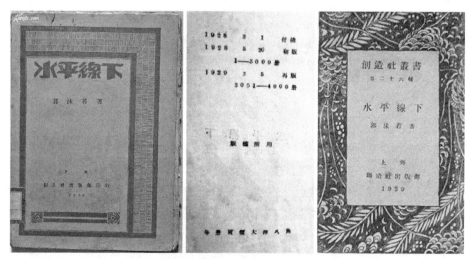

⊙ 1929 年创造社出版部再版《水平线下》封面、版权页、扉页

(除开"百合与番茄"一篇多分含有注释的意义编在这儿外)及社会对于我的一种轻淡的,但很痛切的反应。

这是暴风雨之前的沉静,革命的前夜。

没有眼泪的悲哀是最痛苦的,一见好像呈着一个平静的,冷淡的面孔,但那心中,那看不见的心中,却有回肠的苦痛。

第二部的"盲肠炎"便大多是"五卅"以后的关于社会思想的论争。这儿在前本预计着还有更多的述作要继续发表的,但在1926年的三月我便南下从事于实际的工作去了。

我自从从事于实际工作以后,在一个长时期内,不惟文艺上的作品少有作,便是理论斗争的工作也差不多中断了。这个长时期可以说是我的石女时代。

但是石头终有开花的时候,至少是要迸出火来的。

火山爆发的时期怕已不远了。

在这部书里面具体地指示了一个 intellegentia 处在社会变革的时候,他应该走的路。

这是一个私人的赤裸裸的方向转换。

但我们从这一个私人的变革应该可以看出他所处的社会的变革——"个"的变革只是"全"的变革的反映。

雀鸟要飞跃的时候,它总要把身子放低。

这儿是飞跃的准备。

飞跃罢!我们飞向自由的王国!　　　　一九二八年二月四日上海

书末有出版者写于 1928 年 8 月的《出版者附言》:"本书初刊本,原有前后两卷,出版后因受时局影响,致读者无从购置,深为歉仄。现应大多数读者之要求,先将前卷单本印行;后卷当待续刊。事不得已,惟望作者及读者诸君谅之。"

《水平线下》出版于 1928 年,这年,郭沫若的诗集《前茅》《恢复》和《浮士德》(歌德著)皆由创造社出版部出版。同年,郭流亡日本,开始进入对中国古代历史的研究。

第二种,联合书店版,1930 年 4 月 20 日再版,印 2000 册,每册实价 6 角。全书页码与初版相同,书前的《序引》和正文内容未变,只是改变了一下封面设计,左侧为花纹,右横排书名和作者名。另外还见到过一种在封面标以"全集"的《水平线下》,联合书店出版,封面上下饰以红色双曲线,扉页和版权页皆未见,不知出版时间。

第三种,新兴书店版,版权页的表述是:"1929.10.1 付排　1929.12.15 出版 1—2000 册　新兴书店印行　书报邮售社总售　上海西门中华路　实价大洋 6

角"。封面设计极为简单,云状纹衬底,如坠云雾之中。扉页印"沫若小说戏曲集第八辑"。

据笔者所知,"沫若小说戏曲集"一般称之为"十辑",且有新兴书店版和光华书局版,两者的书目排序不一,甚至还多出几种,反正也是一片乱象。现就已知者记录如下:新兴书店版十辑依次为:《塔》《落叶》《漂流三部曲》《后悔》《山中杂记及其他》《路畔的蔷薇》《残春及其他》《水平线下》(另说《行路难》)《女神》《叛逆的女性》。光华书局版十种排序:《叛逆的女性》《漂流三部曲》《女神》《残春及其他》《路畔的蔷薇》《山中杂记》《后悔》《函谷关》《行路难》《落叶》。这些版本有的以单行本出版,有的以第一至第六辑合集出版,据说还有十辑的厚本。如今能见到的,大多零星,且为单本。

第四种,现代书局版,所见两种版本:1931 年 10 月三版,印 1 000 册;1932 年 6 月四版,印 2 000 册,至四版共印 5 000 册。三版封面有装饰性图案,虽简单,但较为美观;四版封面属于创造社出版部版的风格,粗线框,内印书名、作者名和出版机构名,从中似乎还能窥见一些创造社的痕迹。

死前

《死前》，王独清著，笔者所见版本两种：创造社出版部版和乐华图书公司版。

第一种，创造社出版部 1927 年 8 月初版，印 2 000 册，每册实价大洋 3 角。封面除印书名、作者名、出版机构名和出版时间外，还有图案、枯树、猫头鹰和躺在树旁的裸女，身下鲜血直淌⋯⋯喻意似乎一看便明：死前。书前有倪贻德所画王独清的肖像，传神。扉页印"创造社丛书第十二种"。创造社出版部出版的丛书扉页，一般都设计得较为精致，花饰极为规整，线条与图形一丝不苟，研究者大多认为是出自叶灵凤之手。

书前有"本书著者其他著译"五种：《圣母像前》（诗集）、《杨贵妃之死》（剧曲，印刷中）、《葬列》（小说集，印刷中）、《埃及人》（诗集，编集中）和《吞泪集》（译诗集，编集中）。书目下方印有"上海宝山路三德里 A11 创造社出版部"。笔者在此标出当时的出版形态，如"印刷中"，这说明当时可能出版了，也可能一直未出，而唯一能作出判断的，只能以见到的版本实物为准。

从版本文字记录看，创造社的地点也在经常变化，1927 年 7 月是在北四川路麦拿里四十一号，过了一个月，地点变为宝山路三德里 A11 号。这两处地点，看来绝对不是同一地方。

全书 44 页，无序跋，收文：《献辞》《遗嘱》《死前的希望》《SONNETS 五章》《因为你⋯⋯》《约定⋯⋯》《别了⋯⋯》。《献辞》的文字是：献给 S 夫人。"S 夫人"是谁？天知地知王独清知也。朱自清曾对这部诗集有过评价：注重韵美、色彩美以及情绪的流动，"倾向"于象征主义。

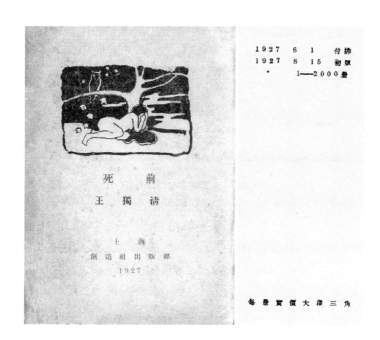

⊙ 1927 年创造社出版部初版《死前》封面、版权页、扉页、作者肖像

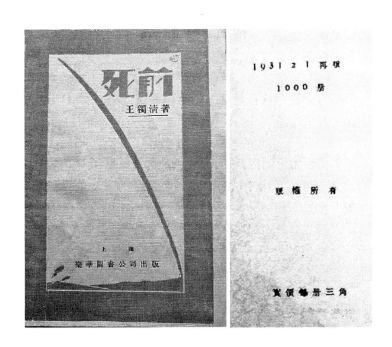

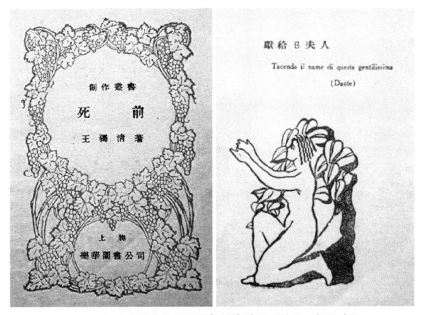

⊙ 1931年乐华图书公司再版《死前》封面、版权页、扉页、插图

第二种,乐华图书公司版,1931年2月再版,印1 000册,每册实价3角。封面设计粗线线框,有创造社版本的风格。扉页图案同创造社版,印"创作丛书"。有关"乐华"版的这一丛书,请参阅《圣母像前》篇。

王独清早年赴法国专攻艺术,回国后与郭沫若等发起成立创造社,1925年后曾任创造社理事,主编《创造月刊》,后任上海艺术大学教务长,主编《开展》月刊,不久便因"某种历史原因"被创造社除名。这种隐蔽的"原因",往往是勾起笔者兴趣的起因,后来在《王独清选集》中读到《创造社 我和它的始终与它底总账》,才算对此稍有认识,不过对其中深层次的内因还是不甚了了。

王独清是笔者最早关注的现代作家之一,虽然他英年早逝,却著作等身。笔者曾搜得他所有的著作版本,不妨在此罗列:《圣母像前》《死前》《独清诗集》《威尼市》《11DEC》《埃及人》《煅烧》《零乱章》《独清自选集》《王独清诗歌代表作》《王独清创作选》《我在欧洲的生活》《如此》《暗云》《杨贵妃之死》《貂蝉》《王独清选集》《新月集》《独清译诗集》《新生》等。有关作者及其版本的详情,请读者参阅书末的相关内容。

苔莉

《苔莉》,张资平著,笔者所见三家出版机构的版本:创造社出版部、光华书局和启文印书馆。

第一种,创造社出版部版,版权页的表述是:"1926. 12.1付排　1927.3.1初版　1—3000册　每册4角"。封面用框线框起,从上至下仅印书名、作者名、出版机构名及出版时间,无图案。扉页印"创造社丛书",未印第几种。另外还见到过1927年10月三版,1926年7月脱稿于武昌,1926年12月付排于上海,1927年3月初版,印3000册;1927年8月再版,印2000册,到第三版时已经印了7000册,每册实价大洋6角。封面与初版本同,扉页印"创造社丛书第九种"。也就是说,有的版次印序号,有的未印。

书前有"本书著者的其他文艺著译十种":《爱之焦点》(短篇小说)、《雪的除夕》(短篇小说)、《不平衡的偶力》(短篇小说)、《飞絮》(长篇小说)、《最后的幸福》(长篇小说)、《冲积期化石》(长篇小说)、《别宴》(日本名家小说集)、《文艺史概要》、《文艺新论》和《梅岭之春》(印刷中)。

全书182页,无序跋。描写大学生谢克欧与其表兄的三姨太苔莉的恋爱故事。茅盾对此作过评论:所反映的人生还是极狭小的,局部的;我们不能从这些作品里看出"五四"以后的青年心灵的震幅,基本上是持否定的态度。

第二种,光华书局版,笔者所见三种不同封面与版次的版本。其一,版权页的表述是:"1927.3初版　1929.10五版　12001—14000册　每册实价6角"。封面仅书名,双线框,黑底白字,植物枝叶衬底。扉页印"创造社丛书"。说明"光华"版与创造社出版部版有着内在的延续。其二,1932年4月九版,印1000册,每册实价大洋6角。封面设

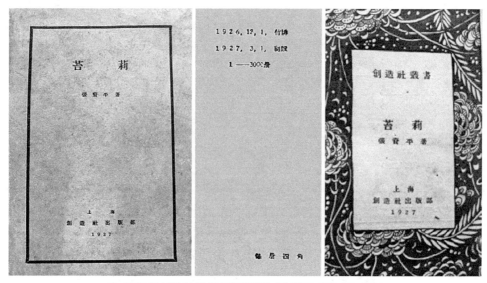

⊙ 1927 年创造社出版部初版《苔莉》封面、版权页、扉页

⊙ 从左至右：
1929 年光华书局五版《苔莉》封面
1932 年光华书局九版《苔莉》封面
1933 年光华书局十一版《苔莉》封面

计为"光束形"，书名与作者名分别印有上下光束间。其三，1933 年 1 月十一版，印
1500 册，每册实价大洋 6 角。封面对称形，从左至右是黄红黄三种色块，红色块从
上至下印书名、作者名和出版机构名。版本任何部位未印"创造社丛书"。

第三种，启文印书馆版，这是偶然所见，属"伪满"时期的版本，十有八九是盗版
本。昭和十七年十一月（1942 年 11 月）出版，定价 2 元。封面呈对称，花束图案置
中，上印书名、作者名，下印出版机构名。

王尔德童话

《王尔德童话》属"世界儿童文学选集"第一种，英国 Wilde（王尔德）著，穆木天译，创造社编辑。把此书收入"创造社丛书"的依据是："创造社丛书 B 集"14 种广告之一。笔者所见版本三种，由泰东图书局、大新书局和天下书店出版。

第一种，泰东图书局民国十一年（1922 年）二月初版，每册实价大洋 2 角 5 分。封面素面朝天，只有文字，无图案装饰，封面和版权页皆印"世界儿童文学选集第一种"。这套丛书是由创造社编辑，泰东图书局出版，除《王尔德童话》外，还有：《新月集》（王独清译）、《蜜蜂》（穆木天译）、《沉钟》（郁达夫译）、《人鱼》（何道生译）和《圣诞节歌》（张资平译）。后 3 种只见书目未见版本实物。

书前有穆木天 1929 年 3 月 8 日写于日本京都神木冈的《王尔德童话小说序》：

> 这几篇是从王而德童话集中选记的。
>
> 王而德的童话，系由两回出版的：第一回是一八八一出版的，题名曰《柘榴之家》（a House of Pomegranites）计四篇，曰《少年王》，曰《王女的生日》，曰《星孩儿》，曰《渔夫及其魂》；第二回是一八八八出版的，题名曰《幸福王子及其他的故事》（The Happy Prince' And Other Storis）计五篇，曰《幸福王子》，曰《莺儿与玫瑰》，曰《利己的巨人》，曰《忠实的朋友》，曰《驰名的起花》：所谓王而德童话集者，系二册合本的题名。
>
> 王而德的童话，与安得生（Hans Anderson）葛立

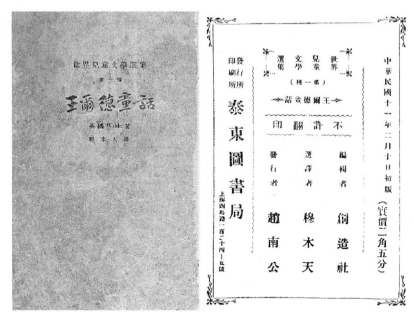

⊙ 1922 年泰东图书局初版《王尔德童话》封面、版权页

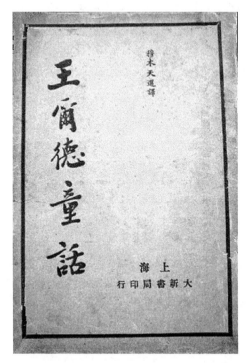

⊙ 1935 年大新书局六版《王尔德童话》封面

木弟兄（Brothes Grimmy）等的童话比起来，算不得童话，或者可以说是一种特殊的童话吧；所以愿读者不要以此误会童话的意义。

王而德童话自然是一种童话体的小说；然我更愿说作者拿他作为散文诗去鉴赏。

"童话"二字，系 Fairy Tales 之译语；按 Fairy Tales 本应译作"仙话"，——我记得中国有这个名字。

把"王尔德"译作"王而德"，把"安徒生"译作"安得生"，皆无可非议，反正当时的翻译界，对人名翻译，有点随心所欲，并无约定俗成的规定。穆木天在翻译方面是很有成就的，据笔者所知，他曾先后翻译纪德的《窄门》和《牧歌交响曲》、维勒德拉克的《商船坚决号》、高尔基的《初恋》等。

全书 88 页，相当短，仅收译文三篇：《渔夫与他的魂》《幸福王子》《利己的巨人》。

第二种，泰东图书局出版，大新书局印行，实为"大新"版。版权页标示：1922 年 2 月初版，1935 年 4 月六版，初版与六版前后有着版次延续的关系。封面线框，竖印书名和译者名，横印出版机构名。版权页印"世界儿童文学选集第一种"。

第三种，天下书店版，此书是偶尔所见，书名是《王尔德童话集》，虽正式书名为《王尔德童话》，但在一些较为正规的版本资料中也把它称之为"童话集"，看来两者并无本质上的矛盾，何况译者同为穆木天。出于这点，也便把它收录了。封面图案为王子雕像，天空白云、燕子，1947 年 1 月出版，未印"世界儿童文学选集"字样。

威尼市

　　《威尼市》，"创造社丛书"第二十八种（创造社排序，实为第二十九种），王独清著，王一榴作画，笔者所见为创造社出版部1928年8月15日初版，印2000册，每册实价大洋3角。扉页印"创造第二十九种"，是"创造社丛书"的缩写，少见。

　　书中有插图多幅，用现时眼光看，这位王一榴的绘画水平还在"少年阶段"，但在当时，也许他的画技已经很不一般了。

　　书前有"本书著者的著作鸟瞰"，介绍了八种：《圣母像前》（诗集）、《死前》（诗集）、《威尼市》（诗集）、《埃及人》（诗集）、《前后》（文札集）、《杨贵妃之死》（戏剧）、《貂蝉》（戏剧）和《葬别》（小说集）。其中大多数版本见到过，其中的文札集《前后》和小说集《葬别》，一直想见，却从未露过脸，估计只是有目无书，从未出版过。

　　全书仅51页，收诗10首。

　　书前有作者1928年6月18日写的代序，像是封书信：

　　　　S哟，为实践对于你的信约，我现在把这几首短歌从我的破皮包中捡出来了。

　　　　这几首短歌都是我住在威尼市的时候写的，我把它们放在我的破皮包中已经过了两年多的时光，因为我曾对你说过我打算把它们公开，所以今日费了点时间，终竟给捡了出来履行我所说的这一句话。

　　　　S哟，我把这几首短歌从新读了一遍，我自己也不觉吃了一惊。我从前对于 Stimmungskunst 的倾心，真算达到发狂的状态了。你只把这几首短歌中的任何

1928　7　1　付排
1928　8　15　初版
1—2000册

版權所有

每册實價大洋三角

創造
第二十九種

威尼市

上　海
創造社出版部
1928

我躲在開着的 Vitrail 底旁邊，
向着春夜底時開起了兩眼。

⊙ 1928 年创造社出版部初版《威尼市》封面、版权页、扉页、插图

一首挑出来细细地读一下罢,你看我对于章节的制造,对于韵脚的选择,对于字数的限制,更特别是对于情调的追求,都是做到了相当可以满意的地步。若是用 Poesie Pure 作意义的眼光来下一个定评时,那我总算是有些成绩的了。哦,S哟,我过去的生命就完全送葬在这种个人的艺术创作里面,不说别的,只就我曾在某个时期为你另外做的那几首 Sonnets 来说,也可以看出我对于这方面的劳力。你说! 我过去的生命就都这样送葬了,我从前过的到底是一种甚么生活? 我到底做了些甚么? 做了些甚么?

现在我算是醒定了:我已经决心再不作这些无聊的呓语,我要把我的生活一天一天地转移到大众方面,我要使我的生命一天一天地紧张下去。我回顾我过去许多无意义的努力,真使我愧恨到不可言状,我的汗和眼泪简直要一齐流了下来呢。

哦,S哟,我还记得你从前给我的信里面曾说你希望我始终是一个诗人,要是这几首短歌便是你所希望的“诗人”的表现时,那我还是快成为“死人”的好罢!

现在我算是醒定了。不过,S哟,我怕我们两个的交情,却渐渐地要冷淡下去了! 这个一点也没有甚么奇怪。因为我从前的生活是完全被一种伤感的享乐主义者的气氛所支配,所以我的情绪和思想也可以和你打成一片,现在我的生活已经在渐渐地转变方向,我的情绪和思想当然要和你分离。像我从前那种对于你的陶醉,恰好同我对于 Stimmungskunst 倾心的状态一样:在那种倾心之中,我创作出了些一时相当满意的作品,在那种陶醉之中,我得了你许多使我一时忘我的安慰。但是,有甚么意思呢! 这种自我的催眠和个人间的享乐,终究有甚么意思呢! S哟,现在我算是醒定了,我的世界将再不是你的世界。

当然,我是知道的,一个人的行动是很难预料。或者,S哟,你也可以慢慢地和我走在一条路上,使我们的交情能够恢复起来呢。不过这个终是一个空空的希望,像你的那种环境,我怕是不容易能够做到的罢?

哦,S哟,我望你珍重! 总之,我还是为实践对于你的信约,把这几首短歌捡了出来,可是我已经用我心中的炸弹把威尼市炸得粉碎了!

这篇“算是醒定了”的代序,是以一种较为拖沓的风格在表达自己内心的情感,读来不爽。至于文中提及的“S”是谁,也弄不清楚,从而导致较难理解文中所讲事情,成了解读此文最大的障碍。不过,这本《威尼市》和这位“S”间存有关系,那又是确定无疑的。

文艺论集（郭沫若）

《文艺论集》,在"创造社丛书"中有两种同名的《文艺论集》,作者分别是郭沫若和郁达夫,为了区别,在书名后用括号注明。

郭沫若著《文艺论集》,皆光华书局(总发行所上海四马路,分发行所南昌磨子巷)版,笔名所见不同封面与版次的版本有四种。

其一,封面绛红色底,竖排作者手写书名和"沫若自题"。民国十六年(1927年)二月三版(初版于1925年12月),三版封面与初版样式相同,仅封面底色有异,初版为棕褐色,至于再版是何色,不见不知。

扉页竖印"创造社丛书",未编号,另印"郭沫若著作集初集第一种"——一书有两种身份,这是把"水"搅浑的好办法。据笔者所知,"郭沫若著作集初集"好像就见到过《文艺论集》第一种。

书前有作者1925年11月29日写于上海的《文艺论集序》:

> 这部小小的论文集,严格地说,可以说是我的坟墓罢。
>
> 我的思想,我的生活,我的作风,在最近一两年之内可以说是完全变了。
>
> 我从前是尊重个性,景仰自由的人,但在最近一两年之内与水平线下的悲惨社会略略有所接触,觉得在大多数人完全不自在地失掉了自由,失掉了个性的时代,有少数的人要来主张个性,主张自由,总不免有几分僭妄。

⊙ 1927 年光华书局三版《文艺论集》封面、版权页、扉页

⊙ 从左至右：
1930 年光华书局五版《文艺论集》封面
1932 年光华书局六版《文艺论集》封面
1933 年光华书局七版《文艺论集》封面

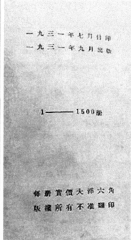

⊙ 1931 年光华书局版《文艺论集续集》封面、版权页、插照

是的,僭妄！我从前实在不免有几分僭妄。但我这么说时,我也并不是主张一切的人类都可以不要个性,不要自由;不过这个性的发展和自由的生活,在我的良心上,觉得是不应该由少数的人独占罢了！

要发展个性,大家应得同样地发展个性,要生活自由,大家应得同样的生活自由。

但在大众未得发展其个性,未得生活于自由之时,少数先觉者无宁牺牲自己的个性,牺牲自己的自由,以为大众人请命,以争回大众人的个性与自由！

所谓"我不入地狱谁入地狱？"的话便是这个意思。

这儿是新思想的出发点,这儿是新文艺的生命。

在我一两年前的文字中,这样的见解虽然不无一些端倪,然从大体上看来,可以说还是在混沌的状态之下。

如今"混沌"是被我自己凿死了,这儿所收集的只是它的残骸。

残骸顶好是付诸火化,偏偏我的朋友沈松泉君苦心孤虑地替我收集了拢来,还要叫我来做篇序。好了,我题这几句墓志铭在我这座墓上罢。

有喜欢和死唇接吻的王姬,/有喜欢鞭打死尸的壮士,/或许会来到我的墓头/把我的一些腐朽化为神奇。　化腐朽而为神奇,原本是/要靠有真挚的爱情,或者敌意——/这是宇宙中的一个隐谜,/这是文艺上的一个真谛。

读了上述文字,只感到思想的"宏大",是一个作家或诗人的神髓,那些二流或三流的作家,似乎都成了粪土！……

全书 358 页,分上下卷,上卷收文：《中国文化之传统精神》《论中德文化书》

《读梁任公〈墨子新社会之组织法〉》《惠施的性格与思想》《伟大的精神生活者王阳明》(内分附论四篇)《整理国故的评价》《古书今译的问题》《天才与教育》《〈国家的与超国家的〉》《雅言与自力》。下卷收:《艺术家与革命家》《艺术的评价》《文艺之社会的使命》《生活的艺术化》《自然与艺术》《文艺上的节产》《一个宣言》《论国内的评坛及我对于创作上的态度》《批评与梦》《未来派的诗稿及其批评》《瓦特裴德的批评论》《论文学的研究与介绍》《太戈儿来华的我见》《儿童文学之管见》《神话的世界》《波斯诗人莪默保亚谟》(内分二小节)《少年维特之烦恼序引》《西厢艺术上之批判与其作者之性格》《我对于卷耳一诗的解释》《释玄黄》《论诗》。

版权页后印"创造社丛书书目广告"一页,其中把《创造日汇刊》和《洪水》合订本都囊括进了"创造社丛书"之中。

其二,光华书局1930年8月五版,印1500册,每册实价大洋1元。封面图案为菱形,由红黑线条组成,上为黑曲线,下为黑直线,可谓"黑白分明,曲折分清"——这应该是"论"的最基本原则。版本中不见"创造社丛书"字样。书末有一篇作者写于1930年6月11日的《跋尾》:"此书竟又要出到五版了,有些议论太乖谬的,在本版中我删去了五篇。此外没有甚么可说的,只是希望读者努力'鞭尸'。"其三,1932年6月六版,印1000册,封面图案对称,如穹门,内印书名、作者名和出版机构名。其四,1933年3月七版,封面对称图案,红底,双白线,内印作者名、书名和出版机构名,原价1元,特价4角。这三种版本的内容与三版同,至于第七版之后是否还有版本出版,不得而知。

在《文艺论集》1925年初版后的六年多,《文艺论集续集》由光华书局出版,时在1931年9月,印1500册,此时,郭沫若正在日本避难,也正在著述《甲骨文字研究》《殷周青铜器铭文研究》和《两周金文辞大系》;正在译马克思的《政治经济学批判》和俄国托尔斯泰的长篇小说《战争与和平》,以及英国威尔士的《生命之科学》等。

续集与正集有关,故一并介绍。全书191页,收文:《我们的文艺新运动》《孤鸿——致仿吾的一封信》《文艺家的觉悟》《革命与文学》《英雄树》《鼻子的跳舞》《留声机器的回音》《我们的文化》《文学革命之回顾》《关于文艺的不朽性》《眼中钉》。书中留有一帧照片,题为:"总政治部前任副部长郭沫若(执鞭者是)出发到塘村时摄影"。

文艺论集（郁达夫）

　　《文艺论集》（郁达夫），此书在光华书局"创造社丛书"的广告中刊有，在相关资料中也提及：1927 年 7 月 15 日《创造月刊》第一卷第七期广告、列为"待收回"书目，编为"创造社丛书"之一。由此可见，郁达夫的《文艺论集》与郭沫若的《文艺论集》皆为"创造社丛书"。

　　封面由郁达夫自题，笔者所见为光华书局民国十五年（1926 年）四月付排，6 月出版，每册实价大洋 5 角。未印"创造社丛书"字样，版权页贴有一枚"郁，文，"版权印花，从郁、文两字后皆用逗号分隔，似乎意思是"郁达夫的文字"。其实，"郁文"就是郁达夫的原名，有时还用作笔名而已。

　　书前有作者写的《文艺论集自序》：

　　　　平生以懒惰为最大德性的我，非要老虎追在背后，不肯回转头来看一看。两三年来为朋友所逼，临时写下来的文章，也以成于这一种状态下者居多。所以平常最没有自信，最怕集弄来出书。我有许多曾经登过预告的书而到如今仍是一本也没有印出来的原因，也在于此。

　　　　这一回偶尔随了众人的热闹，终于把这一本三不像的什么《文艺论集》弄出来了。不知我者，以为我在热中名誉，想出一本书来出出风头。殊不知这一本书的催生药，还是去年的失业，和三四个月来的疾病。

　　　　挂羊头卖狗肉，心里原有点过意不去。不过举世滔滔，都在干这个鬼，我想我这情有可原的一次狡猾，也算不得什么天大的一回事。

　　　　说到文艺，我本来是门外汉，还有什么可以论出

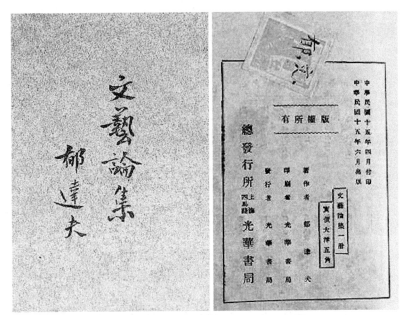

⊙ 1926 年光华书局初版《文艺论集》封面、版权页

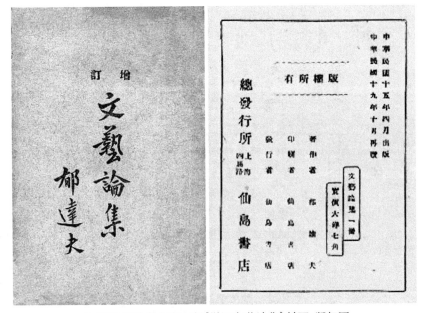

⊙ 1930 年仙岛书店再版《增订文艺论集》封面、版权页

来？不过两三年前,自家心里想到的事情,仿佛不过是如此如此。

收在里头的东西,大半是在创造周报上登载过的。只有九、十、十一的三篇,是在某大学混饭吃的时候的讲义。因为这大学里的学生,程度不大齐,所以很幼稚的解释,也不得不像煞有介事的写上去,请读者读了不要发怒,说我在把你们当作愚人看。

别的话没有了。窗外正在下微雨。隔壁的老妈子还在和姨太太说笑。我住在闸北的一间破屋里。时间是一九二六年三月四日的午前二时半。街上一个唱着戏的夜行者走过了。

全书收文 14 篇:《艺术与国家》《文学上的阶级斗争》《文艺赏鉴上的偏爱价值》《批评与道德》《茵梦湖的序引》《赫尔惨》《自我狂者须的儿纳的生涯及其哲学》《黄面志及其他》《诗的意义》《诗的内容》《诗的外形》《北国的微音》《读了珰生的译诗而论及翻译》《介绍一个文学公式》。

另在一个偶尔的机会中见到一种郁达夫著《增订文艺论集》,因过手时间极短,只留存了它的封面与版权页,书中内容却未记下,之后居然从未再见到过,上海图书馆也未藏,也便留下了一片空白,因此只能以封面和版权页示人。此书由仙岛书店出版于民国十九年(1930 年)十月再版,初版所记时间是光华书局的初版,可见两者之间有着版次延续的关系,而且是在《文艺论集》的基础上进行了"增订",可惜不知"增订"了什么。至于,"光华"和"仙岛"间是什么关系,笔者至今没有弄清。

无元哲学

　　《无元哲学》，"创造社丛书"第五种（泰东图书局排序），创造社编辑，朱谦之著，笔者所见为泰东图书局民国十一年（1922年）十月初版，不知印数，实售大洋3角。发行者赵南公。封面印书名、作者名和出版时间。版权页印"创造社丛书第五种"字样。

　　书前有自序，无写作时间：

　　　　这本书是我数年来做的无元哲学论文集。上篇所说，只要完一个"无"字，第一义是第一义，第二义是第二义，有和无截然分为二事。下篇便不然了，第二义即第一义，现前昭昭灵灵的即是无所有不可得的。这么一来，便把从前的无元思想走到尽处，和大众佛法（华严宗般若宗）很接近了。这是我思想变迁的线索如此，恐怕聪明人都是如此罢！然而我思想的前途，毕竟不到此而止。

　　在书版的左侧印有"创造社丛书第五种"字样，不印在封面或扉页醒目的地方，却要以微小的字体印在不起眼处，是想不让人看见，还是很随意的安排，搞不明白。其实在版权页上已印丛书第五种的字样，那就没必要再在不醒目处"多此一举"了。

　　全书169页，分上下两篇，上篇（《知识论》《无名主义》《组织论》《无元主义与教育》《无元主义与道德》《无元主义与艺术》）；下篇（《真生命的实现》《真情生活》《直觉主义》《"无"之真义》）。另有附录："虚无之什"八首（《归去》《到虚空去》《空观》《宇宙和我》《送庆哥》《人生》《反教》《明夷操》）。

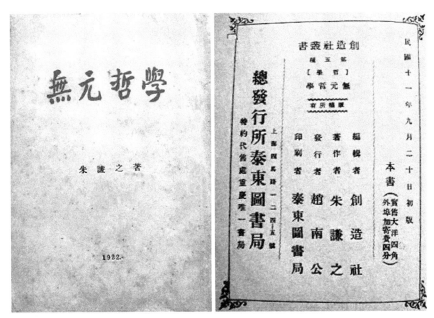

⊙ 1922 年泰东图书局初版《无元哲学》封面、版权页

　　读第二首《到虚空去》，有点意思："我从虚空来，还向虚空去。/虚空是我本来身，也正是我们归宿；/我去！我去！把身意断灭，吹成灰的我，也自和虚空无二。/虚空里没有国，没有人，没有嗔，没有喜，既远离你和他，也没有他和我；/那不是净土？那不是涅槃？/证得虚空时，方知道人间的坠落，生存的凄楚。……"

　　朱谦之，福建闽侯人，1898 年生，字情牵。17 岁以全省状元考取北京高等师范学校（北师大前身），后进北京大学哲学系攻读。1920 年因散发革命传单遭军阀当局逮捕，后经营救获释。出狱后著有《革命哲学》（"创造社丛书"之二），充满怀疑主义和虚无主义。1921 年，《无元哲学》和《周易哲学》出版，从而抛弃虚无主义思想，宣称宇宙人生都是浑一的真情之流，真生命在人世间即可实现。有关作者及其版本，请读者参阅书末的附录。

　　笔者最早认识他，是读了他与妻子杨没累合著的爱情书信集《荷心》。丁玲对杨没累曾有过一段"评述"，极其真切："那个时代的女性太讲究精神恋爱了，对爱情太理想了。其实，又何止杨没累那样的一个号召'大同革命'的左派能存于一身，此种恍惚，只能说明那是一种青年病，一场时代病。"从杨没累，也可窥探出朱谦之……

辛夷集

　　《辛夷集》,"辛夷小丛书第一种",创造社编辑,泰东图书局民国十二年(1923年)四月初版,到8月出了三版,可见读者喜欢的程度,笔者所见是三版,未见版本印有"创造社丛书"字样,把它列入丛书,主要的依据是"创造社丛书"C集的书目。直至后来见到泰东图书局版、大中书局印行的1932年10月的十五版时,才在版权页上发现印有"创造社丛书",同时还印有"辛夷小丛书第一种"。可见此书属"脚踏两头船"。

　　此书小开本,手掌大。"辛夷",实是一味中药,是木兰的干花蕾。此药性温,味辛,具有散风寒、通鼻窍的功能。用"辛夷"作丛书名,还颇有药理之趣。这套小丛书共五种,除《辛夷集》外,还有郭沫若著《卷耳集》、郁达夫著《鸢萝集》、郭沫若译《鲁拜集》和《雪莱诗选》,一套丛书中郭氏占有四席,相当有趣而不可思议,丛书像是专为他而设。

　　书前有郭沫若1922年7月3日写于上海的小引,实际是首散文诗,写得很美:

　　　　有一天清早,太阳从东海出来,照在一湾平如明镜的海水上,照在一座青如螺黛的海岛上。
　　　　岛滨砂岸,经过晚潮的洗刷,好像面着一张白绢的一般。
　　　　近海处有一岩石洼穴中,睡着一匹小小的鱼儿,是被猛烈的晚潮把他抛撇在这儿的。
　　　　岛上松林中,传出一片女子的歌声:
　　　　月光一样的朝暾照透了葳茂着的森林,
　　　　银白色的沙中交横着迷离疏影。

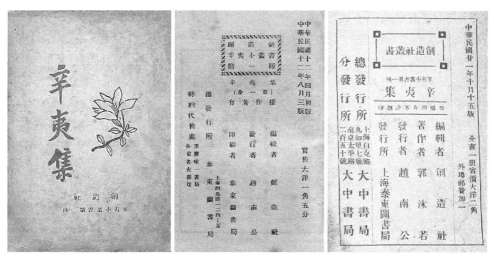

⊙ 1923年泰东图书局三版《辛夷集》封面、版权页，以及 1932年十五版《辛夷集》版权页

一个穿白色的唐时装束的少女走了出来。她头上顶着一幅素罗，手中拿着一支百合，两脚是精赤裸裸的。她一面走，一面唱歌。她的脚印，印在雪白的沙岸上，就好像一瓣一瓣的辛夷。

她在沙岸上走了一会，走到鱼儿睡着的岩石上来了。她仰头眺望了一回，无心之间，又把头儿低了下去。

她把头儿低了下去，无心之间，便看见洼穴中的那匹鱼儿。

她把腰儿弓了下去。详细看那鱼儿时，她才知道他是死了。

她不言不语地，不禁涌了几行清泪，点点滴滴地滴那在洼穴里。洼穴处便汇成一个小小的泪池。

少女哭了之后，她又凄凄寂寂地走了。

鱼儿在泪池中便渐渐苏活了转来。

这篇童话式的《小引》，明眼人一看便知是含有深意的。在笔者看来，把创造社及《辛夷集》的主旨表达得淋漓尽致。

全书仅 90 页，收有张资平、郁达夫、郭沫若等人的诗文 21 篇：《虹》（诗，均吾）、《夜》（诗，前人）、《海滨》（文，资平）、《鹭鸶》（诗，沫若）、《清晨》（文，达夫）、《郊外》（文，前人）、《岸上》（诗，沫若）、《牧场》（文，资平）、《蜜桑索罗普之夜歌》（诗，沫若）、《霁月》（诗，前人）、《夕阳》（文，前人）、《忏悔》（文，达夫）、《哭》（诗，均吾）、《月与玫瑰》（诗，前人）、《长府》（文，资平）、《月下》（文，达夫）、《夜步十里松原》（诗，沫若）、《守岁》（文，仿吾）、《牧羊少女》（文，沫若）、《半淞园》（诗，均吾）、《璋儿之死》（文，资平）。

书末还有一篇很有意思的《编辑大意》，不妨一存："本集所摘取现代作家之诗文，以艺术味之最深者为主。本集取材出自左列各书：《女神》《沉沦》《冲积期化石》，创造杂志及其他。近数年来之新兴文艺中，堪预本集之选者，为数颇多；但本国书局因尊重版权起见，除与本局密切关系的诸作家外，不敢擅选。本集拟继续刊行；如海内作家自愿选其精美之诗文相赠者，本局无任欢迎。本集取材长短适宜，尤可供男女中小学国文教科之用。读者对于本集编辑上如有意见，请函告本局，以为出续刊时之参考。"其中尤令笔者感兴趣的是"尊重版权"条，从不少资料看，创造社有着较强的版权意识，此条可作佐证。

新月集

　　《新月集》，印度泰戈尔原著，王独清译，创造社编辑，初版于1922年2月。笔者所见是1923年9月再版，封面和版权页皆印"世界儿童文学选集"第二种，这是创造社出版的另一种丛书。把它作为"创造社丛书"的依据是被列为"创造社丛书"B集(泰东版)十四种之一。这情况与《茵梦湖》等同属一类，泰东图书局趁创造社被封之机，除把"世界名家小说"的《茵梦湖》重印后印上"创造社丛书第十九种"，还把原属"世界儿童文学选集"的版本作为"创造社丛书"出版。但在之后见到的泰东图书局出版、大新书局民国廿四年(1935年)四月印行的封面朴素的《新月集》五版，在其版权页上仍未印上"创造社丛书"而只是印有"世界儿童文学选集第二种"的字样。也就是说，"大新"版是否还出过五版之后的版本，因为一般所见"大新"版在十几版之后才会出现"创造社丛书"字样。可见，在未见所有版本实物前，谁也不敢轻易妄断。

　　在有关记录"世界儿童文学选集"的资料中，往往有这样一段话："1923年9月30日再版。1926年出版时又改为本丛书第一辑"。因未见1926年版，故不知是否改为"第一辑"。但从大新书局1935年五版看，仍是"第二种"，好像并非改。反正，已经很难弄清楚了。

　　书前有曾琦1921年4月10日写于法国色伦河畔的序，序后有《译者叙言》，也是序的一种形式。序长，不能全录，只能摘取与版本有关的文字，舍去对太戈尔的议论：

　　　　我的朋友王独清君译完了一部印度诗圣太戈尔的《新月集》，叫我替他作序。我于诗学，本是外行；兼之不通英文，未窥原本，何敢妄赞一词……我所以乐于承认作序的原因：

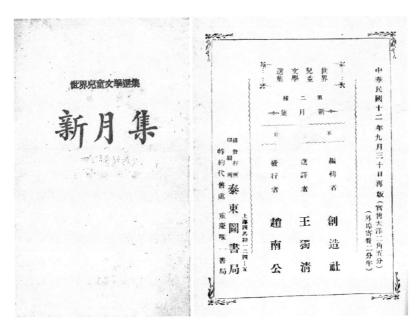

⊙ 1923 年泰东图书局再版《新月集》封面、版权页

⊙ 1935 年大新书局五版《新月集》封面、版权页

（一）王君译这部诗，是我极力怂恿成的。因为我看见近来国内做新诗的人太多，大抵千篇一律，于设多名词之下，加以"呵""哟""呢""哦"等字，便自以为是"白话诗"。其实只是"白话"，何尝是"诗"。这都是由于不解诗的真义；自己并无天才，而又妄思创作，所以弄来文不像文，诗不像诗，徒贻旧派以讪笑之资。当此旧体解放，新体未成之际，我以为有多输入西洋范本之必要。我们不必定要模仿人家的作品，如从前的人，动辄以"神似李杜""力追汉魏"自夸；但多读些名家作品，至少也可为自己创作的辅助。因为无论甚么天才，断无有凭空创体的。以李太白之天资，而杜甫尚称为"李侯有佳句，往往似阴铿"。可见太白于阴铿的诗是有研究的。以杜工部之诗圣，而其自述心得，还有"熟精文选理，休觅彩衣轻"的话，可见工部于文选也是有所渊源的。不过天才能由"模仿"而进于"创造"，不为范本所囿已。这部太戈尔的《新月集》介绍入中国以后，我想于现在的"白话诗人"至少总有些补益。所以乐抒所见，聊弁数语。

这位写序的"曾琦"，四川隆昌人，生于 1892 年，原名曾慕韩，曾用名曾昭琮。只知他曾用"曾琦"的笔名在 1922 年 3 月《少年中国》上发表过诗歌《中国少年歌》。

笔者一般读到类似"我于诗学，本是外行；兼之不通英文，未窥原本，何敢妄赞一词"或"我对于太戈尔的诗，并未尚研究过，所以我只介绍别人评语"的话时，总感到嘴里像咬到了一条毛毛虫似的，极为难受：既然"不懂"，也便失去了"话语权"，说多了也是白搭！

读过译者自己写的《译者叙言》，再读一遍这位曾先生写的序，只感到是有感而发的"多余"。不过，讲到的"白话诗人"、"有韵无韵"和"东方文明"，还是可以咀嚼一番的。

王独清写的《译者叙言》才算是真正摸到了《新月集》版本的"脉搏"，值得一录：

全部的介绍一卷诗，在现在的中国，恐怕要算特创的了。但这个特创是很有价值的。怎么说呢？中国向来的诗人，只知用诗来简单的写景，言情，而不知用来统系的表思想学说；只知诗是发挥个性的工具，而不知同时为解决人生的用品。像这样有统系的诗集，在外国固是诗人的本色，但在中国就没有见过了。但现在的中国不是文艺思想新生的时代么？那么，就应该有新生的伟大诗人；就应该有新生的统系著作的诗；我介绍这卷《新月集》，未尝不是想叫中国成"新月之国"呢。

《新月集》(The Cre cent moon)是太戈尔名著之一；他的诗集还有《祷歌》(Gitanjali)《园丁》(The gardener)等，都是有同样声价的著作。他是能以浅淡的文笔，自然的音韵，写出活鲜的诗；同时却有最浓丽的情绪，极高深的理想。他没有一篇诗不是由人的生命内边发出来的调子，没有一篇诗不是歌人生向上的心，而这《新月集》，要算能充分代表他"爱之哲学"的文艺作品。

　　这卷诗本开始于零碎地选译，——因我近来读过的诗集，随读随译的很多。——当译时，我颇想不使失作者原有的精神，所以极力保原诗的色，的声，的意；但这不是容易做的事，恐怕做出来的与想的适得其反，这是我要诚意地求读者原谅的。后来因我的朋友曾慕韩君的劝告，才把译稿稍为整理，又补完两篇未译的；因为非一时所译，译笔便不免有不一致的地方，但现在却没有时间来作这详细改的事了，我本还打算把《〈新月集〉底我见》写信给太戈尔，并有些质疑；想待得了回信，便同时附在这卷诗的译本上发表，但现在却因朋友间的催促，也没有时间来等候地作这件事了。——这都是我最抱憾的事。

　　我的朋友曾慕韩吴若膺陈剑修三君都对于我译这卷诗很有帮助，我都很感谢他们。　　王独清　　一九二一年四月十五日在法国（Montargis）

　　"我每天读拉宾德拉那司太戈尔（Rabindranath Tagore）的著作，读一行他的诗就把世上所谓的苦都忘了。"——英国诗人易慈（W. B. yeats）所记医士语

全书收文 40 篇：《家》《在海滨上》《根源》《宝宝底法门》《平淡的美观》《偷瞌睡的》《开始》《宝宝的世界》《当其与何以》《毁骂》《审判官》《顽意儿》《天文家》《云与波》《香芭花》《仙境》《追放者底土地》《雨天》《纸船》《水手》《对岸》《花学校》《商人》《同情》《职业》《长者》《小的大人》《十二点钟》《著作家的资格》《恶邮差》《英雄》《告终》《招魂》《最初的素馨》《榕树》《祝福》《礼物》《我的歌儿》《孩儿天使》《最后的契约》。

星空

《星空》，"创造社丛书"第六种（泰东图书局排序），郭沫若著，创造社编辑，笔者所见两种版本皆泰东图书局版，发行人赵南公。

其一，民国十二年（1923年）十月初版，不知印数，实售大洋4角。封面印有书名、作者名和出版时间。版权页印"创造社丛书第六种"字样。其二，民国二十一年（1932年）十月十六版，封面有图案，分上下两个色块，深色底上有"满天繁星"，喻意"星空"。版权页印"创造社丛书第六种"。

另外见到的一种是泰东图书局出版、大新书局印行的版本，民国廿四年（1935年）四月十七版，在版权页印有"创造社丛书第六种"。

《星空》，是郭沫若继《女神》之后的诗歌、戏曲和散文合集，收1921年至1923年间的作品。书前有康德的一段原文，略去外文，留中文：

有两样东西，我思索的回数愈多，时间愈久，他们充溢我以愈见刻刻常新，刻刻常增的惊异与严肃之感，那便是我头上的星空和心中的道德律。

康德的一段话之后是《献诗》：

啊，闪烁不定的星辰哟！／你们有的是鲜红的血痕，／有的是净朗的泪晶——／在你们那可怜的幽光之中／含蓄了多少沉深的苦闷；　我看见一只带了箭的雁鹅，／啊！它是个受了伤的勇士，／它偃卧在这莽莽的沙场之时／仰望着那闪闪的幽光，／也感受了无穷的安

⊙ 1923 年泰东图书局初版《星空》封面、版权页

⊙ 1932 年大中书局十六版《星空》封面、版权页

⊙ 1935 年大新书局印行的十七版《星空》封面、版权页

慰。　　眼不可见的我的师哟！/我努力地效法了你的精神：把我的眼泪，把我的赤心，编成了一个易朽的珠环，/捧来在你脚下献我悒忱。十二月二十四日夜　星影初现时作此。

　　全书 198 页，无目录，从刊登的篇目看，第一辑的诗歌 31 首：《星空》《洪水时代》《月下的"司芬克司"——赠陶晶孙》《苦味之杯》《静夜》《偶成》《南风》《白云》《新月》《雨后》《天上的市街》《黄海中的哀歌》《仰望》《江湾即景》《吴淞堤上》《赠友》《夜别》《海上》《灯台》《拘留在检疫所中》《归来》《好像是但丁来了》《冬景》《夕暮》《暗夜》《春潮》《新芽》《大鹜》《地震》《两个大星》《石佛》。

　　《偶成》一诗，读来有味："月在我头上舒波，/海在我脚下喧豗，/我站在海上的危崖，/儿在我怀中睡了。"

　　第二辑是"戏曲"三篇：《孤竹君之二子》（幕前序话。1922 年 11 月 23 日作）、《月光》（诗剧。1922 年 8 月 19 日夜作。此稿献于陈慎侯先生之灵）《广寒宫》（童话剧。1922 年 4 月 2 日作）。第三辑是"散文"，内收四篇：《牧羊哀话》《残春》《今津纪游》《月蚀》。

玄武湖之秋

　　《玄武湖之秋》，"创造社丛书"第九种（泰东图书局排序），创造社编辑，倪贻德著，笔者所见三种版本皆为泰东图书局版，发行者赵南公。

　　其一，民国十三年（1924年）四月初版，不知印数，实售4角。封面印有书名、作者名和出版时间，并标明"小说集"。版权页印"创造社丛书第九种"。其二，民国十六年（1927年）十月四版，不知印数，实售大洋4角。封面绛红底色，图案为湖中的小船与荷花。从右至左印书名、作者名和出版时间。封面和版权页皆未印"创造社丛书"字样，扉页印"创造社丛书第九种"。其三，民国二十四年（1935年）四月十七版，泰东图书局出版，大新书局印行（实为大新版），不知印数，定价1元6角。封底用线框起，竖排书名和作者名，横排出版机构名。版权页印"创造社丛书第九种"。

　　书前目录页有作者1924年3月27日写于上海的序，正页却印成《致读者诸君》。这种前后不一虽无大碍的情况，在"创造社丛书"的版本中是"家常便饭"，两个字"粗糙"。

　　在这篇《致读者诸君》的文字中说道：

　　　　自从我这几篇东西见了世面之后，可怜我生世的人固然有，但是在那里讥骂我的人实在也不少，他们说我是肉麻，说我是无病呻吟，说我是一点修养也没有，甚而至于被人所不容而遭驱逐。那么我这本小小的集子出来之后，不是更要被人家讥骂得厉害了吗？不过这倒也不要紧，我原是一个世上的弱者，讥骂和欺凌是受惯了的，再也不足为奇了。啊啊，你们得意的成功者

⊙ 1924 年泰东图书局初版《玄武湖之秋》封面、版权页

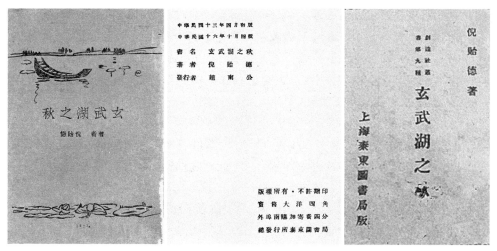

⊙ 1927 年泰东图书局四版《玄武湖之秋》封面、版权页、扉页

⊙ 1935 年大新书局十七版《玄武湖之秋》封面、版权页

呦！你们尽管辱骂吧！你们尽管讥笑罢！你们的讥笑和辱骂，于我是实在没有甚么得失的。

好了！我从今以后再也不学那秋蝉的悲鸣了！悲鸣原是徒然的，徒然是遭别人的讨厌罢了！我对于这青春时代享乐的希望也再不会有了，我今后只愿一个人到那杳无人迹的蒙古大沙漠里，或者是冰天雪地的悲笳尔湖去度我流浪的生活，以终我的一生。因为这江南美好的风光，与我的生世太不相调和，我怎么再能住得下去呢？

此书为小说散文集，全书 204 页，收散文《秦淮暮雨》。收短篇小说九篇：《江边》《花影》《怅惘》《下弦月》《穷途》《寒士》《玄武湖之秋》《归乡》《黄昏》。

书末和版权页后有泰东图书局书目广告八页。

倪贻德，浙江杭县人，生于 1910 年，笔名除倪贻德、贻德外，还有尼特。1922 年毕业于上海美术专科学校，留校任教。1923 年参加创造社进行文学创作，在文坛上崭露头角。1926 年留学日本川端绘画学校。回国后在广州、武昌、上海艺术专科学校任教，和庞薰琴等组织决澜社。"抗战"爆发后，随郭沫若投身救亡运动。"抗战"胜利后回杭州，自办西湖艺术研究所。文学代表作有散文集《玄武湖之秋》《东海之滨》《画人行脚》《残夜》《百合集》。有关作者及其版本的详情，请读者参阅书末的相关内容。

雪莱诗选

　　《雪莱诗选》,郭沫若译,泰东图书局出版,版本情况较为复杂,一书属四种丛书:"创造社丛书"、"辛夷小丛书"、"世界名著选"和"明日小丛书"。有关版本资料都有比较完整的表述,读后利于全面了解这本诗选,依次为:

　　"创造社丛书":上海泰东图书局 1926 年 3 月初版时列为"辛夷小丛书第五种",列为本丛书之版待查。上海创造社出版部曾列为"明日小丛书第一种",1928 年又列为"世界名著选第十三种"。这段话也说明,在整理此文字时尚未发现"创造社丛书"的版本。

　　"辛夷小丛书":上海创造社出版部曾列为"创造社丛书"和"明日小丛书第一种",1928 年又列为"世界名著选第十三种"。

　　"世界名著选":上海泰东图书局 1926 年 3 月初版时列为"辛夷小丛书第五种",又曾列为"创造社丛书"之一。上海创造社出版部 1928 年始列为丛书第十三种,又曾列为"明日小丛书第一种"。

　　"明日小丛书":上海泰东图书局 1926 年 3 月初版时列为"辛夷小丛书第五种"。上海创造社出版部 1928 年列为"世界名著选第十三种",1927 年 9 月 16 日,《洪水》半月刊第三卷第三十四期"印刷中"广告列为本丛书第一种。

　　四种表述虽各不相同,但可以看清各自的排序:"创造社丛书"未编号、"辛夷小丛书第五种"、"世界名著选第十三种"、"明日小丛书第一种"。在这几种丛书中,只有"明日小丛书"最为陌生,之前未听说过,知道之后也未见此丛书的版本实物,估计只是"有目无书"。现知从第二种至第七种是:《墓畔哀歌》(郭沫若译)、《广寒宫》(郭沫若著)、《喀尔

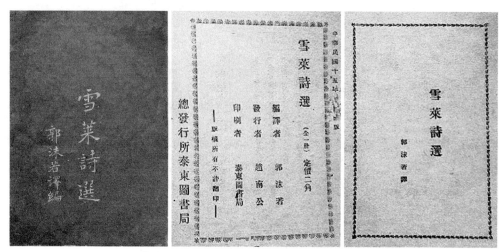

⊙ 1926 年泰东图书局初版精装《雪莱诗选》封面、版权页、扉页

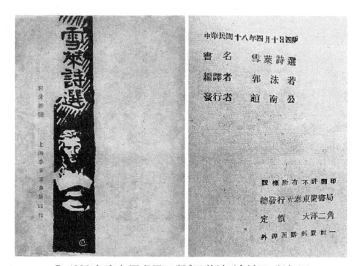

⊙ 1929 年泰东图书局四版《雪莱诗选》封面、版权页

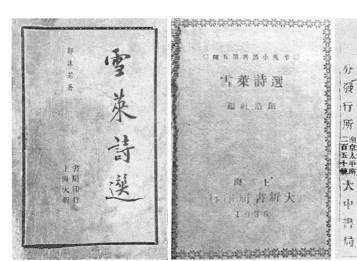

⊙ 从左至右：
1935 年大新书局版《雪莱诗选》封面、扉页
1932 年十七版《雪莱诗选》的版权页

⊙ 1928 年创造社出版部初版《雪莱选集》封面、版权页、扉页

美姑娘》(郭沫若著)、《抒情诗选》(创造社编)、《一个流浪人的新年》(成仿吾著)、《吊罗马》(王独清著)。也就是说,"明日小丛书"只有《雪莱诗选》一种,但这一种标明"明日小丛书"的版本居然一直未见。

《雪莱诗选》的版本,笔者见到的三种都由泰东图书局出版。其一,民国十五年(1926年)三月初版,定价2角。精装,深蓝封面,烫金书名和译者名。在版本的任何部位未见印的"辛夷小丛书"字样。其二,民国十八年(1929年)四月四版,定价大洋2角,平装,封面左侧印雪莱雕像图案,书名美术体,未见丛书名。其三,"泰东"出版,"大新"印行,1935年版,扉页印"辛夷小丛书第五种"。另外见到与之封面相同的民国廿一年(1932年)十月十七版,版权页印"创造社丛书"和"辛夷小丛书第五种"。

另外,笔者还见过一种是创造社出版部的《雪莱选集》,版权页表述是"1928.8.1付排 1928.10.20初版 1—1500册 每册实价大洋二角五分"。扉页印"创造社世界名著选第十三种"。而属"世界名著选第十三种"的版本,只有《雪莱诗选》,如今冒出一种《雪莱选集》,可以肯定说是把书名印错了,实为《雪莱诗选》!此书内容与《雪莱诗选》完全相同。

版本虽各不相同,但内容相同。书前有作者写于12月4日暴风之夜的小序:

　　雪莱是我最敬爱的诗人中之一个。他是自然的宠子,泛神宗的信者,革命思想的健儿。他的诗便是他的生命,他的生命便是一首绝妙的好诗。他很有点像我们中国的贾谊。但贾生的才华,还不曾焕发到他的地步。这位天才诗人也是天死,他对于我们的感印,也同是一个永远的伟大的青年。

　　雪莱的诗心如像一架钢琴,大扣之则大鸣,小扣之则小鸣。他有时雄浑倜傥,突兀排空;他有时幽抑清冲,如泣如诉。他不是只能吹出一种单调的稻草。

　　他是一个伟大的未成品。宇宙也只是一个永远的伟大的未成品。古人以诗比风,风有拔木倒屋的风(Orkan)有震撼大树的风(Sturm)有震撼小树的风(Stark)有动摇大枝的风(Frisch)有动摇小枝的风(Maessig)有偃草动叶的风(Schwach)有不倒烟烖的风(Still)这是大宇宙中意志流露时的种种诗风。雪莱的诗风也有这么种种。风不是从天外来的,诗不是从心外来的,不是心坎中流露出的诗通不是真正的诗。雪莱是真正的诗的作者,是一个真正的诗人。

　　译雪莱的诗,是要使我成为雪莱,是要使雪莱成为我自己。译诗不是鹦鹉学话,不是沐猴而冠。

　　男女结婚是要先有恋爱,先有共鸣,先有心声的交感。我爱雪莱,我能感听得他的心声,我能和他共鸣,我和他结婚了。——我和他合而为一了。他的诗便如像我自己的诗。我译他的诗,便如像我自己在创作的一样。

　　做散文诗的近代诗人 Baudelaire, Verhaeren,他们同时在做极规整的

Sonnet 和 Alexandrian。是诗的无论写成文言白话,韵体散体他根本是诗。谁说既成的诗形是已朽骸骨?谁说自由的体是鬼画桃符?诗的形式是 Sein 的问题,不是 Sollen 的问题。做诗的人有绝对的自由,是他想怎么样就怎么样。他的诗流露出来形近古体,不必是拟古。他的诗流露出来破了一切的既成规律,不必是强学时髦。几千年后的今体会成为古曲,几千年前的古体在当时也是时髦。体相不可分——诗的一元论的根本精神却是亘古不变。

在小序之末有"郭沫若先生杰作"书目七种,并标明售价:《女神》(新诗集,实价 5 角 5 分)、《星空》(诗歌剧,实价 4 角)、《少年维特之烦恼》(实价 4 角)、《茵梦湖》(实价 1 角 5 分)、《卷耳集》(实价 2 角 5 分)、《鲁拜集》(实价 2 角)和《西厢》(实价 5 角)。

全书 81 页,收诗八首,文言译出,诗题为:《西风歌》《欢乐的精灵》《拿波里湾畔书怀》《招"不幸"辞》《转徒》《死》《云鸟曲》《哀歌》,最后一首由成仿吾译。另有《雪莱年谱》一篇。

杨贵妃之死

　　《杨贵妃之死》，"创造社丛书"第十五种（创造社排序），六幕剧，王独清著，笔者所见为创造社出版部和乐华图书公司版。

　　第一种，创造社出版部1927年9月20日初版，印2000册，每册定价大洋4角半。封面黑色底，白线勾勒书名和作者名，以及一个双眼炯炯、披头散发的女子，此人大概就是"杨贵妃"。

　　全书仅67页，无序跋。

　　此书纸质坚硬，时过80年，还保存得这么完好，令人有点吃惊。其实，书籍保存得完好和时间长久，与纸质的好坏有着非常密切的关系，而且区别很大。一般讲，纸质好的书要比纸质差的书，在同等的自然条件下，损坏的程度后者要大于前者。也就是说，用道林纸印的书，肯定要比用土纸印的书要保存得持久。

　　在扉页后，印有"本书著者的其他著译"。在创造社出版部，以及光华书局和大光书局出版的创造社成员的著作版本上，大多"不厌其烦"地印有著译者其他的著译书目。从今人眼光来看，这些出版机构很懂"存世"价值，也很懂得如何"存世"的途径。

　　第二种，乐华图书公司1931年12月1日四版，每册实价大洋4角5分。扉页印"创作丛书"，属"乐华"版"创作丛书"，书目可参见《圣母像前》篇。但在版本的任何部位皆未见"创造社丛书"字样。从初版时间（1927年）看，"乐华"版与创造社出版部版前后有着版次延续的关系。

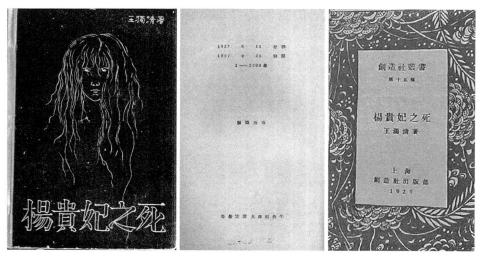

⊙ 1927 年创造社出版部初版《杨贵妃之死》封面、版权页、扉页

⊙ 1931 年乐华图书公司四版《杨贵妃之死》封面、扉页、版权页

茵梦湖

　　《茵梦湖》,Storm(施托姆)著,郭沫若、钱君匋译,发行者赵南公。

　　这又是一种版次相当混乱的版本,前后所见同名版本不下十多种。从所见版本看,归属于多种丛书,如"创造社丛书"、"世界名家小说"和"世界名著选"等。

　　这些丛书都有各自的表述,不妨如实保留:

　　"创造社丛书":上海泰东图书局1921年7月1日初版列为"世界名家小说第一种",1929年5月十二版始列为本丛书"第十九种"。上海创造社出版部1927年9月20日初版则列为"世界名著选第五种"。

　　"世界名家小说":上海创造社出版部1927年9月20日另作初版时,列为"世界名著选第五种"。

　　"世界名著选":上海泰东图书局1921年7月1日初版列为"世界名家小说第一种"。

　　这三种丛书,在笔者所见的版本中都能找到,并依次阐述:

　　第一种,泰东图书局出版的版本,见到过五种不同封面的版本。其一,民国十二年(1923年)十月重排六版(初版于1921年7月),每册实价1角5分。封面右上方一竖一横交叉红线,左下方印书名等及"世界名家小说"。其二,民国十七年(1928年)三月十版,封面左侧红黑曲线,似湖水的波纹,未印丛书名。其三,民国十八年(1929年)五月十二版,封面是夜景,月亮硕大,照在枯树上,有一种阴森的感觉。扉页左上印"创造社丛书之一"。其四,民国二十年(1931年)十一月十四版(重排初版于1927年10月),十四版总共印28 000册,每册实价大洋2角5分。封面上下有

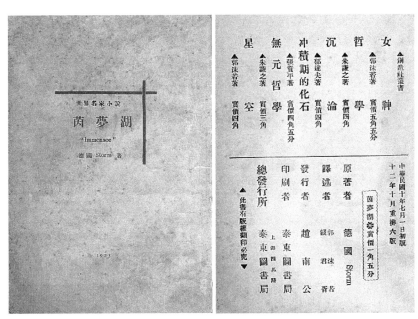

⊙ 1923 年泰东图书局重排六版《茵梦湖》封面、版权页

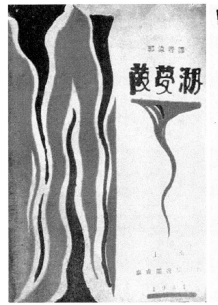

⊙ 1928 年泰东图书局十版《茵梦湖》封面、版权页

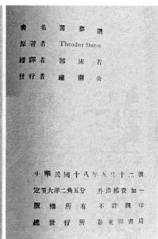

⊙ 1929 年泰东图书局十二版《茵梦湖》封面、扉页、版权页

⊙ 1927 年泰东图书局重排初版《茵梦湖》封面、版权页

⊙ 1935 年大新书局三版《茵梦湖》封面、版权页

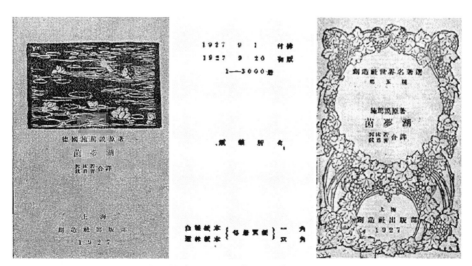

⊙ 1927 年创造社出版部初版《茵梦湖》封面、版权页、扉页

⊙ 从左至右：
1932 年光华书局五版《茵梦湖》封面
1933 年光华书局版《茵梦湖》封面

图饰，印"世界名家小说"。其五，泰东图书局出版，大新书局印行，民国廿四年（1935 年）四月三版，未见"创造社丛书"字样。据笔者所见，"大新"版一般出到十几版时，都会出现"创造社丛书"的字样，此版本为三版，是否"十三版"之误，虽有疑但无法确证。

第二种，创造社出版部版，版权页较为模糊，但基本能见表述："1927.9.1 付排　1927.9.20 初版　1—3 000 册　版权所有　白报纸本每册实价 1 角　道林纸本每册实价 2 角"。扉页印"创造社世界名著选第五种"。

第三种，光华书局版，见到过两种不同封面的版本。其一，1932 年 7 月五版，印 2 000 册，每册实价大洋 2 角，扉页印"世界名著选"。封面左右竖印粗细线，花纹底，黑底白字竖排书名。其二，1933 年 5 月六版，封面左右竖印粗细线，横排书名，并有一小朵花饰。扉页印"世界名著选"。

第四种，群益出版社版，民国三十二年（1943 年）八月出版，定价 $14.00。版权页印"群益文艺小丛书之一"。据笔者所知，这套小丛书主要出版时间是 1944 年 2 月至 10 月，所见三种：《爱弥儿·左拉》（万歌译）、《萝茜娜》（刘盛亚译）和《炉边》（短诗集，臧云远著）。郭译《茵梦湖》在丛书资料中失收，而且出版时间早于 1944 年。

第五种，群海社刊行，群益·海燕·云海上海联合发行所发行，民国三十五年

(1946 年)十一月出版。封面书名由郭沫若自题,下有链式花纹,右印"2"。封面印"郭沫若译文集之一",扉页和版权页印《沫若译文集之一》。此处的"2",是否"译文集第二种"? 不知。

最后两种版本,实际是群益出版社不同时期的两种不同的称谓,或者说是新的组合,已经与"泰东"、创造社和光华书局版没有任何关系。

以"泰东"版为例,书前有《原作者小传》:施笃谟氏(Theodor Storm)德之屯娄德维州(Schleswig)虎汝谟(Husum)市人,生于 1817 年。1842 年为律师。时该州尚属丹麦,施之亲德,为当局所不容,遂于 1853 年出仕普鲁士。凡流寓卜支丹(Potsdam)及海立西斯他脱(Heiligstadt)十年,其所作《故乡》("Die Heimatstadt")忆雪州也。迨雪州归德后,以 1864 年重返故里,时年已四十有八。1888 年终于乡。其所作诗,长于抒情,自成一家,所作小说,流丽真挚,莫不一往情深,《茵梦湖》一作尤脍炙人口云。

《小传》之后是译者写于 1923 年 8 月 23 日的《六版改版的序》:

> 这本小小的译书,不觉也就要六版了。时隔两年,自己把来重读一遍,觉得译语的不适当,译笔的欠条畅的地方殊属不少。我便费了两天的工夫重新校改了一遍,另行改版问世。不周之处,或者仍有不免,只好待诸日后再行订正了。

序文虽短,但与版本有着直接或间接关系,在研究版本或者欣赏版本时,须把它与版本一起重视并加留存,不可忽略。

除了郭沫若译《茵梦湖》版本外,笔者还见到过张友松译本、北新书局 1930 年 9 月版,收入"世界文学名著"丛书。另有施瑛译本,启明书局 1936 年 10 版等。

全书 109 页,收文 10 篇:《老人》《雨小》《林中》《圣诞节》《归乡》《惊耗》《茵梦湖》《睡莲》《以丽沙白》《老人》。其中收有两篇同名《老人》的文字。

笔者手边有一页郁达夫所写《茵梦湖的序引》复印件,有头无尾,当时是怎么留存的,为何只有一页,现在已经根本记不起来了,也记不起是从哪本书中获取的。这类文字丢掉也很可惜,借此机会把无头无尾的文字留存:

> 郭沫若译的《茵梦湖》(Immensee)已经出版了。我本来应许他们做一篇序引的;后来因为生了胃病就不能执笔。但是我未进病院之先关于《茵梦湖》的著者施笃谟的(T. Storm),传记也很看过几本的,我现在想把我所能记忆的地方写出来,也可算尽我介绍德国文学的一种义务,也可作我对于郭君的谢罪之辞。

　　关于合译者钱君胥，一直不知其来历，后来才了解到，他原名钱潮，浙江杭州人，生于 1896 年，1994 年逝世。他是中国微循环障碍和莨菪类药研究的先驱之一。1913 年入浙江医学专门学校，同年赴日留学，先后在东京帝国大学预科班和九州岛帝国大学医学部学习。1922 年毕业后在九州岛帝大医学部附属医院进修。1924 年回杭州从事临床、教学、科研。他以论文《姜片虫病对宿主身体的影响》于 1937 年获得九州岛帝大医学博士学位。

　　后来还看到钱君胥写的回忆文字，其中有一段讲到了他与郭沫若合译《茵梦湖》的情况：郭沫若从事翻译，始于 1919 年的译作《茵梦湖》。郭在《创造十年》中说："《茵梦湖》的共译者钱君胥是我的同学，那小说的初稿是他译成的。钱君胥是他的字。"在沫若的怂恿影响下，我开始学习翻译，从德文原著找来《茵梦湖》。此书是十九世纪德国作家斯托姆的名著。我埋头苦干，花了几个月，采用旧时平话小说体笔调意译。沫若多次旁加鼓励，并说："这部书表达了高尚的爱情。"有一次，他看到我译的女主角爱丽莎白的道白诗后颇感兴趣，此后这诗便成了他漫步博德湾滩朗诵的内容。斯托姆朴厚、清爽的诗句，把沫若吸引了，他对照原著，很快读完了我的译作。他说使用这种笔调，无以表达原著的文采。又说：每个民族的文学，都有其独特的风格，否则就看不清了。他的见解让我懂得了翻译文学作品和医学论著是完全不一样的，有着它自身的基本规律。我自知于《茵梦湖》翻译力不从心，辞不达意，交由沫若重译，他也义不容辞，为我改译……书译好后，他给我看，但他不愿出版，深怕未尽人意。后来他又将《茵梦湖》作了进一步的加工。1921 年 2 月作为创造社丛书，由我俩署名交泰东图书局出版，列为"世界著名小说"，两年内竟翻印六版，这在当年出版界是不多见的。1922 年 3 月第三版时他又作了文句修改，使译文更忠实于原著，语言清新、感情真挚、形象生动，与我初译时面目全非，我要求删去自己的名字，沫若不同意，他说："初稿是你译的，应该写上你的名字。"

音乐会小曲

《音乐会小曲》，"创造社丛书"第十六种（创造社排序），陶晶孙著，创造社出版部 1927 年 10 月初版，印 3 000 册，每册实价大洋 6 角。此书好像未见过其他版次，留存在世的版本相当稀少。

封面除印书名、作者名、出版机构名和出版时间外，正中还有一圆形图案，黑底白线勾勒出小提琴家和钢琴家的形象，喻意"音乐会"。

全书 202 页，收小说 19 篇：《音乐会小曲》《两情景》《黑衣人》《木犀》《蔎春萝》《洋娃娃》《水葬》《尼庵》《理学士》《特选留学生》《哈达门的咖啡店》《爱妻的发生》《短篇三章》《Café Pipeau 的广告》《暑假》《独步》《温泉》《女朋友》《两姑娘》。

作者 1927 年 5 月 20 日写于东京的《书后》，类似跋，分为三部分，第一部分是代替序文，居然把跋视之为序，怪。第二部分 Green 等等，第三部分尾语。

第一部分的代序很有意思，其中说道：

> 我原来不会写序文的，如同批评的话，文艺杂话，相骂的文，捧场的信等等。我想，如小说，如戏剧等就是一种幻想的谎语，幻想那里能够算文艺的堂堂的论阵？原来我是一个极同情于病苦的医学生，又是从基础医学而进于生物学而进于生物物理学的，对于纯粹科学有热烈欲燃的热心的一个学生。不过人都会梦，有时那梦倒含有些风味的，用笔纸来抄它出来，那梦幻有时也会变为一个创造。换言之，人不会制限他的梦，也不会强做他的梦，而那极不自由的梦幻中，我们能够选出一些灌流人性和人生的有风味的独创。于是，我

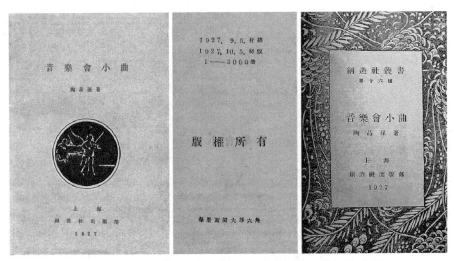

⊙ 1927 年创造社出版部初版《音乐会小曲》封面、版权页、扉页

自己对自己证明我的不会写序文了。

这几篇一半是已经登过《创造》和《洪水》的旧稿,一半是从我筐底搜出来和正在台上写动的东西的小部分。因为我十岁初渡日本的时候,中国还没有白话文,等到我在中学念 Schiller 的《群盗》前后,我很想将来回中国后"发明"一种新中国文,而现在自顾自己,则久留外国的我的笔舌都转不动了。但请诸君勿嫌我的文句的异样,如更能惠顾我,我要同你们一块儿自负地说:我们要改造中国语的字句的构造。等我回到中国,等我多练习些中国语后,创造社的朋友大概仍能用他们的力量替我出版,我还要准备我的新旧稿以见诸君。

利用这机会,我要感谢爱年兄,他和我同在福冈的时候,他的鼓舞使我有意把我的日本文写的稿件译出为中文,初几篇如《木犀》《黑衣人》等,全赖他的助力方能译出的。

又算添了一个废话。

读到"我自己对自己证明我的不会写序文了"一句时,总感到是一个日本人在说中国话。这也难怪,一个 10 岁就到日本去的中国人,要他写出很流利的中国话,那是不现实的。从上面的文字看,还是有点"中国腔",并不像陶晶孙自己所讲的"我的笔舌都转不动了"。其实他的中文写得还是相当的不错,特别是看到他的《牛骨集》,更感到他有着介乎于日本人与中国人之间的那种奇妙文风,会使人想起电影的分镜头,蒙太奇,句与句的关联很流畅。其中的道理很简单:对两种语言的娴熟,也便产生了另一种"语言"。

有关作者及其版本的详情,请读者参阅书末的相关内容。

银匣

　　《银匣》，把此书作"创造社丛书"介绍，是依据创造社重新编号的"创造社丛书"四十一种之一。此书高尔斯华绥原著，郭沫若译，笔者所见三种不同出版机构出版的版本：创造社出版部、联合书店和现代书局。至于是否还有其他版本，因未见，故不知。

　　第一种，创造社出版部版，1926年4月1日付排，1927年7月1日初版，印3 000册，每册实价4角。书前有原著者的肖像。封面素面、线框，加书名、原著者名、译者名等，扉页印"世界名著选第三种"。

　　第二种，联合书店版，1927年7月初版，1929年9月再版，共印5 000册。可见，"联合"版与"创造社"版有着版次延续的关系。扉页印"世界名著选"。

　　第三种，现代书局版，1927年7月初版，1931年10月三版，共印6 000册。可见"现代"版与"创造社"版有着版次延续的关系。书中未印"世界名著选"。书名《银匣》，在扉页印成《银盒》。"匣""盒"并无本质区别，但在一书中出现两种不同表述，实不应该。

　　以"创造社"版为例，全书122页，无序跋。

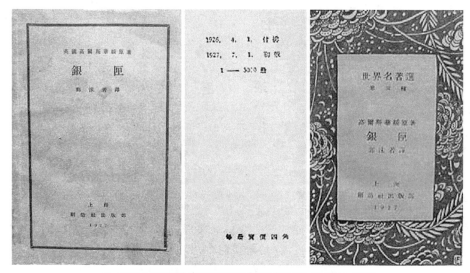

⊙ 1927 年创造社出版部初版《银匣》封面、版权页、扉页

⊙ 从左至右：
1929 年联合书店再版《银匣》封面
1931 年现代书局三版《银匣》封面

最后的幸福

　　《最后的幸福》，"创造社丛书"第十一种（创造社排序），长篇小说，张资平著，笔者所见两种版本：创造社出版部和现代书局。

　　第一种，创造社出版部版，笔者见到两种不同封面的版本。其一，1927 年 7 月初版，有封面，无版权页，故不知其他版权事项，尤其不知是否在扉页印有"创造社丛书第十一种"字样。封面线框内印书名、作者名、出版机构名和出版时间。其二，版权页的表述是："1926 年 11 月 1 日—12 月 6 日夜 12 时，脱稿于汉口　1927 年 4 月 1 日付印于上海　1927 年 7 月 1 日初版　1—3 000 册　1927 年 9 月 1 日二版　3 001—5 000 册　1928 年 3 月 1 日三版　5 001—7 000 册"。所见版本是 1928 年 3 月三版，印 2 000 册，每册实价大洋 7 角 5 分。封面印书名、作者名，并一图案，一女躺床上，梦见飞舞的蝴蝶。扉页印有"创造社丛书第十一种"字样。

　　"创造社丛书"版本的版权页，大多有着详尽繁复的版次印刷的记录，这种不厌其烦的记录，既体现了对著作者版权的尊重，同时也为后世的版本研究者提供了较为全面与准确的依据。

　　第二种，现代书局版，笔者所见三种不同封面的版本。其一，版权页的表述，初版至三版，同创造社出版部版，四至六版的表述是："1928.7 四版　1928.11 五版　1929.4 六版"，至六版已印 11 500 册。封面蓝色粗线框，内印书名和作者名，衬底印"爱"字，并有"TK"组合，这与创造社出版部的封面图的标示相同，似是叶灵凤的英文缩写。其二，初版至六版的表述同上，七版至九版的表述是："1929. 10 七版

⊙ 1927 年创造社出版部初版《最后的幸福》封面

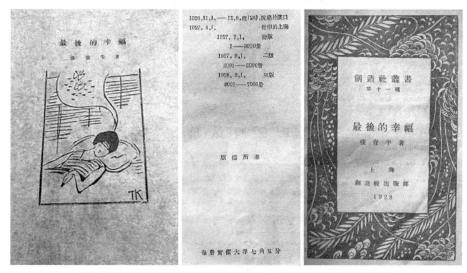

⊙ 1928 年创造社出版部三版《最后的幸福》封面、版权页、扉页

1930.3 八版 1930.10 九版",至九版,总共印了 17 500 册。封面图抽象,似见两双眼睛,不解其意。其三,1927 年 7 月初版,1934 年 4 月十四版,至十四版,总共印 26 000 册。封面图案为穹门、路灯、道路,书名为美术体,"幸福"两字特大,达到了醒目的效果。在这三种版本上,皆未印"创造社丛书"字样。从版权页看,这三种现代版都与创造社出版部版有着版次上的延续关系。

在读到此书之前,先看到的是李长之写的《张资平恋爱小说的考察——〈最后的幸福〉之新评》,记得最后的结论是:用生物学、病理学的观点描写恋爱,必然找不到正确疗救这一社会问题的药方。读了此书后感到:故事性强,文字流利,在早期长篇小说中属佼佼者!

张资平其人其作,一直不为人们所熟识。笔者一开始"了解"他,只知他是中国"两大文化汉奸"之一(另一为周作人)。除此之外,就是鲁迅笔下的"△"恋爱小说家。然而这位中国现代言情小说的开山祖,曾经红极一时,就连张爱玲也深受影响……有关作者及其版本的详情,请读者参阅书末的相关内容。

郭沫若版本

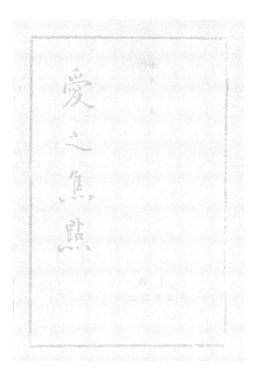

小引

　　郭沫若的文学著作版本,被收入"创造社丛书"者,包括与他人合著或合译的总共 25 种:

　　诗歌八种:《女神》《星空》《瓶》《前茅》《恢复》《沫若诗集》《卷耳集》《辛夷集》;

　　散文两种:《橄榄》《水平线下》,这两种实际是小说散文集,现仍归为散文;

　　小说一种:《落叶》;

　　戏剧两种:《聂嫈》《三个叛逆的女性》;

　　翻译十种:《少年维特之烦恼》《鲁拜集》《法网》《银匣》《浮士德》《沫若译诗集》《雪莱选集》《茵梦湖》《德国诗选》《查拉图斯屈拉钞》;

　　综合两种:《文艺论集》《从文学革命到革命文学》。

　　其中《德国诗选》和《从文学革命到革命文学》,与成仿吾合译或合著。《茵梦湖》与钱君胥合译。

　　在下部《郭沫若版本》中,上述属"创造社丛书"的版本不再重复列入此部。在《小引》作一概括,每章节也不再赘述。

　　在下部,所收郭沫若文学著作版本 110 种,分诗歌、散文、小说、戏剧、翻译和综合六章,所收版本基本囊括郭沫若在 1949 年前的文学版本,未见未收的极少。

沫若诗全集

《沫若诗全集》,《中国现代文学总书目》失收。

该书由郭沫若著,上海现代书局印行,版权页的表述是:"1928.6.10 初版　1929.3.10 再版　1929.12.10 三版　1930.8.10 四版　印 0001—8 000 册　每册实价大洋 1 元 2 角"。笔者所见为 1930 年 8 月四版,初版至三版皆未见。

全书 493 页,无序跋,收十部,有标题,以"Ⅰ、Ⅳ"等标示。

Ⅰ《女神三部曲》(诗剧三篇),Ⅱ《凤凰涅槃》(诗一首),Ⅲ《天狗》(诗十首),Ⅳ《偶像崇拜》(诗九首),Ⅴ《星空》(诗十首),Ⅵ《春蚕》(诗 28 首,童话剧一篇),Ⅶ《彷徨》,Ⅷ《瓶》(诗 42 首),Ⅸ《前茅》(诗 14 首),Ⅹ《恢复》(诗 24 首)。

每部皆列详细诗目,如第一部《女神三部曲》收诗剧三篇:《女神之再生》《湘累》《棠棣之花》;第三部《天狗》收诗十首:《天狗》《心灯》《炉中煤》《日出》《晨安》《笔立山头展望》《地球我的母亲》《雪朝》《立在地球边上放号》《浴海》等。

有的诗较长,有的诗仅几句,如《鸣蝉》仅三句:声声不息的鸣蝉呀! /秋哟! 诗浪的波音哟! /一声声长此逝了……

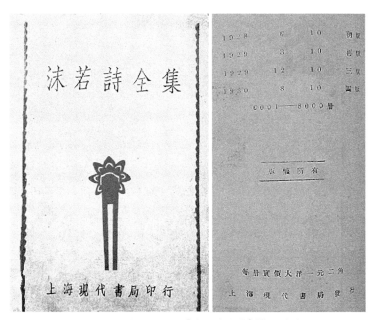

⊙ 1930 年现代书局四版《沫若诗全集》封面、版权页

战声

《战声》,"战时小丛书",郭沫若著,战时出版社出版,笔者所见为1938年1月初版,不知印数,每册实售2角。北新书局驻粤办事处经售。扉页印"战时小丛书之三"。

全书80页,收诗20首:《们》《诗歌国防》《疯狗礼赞》《纪念高尔基》《给CF》《悼聂耳》《给澎澎》《前奏曲》《中国妇女抗敌歌》《民族复兴的喜炮》《抗战颂》《战声》《血肉的长城》《"铁的处女"》《只有靠着实验》《相见不远》《所应当关心的》《人类进化的驿程》《唯最怯懦者为最残忍》《题廖仲恺先生遗容》。

第一首《们》有点意思:们! /中国话中有着你的存在,/我和瞥见了真理一样高兴。/你的出现不知道是从什么时候起头,/你在文言中是遭了排斥的,/文人的笔下跋扈着"等","辈","之类","之流"。/大众在口头虽然也很和你亲近,/但于你的存在却没感觉着启迪的清新。/我自己的悟性也未免麻木不仁;/我和你相熟了四十多年,/真正的相识才开始在一九三六年"九一八"的今天!

最后为附录《归国杂吟》,七首,郭沫若手迹。

书末有"战时小丛书"的书目广告"已出下列三种 下列各种即日出版"。

"战时小丛书"是战时出版社出版于1938年11月至5月的一套丛书,据笔者所知有五种:《战时大鼓词》(赵景深著,1938年1月初版,第一种)、《战声》(郭沫若著,1938年1月初版,第三种)、《抗战中的青年出路》(杨晋豪著,1938年3月初版,第六种)、《抗战期间的文学》(阿英著,1938年5月初版,第七种)和《民族统一战线论》(平心著,1938年5月广州版,第十二种)。

另外还有一种同名丛书是中华书局出版于 1918 年 11 月的《列国战时财政状况》。

⊙ 1939 年战时出版社初版《战声》封面、版权页、手迹诗词

凤凰(沫若诗前集)

　　《凤凰(沫若诗前集)》,"沫若前期诗集之一",郭沫若著,笔者所见两种不同出版机构出版的版本:明天出版社、群益出版社。

　　第一种,明天出版社版,总发行所重庆民生路九十七号,1944 年 6 月初版,发行人郭孝昌,印四千册,不知售价。西北区总经售:成都祠堂街东方书社。封面印"沫若诗前集",设计简单,上下两粗线,中间印书名等,土纸本。

　　第二种,群益出版社版,民国三十六年(1947 年)三月初版。书前书后衬页均有"三人阅读"的图案,在"群益"出版的图书衬页上都有相同的图案,已成"群益"的一个标志。封面下方是"编织形"图案,也是群益图书封面的特色。版权页印"沫若前期诗集之一"。

　　书前有作者写于 1944 年 1 月 5 日的序,八页。序前在讲自己喜欢诗是与幼年的教育和生活环境有着关系,直到最后几段才讲到"前期诗集",其中说道:

　　　　……我同外国诗接近,严格地说是在民国二年出国以后。以前的学校里也读过些英文,但那时候教英文读本的教员是不教诗的,自然教会学堂应该除外。我在民国二年正月到了日本东京,在那儿不久我首先接近了印度诗人太戈儿的英文诗,那实在是把我迷着了,我在他的诗里面陶醉过两三年。因为是志愿学医的原故,日本医学几乎纯粹是德国传统,志愿者便须得学习德文。因此又接近了海涅的初期的诗。其后又接近了雪莱,再其后是惠特曼。是惠特曼使我在诗的感兴上发过一次狂。

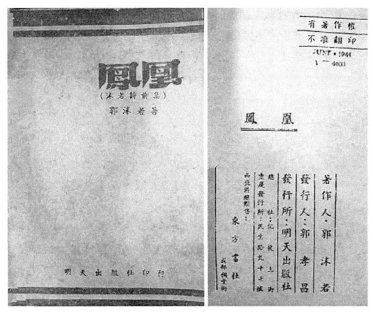

⊙ 1944 年明天出版社初版《凤凰(沫若诗前集)》封面、版权页

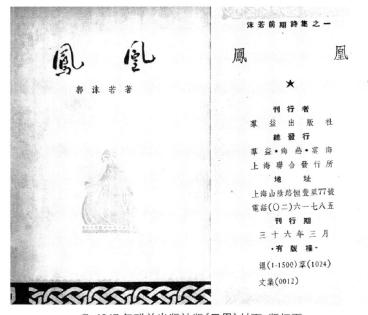

⊙ 1947 年群益出版社版《凤凰》封面、版权页

当我接近惠特曼的《草叶集》的时候，正是五四运动发动的那一年，个人的郁积，民族的郁积，在这时找出了喷火口，也找出了喷火的方法。我在那时候差不多是狂了。民七民八之交，将近三四个月的期间，差不多每天都有诗兴来袭我。我抓着也就把它们写在纸上。当时宗白华在主编上海时事新报的《学灯》，他每篇都替我发表，给予了我以很大的鼓励。因而有我最初的一本诗集《女神》的集成。

但我要坦白地说一句话，自从《女神》以后，我已经不再是"诗人"了。自然，其后我也还出过好几个诗集，有《星空》，有《瓶》，有《前茅》，有《恢复》，特别像《瓶》，似乎也陶醉过好些人，在我自己是不够味的。要从技巧的立场来说吧，或许女神以后的东西要高明一些，但像产生《女神》时代的那种火山爆发式的内发情感是没有了。潮退后的一些微波，或甚至是死寂，有些人是特别的喜欢，但我始终是感觉着只有在最高潮时候的生命感是最够味的。……

我自己更要坦白地承认，我的诗和对于诗的理解，和一些新诗家与新诗理论家比较起来，显然是不时髦了；而和一些旧诗翁和诗话老人比较起来，不用说还是"裂冠破裳"的叛逆，因此我实在不大喜欢这个"诗人"的名号。

那么我以前写过的一些东西究竟是诗不是诗呢？广义的来说吧，我所写的好些剧本或小说或论述，倒有些确实是诗；而我所写的一些"诗"却毫无疑问地包含有分行写出的散文或韵文。

欺骗对于内行和自己是没有用处的。

为什么还要把不纯粹的"诗"集来骗人呢？

这一半不关我的事，一半也因为要使内行的人知道我究竟不是"诗人"。

两书所收内容相同，以"群益"版为例，此书 269 页，除序外，还分七部分：《凤凰》《天狗》《偶像崇拜》《星空》《春蚕》《彷徨》《瓶》。《凤凰》也称《凤凰涅槃》。每一部分再收诗若干，依次是：第一部分《凤凰涅槃》：《序曲》《凤歌》《凰歌》《群鸟歌》（《岩鹰》《孔雀》《鸱枭》《家鸽》《鹦鹉》《白鹤》）《凤凰更生歌》（《鸡鸣》《凤凰和鸣》）；第二部分《天狗》：《天狗》《心灯》《炉中煤》《日出》《晨安》《笔立山头展望》《地球，我的母亲》《雪朝》《立在地球边上放号》《浴海》；第三部分《偶像崇拜》：《电火光中》（《怀古——Baikal 湖畔之苏子卿》《观画——Miller 的〈牧羊少女〉》《赞像——Beethoven 的肖像》）《演奏会上》《夜步十里松原》《我是个偶像崇拜者》《新阳关三叠》《金字塔》《胜利的死》（《其一》《其二》《其三》《其四》）；第四部分《星空》：《登临》《光海》《梅花树下醉歌》《创造者》《星空》《洪水时代》《月下的故乡》《夜》《死》；第五部分《春蚕》：《爱神之什》（《VENUS》《别离》《春愁》《司健康的女神》《新月与白云》《死的诱惑》《火葬场》《鹭鸶》《鸣蝉》《晚步》）《春蚕之什》（《春蚕》《蜜桑索罗普之夜歌》《霁月》《晴朝》《岸上》《晨兴》《春之胎动》《日暮的婚筵》）《sphinx 之什》（《月下的

sphinx》《苦味之杯》《静夜》《偶成》《南风》《新月》《白云》《雨后》《天上的市街》《新月与晴海》）；第六部分《彷徨》：《归国吟》（《新生》《海舟中望日出》《黄埔江口》《西湖纪游》（《沪杭车中》《雷峰塔下》《赵公祠畔》《三潭印月》《雨中望湖》《司春的女神歌》）《彷徨之什》（《黄海中的哀歌》《仰望》《江湾即景》《赠友》《夜别》《海上》《灯台》《拘留在检疫所》《归来》）《Paolo 之什》（《Paolo 之歌》《冬景》《夕暮》《暗夜》《春潮》《新芽》《大鹜》《地震》《两个大星》《石佛》）《泪浪之什》（《叹逝》《泪浪》《夕阳时分》《白鸥》《哀歌》《星影初现时》《白玫瑰》《自然》《瘐死的春兰》《失巢的瓦雀》））；第七部分《献诗》（作者注：内收第一首至第四十二首，从略）。

读到诗集中的《上海印象》，颇觉有意思，共缮：我从梦中惊醒了！/Dis-illusion 的悲哀哟！　游闲的尸，/淫嚣的肉，/长的男袍，/短的女袖，/满目都是骷髅，/满街都是灵柩，/乱闯，/乱走。/我的眼儿泪流，/我的心儿作呕。/我从梦中惊醒。Dis-illusion 的悲哀哟！（四月四日）。

书末有郭沫若的著作书目十种：《青铜时代》《十批判书》《筑》《孔雀胆》《南冠草》《波》《屈原研究》《棠棣之花》《屈原》《虎符》。

郭沫若前期的著译，如排山倒海之势出版，这种感觉与郭本人的气势相仿，仅这气势，就感动或影响着一大批热血青年……然而，当他到了被人称之为"郭老"时，好像已经少却那种排山倒海之势，呈现的是河静海晏的沉稳，诗人已经"蜕化"成学者，好像也是一种必然的趋势。

蜩螗集(附：战声集)

《蜩螗集(附：战声集)》，郭沫若著，群益出版社刊行，发行人吉少甫，民国三十七年(1948 年)九月初版，印 1 500 册，每册基本定价国币 7 元。总经售群海图书发行所(上海武昌路 476 号)，印刷者国光印书局。封面书名，郭沫若自题。

书前附 1937 年 10 月 14 日作者同日后诗稿及 1947 年 11 月 13 日作者离沪诗稿的影印手迹。一般讲，在书中留有作者手迹的，大多要比没有的有价值，更有收藏价值。

作者写于 1948 年 3 月 16 日的序值得留存：

> 这儿所收集的一些诗文是十年间的零碎作品。
>
> 《战声集》写于抗战初期，曾经有单行本问世。
>
> 《蜩螗集》大率写于抗战后期，我自己并没有留稿，是立群从报章杂志上替我剪存下来的。剪漏了的当然也还有，但再要收集，恐怕已经不容易了。从我的日记里面倒还可以查出一部分，特别是关于旧体的诗词，但我现在没有心肠扰这样的事。
>
> 这些诗特别是《蜩螗集》，可以和《沸羹集》，《天地玄黄》参看。作为诗并没有什么价值，权且作为不完整的时代纪录而已。

全书仅 63 页，分《蜩螗集》和《战声集》，前者收诗 43 首：《春礼劳军歌》《阵亡及殉职》《政工人员挽歌》《迎"西北摄影队"凯旋》《罪恶的金字塔》《谢"园地"》《第十八次"十廿三"》《水牛赞》《神明时代的展开》《颂苏联红军》《和平之光》《进步赞》《为多灾多难的人民而痛哭》《挽"四八"烈士歌》

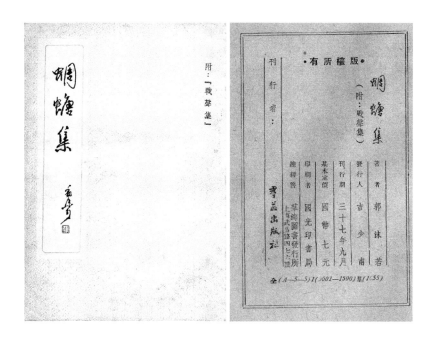

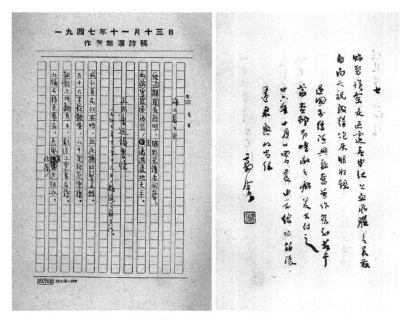

⊙ 1948 年群益出版社初版《蝌蜣集（附：战声集）》封面、版权页、手迹诗词

《民主家庭》《断想四章》(一《恐怖》二《骗》三《慈悲》四《诅咒》)《"礼魂"今译》《"桔颂"今译》《陶行知先生挽歌》《祭陶行知先生》《中国人的母亲》《"双十"解》《"一二一"纪念》《寿朱德》《蝶恋花》《满江红》《水龙吟》《烛影摇红》《咏史》《题王晖棺刻画》《松崖山市》《题关山月画》《题南天竹》《董老行》《沁园春》《祭昆明四烈士文》《司派狂》《祭李闻》《送茅盾赴苏联》《"十月"感怀诗》《海上看日出》《再用鲁迅韵书怀》。

《战声集》收诗 26 首:《们》《诗歌国防》《疯狗礼赞》《纪念高尔基》《给 CF》《悼聂耳》《给澎澎》《前奏曲》《中国妇女抗战歌》《民族复兴的喜炮》《抗战颂》《战声》《血肉的长城》《"铁的处女"》《只有靠着实验》《相见不远》《所应当关心的》《人类进化的驿程》《唯最懦弱者为最残忍》《题廖仲恺先生遗容》《归国杂吟》(七首)。

鲁迅先生笑了

　　《鲁迅先生笑了》，法捷耶夫、郭沫若等著，编校者苏东，笔者所见为大众图书公司（香港威灵顿街 99 号 A）发行，1949 年出版，不知印数，每册港币 1 元 3 毫。嘉华印刷有限公司（香港德辅道 4308 号）承印。封底印："封面：文艺工作者永远跟着鲁迅先生所走的方向前进——漾兮作"。

　　此书是一本综合著作，收编多人作品而成，署名"郭沫若"和"法捷耶夫"，实际两人在此书中各自只收录了一篇（郭篇就是书名），而作者多达 30 人。此书虽非郭沫若专著，但因有一定的存史价值，故收录本书。

　　全书 127 页，收文 33 篇：《学习鲁迅的榜样》（毛泽东）、《鲁迅先生笑了》（郭沫若）、《论鲁迅》（法捷耶夫）、《鲁迅是我们的榜样》（陈伯达）、《学习鲁迅要自我改造》（茅盾）、《鲁迅先生——我们的伙伴，是一颗巨星》（川刍）、《纪念鲁迅先生》（周立波）、《人民性和战斗性》（孙犁）、《鲁迅的方向》（陈学昭）、《在欣慰下纪念》（许广平）、《不死的青春》（胡风）、《灵魂技师的鲁迅先生》（许钦文）、《鲁迅先生的精神》（李霁野）、《老老实实的战斗》（方然）、《鲁迅的战斗精神》（袁微子）、《向鲁迅学习什么》（芝）、《鲁迅先生的三问题》（邢公畹）、《鲁迅与苏联》（王中）、《鲁迅与法捷耶夫》（张羽）、《鲁迅作品在外国》（葆荃）、《鲁迅为青年服务一斑》（周建人）、《鲁迅先生的轻松诗》（马凡陀）、《纪念鲁迅，继续发展版画艺术》（祐曼）、《纪念鲁迅先生》（李桦）、《鲁迅的病疑被须藤医生所误》（周建人）、《鲁迅先生的生平》（郑奠）、《鲁迅先生战斗的一生》（穆兰）、《在鲁迅先生的故居里》（萧风）、《在鲁迅先生墓前》（直波）、《工作中触到的部分人性》（柳倩）、《鲁迅还在活着》（胡风）、《忆鲁迅先生》（巴金）、《中

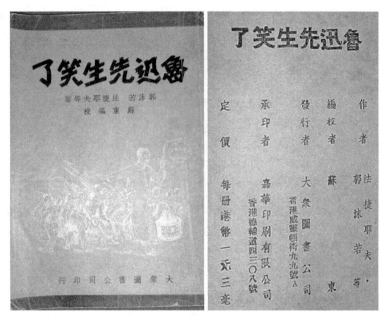

⊙ 1949 年大众图书公司版《鲁迅先生笑了》封面、版权页

国小说史家的鲁迅》(郑振铎)。

其中周建人和胡风两人各占两席。

在 33 篇文章中,只收郭沫若一篇诗《鲁迅先生笑了》,那是"遥想式"文字,把灵魂与现实联系起来的文字,读来别有一番意趣。前两段是:

鲁迅先生,人们说你离开我们十三年了,/但,我却在四处都看见了你,你是那么健康,/你的脸色已经再不像平常的那么苦涩,/而是和暖如春地豁朗而有内涵地在笑。 三月二十五日,在西苑的飞机场上,/毛主席和中共中央首先来到新解放的/文化故都——今天的人民首都北京,/全体武装同志,各人民团体,各民主党派的领袖,/都在场上欢迎,高呼毛主席万岁!/那时候我看见了你,看见你笑了。……

请看今日之蒋介石

《请看今日之蒋介石》，笔者所见版本只有封面，竖印"郭沫若先生著　请看今日之蒋介石"。失版权页，据悉为1927年4月版，其他版权事项不清。

版本印得相当模糊，再加上渗水而糊，很多字看不清，看不清的字只好用"□"代之。

全书收文15章：《蒋介石是屠杀民众的刽子手》《总司令部是反革命派的大本营》《安庆"三二三"惨案的真相》《屠杀党员同志的大阴谋》《勾结青红帮流氓地痞的确实证据》《欺骗民众强奸民意》《调新编第一师助杀南昌》《九江"三一七"惨案的鬼蜮伎俩》《走一路打一路真好威风》《蒋女同志剥去外衣□打□街》《新五省□军总司令的春梦》《准备解决第二、三、六、七军的策略》《孙传芳的继承者——张作霖的爪牙》《□贼不除，革命必□失败》《中央已经罢免蒋介石的职权》。留"□"的字无法辨认，虽可一猜，但不敢乱猜。

文章开头的一段是："蒋介石已经不是我们国民革命军的总司令，蒋介石是地痞流氓、土豪劣绅、贪官污吏、卖国军阀、所有一切反动派、反革命势力的中心了。"

最后的一段是："我是三月二十八日由安庆动身的，本是奉了中央的命令要赴上海工作，但因种种关系折转到了南昌来。前天我到九江的时候，听说中央已经免了蒋介石的职。今天是三月三十一日，我在南昌草写这篇檄文，愿我忠实的革命同志，愿我一切革命的民众迅速起来，拥护中央，迅速起来反蒋。最后让我们高呼：打倒背叛革命、屠杀民众的蒋介石！……"连呼了九句口号。

写这篇文章的背景是：1927年3月，赣州总工会委员长、共产党人陈赞贤被杀害。暴徒在九江捣毁拥护孙中山

⊙ 1927 年版《请看今日之蒋介石》封面

三大政策的国民党市党部和总工会，打死打伤数人。暴徒袭击国民党安徽省党部和各合法民众团体，打伤六人，并剥去外衣，拖出游街……这些事的发生，郭沫若开始并不知情，后得知原是蒋一手策划，刽子手面目彻底暴露。在此情况下，郭决心脱离蒋，化名高浩然离开安庆，由水路赴南昌，借住在二十军党代表朱德家中。3 月 31 日奋笔疾书写成了这篇讨蒋檄文。1928 年 1 月蒋介石重新担任国民革命军总司令职，2 月主持国民党二届四中全会，成为中央政治委员会主席和军事委员会主席重掌大权。同月，郭沫若避难日本，去国十年。

此书现在已经很少见到，可谓稀罕之物。

山中杂记及其他

　　《山中杂记及其他》，小说散文集，郭沫若著，笔者所见为新兴书店印行，1929 年 10 月付印，12 月初版，印 2 000册，每册实价大洋 5 角。封面仅书名。

　　书前空白页印："沫若小说戏曲集"（第五辑《山中杂记》，随笔九篇；第六辑《路畔的蔷薇》，随笔六篇：《路畔的蔷薇》《夕暮》《水墨画》《山茶花》《墓》《白发》；第七辑《残春及其他》，杂记四篇：《牧羊哀话》《残春》《今津纪游》《月蚀》）。

　　全书 215 页，第五辑《山中杂记》收随笔九篇：《菩提树下》《三诗人之死》《芭蕉花》《铁盔》《鸡雏》《人力以上》《卖书》《曼陀罗花》《红瓜》。其中小说七篇：《三诗人之死》《人力以上》《曼陀罗花》《红瓜》《牧羊哀话》《残春》《月蚀》。

　　书末有《缘起》（附《本社的预定计划》），这实际是上海新书推荐社的一篇告示，是一篇难得的出版史料：

　　　　要维持我们的生命，我们知道要吃饭；要充实我们的生命，我们知道要读书。"秀才不出门，能知天下事"的古谚，是证明读书能够实践我们生命上的许多缺憾。凡一切为时地所拘的窒碍，在书里我们都把来打倒了。看不见的，书里能把他画出来。听不着的，书里能把它唱出来。不知道的，书里能把它告诉出来。书是能充实我们的生命的！我们要读书！

　　　　我们要读书！然而我们当前有不少读书的阻力。

　　　　读书的阻力不止一端，但我们知道购书不便是最大的阻力的一个。

　　　　在目前的中国，没有一个较完备的书目，以致想购

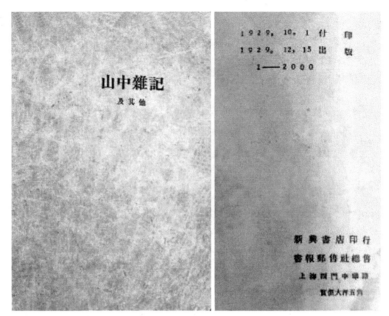

⊙ 1929 年新兴书店初版《山中杂记及其他》封面、版权页

一种书不知到那里去购,这是第一个不便。

各书局的广告对于自己的出版物总有过分的揄扬,购书时容易被他们蒙混。这是第二不便。

因为出版者的竞争和著作者的不道德,往往有一种内容二种书名的怪现象,读者常有购重之虞。这是第三不便。

中国内地的新书业还不发达,致僻居内地的读者欲购书而无从。这是第四不便。

有时被广告所骗,误购书回,读之无味,弃之则可惜,这是第五不便。

购书有这许多不便,无怪书报的推广不能达到他应收的效果了。本社中几个热心文化事业的朋友合力而组成的,他的目的是在帮助好读书者获得购书时之种种便利,——尤其是僻处内地的读者。

本社已与各新书局接洽,将他们的新书部分移到本社来,以本社的组织非常完备,手续十分便利。

第一,本社搜集国内的重要出版物编成一空前的较完备的书目。计分新文学,社会科学,自然科学及应用技术,哲学,史地,国学,旧小说,儿童用书,普通用书,期刊等十种。读者备此书目一册,不啻获一书报之介绍人。

第二,本社目的在推广文化,营利乃其副作用;故一切手续,务求简便。一切费用,务求减省。不论购书多少,一概不取寄费。不论书籍有否,来件立刻作覆。

第三,本社为便利读者,节省经济起见,凡购去之书,如觉不合兴趣,只须书无损坏,即可按照本社规定办法将书退换。此为历来各书局所无之便利办法。

第四,凡本社书目所无之书,本社亦能义务的代为征求。

第五,凡向本社购书一次之读者,其姓名即永远登记于本社之名簿,以后即有常享本社赠阅书报之权利。

总之,本社是文化的推广机关,是读者的忠实服务者。本社希望内地的读者都能借邮政的力量来享受如都市住民的读者幸福。

《本社的预定计划》

1. 编印全国出版物的分类书目,以无价或最低的价目分配于全国读者。

2. 每周或第月发刊一新书报告,绍介本月或本周内全国出版物的概况于全国读者。

3. 搜集全国重要出版物,按原价邮售于读者,并不取寄费。

4. 代读者征求书报。

5. 办理读者书报的交换。

6. 代理国内各出版物之预约,及发行事务。

7. 代办印刷。

8. 西书及文具的代办。

9. 设立书报流通部及公开阅览室。

本社的预定计划是如上。可是现在因为力量的不够,只能做一步是一步。本社抱为读者报务,为文化尽力的宗旨,切实前进。同志的增加,事业的扩展,一定会达到预定的计划。

现新文学书目已印出,其他书目亦在印刷及编集中。新书月报拟于十一月十号出创刊号,希望各地读者及出版界都助它的成功。

本社藏书除全平个人所有新旧书报约千余种外,更集合友人所有力量已可观。一俟觅得适当房屋,即当迁入,公开阅览。

总之,在彷徨的道上集合一些同伴,能稍为友人们出一点力,为自己流一点汗,也就心满意足了。

友人们的意见,谨先在这儿候着。

读了上面这篇文字,似乎还有点摸不着头脑,有些信息可以罗列于下:

1929 年 10 月 10 日,上海新书推荐社成立,出版《书目年刊》,优惠社友购书。社址在中华路 1420 号。12 月 5 日,《出版月刊》创刊,编辑署名:旦如(谢旦如)、通如、全平(周全平)。可见,上海新书推荐社中的骨干是创造社的周全平,此人还与叶灵凤等人于 1929 年合办了新兴书店,郭沫若这本《山中杂记及其他》就是由这家书店出版的,所以仍有着创造社的"影子"。这家书店曾经还出版过现代文学出版史中最小的杂志《小物件》。叶灵凤曾在《回忆幻洲及其他》中提到过这种小刊物:"在这以前,在 1929 年左右,多年不见的周全平从东北回到上海,带来了几百块钱,于是我们便组织了一个'新兴书店',为沫若发行了《沫若全集》,同时和汉年三人更编了一个小杂志,名《小物件》。因为感到那时几个刊物都停了,无处可以说话,也无人敢说话。《小物件》的小的程度真可以,只有 1 寸多阔,2 寸多长,四五十页,用道林纸印,有封面,还有插画。这怕是新文学运动以来,开本最小的一个杂志了。出版的时候,我们在报上只登了三四行地位的极狭的广告,然而初版 3 000 册在几天之内便卖光了。可是,也许是形式小得太使人注意了吧,第二期刚出不久,便有人用公文来请我们停止出版,于是只好呜呼哀哉了。所谓'公文',即国民党内政部禁止出版的命令。"

我的幼年

《我的幼年》，郭沫若著，笔者所见光华书局不同时段的版本，所见四种版本封面都不同。

其一，1929 年 4 月初版，印 4 000 册，每册实价大洋 8 角。封面为"枝叶状"，书前空白页印：钱牧风装帧。钱牧风，即钱君匋。

其二，1930 年 5 月三版，不知印数，每册实价大洋 8 角。封面图案与初版不同，有浅色的纹饰。

其三，1933 年版，不知印数，每册实价大洋 8 角。封面为框线与文字，书前有"声明文字"："本书原名《我的幼年》，前以上海特别市党部命令指出本书二十页内中一段及后话内之最后二句词句不妥，暂停发行，兹本局特将以上二处删去，并改名为《幼年时代》，特此声明。"

其四，失版权页，故不知具体出版时间，但从书名看，是在"1933 年"或之后。封面设计相当有意思，粗看起来如同"儿童读物"，实为郭沫若《我的幼年》。书中除有"声明文字"外，还有《前言》，其中说道："我的幼年是封建社会向资本制度转换的时代，我现在把它从黑暗的石炭的坑底挖出土来。我不是想学 Angustin 和 Rouiseoin 要表述甚么忏悔……"另外还有《后话》，其中说道："以上是我去年三四月间在养病期中的随时的记述，纯然是一种自叙传的性质，没有一事一语是加了一点意想化的。自己的计划本来还想继续的写下去，写出反正前后在成都的一段生活，观战前后在海外的一段生活，最后写到最近在社会上奔走的一部革命春秋；但这样枯燥的文字，自己在叙述的途中都已经感觉着无上的厌倦了……"

据书友说，此书还有第二种，那是全球书店 1947 年 4

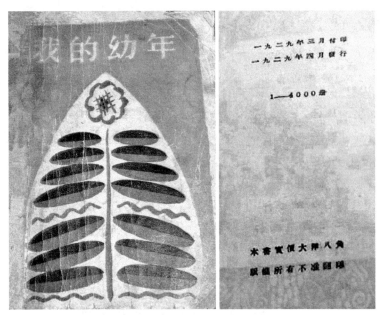

⊙ 1929 年光华书局初版《我的幼年》封面、版权页

⊙ 从左至右：1930 年光华书局三版《我的幼年》封面，1933 年光华书局《幼年时代》版封面，
光华书局版《幼年时代》另一种封面

月的版本,可惜至今未见,有待继续查证。

关于《我的幼年》以及其他著作的写成,郭沫若曾留存过不少的回忆,其中说道:"……我对于古代的研究不能再专搞下去了。在研究之外,我总得成计到生活。于是我便把我的力量又移到了别种文字的写作和翻译。我写了《我的幼年》和《正反前后》,我翻译了辛克莱的《石炭王》、《屠场》,稍后的《煤油》,以及弥海里斯的《美术考古学发现史》。而这些书都靠国内的朋友,主要也就是一氓,替我奔走,介绍,把它们推销掉了。那收入倒是相当可观的,平均起来,我比创造社存在时所得,每月差不多要增加一倍。这样也就把饿死的威胁免掉了。"

反正前后

《反正前后》，郭沫若著，笔者所见三种不同出版机构出版的版本：现代书局、立化出版社和重庆作家书屋。

第一种，现代书局印行，1929 年 8 月 15 日初版，不知印数，甲种每册实价大洋 1 元，乙种每册实价大洋 7 角。封面仅红字书名，其他一概没有。扉页印书名、作者名和出版机构名，左右有套色纹饰。

全书 211 页，书前有《发端》：

> 其中引了一位"朋友"的信，其中讲到：你的目的是在记述中国社会由封建制度向资本主义制度的转换，但这个转换在你幼年时代其实还未完成。这个转换在反正前后才得到它的划时代的表现，在欧战前后又得到它的第二步的进展，余波一直到现在，然而它的转换终久还是没有完成，而且运命上是永远不能完成的。……听说你的《反正前后》将由某书局出版，我想这一定是《幼年》续篇，我正伸长颈子在等着，同时我希望你把《反正前后》以后的东西赶快继续的发表出来。……就这样一封很简单的信，但这里面是含有怎样猛烈的力量呢？特别是对于我的激发！我的这部自叙传的工作自从去年四五月间把幼年时代写完之后，便把它丢下了，丢下已经一年。……好的，我感谢你的激发，我也接受了你的劝告，我现在提起我全部的勇气来继续我这项工作了。

现代书局版，笔者还见到过一种是 1933 年版，只见封面，其他不见。

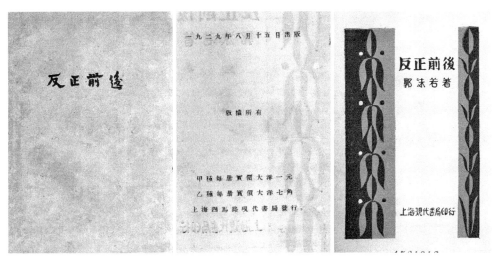

⊙ 1929 年现代书局初版《反正前后》封面、版权页、扉页

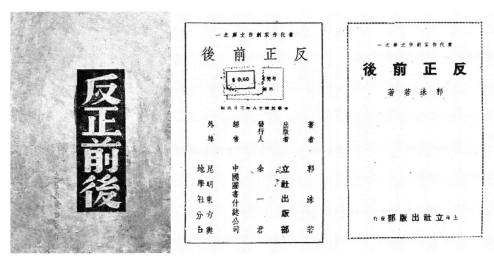

⊙ 1939 年立社出版部版《反正前后》封面、版权页、扉页

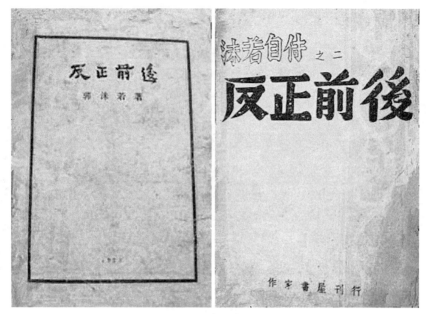

⊙ 从左至右：
1933 年现代书局版《反正前后》封面
1943 年作家书屋版《反正前后》封面

　　第二种，立化出版社印行，发行人余一君，民国廿八年（1939 年）三月出版，不知印数，重新盖印售价 0.60。中国图书杂志公司经售，外部分售处是昆明东方舆地学社分店。封面黑底白字书名，其他空白。扉页和版权页皆印"现代作家创作丛书之一"。"立化"的这套丛书只见这一种，其他是否有，不知。

　　第三种，重庆作家书屋刊行，失版权页，不知版权事项。封面只印书名和出版机构名，另有"沫若自传之二"字样，不知"之一"是何书，更不知是否还有"之三"等。从《发端》看，"之一"是《幼年》。扉页下方印"1943"。据笔者所知，此书初版于1943 年 4 月，并增加了一篇《黑猫》。

　　以上两书虽为不同出版机构，但全书的内容基本相同，好像看不出有什么明显的变化。

　　据说另外还有创造社 1930 年的版本，可惜至今未见。据说封面与现代书局1933 年版相同，不过封面是红线框，内印书名、作者名和出版机构名。

山中杂记

《山中杂记》，郭沫若著，笔者所见光华书局的两种不同版次的版本。

第一种，版权页的表述是："一九三〇年九月付排　一九三〇年十月出版　1—1 500 册　本书实价大洋 5 角"，封面美术体书名和作者名，竖排花叶饰图案，感觉像飘浮着的热气球。扉页印"沫若小说戏曲集"和"1931"等字样。

全书 212 页，收文九篇，与《山中杂记及其他》同。

第二种，版权页表述是"一九三〇年十月初版　一九三一年十一月三版　1 501—3 500 册　本书实价大洋 5 角"。封面印"沫若小说戏曲集"，扉页未见。

与此书同名者是郑振铎著、开明书店 1927 年 1 月初版的《山中杂记》，除《前记》外，收散文九篇，其中无《山中杂记》篇，而只有带"山"字的《山中的历日》和《山市》。

另外一位名作家冰心，曾写过一篇《山中杂记》，也只是写文时所住"山中"而已，所写的文章诸如《我怯弱的灵魂》《古国的音乐》和《鸟兽不可与同群》等。

⊙ 1930 年光华书局初版《山中杂记》封面、版权页、扉页

⊙ 1931 年光华书局三版《山中杂记》封面、版权页、扉页

划时代的转变

　　《划时代的转变》，郭沫若著，笔者所见三种不同出版机构、不同封面的版本。

　　第一种，现代书局印行，版权页的表述是："1929. 8. 15改版　1—2 000 册　每册实价 7 角"。封面仅印美术体书名和作者名，并有工人与转轮图案，猜想喻意"时代车轮"。此书为 1929 年版，但在扉页却印"1931"，根本无法弄清是什么意思。

　　第二种，现代书屋刊行，民国卅五年（1946 年）四月版，不知印数和定价。封面和版权页标明"1946"，扉页却印"1947"，可见混乱之一斑。之前一直以为此书是现代书局版，偶然间发现有"屋""局"之别，原来是一家从未见过且不知底细的现代书屋版。在民国时期的出版资料中，往往出现误印的情况，比如把书局印成书店，反之亦然，因此见到现代书屋版时，立刻就想到这种误读的情况。

　　第三种，复兴书局（上海五马路沙逊里）印行，民国二十五年（1936 年）十月复兴第一次再版，印 2 000 册，全一册定价 2 元 6 角，实价 2 角 6 分。封面除书名和作者名外，还印有一幅用线框框起的"风景画"，无法解读其中的含义。

　　以现代书屋版为例，全书 213 页，书前有一段可能是编辑写的说明文字：

　　　　本书原名《反正前后》，为郭沫若先生自叙传中的最重要的一本。他抓住了中国社会由封建制度向资本主义制度转换期中的主要现象，以他自己的思想的转变上完全表现了出来。自一九二九年出版，即轰动一时，后因某种误会，停版将及二年，现因读者纷纷要求

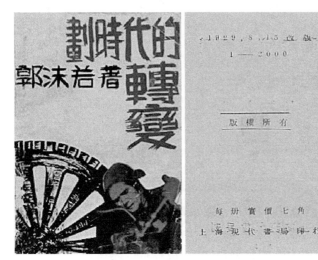

⊙ 1929 年现代书局改版《划时代的转变》封面、版权页、扉页

⊙ 从左至右：
1936 年复兴书局第一次再版《划时代的转变》封面
1946 年现代书局版《划时代的转变》封面

再版，乃将内容修正一过，改易今名。并经呈部审定的内容并无过激，核准发行，尚希读者注意及之！

书前有《发端》文字，未改动，可参见《反正前后》篇。封面图案则完全改变了。全书收七章，无标题，以"一、二……"标示。

黑猫与塔

《黑猫与塔》，郭沫若著，上海仙岛书店出版，版权页的表述是："1930.9.15出版，甲Ⅰ—500　乙Ⅰ—1 500　上海仙岛书店印　实洋甲乙种"。封面、扉页和版权页标示的出版时间统一："1930"。

书前作者写于1930年6月11日的用花纹线框起未标明小引的文字：

> 我把我青春时期的残骸收藏在这个小小的《黑猫与塔》。
>
> 无情的生活一天一天地把我逼到了十字街头，像这样幻美的追寻，异邦的情趣，怀古的幽思，怕没有再来顾我的机会了。
>
> 啊，青春哟！我过往了的浪漫时期哟！我在这儿和你告别了！
>
> 我悔我把握你得太迟，离别你得太速，但我现在也无法挽留你了。
>
> 以后是炎炎的夏日当头。

此书为"散文小说集"。全书178页，内收散文一篇《黑猫》，其余皆为小说：《Lobenieht的塔》《鹓雏》《函谷关》《叶罗提之墓》《万引》《阳春别》《喀尔美萝姑娘（Donna Cameha）》。

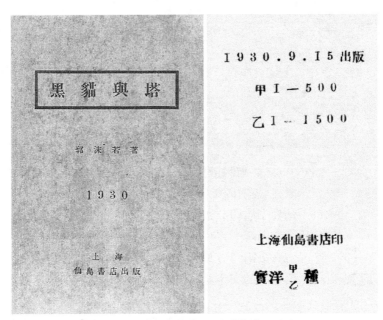

⊙ 1930 年仙岛书店版《黑猫与塔》封面、版权页

桌子跳舞

　　《桌子跳舞》，郭沫若著，上海仙岛书店刊行，版权页的表述是："一九三一年六月出版　　1—2 000 本　　实价 8 角总发行所上海四马路仙岛书店"。封面书名《桌子跳舞》，而在《中国现代文学总书目》中标示的书名是《桌子的跳舞》，显然是印错了。

　　此书为"散文小说集"。全书 176 页，内收十篇：《黑猫》《Lobenieht 的塔》《鹓雏》《函谷关》《嫂嫂与弟弟》《万引》《阳春别》《喀尔美萝姑娘（Donna Cameha）》《眼中钉》《桌子的跳舞》。与《黑猫与塔》比对，删《叶罗提之墓》，另增《嫂嫂与弟弟》《眼中钉》和《桌子的跳舞》。此处的篇名又变成《桌子的跳舞》了，虽无大碍，但显粗糙。

　　书末，有仙岛书店出版新书的书目九种，值得留在：《桌子跳舞》（郭沫若著）、《文艺论集》（郁达夫著）、《鲁拜集》（郭沫若译）、《处女的恋爱》（茅盾译）、《黑猫与塔》（郭沫若著）、《实验养兔学》（冯焕文著）、《文学概论》（茅盾著）、《鲁迅全集》（鲁迅著）和《新文艺描写辞典》（钱谦吾编）。其中，把"郁达夫"错印成"郁大夫"。

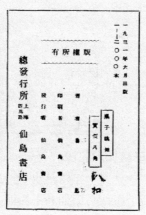

⊙ 1931 年仙岛书店版《桌子跳舞》封面、版权页、广告

黑猫与羔羊

　　《黑猫与羔羊》，郭沫若著，国光书局（上海北四川路）出版，版权页的表述是："一九三〇年十二月付印　一九三一年一月出版　1—1500 册　实价 4 角"。封面、扉页和版权页所标出版时间统一："1931"。

　　全书分为上下两卷，上卷收《黑猫》，下卷收《羔羊》。

　　郭沫若著有关"黑猫"的著作，除这种散文集外，还有小说《黑猫与塔》和《黑猫》。《黑猫》一书，《中国现代文学总书目》中失收。现代书局 1931 年 12 月初版，所见是 1934 年 4 月五版，五个版次印数超过万册。这是郭沫若的一部回忆散文集，相关的内容，可以参见本书的《黑猫》篇。

　　此书上海图书馆失收，可见其罕见。

⊙ 1931 年国光书局初版《黑猫与羔羊》封面、版权页、扉页

创造十年

《创造十年》,郭沫若著,笔者所见两种不同出版机构出版的版本。

第一种,现代书局印行,发行人洪雪帆,1932年9月20日初版,印6000册,每册实价9角。现代印刷公司印刷,总发行所在上海四马路(今福州路),分店遍布全国各地。

另见一种1933年再版,下方的版权页如初版,上方另有一幅"著作权注册执照",标明"第一八0五号"。此版权页较为模糊,但主体部分都能认清。

第二种,作家书屋(重庆白象街88号)刊行,发行人姚蓬子,民国三十二年(1943年)七月渝一版,不知印数,多色报纸本实价54元,土报纸本实价27元。封面与版权页皆印有"沫若自传之三"。

郭沫若的这本自传体散文集,并非闲散之作,其发端正如他在书前《发端》一节所阐明的,完全是看了鲁迅先生《上海文艺之一瞥》而引起的。郭沫若说:"他在'一瞥'之间便替创造社创作出了一部'才子加流氓痞棍'的历史……我读了他那一瞥,才决心要做这部'十年'。"认为有必要将创造社从1921年的酝酿成立到1929年遭封闭间的历史作一个大致的描述。这本由现代书局出版于1932年的初版,由于是作者亲身经历,又有着较强的感情色彩,因此具有极其珍贵的史料价值。初版就印了6000册,在那时算是相当惊人的。

此书无目录,《发端》之后,就是13个章节,最后有作者写于1932年9月11日校后的《作者附白》,其中说道:

　　本书只写完了创造社的前期,因此和"十年"的名

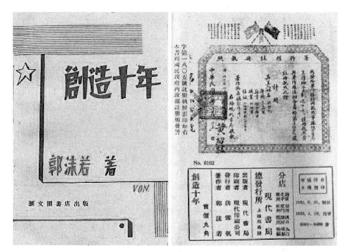

⊙ 1933 年现代书局再版《创造十年》封面、版权页

⊙ 1932 年现代书局初版《创造十年》版权页

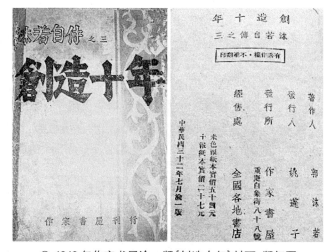

⊙ 1943 年作家书屋渝一版《创造十年》封面、版权页

⊙ 1938 年北新书局初版《创造十年续编》封面、版权页,以及 1946 年版的版权页

目便稍稍有点不符,"发端"中所寄放在那儿的问题也还没有结束,后来的事情是想在最短期中,把它记录出来的。

之后,郭又写了续篇,仍未写到创造社被封,而只写到 1926 年北伐战争开始。因《创造十年续编》与《创造十年》有着内在的关联,故放在一处介绍,读者可参阅。

郭沫若自己也说:"《创造十年》及其续篇都没有把创造社的历史写完,所缺的就是北伐以后后期创造社的那一部分。那与其让我来写无宁是让仿吾、初梨、乃超来写,更要适当一些。"

对于创造社,以前虽然有些了解,但对其中的来龙去脉仍不甚了了,如今读此书,有助于了解创造社的概貌。创造社中的陶晶孙曾把郭沫若比喻为"创造社之骨",那是很确切的。平心而论,郭氏当之无愧,他精通中国古典文学,又精通各国的古典文学,领导地位非他莫属。由他领衔这场论战,也非他人莫属……这些话题,似乎过于严肃,还是讲点轻松的:《创造十年》是民国版本中比较少见的横排本,至于横排从何时开始,并不是人人都知道的。而这正是从创造社开始的,那是陶晶孙与郭沫若的故事。陶在上海博多街上得到一曲湘累之歌,随手抄在了一张五线谱纸上,当这首歌曲被郭见到时,他正在编第二期刊物,说要把这歌曲登进去,因谱有五线谱的歌曲必须是横排的,从此也便开创了横排本的先河。

在拿到郭沫若这本书时,突然会想起郭在"文革"初期的表态:要烧掉自己的所有著作,革自己的命!现已记不清原话,仅是大意。这对当时血气方刚的年轻人来说震动太大,曾大加赞赏。如今一看到这本《创造十年》,保存得如此完好,并未被烧掉，真是别有一番滋味在心头啊！

有关此书，另有一段史料可以留存：1935年5月，被捕入狱的瞿秋白读过《创造十年》后给郭沫若写信，其中说道：创造社在五四运动之后，代表着黎明期的浪漫主义运动……开辟了新文学的途径……这段历史写来一定是极有意思的。

郭沫若的《创造十年续编》，是在《创造十年》出版后六年出版的，属北新书局"创作新刊"之一，发行人李志云，民国二十七年（1938年）一月初版，不知印数，每册实价四角。

全书205页，分九章，无标题，以"一、二……"标示。开头一段是：

> 《创造周报》的停刊是一九二四年的五月中旬，但我在四月一号便离开了上海，后事是由仿吾一个人把它结束了的。最后一段是：北伐的那一段，在我只是广东到广东，即是一九二六年七月由广东出发，一九二七年九月回到广东的那一段。在这一段的期中我和创造社几乎是绝了缘的。这一年中的创造社的情形我不明了，只好让别的朋友们来补写，假如他们是有写的兴趣。时代是在飞跃的，文章也只好飞跃了。

沫若书信集

《沫若书信集》,郭沫若著,泰东编辑部编,笔者所见为泰东图书局 1933 年 9 月出版,每册定价大洋 8 角。封面仅印书名和出版机构名,并标明"1933"。扉页印"复兴第一种"。

书前有作者写于 1933 年 8 月 25 日的序,其中说道:

> 泰东书局写信来,说要出我的书信集,叫我做篇序。我接到这信时,起了一个好奇心:因为我从事文艺活动的十几年,写给朋友们的信可也不少,假如真能把它们搜集起来,倒可以算得一部难得的生活的记录。所以我便回信去,说书信集可以出,序也可以做,但所搜集的信稿须先送给我检阅一遍。
>
> 回信去后不久由上海寄了一卷校样来,便是这书信集的校样,看那光景似乎已经是最终校了。但把内容一看,使我自己失望的是所搜集的都是已经发表过的,而且是仅仅局限于献给三四个朋友的旧札。写这些信的动机,我自己是很明白的,一多半是先存了发表的心,然后再来写信,所以写出的东西都是十二分的矜持。凡是先存了发表的心所写出的信或日记,都是经过了一道作为的,与信和日记之以真而见重上大相矛盾。……总之,这个集子是过去了的东西,不过这里面叙到自己过往的生活处也有好些真率的地方;最后一封给成仿吾的信里谈到昨日的文艺,今日的文艺,明日的文艺的一节也还大抵近是,那个见解在初是出于我自己的顿悟,近来是愈见坚信着了。

全书 178 页,收《与宗白华书》(1920 1921 五通),

⊙ 1933 年泰东图书局版《沫若书信集》封面、版权页

⊙ 1937 年泰东书局版《郭沫若书信集》封面、版权页

《与田汉书》(1920 1921 四通),《与郁达夫书》(1921 四通),《与成仿吾书》(1923 1924 两通)。

在封底,有一枚从未见过的"泰东编辑部"出版标记,甲骨文字,难识。正中还有太极图案,更弄不清楚是何意思了。

之后见到过一种《郭沫若书信集》(1937年6月出版),从版权页看,是由泰东书局(而非泰东图书局)出版,华东书局印刷发行。对此书,笔者总怀疑并非"泰东"出版,而是华东书局的版本。因未及仔细阅读内容,故不清楚与"泰东"版的《沫若书信集》有何不同,待查。

豕蹄

  《豕蹄》，"不二文学丛书"，小说散文集，郭沫若著，笔者
所见为不二书店（上海北苏州路 1040 号）出版发行、民国二
十五年（1936 年）十月初版，每本实价 4 角。黎明书局经
售，民光印刷公司印刷。在版权页"版权所有"处盖有"上海
不二书店筹备处"蓝印。

  此书为小说散文集，内收小说六篇：《孔夫子吃饭》《孟
夫子出妻》《秦始皇将死》《楚霸王自杀》《司马迁发愤》《贾长
沙痛哭》；另收散文五篇：《初出夔门》《幻灭的北征》《北京
城头的月》《世间最难得者》《乐园外的苹果》。

  书前有作者写于 1936 年 6 月 10 日的序：

  ……我这儿所收的几篇说不上典型的创造，我只
是被火迫着在做"速写"，目的注重在史料的解释和对
于现世的讽谕，努力是太不足了。我自己本是有点历
史癖和考证癖的人，在这个集子之前我也做过不少的
以史事为题材的东西，但我相信聪明的读者，他会知道
我始终是站在科学的现实的立场的。

  ……最后让我来解释一下本书命名的意义吧。本
书所收的东西都是取材于史事而形式有点像法国的
《空托》（Conte），我起初便想命名之为《史题空托》。但
觉得四字题太累赘，便想缩短为《史题》，又想音变而为
《史蒂》。最后因为想到要把这个集子献给我的一位朋
友，一匹可尊敬的蚂蚁，于是由这蚂蚁的联想，便决心
采用了目前的这个名目——《豕蹄》，这个名目我觉得
再合口胃也没有，而且是象征着这样作品的性质的，这
些只是皮包骨头的东西们，只要火候十足，倒也不失为

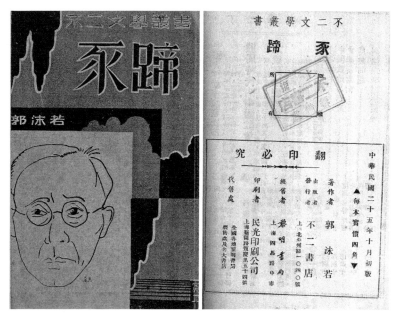

⊙ 1936年不二书店初版《豕蹄》封面、版权页

很平民的家常菜。但我已经告白过，都只是一些"速写"，火候怕是说不上来
的。本来也还想多写一些，但就因为这样的关系怕使读者食伤，仅仅成了半打
便告了终结。

插图是黄鼎与魏孟克两君画的，新文字是李柯君译的，他们加上了这些新
鲜的作料促进了这些火候为足的猪蹄化的消化，这是当得十分感谢的事情。

接着是《献诗——给 C. F. 》：这半打豕蹄/献给一匹蚂蚁　　在好些勇士/正
热心地/呐喊而又摇旗/把他们自己/塑成为雪罗汉的/春季　　那匹蚂蚁/和着一
大群蚂蚁/在绵邈的沙漠/无声无息/砌叠/AIPOTU（1936. V. 23. ）

另有作者追记于 1936 年 9 月 5 日的后记：

《豕蹄》，最初本是预定着用新旧文字对照着出版的。新文字已由李柯君
苦心孤诣地翻译了出来。但据出版处的意见，说是新文字出版颇有困难，只得
暂行抽了出来另印单行本，而把我去年下半年写的《自叙传》的一部分来补上。
《自叙传》中所叙及的长兄橙坞，不幸在今年六月二十五日已经病故，自北京一
别后转瞬二十余年，未能再见一面便从此永别了。我之有今日全是出于我的
长兄的栽培，不意毫未报答便从此不能再见了，含着眼泪补写这几行，聊把这
后半部的《自叙传》作为纪念亡兄的花果。

版权页后有"不二"出版的新书八种：《中国农村社会论战批判》《殷周时代的中国》《大众政治经济学》《日本现代史》《中国政治思想史》《史学新动向》《农业问题》《列强在华经济斗争》。"不二"出版的图书大多是社会科学类，其中不少未见，估计从未出版。

在上海图书馆编辑的《中国近代现代丛书目录》中收有"不二文学丛书"，仅《豕蹄》一种。

封底还有一枚"不二"的出版标记，很有特色，首见。

离沪之前

　　《离沪之前》，"创作丛刊"，郭沫若著，笔者所见为今代书店（上海福州路 288－290 号）发行，发行人李应，1936 年 5 月 9 日初版，每册定价 2 角，纸面精装。

　　全书 65 页，无序跋。收有从 1928 年 1 月 15 日至 2 月 23 日的日记。

　　出版"创作丛刊"的今代书店，实际是现代书局的一家代名书店，到目前为止，"今代"版的丛刊只见到过包括《离沪之前》在内两种，另一种是《爱与恨》（黄容著，1936 年 8 月版）。而"今代"的"母体"现代书局，也曾经出版过"创作丛刊"，时间是在 1933 年至 1934 年间，目前能见到的起码有 18 种，有必要一记：《白金的女体塑像》《白旗手》《公墓》《怀乡集》《屐痕处处》《猫城记》《萌芽》《蜜蜂》《圣型》《失去的风情》《望舒草》《屋顶下》《五奎桥》《喜讯》《夜会》《月下小景》《战线》《自杀者》。

　　据笔者所知，现代书局版"现代创作丛刊"，除上述书目外，还有《雨天》（何家槐著）、《流亡者之歌》（穆木天著）和《紫丁香》（叶灵凤著），估计还有缺漏。

　　现代书局版的"现代创作丛刊"，版本封面设计结构统一，但与"今代"版的"创作丛刊"封面已经完全不同，"今代"版的显得过于朴素，但并不寒碜，而很有品味。

　　其实，在"今代"版之前，上海新兴书店还出过一种《郭沫若离沪之前》，1933 年版，书前还有一篇"一九三三年九月二十四日记"的《离沪之前》，其中说道：

　　　　一九二七年的年末，我从广东回到上海，不久便害了一场很严重的肠窒扶斯，由十二月十二号进病院，住

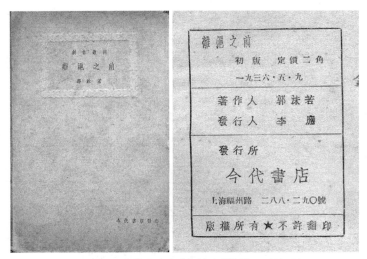

⊙ 1936 年今代书店版《离沪之前》封面、版权页

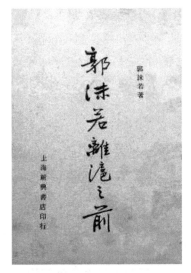

⊙ 1933 年新兴书店版《郭沫若
离沪之前》封面

到第二年正月四号才退了院。退院后住在妻儿们住着的窦乐安路的一家一楼一底弄堂房子里，周围住的都是日本人。

初出院的时候是连路也不能走的，耳朵也聋了，出院不几天，也渐渐地恢复了转来，在我写出了这二十几首诗——那些诗多是睡在床上或坐在一把藤椅上用铅笔在钞本上写出的——汇成了《恢复集》之后，从一月十五号起便开始在同一钞本上记起了日记来，没间断地记到二月二十三号止，因为二十四号我便离开了上海了。记日记的事情我是素无恒心的，忙的时候没工夫记，闲的时候没事情记，在那样的病后记下了整整一个月以上的生活的记录，在我却是很稀罕的事情。我现在把它们稍整理了一下再行誊录了出来，有些不关紧要和不能发表的事情都删去了。但我要明白地下一个注脚，这"不能发表"并不是因为发表了有妨害于我自己的名誉，实际上在目下的社会能够在外部流传的"名誉"倒不是怎样好名誉的事情。

日记中创造社出版部的同人们屡见，当时的出版部是在北四川路麦拿里，几位同人大抵都是住在北四川路底附近的。

武昌城下

　　《武昌城下》,郭沫若著,笔者所见为晓明书店发行,发行人黄彪,1936 年 8 月 9 日初版,每册实价二角。扉页印"文艺丛刊之一"。

　　晓明书店的"文艺丛刊",至今只见到过这一种,而且在所有关于文学丛书的书目中失收。而同名的"文艺丛刊",在现代文学史中还不少,如比较著名的有范泉主编、中原出版社出版的"文艺丛刊";钱君匋主编、上海文艺新潮社出版的"文艺丛刊";靳以主编、福建文艺社出版的"文艺丛刊"等。

　　书前有《小引》:

　　　　在这儿所要叙述的是 1926 年北伐军进攻武昌的事情。回顾起来已经六七年了,所有的材料大抵归了消灭,即使还有被保存着的,在我目前的环境之下也搜集不起来,所以我现在只能够根据着我所参加过的一部分写出,而且是根据着我的日渐稀薄下去的记忆。因此我这篇文章只能够采取回想录的形式,记忆比较明确的地方写得自然会详,记忆比较淡薄的地方写得自然会简略。这样,文章便会流为是断片的,但也只好顺其断片,我本也可以加些想像进去,把全部的事件客观化起来。写成一部小说,但那样反而减少事实的真实性,同时是会发生出许多错误的。我将来假如有更适当的环境,能够搜集得丰富的材料——我希望凡是参加过 1926 年和 1927 年的那次的革命的人能够提供出些材料来,就像我现在一样写出回想录,便是最好的方法——我到那时一定可以写出那样的一部小说或者

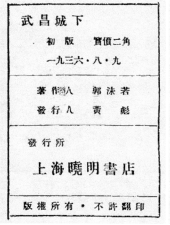

⊙ 晓明书店 1936 年版《武昌城下》封面、版权页、扉页

历史。要写出这部著作我觉得我自己是最适当的人：因为从广东到武昌的那个巨大的波动。我是整个地参加过的。

这儿要从那年的八月二十四日离开长沙时写起。要从这儿写起的是因为从长沙到武昌在北伐期中是自然成一段落的。在这一段落中我特别要纪念我的一位阵亡了的朋友。这位朋友虽然阵亡了，就和其他在武昌城下阵亡了的将士一样。除少数接近的几个人之外。连他的名字都是没人知道的。他的名字我现在要大书特书地写在我这篇回想录里，但我相信总不会是像写在水上的一样罢，但这不是说我的文章可以不朽。是说他那不朽的英勇由我这易朽的记忆中离析了出来。让读者替我分担了去，就好像一簇地丁花的种子随着风飞散到了人间。

全书 70 页，收五章，无标题，以"第一章、第二章⋯⋯"标示。第一至第三为"章"，第四至第五变成了"四"、"五"，估计漏印了"章"字。

北伐途次

　　《北伐途次》，以此为书名者，笔者见到过两种版本，皆由郭沫若著，潮锋出版社（上海牯岭路 44 号）出版。前一种为"第一集"，后一种为增订"全集"。在这之间，北雁出版社还出过一种《北伐》，这三者之间其实是彼此相关的，因此把原本分开叙述的《北伐》移至本文一起介绍，以利于读者看清全貌。

　　第一种《北伐途次》（第一集），潮锋出版社发行，发行者卢洞天，1937 年 1 月初版，不知印数，每册实价 4 角。中国图书杂志公司总经售，上海四马路中 281 号永华书店特约发行，生活书店暨邮购部及全国书店经售。封面书名在右下，并标明"第一集"，扉页印"1"，版权页印"北伐途次一"。三者的表述统一。

　　第二种《北伐途次》（全集），潮锋出版社发行，发行者卢洞天，1937 年 4 月增订，不知印数，每册实价 4 角。可惜把"增订"印成"增钉"，属手植之误，算不了什么大事。经售处有生活书店、中国图书杂志公司和永华书店，外埠经售处有北平的自强书局和南京的中央书局。封面与版权页皆印"全集"。

　　以全集为例，全书 170 页，书末标明的"全本完"字样。封底还印有一枚"潮锋"的出版标记，属首见。书前有对此书背景及作者郭沫若的介绍，粗细线黑框框起：

　　　　一九二五——二七年的大革命，中途虽然被人出卖了，但不论怎样，它在中国民族解放革命的历史上的烙印，是永远不能磨灭了的。

　　　　但很不幸，像这样的，震撼帝国主义者的胆魂，为

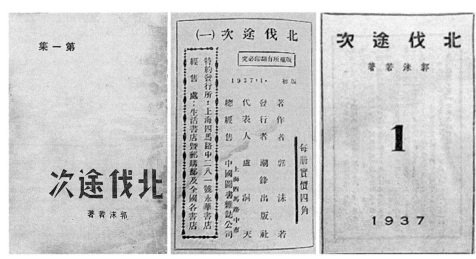

⊙ 1937 年潮锋出版社初版《北伐途次》（第一集）封面、版权页、扉页

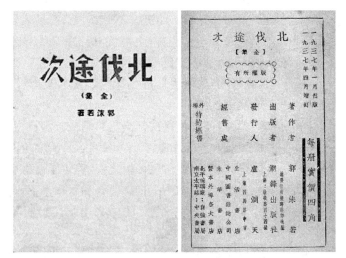

⊙ 1937 年潮锋出版社增订版《北伐途次》（全集）封面、版权页

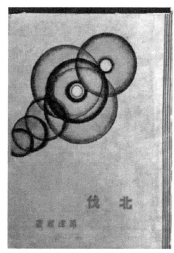

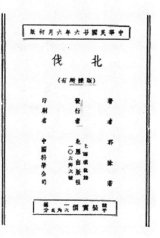

⊙ 1937 年北雁出版社初版《北伐》封面（平装和精装）、
版权页、扉页、手迹信

中国前途，放射曙光的大事件，在文艺上，还没有真实的写实的反映。

　　郭沫若先生，是这大革命的亲自参加者；"从广东到广东"，没有一日间断过。他自己在序文里曾说："……可以写出那样的一部小说或者历史，要写出这部著作我觉得我自己是最适当的人……"北伐途次虽然不是郭先生想要写而尚没有写的历史巨著，但它在"断片的"描绘中，已经深深明确地反映了一九二五——二七年的大革命，这一点，是一幅革命的图画，是一首革命的史诗。

之后有作者写的"小引"：

> 在这儿所要叙述的是一九二六年北伐军进攻武昌时的事情。回顾起来已经六七年了，所有的材料大抵归于消灭，即使还有被保存着的，在我目前的环境之下也搜集不起来，所以我现在只能够根据着我所参加过的一部分写出，而且是根据着我的日渐稀薄下去的记忆。因此我这篇文章只能够采取回想录的形式，记忆比较明确的地方写得自然会详，记忆比较淡薄的地方写得自然会简略。这样，文章便会流为是断片的，但也只好听其断片。我本也可以加些想像进去，把全部的事件客观化起来，写成一部小说，但那样反会减少事实的真实性，同时是会发生出许多错误的。我将来假如有更适当的环境，能够搜集得丰富的材料——我希望凡是参加过一九二六年和一九二七年的那次的革命的人能够提供出些材料来，就像我现在一样写出回想录，便是最好的方法——我到那时候一定可以写出那样的一部小说或者历史，要写出这部著作我觉得我自己是最适当的人：因为从广东到广东的那个巨大的波动，我是整个地参加过的。
>
> 这儿要从那年的八月二十四日离开长沙时写起。要从这儿写起的是因为从长沙到武昌在北伐期中是自然成一段落的。在这一段落中我特别要纪念我的一位阵亡了的朋友。这位朋友虽然阵亡了，就和其他在武昌城下阵亡了的将士一样，除少数接近的几个人之外，连他的名字都是没人知道的。他的名字我现在要大书特书地写在我这篇回想录里，但我相信总不会是像写在水上的一样罢，但这不是说我的文章可以不朽，是说他那不朽的英勇由我这易朽的记忆中离析了出来，让读者替我分担了去，就好像一簇地丁花的种子随着风飞散到了人间。

郭沫若的《北伐途次》曾在《宇宙风》上连载，内容尚未刊完，就被潮锋出版社拿去印了一本书，书名就是《北伐途次》，但只印了31节中的25节，不是全本，即上述"第一集"。郭对此"很愤怒"，曾委托北雁出版社"查清"此事。至于查的下文，不知。但1937年1月初版是"第一集"，三个月后又出版了"增订"本，为"全集"。"潮锋"出了增订"全集"后，郭有何反应，似也未见相关文字。

在潮锋出版社1931年1月印出"第一集"后，北雁出版社于民国廿六年（1937年）六月出了初版，所见平装本和精装本两种，不知印数，精装每册实价1元；平装每册6角5分。"北雁"本全书217页，收《北伐途次》《宾阳门外》《双簧》。书中还有插图两幅，一是本书作者手迹；二是北伐时期作者的照片。

有关此书的版权纠纷，笔者曾在拙著《民国版本收藏断想及其他》中有一篇《〈北伐途次〉与版权意识》，其中较为详细的作了叙述，此处不妨借用一下：

在现代文学版本中,郭沫若的《北伐途次》可以作为保护版权的一个较为典型的案例。

最初,《北伐途次》是在《宇宙风》上连载,此时的《宇宙风》应该已经分为"正副牌",林语堂的哥哥林憾庐编辑《宇宙风》,陶亢德编辑《宇宙风乙刊》。《北伐途次》总共为 30 节,正当刊登至 25 节时,上海牯岭路的潮锋出版社(发行人卢洞天)在未经作者许可的情况下,也以《北伐途次》之名,于 1937 年 1 月出了初版,封面标明"第一集";三个月后,"潮锋"又出"增订版",封面标明"全集",书末还印有"全本完"的字样,可见这是郭的《北伐途次》30 节在《宇宙风》刊登完之后,"潮锋"紧接着又出了"增订版"。在书前有一段未标明是序或前言的文字(见上文)。

在《宇宙风》把全部 30 节刊登完后,郭写有后记,其中说道:"这儿有一件事应该附带着提一下。本篇在发表'中途',上海有一家幽灵出版社,把前二十五节盗取了去,作为《北伐途次——第一集》而'出卖'了。那儿公然还标揭有'版权所有翻印必究'的字样。所谓'侯门仁义存',真正是有趣的一件事。有好些朋友说,中国人不懂幽默,但据这件事情看来,我却感觉着我们中国人是第一等幽默的民族。"也就是说,郭写这篇后记时,"潮锋"的"增订版"还未出版。

直到郭沫若发现"潮锋"的"增订版"之后,才委托北雁出版社出版了《北伐》,此版本属"北雁"的"创作丛书"之一,全书收《北伐途次》《宾阳门外》和《双簧》,并照片《曲江河畔》和手迹题字一幅。这幅题字实为给北雁出版社的信:"我的《北伐》前委托北雁出版部出版。坊间有一种《北伐途次》第一辑,乃妄人任意偷盗。这种侵犯版权的行为,现亦托北雁代表清查,遇必要时自可提出诉讼。此证。"如今能见的《北伐》,有 1937 年 6 月的初版,还有 1937 年 7 月的再版。

这件事情的前因后果,并不是一下子就看清楚的。因为一般的收藏者大多只是看到了其中之"一因"或"一果",而"因"与"果"之间的联系却是断裂的,因此根本无法看到事物的全貌,这也是研究一种版本或与之相关的其他版本之间的联系是多么的困难。而只有看到了"所有"版本,才可能作出较为准确与合理的结论,但有的时候确实也不敢"理直气壮"地下断论,因为很可能还有未见到的版本。

从《北伐途次》看,郭沫若的版权意识相当清晰而强烈,既有言论(见诸于文字),又有行动(委托另一家出版机构清查),但结果如何,笔者好像还未见到过相关的片言只语,当然也可能未及见到。但是不管如何,能够站出来"大吼一声",总比"闷声不响"为好。

熟悉创造社历史者会发现,从一开始,创造社的版权意识就相当强烈,笔者认为,郭沫若在其中起着相当关键的作用。

前线归来

《前线归来》，郭沫若著，星星出版社（汉口义成东里 19号）印行，笔者所见为民国二十七年（1938 年）二月初版，不知印数，每册实价 1 角半。新生图书公司总经售，新中国图书公司、上海杂志公司和生活书店代售。

全书 70 页，无序跋，收文三篇：《在轰炸中来去》《到浦东去来》《前线归来》。

书前还有"战时读物"多种，如《第八路军》《街头剧》《东线烽火》《魔火下的上海》等。还有连环图画，如《当兵去》《有钱出钱》《全国总动员》，可惜这些版本皆未见过。

此书最有看点的是封面的郭沫若的速写头像。在画的右下角，署以"郁风"之名，可见是由画家郁风所画，画中的郭沫若中年之态，低头沉思，似有万千问题要解决……

郁风的父亲是郁华（曼陀），叔父是郁达夫。1928 年入北京师大女附中，后入北平艺术专科学校及南京中央大学艺术系，学西洋画。上世纪 30 年代中期在上海参加抗日救亡运动。抗战初期，郁风跟随郭沫若、夏衍等到广州创办《救亡日报》，任记者、编辑，后到粤北四战区从事美术宣传工作。

另一种与之同名的是民国二十六年（1937 年）十一月由自强出版社出版的版本，那是一种合集，收有多名作者的文章，郭沫若只在其中占有一席：《前线归来》。其他作者还有夏衍、田汉、冰心、胡兰畦、冰莹等。

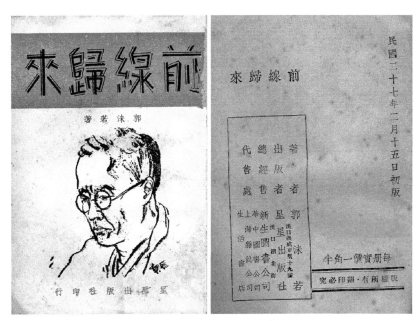

⊙ 1938 年星星出版社初版《前线归来》封面、版权页

⊙ 1937 年自强出版社版《前线归来》封面、版权页

在轰炸中来去

　　《在轰炸中来去》,郭沫若著,笔者所见两种不同出版机构、不同封面但同版次的版本。

　　第一种,上海文艺研究社出版,民国二十六年(1937年)十一月付印(出版),不知印数,每册实价 2 角 5 分。封面红色,图案为飞机投弹,郭沫若手写书名。

　　第二种,"抗战文艺小丛书",抗战出版社出版,阿英编辑,民国二十六年(1937 年)十一月初版,印 3 000 册,每册实价法币 1 角 5 分。《救亡日报》社经售。封面图案为空战,书名由郭沫若题写。书前有郁风所画郭沫若画像,传神。

　　"抗战文艺小丛书",笔者至今只见到过两种,除《在轰炸中来去》外,还有一种是谢冰莹著《军中随笔》,1937 年 11月初版。

　　以抗战出版社版为例,全书 67 页,版权页在封底,收 14章,无标题,以"一、二……"标示。

　　书末有附录,郭沫若起草于 1937 年 8 月 21 日的《中国文化界告国际友人书》。

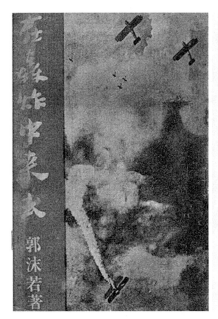
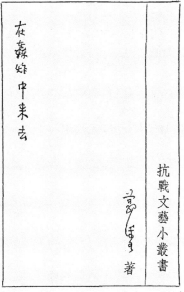

⊙ 1937 年抗战出版社初版《在轰炸中来去》封面、扉页、版权页、作者画像

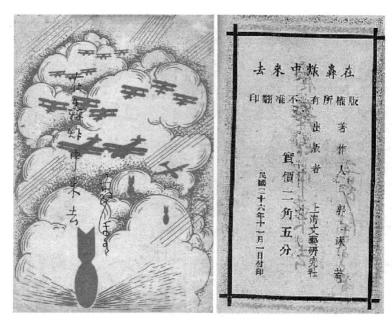

⊙ 1937 年上海文艺研究社版《在轰炸中来去》封面、版权页

沫若近著

《沫若近著》,郭沫若著,笔者所见两种出版机构出版的版本。

第一种,北新书局版,见到两种不同封面的版本。其一,"文艺新刊"之一种,民国二十六年(1937年)八月初版,发行人李志云,不知印数,每册实价6元。"文艺新刊"包括《沫若近著》共有14种:《风雨谈》(周作人著)、《读曲随笔》(赵景深著)、《海市集》(阿英著)、《小说闲话》(赵景深著)、《寒夜集》(何家槐著)、《黎明之前》(田汉著)、《沫若近著》(郭沫若著)、《文思》(曹聚仁著)、《秋心集》(朱企霞著)、《甘愿做炮灰》(郭沫若著)、《秉烛谈》(周作人著)、《归去来》(郭沫若著)、《女兵十年》(谢冰莹著)。这套丛书的封面设计划一,以色块为设计元素,极为醒目。其二,封面与"文艺新刊"完全不同,素面朝天,仅印书名、作者名和出版机构名。失版权页,不知其他版权事项,据悉也是1937年版。

以北新书局版"文艺丛刊"为例,此书226页,无序跋。收文11篇:《屈原时代》《社会发展阶段之再认识》《资本论中的王茂荫》《答马相乐先生》《隋代大音乐家万宝常》《中日文化的交流》《西班牙的精神》《青年与文化》《旋乾转坤论》《王茂荫的生平及其官票宝钞章程四条》《再谈官票宝钞》。

第二种,复兴书局版,发行人穆伯廷,民国三十二年(1942年)一月初版,不知印数,每册定价国币4元。复兴书局印刷厂印刷。封面设计几乎与北新书局版相同,差异在颜色不同,左下方所印出版机构不同。

郭沫若之所以成为"大家",并不在于他有着等身的著作,而在于他的思维。他是一个能跨越两种截然思维形态

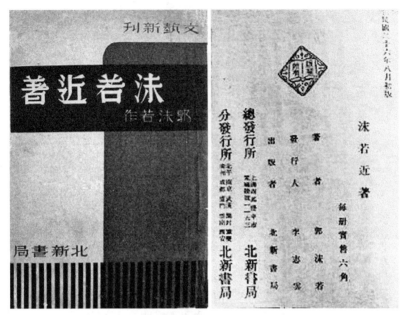

⊙ 1937 年北新书局初版《沫若近著》封面、版权页

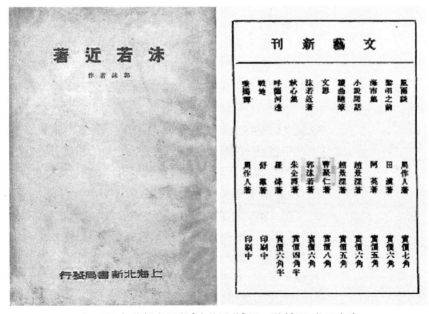

⊙ 1937 年北新书局版《沫若近著》另一种封面、书目广告

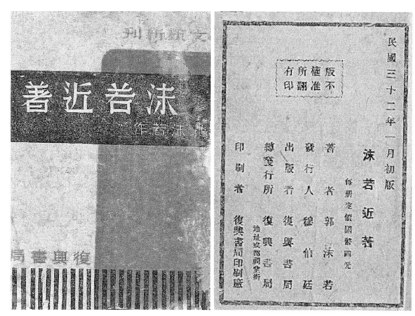

⊙ 1943年复兴书局初版《沫若近著》封面、版权页

的人,从形象思维毫不费力地一步跨入逻辑思维。如以文学创作思维而言,他又能在诗歌的奔放中自由翱翔,忽而又能在远古的考证中悠然而行,他的诗作《女神》,读了让人热血沸腾,他的甲骨文、青铜器的考证,却又让人凝神遐思,沉浸于幽远的丘壑……可以说,在中国现代文学作家中没有一人如郭沫若思维的跨度与韧性是如此宽阔与强劲。

他的经历,他的学识,他的著作,他的思维,他的一切,都值得写一部文人的"百科全书"。

抗战与觉悟

《抗战与觉悟》，郭沫若著，笔者所见两种不同出版机构出版的版本：大时代出版社和抗战研究社。

第一种，"抗战小文库"，郭沫若著，大时代出版社（上海四马路466号）发行，民国二十六年（1937年）十月初版，不知印数，每册2角。大公报代办部总经售，生活书店、五洲书报社代售。

扉页由郭沫若自题，版权页和扉页皆印"抗战小文库之一"。这套小文库，是由夏衍主编的，大时代出版社从1937年10月至11月出版，所见四种，除《抗战与觉悟》外，还有：《日苏未来大战记》（苏联P. A. 班夫琳珂著，碧泉译）、《青纱帐里》（三幕剧，欧阳予倩著）、《假使日本受了经济封锁》（石决民著）。

书前有代序，是郭沫若所写的《黄海舟中》。全书85页，收文12篇：《我们为什么抗战》《抗战与觉悟》《全面抗战的再认识》《理性与兽性之战》《忠告日本政治家》《由日本回来了》《到浦东去来》《前线归来》《希望不要下雨》《不要怕死》《由"有感"说到气节》《"侵略日本"的两种姿态》。

第二种，抗战研究社印行，民国二十六年（1937年）九月初版，民国廿六年（1937年）十二月三版，所见为三版，不知印数，每册实价国币2角。封面印郭沫若手书《黄海舟中》，此诗是作为代序刊登在书前的。

⊙ 1937 年大时代出版社初版《抗战与觉悟》封面、版权页、扉页

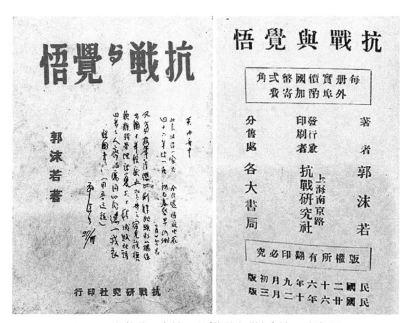

⊙ 1937 年抗战研究社三版《抗战与觉悟》封面、版权页

全面抗战的认识

《全面抗战的认识》,郭沫若著,笔者所见两种不同出版机构、同时出版的版本:北新书局驻粤办事处和生活出版社。

第一种,北新书局驻粤办事处(广州永汉北路)经售,民国二十七年(1938 年)一月初版。不知印数,每册实价 2 角 5 分。封面图,看来像是从国外画报中移植过来的,左下角还有框起的英文,"MAN POWER"(人民的力量),一长队整齐行走的军队,翻山越岭,开赴前线,似万里长城,隐含有无穷力量的涵义……红底白字书名,似一片血海。

全书 102 页,无序跋。收文 21 篇:《我们为什么抗战》《告国际友人书》《理性与兽性之战》《忠告日本政治家》《抗战与觉悟》《全面抗战的再认识》《关于华北战局所应有的认识》《惰力与革命》《持久抗战的必要条件》《由四行想到四川》《"后来者居上"》《日本的过去现在未来》《失掉的只是奴隶的镣铐》《国难声中怀知堂》《由有感说到气节》《不要怕死》《关于敏子的信》《侵略日本的两种姿态》《日本的儿童》《"逢场作戏"》《一位广东兵的诗》。

其中不少篇章被其他书所收入,新作较少,属"炒冷饭"之作,也可称之为"冷热兼有"。

此书的经售单位是"北新书局驻粤办事处",未知出版单位,估计仍由北新书局自己出版,那时的"北新"已经转移到了广州。

第二种,生活出版社(汉口交通路)印行,民国二十七年(1938 年)一月出版,不知印数,每册实价国币 2 角 5 分。此书属"大时代小丛书",然而在任何书目资料中找不到生活出版社出版的这套丛书,所见是广州新生书局和上海大时

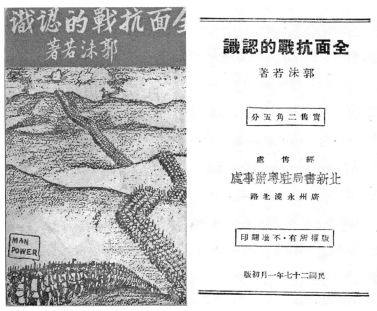

⊙ 1938 年北新书局驻粤办事处初版《全面抗战的认识》封面、版权页

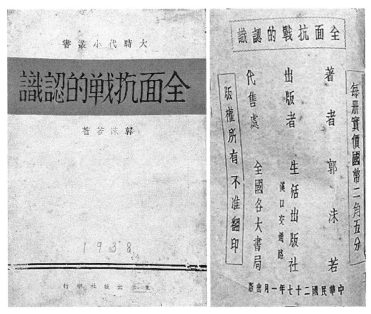

⊙ 1938 年生活出版社版《全面抗战的认识》封面、版权页

代出版社分别出版的"大时代小丛书",数量不等,出版时间大体在 1937 年至 1938 年。

沫若抗战文存

《沫若抗战文存》,《中国现代文学总书目》失收。

该书由郭沫若著,明明书局出版兼发行,民国廿七年(1938 年)一月初版,不知印数,每册实价国币 2 角。

书前有小序:

> 这里所收的短文十五篇,除去已经成为单行本的《在轰炸中来去》以外,可以说是我从日本回来后作的"全集"。因为都是在抗战中热情奔放之下,匆匆写就的,文字之工拙当然说不到,但是有一点却可供读者的借鉴,那便是抗战的决心,所以我也乐得把他们搜集起来,供给广大热心的读者。曾在《宇宙风》刊载过的归国日记《由日本回来了》,也收在里面,作为一个附录。这里,我把七月廿七日归途中写的一首短诗录在下面,以作结束:
>
> > 此来拼得全家哭,今往还当遍地衰。四十六年余一死,鸿毛泰岱早安排。

全书 113 页,版权页在封底,收文:《我们为什么抗战?》《告国际友人书》《理性与兽性之战》《到浦东去来》《由"有感"说到气节》《不要怕死》《希望不要下雨》《忠告日本政治家》《抗战与觉悟》《前线归来》《全面抗战的再认识》《"侵略日本"的两种姿态》《关于华北战局所应有的认识》《持久抗战的必要条件》《日本的过去,现在,未来》。附录《从日本回来了》。

出版此书的"明明书局",是一家从未听说过的出版机构,见到《沫若抗战文存》之后,也便多了一个心去关心,先

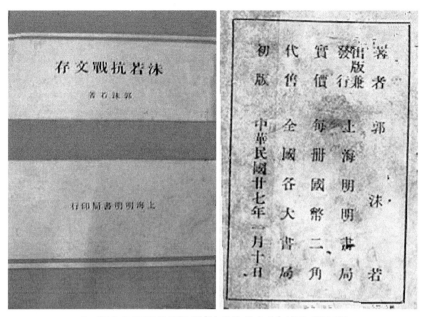

⊙ 1938 年明明书局初版《沫若抗战文存》封面、版权页

后听闻或经手过七八种,似乎是一家三教九流"都碰"的书局,所见书目不妨留存:《洪杨演义全集》(全四册)《上海黑幕一千种》《蒋介石先生演讲集》《三民主义之研究》《测字秘诀》《麻雀秘诀》《抗战女兵手记》和《间谍·汉奸·俘虏》。后两种分别由谢冰莹著和茅盾编。

郭沫若先生最近言论集

　　《郭沫若先生最近言论集》,封面书名由潘汉年题签,熊琦编。笔者所见为离骚出版社(广州长寿东路二十二号)民国二十七年(1938 年)四月初版,不知印数,每册实价国币 2角。不知编者"熊琦"是何许人也。经售处在救亡日报社(广州长寿路 50 号),地址与前者相隔二三十号。书前书后均有版权页。

　　全书 92 页,无序跋,收文 12 篇:《国际形势与抗战前途》《对于文艺界人的希望——在长沙文抗会演词追记》《日寇之史的清算——在武昌"广西学生军营"讲演(骆剑冰记)》《我们为什么抗战?》《日本的过去·现在·未来》《武装民众之必要——在广州播音讲演》《抗战与觉悟》《纪念"一二·九"斗争的二周年——在广州学生纪念大会演词》《忠告日本政治家》《饥饿就是力量》《克服三种悲观——在港沪文化界联欢会上演讲》《我们所失掉的只是奴隶的镣铐》。

　　扉页背面有"离骚"版图书书目 20 种,可作书目资料留存:《敌兵阵中日记》(夏衍、田汉译)、《火线下的上海》(报告文学集,彭启一著)、《摇班到烽火》(报告文学集,周钢鸣著)、《现阶段的青年运动》(离骚社)、《在困难中前进》(离骚社)、《日本人的反战呼声》(离骚社)、《托洛斯基派在中国》(离骚社)、《军中随笔》(谢冰莹著)、《周恩来邓颖超最近言论》(离骚社)、《战时初中国文》(汪馥泉编)、《收获和教训》(廖承志等著)、《持久抗战与组织民众》(郭沫若等著)、《在轰炸中来去》(再版,郭沫若等著)、《中日战争预测》(四版,汪馥泉编)、《鲁迅纪念集》(再版,汪馥泉编)、《中国战争与国际》(再版,夏衍编)、《毛泽东会见记》(汪馥泉译)、《民众武装论》(李华卿著)、《包身工》(夏衍著)、《抗日将领印象

⊙ 1938 年离骚出版社初版《郭沫若先生最近言论集》封面、版权页

记》（彭启一编）。

　　编者熊琦和离骚出版社,在笔者脑中无一点信息储存。题签者潘汉年却是大名鼎鼎,他与郭沫若的关系也许可追溯到创造社时代,到抗战爆发,郭沫若"别妇抛雏"从日本到上海,潘汉年代表党接待他,由熟悉上海情况的夏衍给郭当助手。之后,郭沫若出任《救亡日报》社社长,在文化界开始发挥其特殊作用。"离骚"版的这本书,估计是在这时期出版的。至于离骚出版社与潘汉年是什么关系,一时难以弄清楚。

文艺与宣传

　　《文艺与宣传》，"自由中国丛刊"，郭沫若著，北鸥主编。笔者所见为生活书店总经售、民国二十七年（1938年）八月粤版。不知印数，每册实价1角5分。封面仅印书名和作者名，并有人头剪影像。

　　北鸥，即陈北鸥，生于1912年7月，福建闽侯人，原名陈伯欧。北鸥之名，首见于《文艺月报》1933年11月第一卷第三期《我要在一年里得到胜利》。

　　全书73页，收文九篇：《文艺与宣传——为庆祝"中华全国文艺界抗敌协会"的成立》《鲁南胜利之外因》《日寇的残酷心理之解剖》《纪念台儿庄》《把精神武装起来》《把有限的个体生命融化进无限的民族生命里去》《来他个"四面倭歌"——扩大宣传周广场歌咏会上致辞》《抗战来日寇的损失》《抗战与文化问题》。

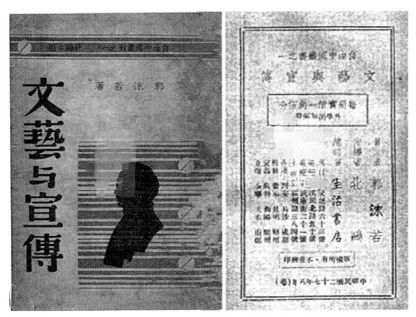

⊙ 1938 年生活书店粤版《文艺与宣传》封面、版权页

羽书集

　　《羽书集》，郭沫若著，笔者所见两种相同出版机构、不同版次和封面的版本。

　　第一种，群益出版社（重庆临江路西来街 20 号）发行所，发行人刘盛亚，联营书店（重庆林森路特 18 号，成都祠堂街 21 号）分发行所，民国三十四年（1945 年）一月渝一版，印 2 000 册，不知售价。封面为郭沫若手写体，并盖"郭沫若"朱文印。

　　第二种，群益书店刊行，群益·海燕·云海上海联合发行所（上海山阴路恒丰里 77 号）总发行，民国三十六年（1947 年）三月出版，印 1 000 册（沪）。至于"群（1020）"和"文集（0011）"是什么意思，搞不清。封面设计图案与"群海社"所发行的版本相同，手迹书名，中间有一小图案，下方为编织形图案右侧印"2"。

　　书前有作者写于 1944 年 11 月 15 日的序，三页，其中说道：

　　　　《羽书集》在四年前曾经由陪都大东书局接受，准备出版，已由书局将原稿送审，一切手续均已停当，但书局却不肯印行，只得又把原稿要了回来。据说是这书局受了什么恫骇，我至今都有点不大了解。因为送审手续完毕了的书，还有什么忧虑？而本书的内容又有那一个字可以使得它忧虑的呢？

　　　　书在重庆没有出成，后来由杜守素兄在九龙替我印了出来，由他亲自校对，版样一切都很能令人满意。但不幸刚出版不久，香港九龙便相继沦陷了，所有纸稿和存书又都一火而焚了。因此《羽书集》的初版流传于

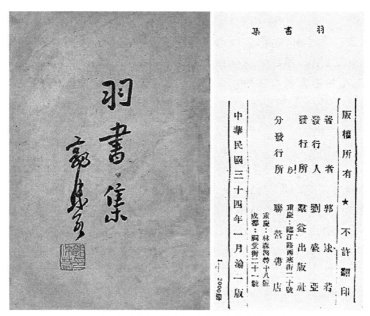

⊙ 1945 年群益出版社渝一版《羽书集》封面、版权页

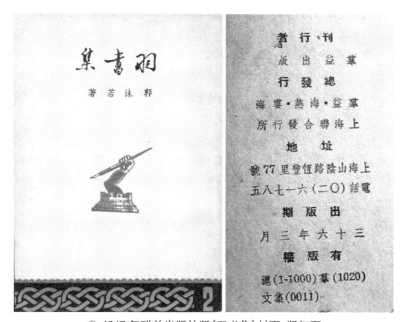

⊙ 1947 年群益出版社版《羽书集》封面、版权页

人间的很少,在重庆的恐怕还不上三十部吧。

就这样,这个集子的生育,实在是有点不大吉利,不知道死了什么煞星,一扼杀于恫骇,再火焚于倭寇,很难见见大世面。然而它也好像是一位"打不死的陈绞金",见土就活,现在公然又可以死灰复燃了。我不敢保证它究竟能够长命到什么时候,不过它很执拗。凡是负了恶星下凡的胎儿,人要叫它死它偏偏不死,而一些富贵人家的子弟,人要叫它活它偏偏不活,所以说不定这个集子是出乎意外地会可以长命的。……不过我自己并不十分愿意祝福它的出世,倒也是实在的。初版毁后已经四年,尽有时间和可能使它原样再版,然而我没有做。我反而把那带有学术性或少带有宣传性的一部分文字剔取了出来,编入了后出的《蒲剑集》与《今昔集》的两个集子里去了。因此这儿所留着的倒确确实实是剔剩下的残余。做母亲的人,尽管怎样打算存心公平,总不免是有些偏爱的。自己爱的不一定就是好的,自己不爱的不一定就是坏的。我自己的存心也差不多就是这样。所以本书的好坏,还是要让读者或社会来决定。……

郭沫若在序中所说的版本,是香港孟夏书店 1941 年 11 月初版的《羽书集》,此书一直未见,所收篇目,只能借助于其他书目。

书前的序,在初见的版本上未见,直至后来才读到。

全书分四辑,第一辑收文 21 篇:《和平的武器与武器的和平》《理性与兽性之战》《巩固反侵略的战线》《世界反侵略秩序的建设》《日寇的残酷心理之解剖》《武汉永远是我们的》《坚定信心与降低生活》《饥饿就是力量》《后方民众的责任》《纪念台儿庄》《鲁南胜利之外因》《我们所失掉的只是奴隶的镣铐》《再建我们的文化堡垒》《惰力与革命》《关于华北战局所应有的认识》《武装民众之必要》《持久抗战的必要条件》《全面抗战的再认识》《告国际友人书》《我们为什么抗战》《抗战与觉悟》。第二辑收文 18 篇:《今天创作底道路》《活的模范》《青年哟,人类的春天!》《青年化,永远青年化》《复兴民族的真谛》《中苏文化之交流》《文化与战争》《纪念碑性的建国史诗之期待》《文化人当前的急务》《把精神武装起来》《发挥大无畏的精神》《纪念"一二八"剪辑》《来他个"四面倭歌"》《对文化人的希望》《抗战与文化问题》《文艺与宣传》《三年来的文化战》《中国美术的展望》。第三辑收文 26 篇:《日本的过去,现在,未来》《忠告日本政治家》《"侵略日本"的两种姿态》《日本的儿童》《汪精卫进了坟墓》《绝妙的对照》《争取最后五分钟》《龙战与鸡鸣》《蒲剑、龙船、鲤帜》《写在菜油灯下》《告鞭尸者》《先乱后治的精神》《成功便是成仁》《"中国人的确是天才"》《大人物与小朋友》《致华南的友人们》《长沙哟,再见》《一位广东兵的诗》《后来者居上》《"逢场作戏"》《不要怕死》《把有限的个体生命融化进无限的民族生命里去》《由四行想到四川》《由"有感"说到气节》《关于敏子的信》《国难声中怀知堂》。第四辑收文 10 篇:《庄子与鲁迅》《"无条件反射"解》《革命诗人屈原》《关于屈原》《关于"戚继光斩子"的传说》《续谈戚继光斩子》《关于发现汉墓的经过》《"民族形式"商兑》

《驳"说儒"》《读"实庵字说"》。

　　1945 年重庆群益出版社的重版本，全书 269 页，删去了第四辑 10 篇文章，并且在第二辑和第三辑中都有文章增删的情况，在此不作详述，读者可用后来的版本与初版篇目作一比较。并由此得出一个显而易见的结论：研究一个作家以及他的版本，必须所见齐全，也就是说能够见到所有出版机构出版的同名著作，同时也要能够看见所有版次的版本，否则无法构建一个版本变化的准确结论。

蒲剑集

《蒲剑集》，郭沫若著，笔者所见为文学书店（重庆新生市场 55 号）发行、民国三十一年（1942 年）四月初版，不知印数，每册实价 10 元。封面书名由郭沫若手书并朱文印一枚，另有龙舟一艘，红旗红篷，不解其意。封底有被审字样："重庆市图书杂志审查处审查证世图字第 2339 号"。

全书 310 页，土纸，属黄草纸，质量极差。书前有序，看不清字迹，无法录存，后借助于海燕书店 1949 年 7 月版的《今昔蒲剑》，其中有一篇《〈今昔蒲剑〉后序》，摘录其中部分文字：

> 两三年来，关于屈原，写了一些东西，也作过几次讲演，现在把那些杂文和讲演录收集起来，成为这个《蒲剑集》。
>
> 但除掉关于屈原的文字之外，还附带着收集了好几篇谈文艺或学术的文章。如《读实庵字说》，是抗战前的作品，其他产生于抗战以后。
>
> 这两部分的文字，有好些是曾经收录在《羽书集》里，但因香港沦陷，《羽书集》毁版，到达了陪都来的恐怕不上一百部罢。本想翻版，但字数将近三十万字，要翻版也不很容易，因此我把那多带宣传性的文章除去，把多带学术性的文章留存了下来。

全书收文 22 篇：《蒲剑·龙船·鲤帜》《关于屈原》《革命诗人屈原》《屈原考》《屈原的艺术与思想》《屈原思想》《写完五幕剧〈屈原〉之后》《我怎样写〈棠棣之花〉》《由"墓地"走向"十字街头"》《庄子与鲁迅》《活的模范》《中苏文化之交

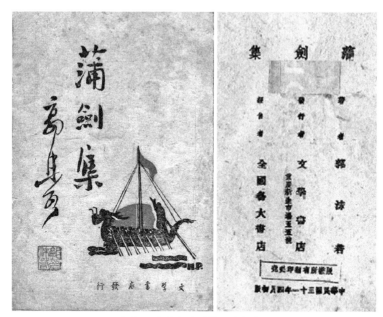

⊙ 1942 年文学书店初版《蒲剑集》封面、版权页

流》《中国美术之展望》《青年哟，人类的春天》《纪念碑性的建国史诗之期待——庆
祝文化界抗敌协会周年纪念》《文化与战争》《"民族形式"商兑》《关于"戚继光斩子"
的传说》《续谈"戚继光斩子"》《关于发见汉墓的经过》《谈〈实庵字说〉》《驳〈说儒〉》。

封底有"文学书店"的出版标记，首见。旗帜图案上有"LB"字样。

今昔集

《今昔集》，"东方文艺丛书"，郭沫若著，叶以群、臧克家、田仲济编辑，笔者所见为东方书社发行、民国三十二年（1943年）十月渝初版，不知印数，每册实价43元。出版者王畹芗。东方书社发行所有两处：重庆七星岗金汤街12号，成都祠堂街17号。

书前有作者1942年10月23日写的序：

> 继羽书集与蒲剑集之后，我把年来所写的散文收为这一个集子，名之曰今昔集：因为这儿所论的有近在眼前的今天，有远在三千年前的古代。但我并无所谓"今昔之感"，这是无须乎声明，也似乎是须得声明的。
>
> 这里面有几篇讲演录，但也都是经过我的校阅而且润色过的东西。
>
> "周易之制作时代"和"先秦天道观之进展"两篇是抗战前在日本写的，都已经有了单行本，但那单行本并不普及，有好些朋友要看这两篇文章都不容易找到，因此我也就一并把它们收录在了这儿。
>
> 此外也还有些散佚了的文字，因为没有留稿，目前也无法搜集了。

全书342页，收文23篇：《今天创作底道路》《中国战时的文学与艺术》《写尔所知》《关于接受文学遗产》《致木刻工作者》《再谈中苏文化之交流》《笑早者，祸哉！》《世界大战的归趋》《日本民族发展概观》《我的学生时代》《"娜拉"的答案》《由葛罗亚想到夏完淳》《题画记》《钓鱼城访古》《屈原与

⊙ 1943 年东方书社渝初版《今昔集》封面、版权页

鳌雅王》《深幸有一,不望有二》《屈原·招魂·天问·九歌》《由诗剧说到奴隶制度》《论古代社会》《论儒家的发生》《论古代文学》《周易之制作时代》《先秦天道观之进展》。

书末有"东方文艺丛书"书目六种:《古树的花朵》(臧克家)、《情虚集》(田仲济)、《人鼠之间》(史坦培克著)、《重逢》(姚雪垠)、《姊妹》(以群)和《地层》(田涛)。

另有"本版新书"四种:《沙窗》(阿志巴绥夫著,徐霞村译)、《杂文的艺术与修养》(田仲济)、《星花》(曹靖华译)和《西北旅行画记》(赵望云)。

封底有被审记录:"四川首图书杂志审查处审查证图字第 542 号"。

波

《波》,郭沫若著,笔者所见群益出版社两种不同出版时间的版本。

第一种,群益出版社(重庆临街路西来街 20 号)出版发行,实为"重庆"版。民国三十四年(1945 年)九月初版,印 2 000 册,每册基本定价 6 元 5 角。版权页印"郭沫若文集之九"。联营书店分发行所有三处:重庆林森路 144 号、成都祠堂街 21 号、西安南院门大东书局),以及正风书店(贵阳中华南路)和新民书店(昆明华山西路)。

全书 158 页,无序跋。收文 14 篇:《金刚坡下》《小麻猫》《雨》《波》《十月十七日》《飞雪岩》《小皮箧》《月光下》《丁东草》《芍药》《银杏》《蚯蚓》《影子》《下乡去》。

此书实为小说散文集,内收小说两篇:《金刚坡下》和《波》。

书末印有作者写于 1942 年 12 月 13 日的补记,其中说道:"《巴县志》(民国二十八年向楚新修),关于飞雪崖已有比较详细之纪念,今一一揭之如次"。

装帧者曹筼,在封底有定价:4.00 元。

群益出版社出版的"郭沫若文集"第一辑共十种:《青铜时代》《十批判书》《屈原研究》《棠棣之花》《屈原》《虎符》《筑》《孔雀胆》《南冠草》《波》。

第二种,群益出版社刊行,中国文化投资公司总发行,民国三十五年(1946 年)七月出版,版权页印:2(2 001—3 000),从这些数字推断:2,即再版,印了 1 000 册。封面左侧有"练式"图案,版权页盖有作者的朱文印,扉页印"沫若文集 波 第一辑第十册",并印有"1946"字样。正文内容,与初版(1945 年版)相同。

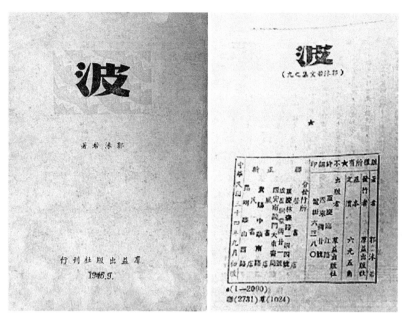

⊙ 1945 年群益出版社初版《波》封面、版权页

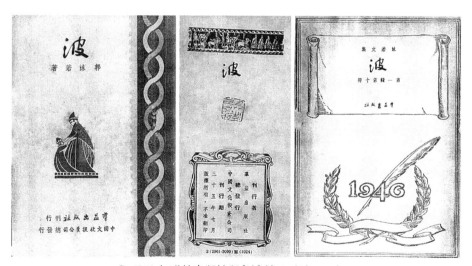

⊙ 1946 年群益出版社版《波》封面、版权页、扉页

　　《中国现代文学总书目》收有此书,只收了 1945 年 9 月版,1946 年 7 月再版漏记。

南京印象

　　《南京印象》，郭沫若著，笔者所见为群益出版社刊行、民国三十五年（1946年）十一月）出版，印4000册，不知售价。群益·海燕·云海联合发行所（上海山阴路恒丰里77号）总经售。封面书名，黑底白字，相当醒目。

　　全书109页，无序跋。收文17篇：《初访蓝家庄》《漫游鸡鸣寺》《拜码头》《梅园新村之行》《"国民大会"场一席谈》《以文会友》《二十四小时了》《谒陵》《失悔不是军人》《疑在马尼剌》《游湖》《慰问人民代表》《假如我是法西斯蒂》《秦淮河畔》《失掉了一支笔》《慰问记者》《南京哟再见》。书末印有沫若文集十种的书目广告，书名由郭沫若自题，并有简短的广告词。

　　在此版本中出现了一个新的机构："群益·海燕·云海联合发行所"。要讲这个发行所，首先必须了解一下海燕书店。这家书店是由俞鸿模创办。1937年就开始在上海筹办，因战争未能成立。到第二年3月在汉口独资经营，初名海燕出版社，后因资金问题而停业。1939年以"香港海燕出版社"名义出书，由新知书店代印。1940年，"海燕"迁上海，改名海燕书店，设在蒲石路（今长乐路）善钟路（今常熟路）的"合兴里"。之后随新知书店迁爱文义路（今北京西路）戈登路（今江宁路口）"众福里"。太平洋战争爆发后，书店被迫停业，纸型全都被毁。抗战胜利后，在同乡邱文镯和堂兄俞鸿光的投资帮助下，书店得以复业，地址在山阴路"恒丰里"77号，与群益出版社、云海出版社合租一幢房子。三家出版社各自经营，发行机构合并，称之为"群益·海燕·云海联合发行所"，简称"群海联合发行所"，1948年解散。

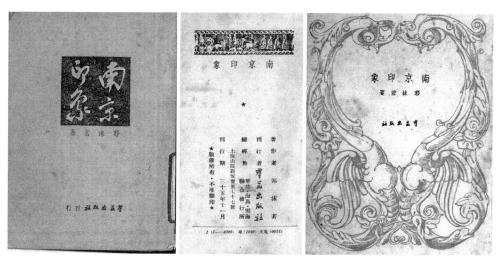

⊙ 1946 年群益出版社版《南京印象》封面、版权页、扉页

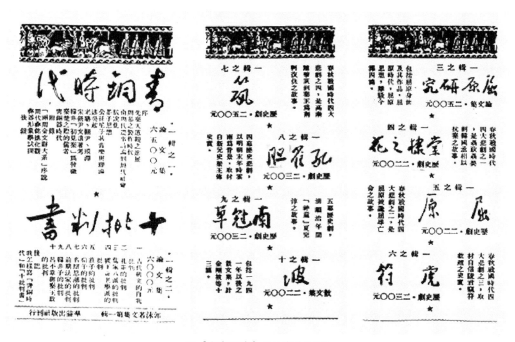

⊙《南京印象》书目广告三页

群益出版社出版的图书，大多比较精致，尤其是扉页和版权页的设计风格更是庄重典雅，图案虽是借用来的，但刻意追求的风格较为欧化，看得出设计者清晰的理念。

苏联纪行

《苏联纪行》，郭沫若著，笔者所见五种不同出版机构出版的版本：中外出版社、中国出版社、山东新华书店、太岳新华书店和裕民印刷厂。

第一种，"中苏文化协会研究委员会研究丛书"第三种，郭沫若主编并著，中苏文化协会研究委员会编辑出版，中外出版社（上海中正东路 172 号、重庆美专校街 97 号、北平西长安街甲 23 号）印行，发行人孙伏园，民国三十五年（1946年）四月北平初版，印 5 000 册，未印定价。封面上下两条红色块，内竖作者手书的印书名和作者名，盖白文印一枚，同时标明"中苏文化协会研究委员会研究丛书第三种"（版权页同时标明）。

书前有前记，其中说道：

> 五月二十八日的晚上，苏联大使馆的费德林博士来访，他递给我一封信，是苏联科学院邀我去参加第二百二十周年的纪念大会。会将在莫斯科与列宁格勒两地连续举行，自六月十六日至二十八日，会期半个月。各国的学者除掉法西斯国家之外都受聘了邀请，我国有两位，除我之外，另一位是丁燮林先生。
>
> 这自然是很光荣的事体，多年的宿望得到了这样意外的满足。朋友们都替我庆贺，开会欢送，设宴饯别，整整繁忙了十天。特别是立群，她快要为我忙坏了。拖着幼小的三子一女（顶大的汉英才六岁，庶英五岁，世英四岁，民英两岁），还要为我准备行装，并奔走其他的事务。
>
> 六月九日乘美国军用机离渝，道经印度、伊兰、飞

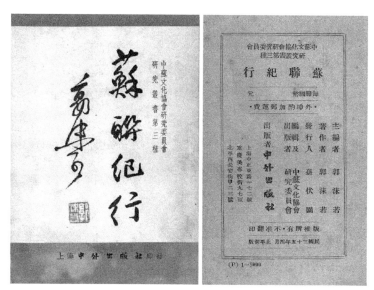

⊙ 1946 年中外出版社北平初版《苏联纪行》封面、版权页

⊙ 从左至右：
中国出版社版《苏联纪行》封面
1946 年山东新华书店版《苏联纪行》封面
1946 年太岳新华书店版《苏联纪行》封面

⊙ 从左至右：
1946 年裕民印刷厂版《苏联纪行》封面
大连新中国书店版改名后的《苏联五十天》封面

往苏京。满以为在十六日以前一定可以赶到，但不料在路上耽搁太大，一直到二十五日才到了莫斯科。庆祝大会已经移到列宁格勒去了。我虽然在二十六日的晚上也飞到了列宁格勒，算只仅仅赶上了大会的闭幕。好些贵重的学术报告不曾听到，并且失掉了在大会上正式表示庆祝的机会，实在是美中不足的一件憾事。

全书 216 页，日记体，摘录其中"七月十九日"的一段：六时顷赴飞机场，晨风大有寒意。飞机已向空中遛达，俄而飞回，即便起飞。在机中颇感疲倦，时时入睡。十一时半到达阿克休宾斯克，仍在此小休，一切风光依然如旧。休息可一小时，又继续起飞。六时二十分到达莫斯科。莫斯科时间要晚三小时有奇。

回寓后始知丁先生恰于今晨离莫斯科返国，在衣橱内发现他所留下的一张纸条。"今晨乘飞机离莫斯科返国。到重庆后就去看你的太太，报告你的近况。希望不久就可以在重庆会面。燮林 七月十九日晨一时半。"

出版此书的中苏文化协会，1936 年由国民政府立法委员张西曼和一些留苏学生在南京发起成立的，孙科担任会长。1937 年 12 月迁至重庆，1938 年 12 月召开第二届年会及理事会，推举宋庆龄为名誉会长，并在省城（国民党统治区）及延安等地设立分会。协会主要从事抗日救亡宣传和组织，以举办研究会、展览会、座谈会、俄语讲习班、讲演会、音乐会、与苏联友人通讯、出版刊物等方式介绍苏联抵抗德国法西斯战争的情况。1941 年协会进行改组。郭沫若、阳翰笙等进入了协会,侯外庐兼任《中苏文化》杂志主编。1946 年中苏文化协会迁回南京。

"中苏文化协会研究委员会研究丛书"如今只见包括《苏联纪行》在内的四种,其他三种是:《今日之苏联》(丛书第二种,吴清友著,读书生活出版社 1945 年 11 月版)、《苏联历史学界诸论争解答》(丛书第一种,侯外庐著,建国书店 1945 年 8 月版)、《亚洲苏联》(丛书第四种,戴威士等著,朱海观、郭沫若译,耕耘出版社 1946 年版)。除此之外,好像未见其他种,估计此丛书大概只有这四种。

据资料称,1949 年 8 月,大连新中国书店出版时,改名为《苏联五十天》。为了便于叙述,把书影移至此文。此书在《中国现代文学总书目》中失收。估计改名后的版本也不在少数,有待进一步地发现。

除了上述版本外,还有多种,一一简略叙述:

第二种,中国出版社版,失版权页,故不知版权事项,待查。

第三种,山东新华书店版,民国三十五年(1946 年)六月出版,印 4 000 册,不知售价。封面书名红底白字,作者签名黑字,盖白文印一枚。

第四种,太岳新华书店版,民国三十五年(1946 年)八月出版,不知印数,每册定价 200 元。封面有人物小饰图。

第五种,裕民印刷厂版,民国三十五年(1946 年)十一月出版,不知印数,每册定价 200 元。封面有楼房等图案。

以上几种版本的内容基本相同,因未及细看,估计还有一些细微的变化没有发现。再说,这一图书的版本也许还有不少,只是没有发现而已。

归去来

　　《归去来》，"文艺新刊"，郭沫若著，北新书局（上海福州路）印行，分发行所：北平、潢川、成都、重庆，发行人李小峰，笔者所见为民国三十五年（1946年）五月初版，不知印数，未印定价。

　　笔者刚见到此书版权页上的"潢川"，开始还以为是日本的某个县城，之后查找了资料，才知它是河南省的一个县，在信阳市中部，南依大别山，北临淮河，地处豫、鄂、皖三省的连接地带，实属豫中之中心，交通要道也。是战国时春申君黄歇的故里，也是中华黄姓的发源地。春秋为黄国，汉置弋阳郡，北齐置定城，唐宋元明为光州，清代升光州为直隶州，民国二年（1922年）改光州为潢川县。潢川解放后设潢川专署，后并入信阳至今。

　　北新书局出版的"文艺新刊"，笔者所见总共13种，郭沫若在其中占有三席，除《归去来》外，还有《沫若近著》和《甘愿当炮灰》两种，所占比重不小。

　　全书256页，无序跋，收文14篇：《离沪之前》《鸡之归去来》《浪花十日》《东平的眉目》《痛》《太山朴》《达夫的来访》《断线风筝》《从日本回来了》《回到上海》《到浦东去来》《前线归来》《希望不要下雨》《在轰炸中来去》。其中一些作品，已经在其他著作中炒了几遍"冷饭"，早已无任何的新鲜感。笔者始终想不明白，这是郭沫若自己的想法，还是北新书局的"自作主张"。

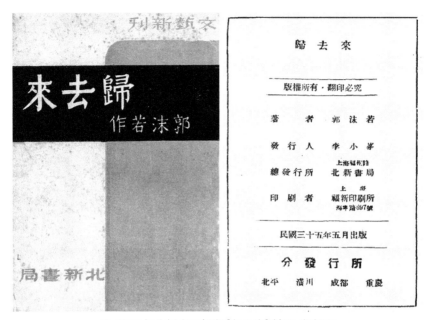

⊙ 1946 年北新书局初版《归去来》封面、版权页

历史人物

  《历史人物》,郭沫若著,笔者所见为海燕书店民国三十七年(1948年)五月刊行,发行人俞鸿模,每册基本定价国币9元。从版权页标示的版次看:"2(2 001—3 000)",说明之书为第二版。两个版次总共印了3 000册(初版印2 000册)。1946年8月重庆人物杂志社出过初版。海燕书店出的初版,时间应推断在1948年间。之后还见到过"海燕"1949年三版,三个版次共印了7 000册。

  从海燕书店版和重庆人物杂志社版的内容看,变化较大,两相对照,只有三篇文章是相同的,那就是《论曹植》《隋代大音乐家万宝常》《夏完淳》。从总体看,"海燕"版所收文章更为完整与全面,而且大多为新写的文字,如《王安石》《王阳明》《甲申三百年祭》《王国维与鲁迅》《论郁达夫》《论闻一多做学问的态度》。作者在序中宣称:"我是有点历史癖的人,但关于历史的研究,秦以前的一段我比较用过一些苦工,秦以后的我就不敢夸口了。"而此书最引起笔者兴趣的是关于几位现代作家的文字,在当时就具有新鲜感,即便过了五六十年,仍感到新鲜而且具有珍贵的史料价值。

  《鲁迅与王国维》中,郭沫若讲到的一件事,可能是鲁迅与郭沫若以及"创造社"不愉快的始因。文中讲道:

    我第一次接触鲁迅先生的著作是在民国九年《时事新报学灯》的双十节增刊上。文艺栏里面收了四篇东西,第一篇是周作人译的日本小说,作者和作品的题目都不记得了。第二篇是鲁迅的《发的故事》。第三篇是我的《棠棣之花》(第一幕),第四篇是沈雁冰(那时候雁冰先生还没有用茅盾的笔名)译的爱尔兰作家的独

⊙ 1948 年海燕书店版《历史人物》封面、版权页、书目广告

幕剧。《发的故事》给予我的铭感很深。那时候我是日本九洲帝国大学的医科二年生，我还不知道鲁迅是谁，我只是为了作品抱了不平，为什么好的创作反屈居在日本小说的译文的次位去了？那时候编学灯栏的是李石岑，我为此曾写信给他，说创作是处女，应该尊重，翻译是媒婆，应该客气一点。这信在他所主编的《民铎》杂志发表了。我却没有料到，这几句话反而惹起了鲁迅先生和其他朋友们的不愉快，屡次被引用为我乃至创造社同人们藐视翻译的罪状。其实我写那封信的时候，创造社根本还没有成形的。

正如郭沫若先生在文中所说的："有好些文坛上的纠纷，大体上就是由这些小小的误会引起来了"，此话并不是没有道理，但是郭也许忽略了一个根本的问题：小纠纷积多了，再加上纷争的重叠，那种误会就很难解开了——有些事情用现在的观点来分析，也许很不值得一提，然而在当时却是"裹"风云而席卷之，是很难解说或解脱的！

在《论郁达夫》和《论闻一多做学问的态度》两篇文章中，也都透露了不少文坛的史料，郭沫若的这些文章，在他全集中都有收录，是很值得爱好现代文学的读者认真一读的。

在版权页之后，刊登了三个书籍广告，分别是："郭沫若先生四大巨著（订正二十五开全集本）"、"胡风主编　七月文丛　第一集"（内收著作十二部）、高名凯译巴尔扎克著的"外省生活之场景十三部"。这些书目资料，在当时可能只起到推销书籍的作用，可是过了五六十年，这些资料也便成了研究现代文学发展史的一种必不可少的史料。从这点而言，带有这些史料的旧版本，肯定要比没有这些史料的版本要珍贵得多,价格也会增加不少。

郭沫若的"四大巨著",除《历史人物》外,还有《少年时代》《革命春秋》和《今昔蒲剑》。

此书所收时间较早,价格 8 元,便宜得让人吃惊,如此书放在现在上海文庙旧书市场或"孔网"上,也许 180 元也拿不下来,如落到书贩手中,加到三位数也是可能的。

我的结婚

《我的结婚》，郭沫若著，在郭的所有著译书目中皆失收，实在无法弄清其中缘由。

笔者所见两种不同出版机构出版的版本，第一种，香港强华书局（荷里活道 135 号）印行，民国卅六年（1947 年）一月再版，不知印数，未印定价。版权页印"印行者强华书局"和"发行者强华书局"，既然已是"印行"，那就包含有"印刷与发行"之意，还来个"发行"，实属"脱裤子放屁——多此一举"也，可见缺少规范。代售者是中央书店。至于是否实为香港版，还是一种假托，也是无法弄清楚的了。

另一种版本是上海新益书局版，民国三十六年（1947年）一月再版，出版时间与"强华"版相同，至于两家出版机构是否一家，更是无法弄清楚了。

全书 61 页，无序跋，分为七节。此书开头的几段很有意思，引人读下去，值得留存：

> 一九一二年，这便是中华民国的元年。

> 这一年在我是有两重的纪念：第一不消说就是我们的中国说是革了一次命，第二呢是我自己结过一次婚。

> 我自己的那场结婚的插话，现在要想起把它追述出来，那真是一场痛苦，一场耻辱，一场悔恨。我自己似乎犯不出要在这已经愈合了的伤痕上再来插进一刀。但这也是那种过渡时代的一场社会的悲剧，这悲剧的主人公，严格的说时却不是我，我不过适逢其会成为了一位重要的演员，我现在以演员的资格来追述出那场悲剧的经过罢……

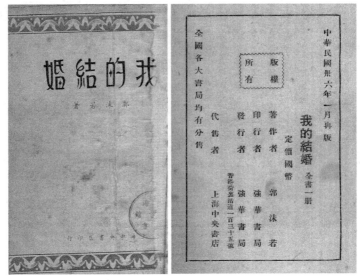

⊙ 1947 年强华书局再版《我的结婚》封面、版权页

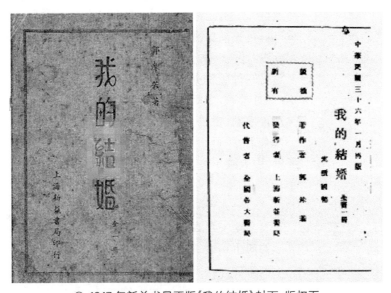

⊙ 1947 年新益书局再版《我的结婚》封面、版权页

这一版本相当罕见，当笔者看到这类版本时，第一感觉大多是把它归为盗版本、偷印本和拼凑本，估计都是"偷税漏税"，郭沫若先生也许都不知道，当然连一个子也不会得到……

创作的道路

　　《创作的道路》,《中国现代文学总书目》收存,而上海图书馆却失收。

　　郭沫若著,重庆文光书店(重庆中山一路218号)发行,发行人汪声潮,笔者所见为民国三十六年(1947年)十二月初版,不知印数和售价。封面竖印书名和作者名,郭沫若手书。

　　全书186页,收文15篇:《创作的道路》《写尔所知》《关于"接受文学遗产"》《致木刻工作者》《再谈中苏文化之交流》《日本民族发展概观》《我的学生时代》《"娜拉"的答案》《由葛罗亚想到夏完淳》《题画记》《钓鱼坊访古》《屈原与鳖雅王》《"深幸有一,不望有二"》《屈原·招魂·天问·九歌》《由诗剧说到奴隶制度》。

　　此书名为《创作的道路》,实际上从全书看,仅前两篇与"道路"有关,其余者皆一般的散文与杂感,而且有不少都是"炒冷饭"。

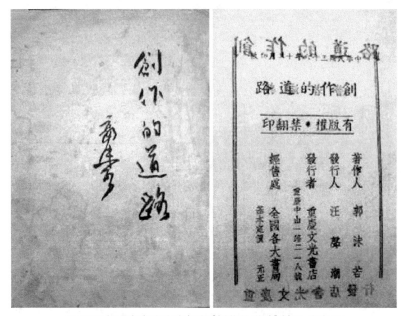

⊙ 1947 年重庆文光书店初版《创作的道路》封面、版权页

沸羹集

《沸羹集》,郭沫若著,笔者所见为大孚出版公司(上海余庆路爱群新村 13 号)刊行,发行人周重群,民国三十六年(1947 年)十二月出版,印 1 500 册,每册基本国币 13 元。封面仅书名和作者名,郭沫若自题,盖白文印。

书前有作者写于 1947 年 11 月 9 日的序:

我现在主要把一九四二年至一九四五年胜利为止的杂感随笔之类的文字,收集成为这个《沸羹集》。在一九四二年以前,已编为了《羽书集》《蒲剑集》《今昔集》等三个集子。但在这儿也收入了几篇散佚的东西。此外当然也还有些佚失了的,年岁太久,发表处太广,再要收集恐怕已经是不可能了。

这里有些是应景的文章,不免早已有昨日黄花之感,又有些对于未来的祈愿也并未兑现,证明我确实是做了一些白日梦。但我依然是爱惜它们,"敝帚自珍"之诮,我知道是在所难免的。

这几年实在是太值得纪念了,自己的才力薄弱,不能有纪念碑式的东西留存下来,委实是件憾事。但为纪念这个值得纪念的年代,我这些随时写录下来的东西也不失为这一大时代的粗糙的剪影吧。

胜利以后到现在也继续地写过一些,本来打算和这《沸羹集》编辑在一道的,因分量太多,把它们割开了。另外成了一个集子,名之为《天地玄黄》,希望它不久也能够继此集而问世。

全书 312 页,以时间为章收文:1940 年:《答〈国际文

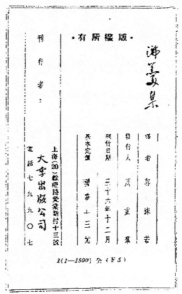

⊙ 1947 年大孚出版公司版《沸羹集》封面、版权页

学〉编者》;1941 年:《今后新文学运动所应取的路向》;1942 年:《亦石真正死了吗?》《怀董博士维健兄》《历史·史剧·现实》《怎样运用文学的语言?》《瓦石答记》(《"如含瓦石"》《一字之师》《南后郑袖》《〈离骚〉一句》)《中国文艺界贺苏联抗战周年》《诗讯》《鼠乎? 象乎?》《驴猪鹿马》《赵高与黑辛》《一样是伟大》《赞天地之化育——纪念中华助户士协会成立一周年》《"绿"》《无题》《追怀博多》《文艺的本质》;1943 年:《献给现实的蟠桃——为〈虎符〉演出而写》《序"念词与朗诵"》《战士如何学习与创作》《争取历史创造的主动》《本质的文学》《忆成都》《死的抱着活的》《人做诗与诗做人》《序〈祖国之恋〉》《论读经》《新文艺的使命——纪念文协五周年》《抗战以来的文艺思潮——纪念文协成立五周年》《沿着进化的路向前进——纪念文协五周年》《才·力·命》《正标点——序程道清著〈标点使用法〉》《啼笑皆是》;1944 年:《序我的诗》《人乎,人乎,魂兮归来(新版〈浮士德〉题辞)》《"五十同学"答问》《戏剧与民众》《两次哭先生》《纪念张一麐先生》《如何研究诗歌与文艺》《在民主的旗帜下》《答费正清博士》《序〈不朽的人民〉》《答教育三问》《悼江村》《谢陈代新》《为革命的民权而呼吁》《契诃夫在东方——为纪念契诃夫逝世四十周年》《劳动第一》《猪》《羊》《孔雀胆归宁》《孔雀胆二三事》《"中医科学化"的拟议》《复颜公辰先生》(附颜公辰:《读〈中医科学化的拟议〉后的商讨中述关于中医科学化的问题》)《韬奋先生哀词——在追悼会上讲演辞》《写在双十节》《黑与白》《分与合》《囤与扒》《学习歌颂不完的伟绩——为纪念"十月革命"而作》《奉行国父遗教,向苏联看齐——在中苏

文化协会举办的"十月革命"二十七周年庆祝会上的演说辞》;1945 年:《宏大的轮船停泊到了安全的海港》《文艺与民主》《文化界时局进言》《苏联会参加东方战场吗》《人类的前卫——纪念第二十七届红军节》《罗曼罗兰悼辞》《向人民大众学习》《悼念 A. 托尔斯泰》《人民的文艺》《"五四"课题的重提》《我如果再是青年》《国际的文化联盟刍议》。

天地玄黄

《天地玄黄》，郭沫若著，笔者所见为大孚出版公司（上海（20）余庆路爱棠新村13号）出版，发行人周重群，民国三十六年（1947年）十二月刊行，印1500册，基本定价国币15元。封面仅书名和作者名，郭沫若自题，盖白文印。

全书651页，书前有作者写的序：

> 这个集子的前大半部是一九四五年胜利后写的一些杂文，本来是和《沸羹集》编在一道的，页数还保存着一贯，便是我这话的证明。但因分量太多，我便决计分开了。好在战前战后实在是绝好的一个段落，两个时期中的情绪和处境，多少是有些不同的。
>
> 后一小半部是几篇学术性的论文，也都是在胜利后写的，这一类的工作可惜做得太少。但在我目前的情形之下实在也做不出更多的出来：因为我手中不要说没有什么研究的便利，就是极普通的工具书都很缺乏。时局动荡倒并没有惹起我的心境不宁，不能研究，而事实是我被屏除在研究的园地之外了。然而霸占着园地的人们，却也一样没有什么研究，那责任倒真怕可以推诿给时局动荡吧。
>
> 这动荡也不会太久了。我在期待着研究园地的大开放，让一切有能力的人能够有发挥的机会，切实做到"学术为公，文化为公"的地步。

以文的时间顺序编排，收文从1945年至1947年止。1945年：《天地玄黄》《历史的转变》《我建议》《今屈原》《苏联问题二三事》《斯大林的健康》《苏联是不是民主》《形同

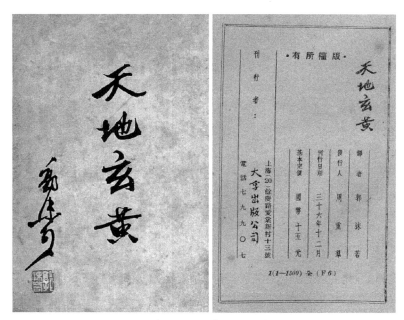

⊙ 1947 年大孚出版公司版《天地玄黄》封面、版权页

感中》)《兵不管秀才》《吊星海》《相见以诚》《走向世界和平的桥梁》；1946 年：《民族解放的先锋——纪念"一·二八"第十四周年》《叶挺将军的诗》《文艺与科学》《〈亚洲苏联〉序》《〈联合三日刊〉发刊词》《文化工作展望》《我更懂得庄子》《重庆值得留恋》《学术工作展望》《纪念第二届"五四"文艺节告全国文学工作者》（《纪念文艺节的意义》《和平民主运动的重要》《文艺工作在和平民主运动中的意义》《今后的我们应该如何工作》）《屈原不会是弄臣》《从诗人节说到屈原是否是弄臣》《"不要把自己的作品偶像化"》《教育与学习》《走向人民文艺》《诗歌与音乐》《毫不乐观》《追慕高尔基》《七七第一周年在武汉》《皮杜尔与比基尼》《摩登唐雷诃德的一种手法》《让公朴永远抱着一个孩子》《悼闻一多》《等于打死了林具和罗斯福》《痛失人师》《读了"陶先生最后一封信"》《记不全的一首陶诗》《反反常》《〈板话〉及其他》《司徒·司马·司空》《关于非正式五人小组》《读了〈李家庄的变迁〉》《怎样使双十节更值得纪念》《为美国人设想》《鲁迅和我们同在》《世界和平的柱石》《人所豢畜者：狗、猫、猪、骆驼、兔、鸭、鸡公、鸡婆、鹅、牛、马、象、金鱼、蛔虫、蚕子、蜂、臭虫、跳蚤、虱子、其他》《纪念邓择生先生》《关于〈美术考古一世纪〉》《民主运动中的二三事》《王安石的〈明妃曲〉》《冷与甘》《峨眉山下》《路边谈话》（《序言》《烽火台》《义务广告》《美满》《司芬若士》《克莱武》《甘薯》《超级海派》《黄豆咖啡》《双料赵高》《嘴上有血》《毒与假》《正反合》《价值倒逆》《预言》）；1947 年：《新缪司九神礼赞》《拙劣的犯罪》《向普式庚看齐》《序〈苏德大战史〉》《序〈白毛女〉》《春天的信号——文汇报副刊："新思

潮"解题》《〈春天来了》《我在故我思》《"不尽长江滚滚来"》《预防白浊式的点滴》《理甚易明·善甚易察》《歌颂人类的青春》）《人民至上主义的文艺》《青年、青年、青年》《消夏两则》《〈寻人》《牛的教训》）《我并未见魏德迈》《一封信的问题》《国画中的民族意识》《序〈民主化的机关管理〉》《再谈郁达夫》《读了〈俄罗斯问题〉》《全世界心境光明的人都表示由衷的庆贺》《序〈黄河大合唱〉》《"格物"解》《〈考工记〉的年代与国别》《"诅楚文"考释》《〈前言〉版本的推究》《关于原文的年代》《全文的考释》）《"行令铭"释文》《〈浮士德〉简论》。

其中写人物的几篇文字值得一读，如：《悼闻一多》《鲁迅和我们同在》《纪念邓择生先生》和《再谈郁达夫》等。

在谈版本的文章中，是否要全录所收篇目，这一直是笔者感到困惑的，有人说不必，有人说必不可少，两者必居其一，笔者取后者，因为它是版本的"血肉"，也是作者的"灵魂"，篇幅虽占了不少，但确实不可少也。

一看到书名，便想起《千字文》的头几句："天地玄黄　宇宙洪荒　日月盈昃　辰宿列张　寒来暑往　秋收冬藏……"其实，此书只是取了第一篇《天地玄黄》为书名而已，与真正意义上的"天地玄黄"没有直接的关系。

少年时代

《少年时代》,"沫若自传"第一卷,郭沫若著,封面自题,有白文印。笔者所见为海燕书店(上海山阴路恒丰里77号)刊行,发行人俞鸿模,民国三十六年(1947年)四月刊印,每册基本定价国币18元。书前书后均有衬页图案,另有郭沫若站立全身像,少见。

另有作者1947年3月13日写的手迹序,两页:

这里所收集的是民国二年以前我自己的生活记录,是把《我的幼年》(一九二八),《反正前后》(一九二九),《初出夔门》(一九三六)几种合并在一起的。写的期间不同,笔调上多少不大一致,有时也有些重复的地方,但在内容上是蝉联着的,写的动机也依然一贯,便是通过自己看出一个时代。

中国社会的蜕变是过了时的,这使我们这些出水的蜻蜓,要脱皮真是艰难。像我自己脱了五十多年,一直都是没有脱干净。难保不会僵绝在芦梗上?

我没有什么忏悔。少年人的生活自己是不能负责的。假使我们自己做了些阻碍进化的路,害了下一代的少年人,那倒是真正应该忏悔的事。自己扪良心自问,似乎还没有做过那样的事情。不过假使我真的做了,那我恐怕也不会忏悔了。

自己也没有什么天才。大体上是一个中等的资质,并不怎么聪明,也并不怎么愚蠢,只是时代是一个天才的时代,让我们这些平常人四处碰壁。我自己颇感觉着也就像大渡河里面的水一样,一直是在崇山峻岭中迂回曲折地流着。

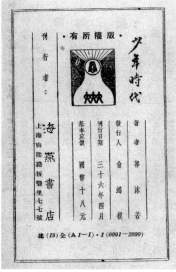

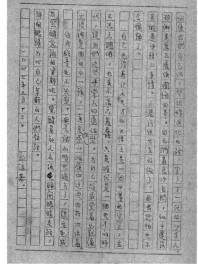
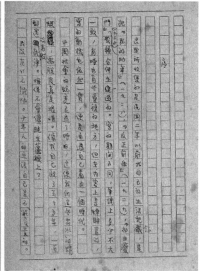

⊙ 1947年海燕书店版《少年时代》封面、版权页、作者像、手迹序

　　但我丝毫也不失望。无意识的时代过去了,让它也成为觉醒意识的资料吧。觉醒着的人应该睁开眼睛走路,睁开眼睛为比自己年轻的人们领路。

　　全书402页,收文除序,还有:《我的童年》《反正前后》《黑猫》和《初出夔门》。标以"沫若自传"的丛书,最先见到的就是这一种。

革命春秋

《革命春秋》，"沫若自传"第二卷，郭沫若著，封面自题，有白文印。笔者所见为海燕书店（上海四川北路 1466 弄 6 号）刊行，发行人俞鸿模，1949 年 7 月初版，印 5 000 册，未印定价。

此书的前后均有衬页图案，记不得是《旧约》还是《新约》中的故事。

书中有插图多幅，其中一图中有作者，背面有"曲江海畔"的文字说明。

另有作者写于 1947 年 5 月 8 日夜的手迹序，两页，其中写道：

> 一九二九年一月十二日所写的《我的童年》的《后话》里面有着这样的话："自己的计划本来还想继续的写下去，写出反正前后在成都的一段生活，欧战前后在海外的一段生活，最后写到最近在社会上□走的一部革命春秋"。
>
> 《反正前后》是写出了。《欧战前后在海外的一段生活》便是在日本留学的时代。那可以分为大学以前和大学以后。大学以后的生活的一部分是保留在《创造十年》里面了，只有大学以前的那一段，特别是在欧战期中的那一段，是脱了节的。我在这儿姑且把《我的学生生活》一文拿来补缺，使它成为《反正前后》和《创造十年》之间的桥梁。
>
> 《北伐途次》也只是北伐期中的一个片段，其前后都不曾完整地写出，这也是一件憾事。时代相隔过久，记忆已经模糊，自己是没有补写的兴趣了。好在年

⊙ 1949 年海燕书店初版《革命春秋》封面、版权页、插照

代和自己的精神活动上,《北伐途次》和《创造十年》却是藕断丝连地衔接着的。因此我主要地把这两种合并起来,易名之以《革命春秋》。这和原来所打算写的《一部革命春秋》虽然并不一致,但主要的内容也不外是这里所叙述的一些了。

《创造十年》及《续编》都没有把创造社的历史写完,所缺的就是北伐以致后期创造社的那一部分。那与其让我来写无宁是让仿吾初梨乃超来写,更要适当一些。

创作生活也是革命吗？是的,在我的生活上是这样。

全书 437 页,收文除序,还有:《学生时代》《创造十年》《创造十年续篇》和《北伐途次》(较为完整的版本)。附录有《宾阳门外》和《双簧》。

封底有一枚无文字的图案,似乎可看作是海燕书店的另一枚出版标记。

盲肠炎

《盲肠炎》，郭沫若著，笔者所见为群益出版社（上海山阴路恒丰里 77 号）刊行，发行人吉少甫，民国三十六年（1947 年）六月出版，印 1000 册，每册基本定价国币 3 元 5 角。封面书名由郭沫若自题。笔者发现，群益出版社与海燕书店在某一个时段里，地址是相同的，同为"上海山阴路恒丰里 77 号"。

书前有作者写的《盲肠炎题记》，其中说道：

> 盲肠炎近来成为了相当时髦的名词。国民党某党要曾把中共问题比为盲肠炎，要开刀。民社党某"新贵"也曾把该党的革新派比为盲肠炎，也要开刀。其实这两位摩登大夫对于医理病理，实在是外行得很。盲肠炎并不是那么可怕的险症，虽然可以死人，死亡律是很小的。治盲肠炎的方法也不必一定要开刀，用消炎性的内科治疗，也还是可以收到效果。乱下诊断，乱开刀，对于医道固然外行，对于政治也同样外行；中国实在吃不消了。

> 但我这儿所提出来的"盲肠炎"却已经是二十几年前的医案了。我得声明，我并不是对于前两位大夫的蹈袭，当然我也并不想争这优先权，说他们是对于我的蹈袭。一句话归总：我们是两不相干的。

全书 90 页，收文除《题记》外，还有九篇：《盲肠炎》《一个伟大的教训》《五卅的反响》《穷汉的穷谈》《双声叠韵》《马克思进文庙》《不读书好求甚解》《卖淫妇的饶舌》《向自由王国的飞跃》。

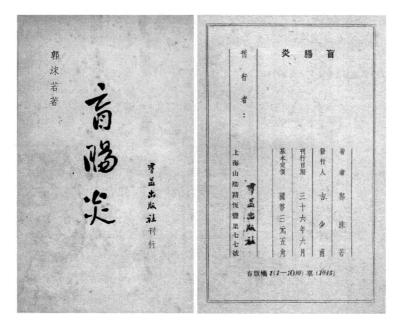

⊙ 1947 年群益出版社版《盲肠炎》封面、版权页

今昔蒲剑

　　《今昔蒲剑》，郭沫若著，笔者所见为海燕书店（上海四川北路1466弄6号）刊行，发行人俞鸿模，1949年7月刊行，版权页的表述是："2(1501—4500)"，可见这是再版，印了3000册。光艺印刷厂（上海江浦路57弄149号）印刷。封面郭沫若自题，并盖白文印。

　　此书实际是《今昔集》和《蒲剑集》的合集，只是增加了总序而已。

　　书前有作者1947年6月21日（端午节前二日）写的总序：

　　　　我现在把《今昔集》和《蒲剑集》合并起来成为这个集子，名之曰《今昔蒲剑》。这是抗战以来所集成的四个杂文集之二。其他两个：一个是已经印行的《羽书集》，另一个是行将问世的《沸羹集》。我认为都还值得拿来奉献给青年朋友们。

　　　　这个合集所讨论的问题虽然并不单纯，但差不多以屈原问题为讨论的中心。屈原的爱人民，反贪佞的精神是被强调着的，结果曾引起了反动。一时间带着政治意味的人尽量地想把屈原抹煞或贬值，甚而至于定端午节为诗人节以纪念屈原都遭了忌刻。而在另一方面，不必带政治意味的一部分学者，却又提出屈原是弄臣的新说，于是乎屈原价值不贬也就自贬了。

　　　　我们本不必替屈原争身分，诚如闻一多先生所说，屈原是奴隶而或图解放，那是更可宝贵的。但我们所要求的是真实，要证明屈原是弄臣或奴隶出身，证据可惜依然不充分。

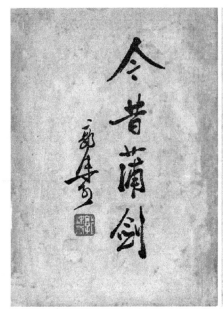

⊙ 1949 年海燕书店版《今昔蒲剑》封面、版权页

　　中国有人民存在一天，人民诗人的屈原永远不会被任何反动势力抹杀，二千年前的上官大夫和令尹子兰，他们的威风到哪儿去了？二千年后的上官大夫和令尹子兰请问又能威福得好久呢？

　　端午节转瞬又要到了，诗人节的纪念在今年的政治气压之下是无法举行的。我谨以此书来纪念这个有意义的日子。

全书 392 页，分《今昔集》和《蒲剑集》，共收文 40 篇。

《今昔集》收：《今天创作底道路》《中国战时的文学与艺术》《写尔所知》《关于"接受文学遗产"》《致木刻工作者》《再谈中苏文化之交流》《笑早者，祸哉！》《世界大战的归趋》《日本民族发展概观》《〈娜拉〉的答案》《由葛录亚想到夏完淳》《题画记》《钓鱼城访古》《屈原与蟸雅王》《"深幸有一，不望有二"》《屈原·招魂·天问·九歌》《由诗剧说到奴隶制度》《论古代社会》《论儒家的发生》《论古代文学》。

《蒲剑集》收：《蒲剑·龙船·鲤帜》《关于屈原》《革命诗人屈原》《屈原考》《屈原的艺术与思想》《写完五幕剧〈屈原〉以后》《我怎样写〈棠棣之花〉》《由"墓地"走到"十字街头"》《庄子与鲁迅》《活的模范》《中苏文化之交流》《中国美术的展望》《青年哟，人类的春天》《纪念碑性的建国史诗之期待》《文化与战争》《"民族形式"商兑》《关于"戚继光斩子"的传说》《续谈戚继光斩子》《关于发见汉墓的经过》《读〈实庵字说〉》。

《蒲剑集后序》,印刷极其模糊,无法录存,详情可参见《蒲剑集》。在今昔篇前有《今昔集序》一文,清晰可见:

> 继《羽书集》与《蒲剑集》之后,我把年来所写的散文收为这一个集子,名之曰《今昔集》:因为这儿所论的有近在眼前的今天,有远在三千年前的古代。但我并无所谓"今昔之感",这是无须乎声明,也似乎是须得声明的。
>
> 这里面有几篇讲演录,但也是经过我的校阅而且润色过的东西。
>
> 此外也还有些散失了的文字,因为没有留稿,目前也无法搜集了。

抱箭集

《抱箭集》，郭沫若著，封面自题，有白文印，笔者所见为海燕书店（上海[18]汾阳路80号）刊行，发行人俞鸿模，民国三十七年（1948年）九月出版，印1 000册，每册基本定价国币15元6角。

全书354页，无序跋。分为六辑，第一辑"残春及其他"，第二辑"山中杂记"，第三辑"路畔的蔷薇"，第四辑"水平线下"，第五辑"归去来"，第六辑"芍药及其他"，每辑又分若干篇，与前面所介绍的相关版本的篇目基本重复。现只留存第三辑至第六辑。

第三辑"路畔的蔷薇"收：《路畔的蔷薇》《夕幕》《水墨画》《山茶花》《墓》《白发》。

第四辑"水平线下"收：《原版序引》《百合与番茄》《亭子间中》《后悔》《湖心亭》《矛盾的调和》。

第五辑"归去来"收：《鸡之归去来》《浪花一日》《东平的眉目》《痈》《太山朴》《达夫的来访》《断线风筝》。

第六辑"芍药及其他"收：《芍药及其他》（《芍药》《水石》《石池》《母爱》）《银杏》《蚯蚓》《小麻猫》《雨》《小皮箧》《十月十七日》《丁东草》（《丁东》《白鹭》《石榴》《飞雪崖》（附《补记》）《影子》《下乡去》（《卡车追逐》《林园访友》《白果树下》《塞翁失马》《离合悲欢》《夜来风雨》《新的果实》）。

书末有《勘误表》一页，大多为增字减字，属手植之误。

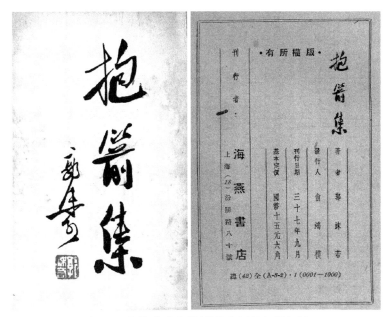

⊙ 1947 年海燕书店版《抱箭集》封面、版权页

中苏文化之交流

《中苏文化之交流》，郭沫若著，《中国现代文学总书目》收录，但上海图书馆库存目录失收。

笔者所见为生活·读书·新知三联书店（北京、天津、沈阳、大连、哈尔滨、济南、开封、西安、上海、广州、香港、长沙）发行，1949 年 6 月沪初版，印数 3 000 册，每册基本定价五元九角。据悉，此书再版于 1949 年 11 月。

书前有序，其中说道：

> 这儿所搜集的十九篇小文章，是好几年来，断续地写成的，有好些已经收在别的集子里面，但我现在为了读者的方便，把它们"物以类聚"地集成了这个小册子。从这里可以看出中苏文化之交流上的一些局部的切面，至少是我自己的一点管窥和菲见。
>
> 中苏两国的关系，特别是文化的交流上，今后是会愈加密切的。苏联的民主文化，有一日千里之势的进程，而我们应该向苏联取法的地方实在很多。我自己很惭愧，并不通晓俄文，因此对于这样重要的关系，以往不曾有，今后也恐怕不能有多么大的贡献……

全书 155 页，收文 19 篇：《中苏文化之交流》《再谈中苏文化之交流——1942 年 5 月 30 日在中苏文化协会讲》《答"国际文学"编者》《活的模范》《追慕高尔基》《契诃夫在东方》《悼念 A. 托尔斯泰》《向普希金看齐》《序〈不朽的人民〉》《〈亚洲苏联〉序》《序〈苏德大战史〉》《读了〈俄罗斯问题〉》《看了〈侵略〉》《出了笼的飞鸟——看了〈江南奇侠〉后》

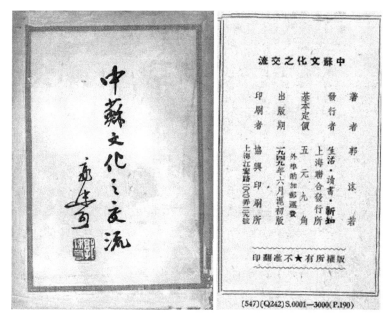

⊙ 1949 年三联书店初版《中苏文化之交流》封面、版权页

《学习歌颂不了的伟绩——为纪念"十月革命"而作》《奉行国父遗教,向苏联看齐——在中苏文化协会举办的"十月革命"二十七周年庆祝会上的演说辞》《苏联问题二三事》《世界和平的柱石》《驳胡适〈国际形势里的二个问题〉》。附录:《历史会重演吗?》(周苏生著),《国际形势里的二个问题——给周苏生先生的一封信》(胡适著)。

《抗战将领访问记》及其他七种

　　原书名《抗战将领访问记》,加上"及其他七种",成了一篇综合文字,也就是把署名"郭沫若等著"的版本放在一起叙述。笔者所见有:"战时小丛刊"的《抗战将领访问记》《毁灭中的日本》、"救亡丛书"的《前线抗敌将领访问记》,以及《上海抗战记》《闸北孤军记》《血战台儿庄》《巴山蜀水》和《呼喊》。

　　第一种《抗战将领访问记》,"战时小丛书"之十,战时出版社出版,无版权页,1938年初版。全书86页,收文:《蒋委员长会见记》(郭沫若)、《青年中将孙元良横颜》(张若谷)、《忆王敬久师长》(陆皞民)、《记王敬久师长》(徐继尧)、《冯圣法师长素描》(曹聚仁)、《张发奎将军》(郭沫若)、《张发奎将军会见记》(夏衍)、《记张发奎将军》(朱朴)、《铁军及其领导者张发奎将军》(范文)、《陈诚将军访问记》(佚名)、《罗将军会见记》(王达夫)、《访罗将军》(高公)、《杨森将军访问记》(胡兰畦)、《夏斗枢将军访问记》(胡斗枢)、《宋希濂将军访问记》(田汉)、《记宋希濂将军》(何戍君)、《翁照垣印象记》(东平)、《翁照垣将军访问记》(宁夫)、《陈铭枢将军谈战局》(碧泉)、《抗战中的冯玉祥》(蓝天照)、《朱德彭德怀访问记》(王少桐)、《朱德彭德怀两司令访问记》(坚君)、《叶挺将军访问记》(佚名)、《汤恩伯军长与王仲廉师长》(小方)、《刘桂堂将军及其母亲》絮羲、《方振武将军会见记》(沙介宁)、《刘峙将军》(章雅声)等。

　　笔者之所以如此详细地记录篇名和作者名,是为了"还原"历史真面目,并以此深入探究其背景。这些历史上曾留下过的一幕幕,虽都已成了历史"尘埃",但在字里行间仍能感受到被访问者的某种人格魅力。

⊙ 1938 年战时出版社版《抗战将领访问记》封面

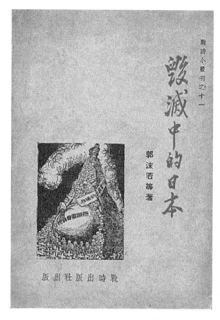

⊙ 1938 年战时出版社版《毁灭中的日本》封面

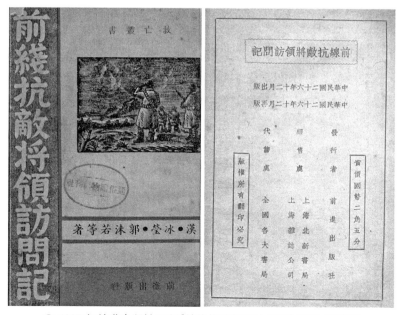

⊙ 1937 年前进出版社再版《前线抗敌将领访问记》封面、版权页

⊙ 1937 年《上海抗战记》版封面、内封之一

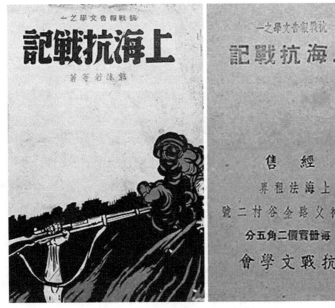

⊙ 1937 年《上海抗战记》版封面、版权页之二

⊙ 1937 年上海抗战出版社出版《上海抗战记》封面、版权页

⊙ 1937 年上海战时读物编译社版《闸北孤军记》封面

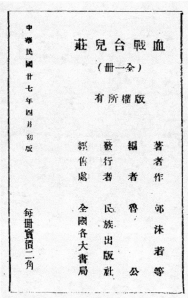

⊙ 1938 年民族出版社初版《血战台儿庄》封面、版权页

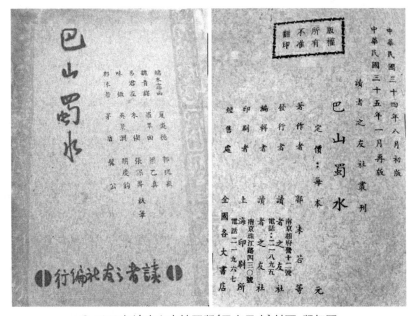

⊙ 1946 年读者之友社再版《巴山蜀水》封面、版权页

⊙ 1947 年华侨知识社初版《呼喊》封面、版权页

第二种《毁灭中的日本》,"战时小丛书"之十一,失版权页,战时出版社出版,估计在 1938 年。全书 75 页,书前有郭沫若写的《日本的现在过去与未来》,其中说道:"日本是一个后起的民族,七十年前对于我国不仅是文化上的附庸,而且有一个时期是政治上的附庸。日本和我国发生关系,大约是在战国时代,但在史志上并没有明确的记载。秦始皇时的一个骗子徐芾,曾带领童男童女去访问蓬壶三岛的事,甚至相传日本还有徐芾的墓,但那是荒渺难凭的。不过在东汉年间,的确是有关系了。前些年辰九州博多湾的志贺岛上发掘了一颗黄金印,文为'汉倭奴国王印',此印现尚存日本……"

全书收文 13 篇:《日本的现在过去与未来》(郭沫若)、《战前日本朝野的动态》(锡福)、《日本归来》(莫石)、《日本在毁灭的路上》(管豹)、《廿世纪的邦贝城》(陈琳)、《战时日本经济状况一瞥》(纯青)、《日本畏杯葛》(乌特莱)、《战时的东京》(晓光)、《归客话东京》(仲某)、《敌情近报》(维恒)、《动员了日本的娘儿们》(贝加)、《日本女在侵略的压制下》(歌三)、《千人针》(浅井花子)。

第三种《前线抗敌将领访问记》,"救亡丛书",前进出版社 1937 年 12 月再版,封底有一枚前进出版社的出版标记。标记无图案,仅有文字"前进"两字。文字被围在一个"井"字的中央,这种设计看来并无什么深意,而只是一种图案的布局。前进出版社除出版有《前线抗敌将领访问记》外还有四种:《新民主主义论》(毛泽东著,1949 年版,不知出版地)、《新民主主义问题解答》(菊尘著,1949 年上海版)、《中国共产党三十年来革命史实》（罗乃夫著，1949 年上海版）和《战时青年组织和训练》（超人著，1938 年 3 月汉口版）。

第四种《上海抗战记》，郭沫若等著，笔者所见两种同名、但出版地不同的版本。

第一种，上海杂志公司汉口总店经售的版本，有两种封面基本相同、有微小差别的版本。其一，1937 年 12 月再版，初版于 1937 年 10 月，至再版共印 8 000 册。封面图案为烈焰和举着钢枪的手。扉页印"抗战报告文学选辑之三"。其二，也是 1937 年 12 月再版，封面图案与上同，封面与扉页皆印"抗战报告文学之一"，经售处是上海法租界金神父金谷村二号抗战文学会，不知印数，每册实价 2 角 5 分。两者封面皆印"郭沫若等著"，唯一的区别在于丛书名不同，至于详情如何，无法解读。

第二种，上海抗战出版社发行，民国二十六年（1937 年）十二月出版，版权页著作人为"郭沫若　谢冰莹等著"。不知印数，每册实价 2 角 5 分。封面图案为两个持枪的战士。

以抗战出版社版本为例，书前有冯玉祥所作诗《女军人》。

空白页印："让我们结成一座铁的长城，把敌人赶尽。我们万众一心，向着胜利解放的路前进！"

全书 92 页，收文 20 篇：《蒋委员长申言中国之态度》《蒋夫人表示中国绝不畏苦难》《张治中总司令通电抗敌》《火中的上海》《战时的上海街头》《在我们闸北的前线》《目击的英勇战》《到浦东去来》《前线归来》《郭沫若谈军中故事》《前线将帅》《浦东形势和战况》《中国兵士的忠勇精神》《访伤兵记》《伤兵医院群像》《记殉国的飞将军戴广进》《沪战一月记》《在火线上》《告别上海》《女军人》。

上海杂志公司汉口版《上海抗战记》，篇目与抗战出版社版稍有不同，删去了前面三文，保留了部分文章，同时也增加了一些文章，并注明了作者，收文 18 篇：《火中的上海》（景江）、《战时的上海街头》（张天翼）、《在我们闸北的前线上》（秋士，节译自英文《大美晚报》）、《目击的英雄战》（王孟）、《到浦东去来》（郭沫若）、《前线归来》（郭沫若）、《郭沫若谈军中故事》（立报）、《前线将帅》（记者）、《浦东形势和战况》（记者）、《访问一位受伤的段营长》（圣仓）、《慰劳健儿》（逸宵）、《偷渡之夜》（雪）、《访问一位受伤的排长》（柳浪）、《访伤兵记》（士平）、《在一个后方医院》（圣仓）、《伤兵医院群像》（蔡上女士）、《记殉国之飞将军戴广进》（俞振基）、《军中日记》（曹聚仁）。

第五种《闸北孤军记》，郭沫若、徐迟等著，叶兆舟编，上海战时读物编译社发行，失版权页，据悉为 1937 年 11 月出版，不知印数和售价。

全书收文五篇：《由四行想到四川》（郭沫若）、《孤军奋斗始末记》（杨瑞符营长述，问津笔录）、《孤军八百人》、《八百勇士》和《八百英雄》。

此书在《中国现代文学总书目》中失收。

有关描写"闸北"的著作，笔者还见到过两种：其一，"七月文丛"，胡风主编，

S. M.（阿垅）著、香港海燕书店1940年12月初版的散文集《闸北七十三天》；其二，"抗战报告文学选辑"，冰莹等著，华之国编、上海时代史料保存社1937年12月初版的散文集《闸北的血史》。

第六种《血战台儿庄》，郭沫若等著，编者鲁公，民族出版社发行，民国廿七年（1938年）四月初版，不知印数，每册实价2角。不知编者"鲁公"是谁。封面仅有书名，以及"血泊中的战士头像"图案，喻意明确"血战"！

全书92页，收文11篇：《鲁南胜利之外因》（郭沫若）、《抓住敌人弱点》（新华日报）、《台儿庄血战经过》（长江）、《台儿庄血战速写》（宇文济民）、《台儿庄大胜利》（金仲华）、《踏进台儿庄》（陆诒）、《抗战胜利对国际舆论影响》（新华日报）、《光芒万丈的台儿庄空前大捷》（沈于田）、《台儿庄会战经过》（陈诚）、《满怀兴奋上前线》（陆诒）和《台儿庄血战座谈会》。把《满怀兴奋上前线》中的"兴奋"错印成"奋兴"，抗战时期出版的图书，错误百出，司空见惯，属特殊时期可以原谅的正常。

笔者还见到过一种与此书同名，且出版时间相同的版本，胡颂之编、汉口新民出版社出版，所收内容虽有几篇相同，但大多不同。在此书中，收录有郭沫若所写的仅《鲁南胜利的外因》一种。

第七种《巴山蜀水》，郭沫若等著，读者之友社（南京相府营十二号）发行，民国三十五年（1946年）一月再版（初版于1945年8月），上海印刷所（南京珠江路430号）印刷，不知印数和售价，属"读者之友社丛刊"。封面印书中所收文章作者姓名。

书前有"读者之友社编印新书"书目：《陕北归来答客问》和《诸葛亮新论》。

另有《前言》：

> 目前是一个急流澎湃的大时代。一般人对于新知识探求的兴味，是与日俱增，都在渴望着精神食粮之满足。然而时逢抗战，物力维艰，即使是薄薄的一本小书，从付排到出版，也历尽艰辛，殊非易易，所以我们对于时下某些出版物，不无惋惜之情，因为那不仅无益于出版者与读者，且有靡费物力之嫌。
>
> 我们编印这一丛书，并无若何高远的计划，只想就读者们的需要，切切实实的出版几本有益的书，内容侧重在实际问题的剖析，学术思想的评介，以及各项新颖常识的介绍，我们不想专以投合读者的好奇为事，但我们的信念，是一切为了读者，读者们的利益，是被置在第一位的，我们将作最大的努力，我们愿以十二万分诚挚的心情，接受读者诸君的督促与指正，真正地成为诸君的良友。

全书137页，收文15篇：《两地雾》（端木露西）、《南温泉·歌乐山》（魏青铊）、《北泉三宝》（易君左）、《巴山夜雨》（味橄）、《钓鱼城访古》（郭沫若）、《嘉州风光》（夏炎德）、《峨嵋四日游》（罗荃）、《重游峨嵋》（朱偰）、《益都古迹》（吴景洲）、《成都——

"民族形式"大都会》(茅盾)、《望江楼与薛涛》(郭祝崧)、《广汉之行》(梁乙真)、《灌县新志》(张保昇)、《川南苗乡纪行》(胡庆钧)、《三峡纪胜》(髯公)。

封底有"读者之友社函购办法"。

第八种《呼喊》,郭沫若等著,美洲华侨青年文艺社编辑,华侨知识社出版发行,1947年5月初版,印1500册。封面红色底,黑字书名,一裸上身的青年高举火把在呼喊,喻意明确。封面印"五四文丛",此文丛仅见《呼喊》一种。

全书110页,收文19篇:《论五四精神》(舒芜)、《青年哟,人类的春天!》(郭沫若)、《"五四"感想》(周建人)、《新五四运动》(景宋)、《"五四"与文艺节》(叶圣陶)、《祖国的冬天》(胡风)、《今日的"第三种人"》(路斯)、《鲁迅与青年》(顾鸿)、《敬悼邹韬奋先生》(永燕)、《敬悼陶行知先生》(萧群)、《海外文艺工作的检讨》(老集)、《论废除国粹》(荣深)、《"诗人节"谈诗》(寒光)、《诗人底新使命》(徐业)、《怎样展开华侨通俗文艺运动》(黄可义)、《现阶段的华侨妇女问题》(周柳英)、《罗城春色》(小黄)、《一个未完的故事》(毅民)、《谁的官衔大》(石留)。

作者署"郭沫若等著",实际是"拉大旗",郭本人在书中只收录了一篇《青年哟,人类的春天》,而且早已在其他地方刊登过。此类挂名"郭沫若等著"的版本所见不全,数量估计不在少数。

书末有编者在"太平洋畔力治文衣馆里晚饭后十五分钟的休息时间里"写的跋,其中说道:

> 当我们这一本"我们的时代产儿"——《呼喊》将快付印的时候,却有友人来信问我们为什么要用"呼喊"来做"我们的时代产儿"的名字,而且问:"呼呼","喊喊","叫叫",有什么分别?而鲁迅的《呐喊》,是被压迫者底悲愤话。可是,我们却还读过曹白先生的《呼吸》,是他离开上海后转入解放区,呼吸着新鲜的空气的。那么,我们不用来解释了,我们的"呼喊"总有着"呐喊"和"呼吸"的气息吧,虽然是地方不同。但,最简单的,我们已在题记里说明,不再在这儿噜哆了。

塔

《塔》，郭沫若著，笔者所见三种不同出版机构的版本：商务印书馆、光华书局和新兴书店。

第一种，"文艺丛书"，小说戏曲集，郭沫若著，中华学艺社出版，民国十五年（1926 年）一月初版，每册定价大洋 1 元 4 角，商务印书馆印刷发行。另有 1927 年 1 月再版、1940 年 12 月四版和 1947 年 4 月的增订初版（署郭鼎堂），三书均未见。封面除书名等，还有一枚中华学艺社出版的"文艺丛书"标记。

书前空白页有一幅插画，虽未署名，但一看便知是"塔"。在插画的左下角有"良"字，疑是"关良"手笔。扉页印"中华学艺社丛书（1）"。

书前还有用花线框起的文字，未标题，实为序或小引，写于 1925 年 2 月 11 日夜：

> 我把我青春时期的残骸收藏在这个小小的"塔"里。
>
> 无情的生活一天一天地把我逼到了十字街头，像这样幻美的追寻，异乡的情趣，怀古的幽思，怕没有再来顾我的机会了。
>
> 啊，青春哟！我过往了的浪漫时期哟！我在这儿和你告别了！
>
> 我悔我把握你得太迟，离别你得太速，但我现在也无法拘留你了。
>
> 以后是炎炎的夏日当头。

全书 336 页，收两部分，第一部分"塔"，小说七篇：

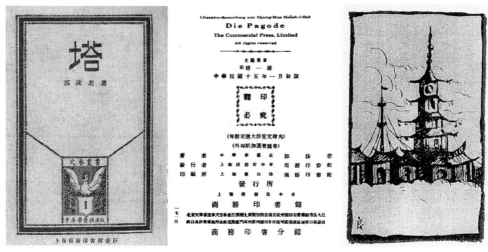

⊙ 1926 年商务印书馆初版《塔》封面、版权页、插图

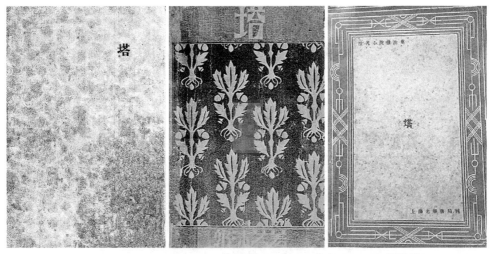

⊙ 从左至右：1929 年新兴书店版《塔》封面、1931 年光华书局三版《塔》封面、
1934 年光华书局五版《塔》封面

《Lobenieht 的塔》《鹓雏》《函谷关》《叶罗提之墓》《万引》《阳春别》《Donna Karniela》；第二部分"叛逆的女性"，收戏剧三篇：《王昭君》《卓文君》《聂嫈》。

第二种，光华书局版，笔者所见两种不同版次的版本。其一，1931 年 11 月三版（1930 年 10 月初版），为小说集，所收小说篇目相同。书前增序一篇，内容与写作时间与上述未标明序的文字相同。封面为花叶图案，扉页印"沫若小说戏曲集"。

版权页后有"小说世界丛刊"书目：《恋爱与义务》（罗琛女士著）、《时代之花》（叶劲风著）、《午夜角声》（叶劲风著）、《欧洲最近文艺思潮》（忆秋生译）、《荒服鸿飞记》（天游译）、《荒服鸿飞记续编》（天游译）、《野人记》（胡宪生译）、《还乡记（野人记二篇）》（曹梁厦译）和《欧战从军记》（赵开译）。

另有"中华学艺社文艺丛书之二"的《雪的除夕》广告词，无标点，笔者自标：

　　本书著者为我国新闻学界最成功的作家，人皆知之此集包含张君最得意之作品凡九：（一）雪的除夕，（二）百事哀，（三）晒禾畔的月夜，（四）木马，（五）约檀河之水，（六）性的屈服者，（七）Worse-Halyves，（八）回归线上，（九）澄清村。以独特之笔调描写近代青年生活之苦闷，同时对于窳败社会痛下针砭，无处不引起读者深厚之同情与满意，其感人之力，诚非一般浅近无聊之作品所可几及也。

到目前为止，中华学艺社的"文艺丛书"，笔者仅见《雪的除夕》《塔》《不平衡的偶力》三种，后两者广告词未见，估计是藏在某一版本之中，未及发现。

其二，民国二十三年（1934 年）十月五版，五个版次共印 8 000 册。封面有线描纹饰图案框，除印书名，还印有"沫若小说戏曲集"。

第三种，新兴书店版，版权页的表述是："6. 1. 1929 付印　10. 1. 1929 出版　1—3 000　新兴书店出版　上海吕班路大陆坊　实价大洋 4 角"。出版时间在"商务"版之后。这是"新兴"版"沫若小说戏曲集"第一辑，收小说七篇，无戏剧：《Lobenicht 的塔》《鹓雏》《函谷关》《叶罗提的墓》《万引》《阳春别》《喀尔美萝姑娘》。全书 138 页，书前有小序，未标明，与前同。书末有"沫若小说戏曲集"第二集《落叶》的优待券，上书："凭券至新兴书店及其特约发行所购第二辑者，得按实价七五折计算，每券限购一部"，并称"本券永远有效"。

漂流三部曲

　　《漂流三部曲》郭沫若著，笔者所见两种为同一出版机构出版的版本：新兴书店和光华书局。

　　第一种，新兴书店版，版权页的表述是："7. 1. 1929 付印　12. 1. 1929 出版　1—2 000　新兴书店出版　上海中华路　实价大洋四角五分"。封面为云状图案，仅印书名。扉页印"沫若小说戏曲集　第三辑　漂流三部曲（小说三篇）　第四辑　行路难（小说一篇）"。

　　第二种，光华书局版，笔者所见两种版次的版本。其一，1931 年 3 月再版（1930 年 10 月初版，印一千五百册），其二，1931 年 11 月三版，再版与三版两个版次共印二千册，每册实价大洋四角四分。封面与扉页印"沫若小说戏曲集"。

　　全书 97 页，收小说四篇：《歧路》《炼狱》《十字架》《行路难》。

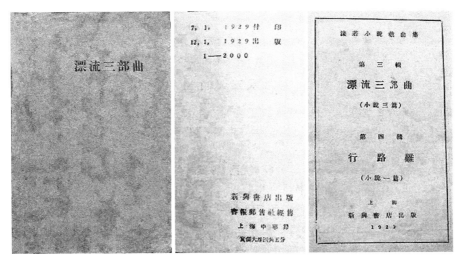

⊙ 1929 年新兴书店版《漂流三部曲》封面、版权页、扉页

⊙ 1931 年光华书局三版《漂流三部曲》封面（两种）

后悔

《后悔》,《中国现代文学总书目》收录,但在所有郭沫若著译书目中失收。

笔者所见光华书局两个不同版次的版本,其一,1931年3月再版,印1 000册,封面为花叶图案,扉页印"沫若小说戏曲集"。其二有两种,一种是1931年11月三版,另一种是1934年5月四版,皆为"沫若小说戏曲集"。

书前有作者1928年2月4日写于上海的序引:

这本小册子的编辑是很驳杂的,有小说,有随笔,有游记,也有论文,但这些作品在它们的生成上是有历史的必然性的。

这儿是以"五卅"为分水岭。第一部《水平线下》是"五卅"以前1924年与1925年之交的我的私人生活(除开《百合与番茄》一篇多少包含有注释的意义编在这儿外)及社会对于我的一种轻淡的但很痛切的反应。

这是暴风雨之前的沉静,革命的前夜。

没有眼泪的悲哀是很痛苦的,一见好像呈着一个平静的,冷淡的面孔,但那心中,那看不见的心中,却有回肠的苦痛。

第二部的《盲肠炎》便大多是"五卅"以后的关于社会思想的论争。这儿在前本预计着还有更多的述作要继续发表的,但在1926年的三月我便南下从事于实际的工作去了。

我自从从事于实际工作以后,在一个长时期内,不惟文艺上的作品少有作出,便是理论斗争的工作也差不多中断了。这个长时间可以说是我的石女时代。

⊙ 1931 年光华书局再版《后悔》封面、版权页、扉页

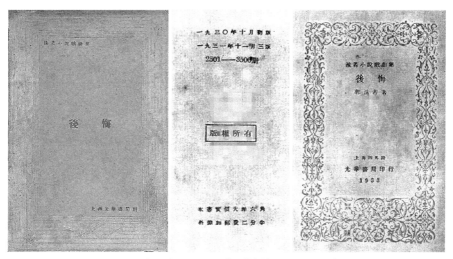

⊙ 1931 年光华书局三版《后悔》封面、版权页、扉页

但是石头终有开花的时候,至少是要迸出火来的。

火山爆发的时期怕已不远了。

在这部书里面具体的指示了一个(intellegen·tia)处在社会变革的时候,他应该走的路。

这是一个私人的赤裸裸的方向转换。

但我们从这一私人的变革应该可以看出他所处的社会的变革——"个"的变革只是"全"的变革的反映。

雀鸟要飞跃的时候,它总要把身子放低。

这儿是飞跃的准备。

飞跃罢!我们飞向自由的王国!

文末有《附注》:第二部《盲肠炎》现另编入沫若论说集中。

全书198页,收文七篇:《到宜兴去》《尚儒村》《百合与蕃茄》《亭子间中》《后悔》《湖心亭》和《矛盾的调和》。前三种是散文,后四种是小说。

沫若小说戏曲集

《沫若小说戏曲集》,郭沫若著,笔者所见光华书局版,精装本,似见到过两种颜色:紫绛红与灰蓝色。1932 年 12 月再版(初版于 1930 年 10 月)。初版印 1 500 册,再版印 500 册,每册实价大洋 3 元 5 角。

全书 1 068 页,收"沫若小说戏曲集"第一部分至第六部分。第一部分"塔",收小说七篇:《Lobenieht 的塔》《鹓雏》《函谷关》《叶罗提之墓》《万引》《阳春别》《Donna Karniela》;第二部分"叛逆的女性",收戏剧三篇:《王昭君》《卓文君》《聂嫈》。第三部分"落叶",收小说一篇:《落叶》。第四部分"漂浮三部曲",收小说四篇:《歧路》《炼狱》《十字架》《行路难》。第五部分"后悔",收小说四篇:《亭子间中》《后悔》《湖心亭》《矛盾的调和》。第六部分"山中杂记",收小说七篇:《三诗人之死》《人力以上》《曼陀罗花》《红瓜》《牧羊哀话》《残春》《月蚀》。另收戏曲六篇:《女神之再生》(诗剧)、《湘累》(诗剧)、《棠棣之花》(第一幕第二场)《王昭君》(二幕剧)、《卓文君》(三幕剧)、《聂嫈》(二幕剧)。

书末有"欧罗巴文艺丛书"及"欣赏丛书"书目。

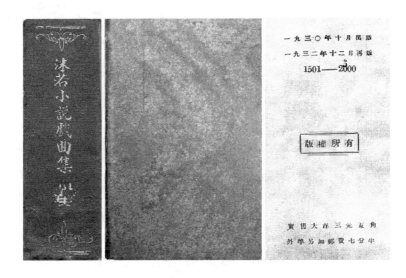

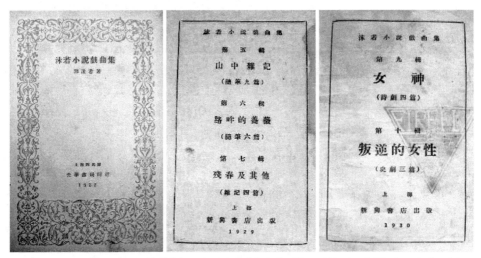

⊙ 1932 年光华书局再版精装《沫若小说戏曲集》书脊、封面、版权页、扉页、书目广告两页

黑猫

《黑猫》,郭沫若著,《中国现代文学总书目》中失收。

笔者所见为现代书局 1931 年 12 月初版、1934 年 4 月五版(10 001—12 000),五个版次的印数超过 10 000 册,惊人。就从印数看,就知此书必有引人之处。每册实价 3 角 5 分。

全书 69 页,无序跋。

这是一部郭沫若的回忆散文集,1929 年 10 月发表于《现代小说》第三卷一至二期,后由现代书局出单行本。文章回叙了 1912 年和张琼华结婚的事情,认为这是"过渡时期的一场社会悲剧"。这些内容,后来都被收入郭沫若的另一部著作《少年时代》。

郭沫若的这段婚姻史,现在知道的人不多。1912 年,郭沫若 20 岁,他遵循了父母之命与张琼华结婚,最后还是选择了反叛。在《黑猫》中,郭沫若把张琼华戏谑为"黑猫",同时还自我反省:"我一生如果有应该忏悔的事,这要算是最大的一件。我始终诅咒我这项机会主义的误人……"之后的 1939 年 7 月,郭父病故,郭携妻于立群和刚出生不久的儿子汉英回家奔丧,张琼华把自己的卧室让给郭沫若和于立群,并买鸡买鱼尽心相待。丧事办完后,郭、于乘飞机返回重庆,张琼华等送行,张当时的心情是可想而知的……据说,郭沫若为其父写的一篇七八千字的《家祭文》,张琼华居然能背得滚瓜烂熟。

笔者经常在想,如今的年轻读者,读过这些老掉牙的故事之后到底会有什么感受? 时空的恍惚感,早已干瘪了这些有血有肉故事的精髓,已提不起任何的精神来。而唯使人吊起精神的,是这些已有近七八十年历史的珍贵版本:

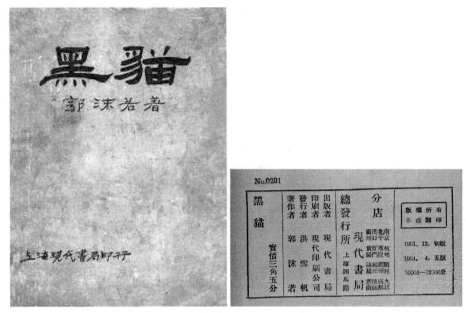

⊙ 1934 年现代书局五版《黑猫》封面、版权页

取物质、舍精华。

　　另有仙岛书店 1930 年 9 月初版的小说散文集《黑猫与塔》,那是在"现代"版之后的版本,内收小说:《Lobenieht 的塔》《鹓雏》《函谷关》《叶罗提之墓》《万引》《阳春别》《喀尔美萝姑娘(Donna Cameha)》。此版本十分稀罕,至今未见。

　　另外,与《黑猫》有关的情况,读者还可参见本书的《黑猫与羔羊》篇。

行路难

　　《行路难》,"东方文库续编",中篇小说,郭沫若著,王云五、李圣玉主编,笔者所见为商务印书馆印行、民国二十二年(1933年)十二月初版,版权页上无作者名,仅见主编之名,看不出何人所著。封面、版权页皆印"东方文库续编"。封面正中还印有"东方杂志社三十纪念刊"。

　　此书见到过多种,曾有一种,封面赫然贴有"上海特别市市立图书馆　Shangha Special Mnnicipality PUBLIC LIBRARY"的纸条,第一感觉像贴了一块硕大的狗皮膏药,煞是"好看"。

　　全书110页。书前引有李白的《行路难》之第二首七言古诗:大道如青天,我独不得出。羞逐长安社中儿,赤鸡白雉赌梨栗。弹剑作歌奏苦声,曳裾王门不称情。淮阴市井笑韩信,汉朝公卿忌贾生。君不见昔时燕家重郭隗,拥篲折节无嫌猜。剧辛乐毅感恩分,输肝剖胆效英才。昭王白骨萦蔓草,谁人更扫黄金台? 行路难,归去来!

　　这是唐代大诗人李白创作的三首七言古诗中的一首,抒写了诗人在政治道路上遭遇了艰难险阻后所产生的不可抑制的激愤情绪,但又未放弃远大的政治理想,仍盼有一天施展抱负。郭沫若的用意十分清楚,既有乐观又有豪迈的气概。

　　"东方文库"及其续编,是商务印书馆较为著名的一套社科类丛书,"东方文库"82册(附件100个),"东方文库续编"46册(附件50个),封面、内页版式以及版权页的设计均为统一,属素面朝天的那一种。笔者手头正好有一份"东方文库续编"的书目,对感兴趣者仍很有吸引力,不妨留存:《祝福》《东北问题》《东方艺术与西方艺术》《优生学》《法学

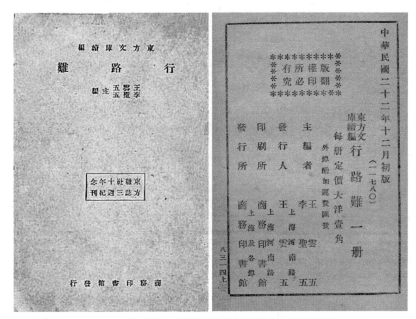

⊙ 1933年商务印书馆初版《行路难》封面、版权页

新思潮》《非战公约》《妇女儿童保护问题》《妇女风俗史话》《工业经济》《国画面面观》《国际公法上的新问题》《国际贸易》《国民革命军北伐战争史上》《国民革命军北伐战争史下》《科学上之新贡献》《劳工问题》《伦敦海军裁减会议》《蒙古与新六省》《南洋华侨》《农村经济上》《农村经济下》《欧洲联邦问题》《清代学者整理旧学之总成绩上》《清代学者整理旧学之总成绩中》《清代学者整理旧学之总成绩下》《人口问题》《生产劳作教育》《世界教育新潮》《市政问题》《丝业与棉业》《太平洋国际关系的分析》《我国修改条约之运动》《西风》《现代合作运动》《现代经济思想》《现代社会学派》《新疆与回族》《行路难》《行为主义》《移民问题》《哲学上之讨论》《政治学新论》《殖民地独立运动》《中俄关系与中东铁路》《中国财政问题》《中国教育问题之讨论》《中国经济问题》《中国与科学》《中国政制论》《王静安的贡献》。

一只手

　　《一只手》,《中国现代文学总书目》收录,所记条目是:
"一只手(献给新时代的小朋友)　麦克昂著,上海大光书店
1933 年 4 月初版。短篇小说。"

　　从笔者所得版本来看,这条目起码两处有误。其一,所
见大光书店 1933 年 4 月初版,在封面和扉页处并无副题
"献给新时代的小朋友"。是否印在其他地方,已经记不起
来。其二,大光书店版的作者署名并非"麦克昂",而是"郭
沫若"。至于是否还有其他版本如上所记载,因不知,故不
敢断定。关于笔名"麦克昂",郭沫若有过一段回忆:

　　　　那时最初的计划是到苏联,而且决定全家都去。
　　　　在行期未定之前,我不甘寂寞地也写过一些文章,
　　是用麦克昂的变名发表的。当时的英国宰相是工党的
　　麦克唐(Mac Donald),我这个变名有人以为是摹仿他,
　　想和他攀为兄弟,其实我的用意倒别有所在。我这"麦
　　克"是英文 maker(作者)的音译,"昂"者我也,所以麦
　　克昂就是"作者是我"的意思。

　　第一种,上海世纪书局版,版权页的表述是:"1929.4.1
付印　1929.5.4 出版　1—1 500 册　每册实价大洋 2 角"。
封面和扉页皆署名"麦克昂"。封面图案是一只被砍下的血
淋淋的手,分不清是左手还是右手。

　　第二种,大光书店印刷发行,民国二十二年(1933 年)
三月付印,民国二十二年(1933 年)四月出版,印 2 000 册,
每册实价大洋 3 角。封面、扉页和版权页的署名皆为"郭沫
若"。封面图案是一只握着拳头的右手。

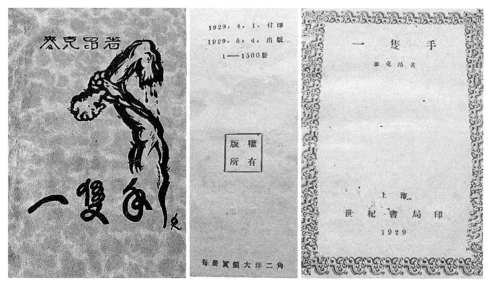

⊙ 1929 年世纪书局版《一只手》封面、版权页、扉页

⊙ 1933 年大光书店版《一只手》封面、版权页、扉页

全书 105 页,无序跋。分为上中下三卷,无标题,一通到底。

其中有一段写道:"鲜红的血液溅在四处的机轮上,鲜红的血液流在地上。少年的脸色就像纸一样雪白了。右肘的断口上,鲜红的血仍然在不断地流。工人们大家都束手无策了,有些早看见拿着铁鞭的管理人来了,尤为惊惶了起来。最后是来了一位名叫克培的工人。他一看见这受了伤的少年,连忙把身上穿的一件很肮脏的白色的卫生衣扯了一条布条下来,把少年的臂关节紧紧扎着,扎了又扎,看看那伤口的血也就停止着了……"

其实,这本小说还隐含着深意。研究者称,小说发表前一年是 1927 年,正是上海工人举行第三次武装起义。《一只手》的故事,无疑是与这次工人起义有着密切的关系,主旨是借着上海工人斗争的胜利,来歌颂工人团结斗争的精神和美好的革命前途。也表明了作者在思想上有了深刻的变化,同时也标志着革命文学创作进入了一个新的历史时期。在《一只手》发表之前,还没有一篇小说这样描写工农群众,因此可称之为"划时代"的作品。

看来,这是一本既写给少年儿童看的图书,同时也是给成年人或者说是工农大众阅读的。

沫若自选集

　　《沫若自选集》，"自选集丛书"，郭沫若著，笔者所见为乐华图书公司(上海四马路 565 号)印刷出版、民国二十三年(1934 年)一月初版，不知印数，每册实价大洋 1 元 2 角。扉页印"自选集丛书"，版权页贴印花票，内盖"郭沫若"朱文圆形版权印花。

　　书前有"作者及其家卷"，"眷"印成"卷"，手植之误。

　　另有传主写的序：

　　　　乐华书局要出作家自选集，让我自己也来选了一册。其实我以前所发表的东西都是经过我自己的选择的，要说再来一道严格的选择时也可以说没有一篇可以经得上选择。但我揣想书局的意思，大约是在节省读者的时间和经济起见，让作者自己选择一些比较可以见人的作品来让读者批判，的确是比较有意义的一种办法。我在赞成这个用意上便承应了选出这个集子。

　　　　这儿所选择的一些是比较客观化了的几篇戏剧和小说，为顾求全体的统一上凡是抒情的小品文和诗，以及纯自传性质的一些作品都没有加入。在我自己的兴趣上，觉得没有选入的一部分似乎有好些更要适意一点。但这些都是比较上的说法，认真严格地说时，凡是我转换了方面以前的作品，确实地没有一篇是可以适意的。我目前很抱歉，没有适当的环境来写我所想写的东西，而我所已经写出的东西也没有地方可以发表。在闸门严锁着的期间，溪流是停顿着的。

　　　　照书局方面的规画，凡是自选集的前面须有作家

⊙ 1934 年乐华图书公司初版《沫若自选集》封面、版权页、扉页、插照

的照片和自传一篇。但我在最近五六年间没有单独地照过一次相片,要专为这个集子去照相,觉得没有那样的闲心。说到自传,我近年来已经写了不少,翻来覆去地写了又写,连自己都觉得讨厌,所以对于这层也只好违命了。但在去年我写《创造十年》的前编(已发表的只是前编,还有后编未发表)的时候,我曾把我自民国三年留学日本以来的生活和著述作成了一个年表,以作为叙述时的指标,我现在权且把它揭在这儿,就作为自传的代替罢。

全书432页,收文12篇:《鸡》(1933)、《湘累》(1920)、《广寒宫》(1922)、《鹓雏》(1923)、《函谷关》(1923)、《王昭君》(1923)、《无抵抗主义者》(1923)、《歧路》(1924)、《行路难》(1924)、《湖心亭》(1924)、《聂嫈》(1925)和《马氏进文庙》(1925)。其中戏剧四篇:《湘累》《广寒宫》《王昭君》《聂嫈》。其余皆为小说。

书末有广告多幅,其中有章衣萍先生最新著作三种:《衣萍文存》《衣萍小说选》《情书二束》。另有"自选集"广告三种,分别介绍《沫若自选集》《独清自选集》《资平自选集》。

历史小品

　　《历史小品》，郭沫若著，创造书社出版，笔者所见为民国二十五年（1936 年）九月初版，印 2 000 册，每册实价 3 角。封面除印黑底白字的书名外，还印作者名和"1936"。至于"创造书社"，是何许出版机构，在何地何时创立，都是一片空白，有待查证。

　　全书 125 页，收文八篇：《老聃入关》《庄周去宋》《孔夫子吃饭》《孟夫子出妻》《秦始皇将死》《楚霸王自杀》《司马迁发愤》《贾长沙痛哭》。

　　在每篇之前大多有一篇类似小引的文字。如《孟夫子出妻》前有：

　　　　作者白：这篇东西是从《荀子·解惑篇》的"孟子恶败而出妻"的一句话敷衍出来的。败是坏身体的败，不是妻有败德之意，读《荀子》原文自可明意。孟子是一位禁欲主义者是值得注意的一件事情：因为这件事情一向为后世的儒者所淹没了。而被孟子所出了的"妻"觉得是尤可同情的，这样无名无姓的做了牺牲的一个女性，我觉得不恶于孟子的母亲且不亚于孟子自己。

⊙ 1936 年创造书社初版《历史小品》封面、版权页、扉页

地下的笑声

《地下的笑声》，郭沫若著，笔者所见为海燕书店刊行、民国三十六年(1947年)九月出版，印1500册，每册基本定价国币22元。封面为郭沫若题签，并盖白文印。

书前有作者写于1947年9月2日的序：

> 这儿把以前写过的一些小说样的东西搜集在一道。有的写在二十多年前，有的写在今年；有的是寓言，有的是写实；有的是历史故事，有的是身边杂事，或者可以命名为《五花八门集》吧。
>
> 有的人说，我的笔调太直不宜于写小说，因此所写的小说也有些不像小说。是不是真正这样，我自己缺乏自知之明。这倒也不是谦虚。一个人要有自知之明，实在不是容易的事。譬如目不自见一样，人也就不能自知。但这也不是绝对的话。今天我们已经有方法让自己的目看见自己，而且看见自己网膜上的盲点；人也有方法把自己客观化而加以认识。这方法是什么呢？并不新奇，请读者读了这书，多加严厉的批评，那就可以让我自己知道自己了。
>
> 我自己从事文笔活动，将近三十年了。以往的三十年，犹如在暗夜中摸索着走路。也过过一些关，也进过一些塔，行路的确是很艰难的。不过在今天看来，我似乎已经走上了明确的大道了。怎样的大道呢？那就是为人民服务的路。□□自己自信尚未追苍老，虽然也有人在诅咒我衰老。但我尚有余勇可贾，今后的心力极愿在为人民服务的道路上尽瘁。

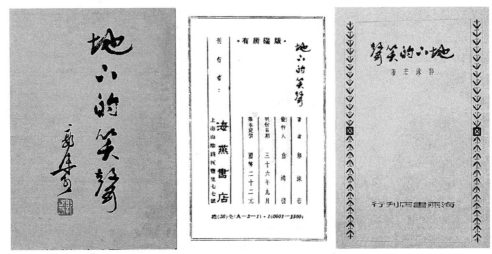

⊙ 1947 年海燕书店版《地下的笑声》封面、版权页、扉页

　　全书 503 页，分为七辑，每辑收文若干：第一辑《入关》(《柱下史入关》《漆园吏游梁》《马克斯进文庙》《孔夫子吃饭》《孟夫子出妻》《秦始皇将死》《楚霸王自杀》《司马迁发愤》《贾长沙痛哭》《齐勇士比武》)；第二辑《塔》(《阳春别》《Lobenicht 的塔》《万引》《叶罗提之墓》《喀尔美萝姑娘》)；第三辑《漂流三部曲》(《歧路》《炼狱》《十字架》)；第四辑《行路难》(上篇，中篇《飘流插曲》、第一章《末日》、第二章《活的蚊尘》、第三章《流氓的情绪》，下篇)；第五辑《落叶》(《落叶》)；第六辑《骑士》(《骑士》)；第七辑《地下的笑声》(《金刚坡下》《波》《月光下》《地下的笑声》)。

　　书末有"郭沫若先生四大巨著"(《少年时代》《革命春秋》《今昔蒲剑》《历史人物》)、巴尔扎克著、高名凯译的作品、胡风主编的"七月文丛"等书目广告。

《牧羊哀话》及其他两种

　　《牧羊哀话》等，这是篇综合文字，把署名"郭沫若等著"的小说版本放在一起叙述。笔者所见有：《牧羊哀话》《双簧》和《月光下》。

　　第一种《牧羊哀话》，短篇小说集，三联出版社版，无版权页，不知版权事项。

　　全书 235 页，收文 16 篇：《牧羊哀话》（郭沫若）、《木犀》（陶晶孙）、《音乐会小曲》（陶晶孙）、《一个流浪人的青年》（成仿吾）、《灰色的鸟》（成仿吾）、《梅岭之春》（张平）、《小兄妹》（张平）、《约伯之泪》（张平）、《路上》（张定璜）、《花影》（倪贻德）、《零落》（倪贻德）、《父子》（洪为法）、《兰顺之死》（曹石清）、《最初之课》（郑伯奇）、《沈沦》（郁达夫）、《采石矶》（郁达夫）。所收文章的作者大多是"创造社"中人，有两个名字较为陌生：张平、曹石清，实在找不到一点他俩的信息。与此版本相类似的，笔者还见到过一种是三联出版社出版的《遥远的风砂》，老舍等著，全书 242 页，收文 11 篇。

　　笔者只知有一家"三联书店"，那是由生活书店、读书出版社和新知书店组建的，至今还存世。笔者记得，在某段时期内，群益出版社与海燕书店、大孚出版公司联合，在那时是否有过这三家出版机构的"三联出版社"说法？不见佐证，只得存疑。

　　第二种《双簧》，"东方文艺丛书"之二，联合出版社总经售，民国二十五年（1936 年）十月一日初版，印 2 000 册，实价大洋 1 角 5 分。全书 77 页，收小说六篇：《双簧》（郭沫若）、《三个工兵》（杨骚）、《地理课》（雷石榆）、《女人们的故事》（侯枫）、《马兰将军之死》（东平）、《阴沉的天》（王任叔）。

⊙ 三联出版社版《牧羊哀话》封面

⊙ 1936 年联合出版社初版《双簧》封面、版权页

⊙ 1946 年建国书店版《月光下》封面、扉页

书末有"联合出版社出的新书"八种，其中有郭沫若的《落叶》（改订本，附作者新序言）。

联合出版社出版的"东方文艺丛书"，只见丛书第二种《双簧》。而出版"东方文艺丛书"的，笔者记得还有一家是东方书社，见到版本三种：《古树的花朵》（臧克家著，1942 年 12 月版）、《今昔集》（郭沫若著，1943 年 10 月版）、《姊妹行》（以群著，1943 年 11 月版）。

第三种《月光下》，"名著选集"之四，葛斯永、徐霞村、杨祥生编辑，执笔者郭沫若等。建国书店出版，民国三十五年（1946 年）九月沪初版。经售者是青年图书社（上海汉口路 441 号同安大楼 110 室），这家图书社，连姓名都未听说过，可见当时聚集在福州路周边大大小小的出版机构多如牛毛。

至于"名著选集"到底出了多少种，不得而知，到目前为止仅见这一种。如果这是一种丛书的话，应在上海图书馆编辑的《中国近代现代丛书目录》中找到，但不见踪影。

此书居然漏印页码，印刷质量几近粗制滥造。

全书收小说五篇：《月光下》（郭沫若）、《歌声响彻山谷》（刘白羽）、《石老么》（李辉英）、《海的彼岸》（舒群）、《遇崇汉》（罗峰）。

西厢

《西厢》，泰东图书局编辑，实为郭沫若编，笔者所见四种不同出版机构出版的版本：泰东图书局（两种）、新文艺书社和大新书局，后两者属残缺本。

第一种，"名曲丛刊"第一辑，泰东图书局印刷发行，发行者赵南公，民国十年（1921 年）九月出版，不知印数，每册定价 5 角。封面仅书名，红字。

"泰东"版收《改编本书之主旨、本书之体例》：

> 改编本书之主旨：（一）在使此剧合于近代的舞台以便排演，以为改良中国旧剧之一助。（二）在使此剧合于近代文学底体裁，以为理解中国旧文学之方便。
>
> 本书之体例：（一）每出均略加布景，一出能划一为一幕者划一之，不能者分为数幕，务使排场动作与唱白相一致。（二）凡无谓的旁白，独白，概行删去。（三）凡唱白全依实获斋藏板。原本为金圣叹抽删改者甚多，删改处比原本佳者闲采用金本。关汉卿所续四出概行删去。（四）词中衬字及增白，为全剧统一上起见间有增改。（五）凡前人无谓的批评一概删去，以便读者自行玩味。（六）全书概用近代体制——西洋歌剧或诗剧的——及新式标点。

后有郭沫若写于 1921 年 5 月 2 日的《西厢艺术上之批判与其作者之性格》，11 页，其中说道：

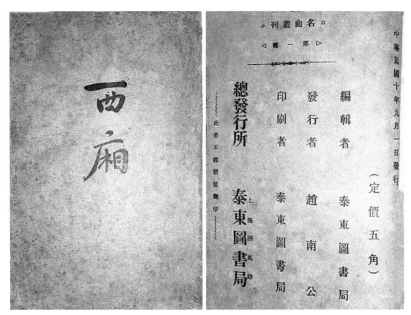

⊙ 1921 年泰东图书局初版《西厢》封面、版权页

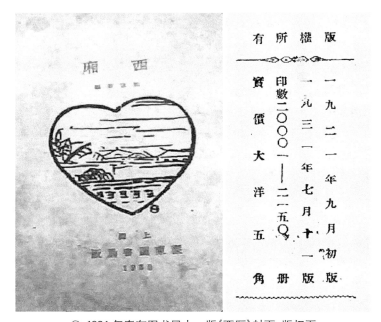

⊙ 1931 年泰东图书局十一版《西厢》封面、版权页

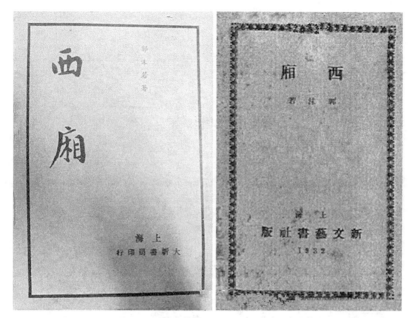

⊙ 从左至右：大新书局版《西厢》封面、1932 年新文艺书社版《西厢》扉页

　　文学是反抗精神底象征，是生命穷促时叫出来的一种革命。屈子底《离骚》是这么生出来的，蔡文姬底《胡笳十八拍》是这么生出来的，丹丁底《神曲》，弥尔敦底《失乐园》，都是这么生出来的。周诗之《变雅》生于幽厉时期，先秦诸子之文章焕发于周末，歌德许雷出于德国陵夷之时，杜尔斯泰多士陀奕夫士克产于俄国专制之下，便是我国最近文坛有生气勃勃之概者亦由于内之武人外之强邻所酝酿。

　　我国文学史中，元曲确占有高级的位置。禾黍之悲，河山之感，抑郁不得志之苦心，欲死不得死，欲生不得生的渴望遂驱英秀之士群力协作以建设此尊严美丽之艺堂。吾人居今日而游此艺堂，以近代的眼光以观其结构，虽不免时有古拙陈腐之处，然为时已在五百年前，且于短时期内成就得若大个建筑；吾人殆不能不赞美元代作者之天才，更不能不赞美反抗精神之伟大！反抗精神，革命，无论如何，是一切艺术之母！元代文学，不仅限于剧曲，全是由于这位母亲产出来的。这位母亲所产生出来的女孩儿，总要以《西厢》为最完美，最绝世的了。西厢是超过时空的艺术品，有永恒而且普遍的生命。西厢是有生命的人性战胜了无生命的礼教底凯旋歌，纪念塔。……

　　第二种，泰东图书局 1931 年 7 月十一版，封面有"心形"图案，与 1921 年初版封面完全不同。从初版至十一版，总共印了 21 500 册。

第三种,文艺研究社1931年7月版,仅见扉页,并印"郭沫若"字样。

全书收戏18出,以"第一出、第二出……"标示,每出戏皆有题目:《惊艳》《借厢》《酬韵》《闹斋》《寺警》《请宴》《赖婚》《琴心》《前候》《闹简》《赖简》《后候》《酬简》《拷艳》《哭宴》《惊梦》。

内也有郭文《西厢艺术上之批判与其作者之性格》,全书324页。

泰东图书局1928年2月的五版,与文艺研究社版的封面相同。全书也是324页,内容同。

第四种,上海大新书局版,仅见封面,并印"郭沫若著",内容与前相同。

女神及叛逆的女性

《女神及叛逆的女性》，郭沫若著，笔者所见两种不同出版机构出版的版本：新兴书店和光华书局。

第一种，新兴书店版，版权页的表述是："1929.10.1付排　1930.1.15出版　1—2 000　新兴书店印行　书报邮售社总售　上海西门中华路　实价大洋7角"。此书是"沫若小说戏剧集"第九辑《女神》(诗剧四篇)，第十辑是《叛逆的女性》(史剧三篇)。全书152页，无序跋，收剧四篇：《女神之再生》《湘累》《棠棣之花》《广寒宫》。

第二种，光华书局刊行，封面上标明"沫若小说戏曲集"，所见两种版次的版本：1931年3月再版和1931年11月三版，两个版次共印3 500册，实价大洋7角。从初版、再版和三版的关系看，"光华"版是紧接着"新兴书店初版"之后出的版本，两者有着不可分割的关系。

两书内容相同，全书212页，无序跋，分为两部分，以部分分页码，第一部分《女神》，60页，内收三篇：《王昭君》《卓文君》《聂嫈》。第二部分《叛逆的女性》，152页，内收四篇：《女神之再生》《湘累》《棣棠之花》《广寒宫》。《聂嫈》篇，是由《棠棣之花》改作的，从所有内容看，没有大变化。

从笔者掌握的资料看，这一版本真正的初版可能是创造社编辑、"创造社丛书第一种"、上海泰东图书局1921年8月的初版，这是作为"戏曲诗歌集"出版的，内收诗剧《女神之再生》《湘累》及二场剧《棠棣之花》。有关内容，读者可参见本书的《女神》篇。

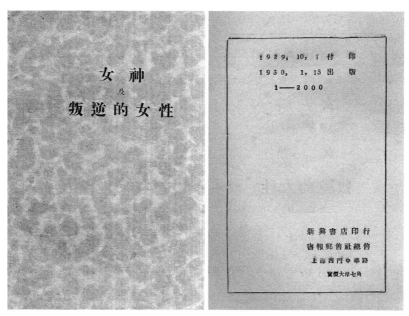

⊙ 1930 年新兴书店初版《女神及叛逆的女性》封面、版权页

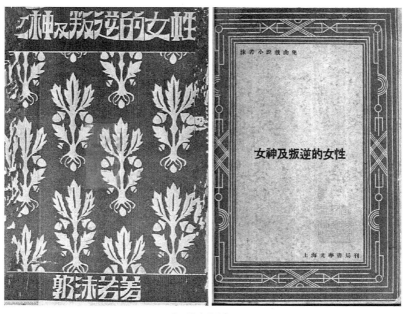

⊙ 从左至右：
1931 年光华书局再版、三版《女神及叛逆的女性》封面

甘愿做炮灰

　　《甘愿做炮灰》，"文艺新刊"，郭沫若著，北新书局发行，发行人李志云，笔者所见为 1938 年 1 月付排初版，不知印数，每册实售 4 角半。封面印"文艺新刊"。扉页为郭沫若自题书名。

　　据笔者所知，北新书局出版的"文艺新刊"，总共 13 种，除郭的《甘愿做炮灰》外，还有 12 种，其中郭沫若占有三种，另外两种是：《沫若近著》（郭沫若著，1937 年 8 月初版）和《归去来》（郭沫若著，1946 年 5 月初版）。

　　全书收：《甘愿做炮灰》（四幕剧，1937 年 11 月 12 日脱稿于上海暂时成为"孤岛"的时候）、《棠棣之花》（五幕剧，1937 年 11 月 22 日再改作毕）。

　　《甘愿做炮灰》，全书 179 页，四幕剧，无标题，以"第一幕、第二幕……"标示。

　　《棠棣之花》是五幕剧，五幕幕名分别为：《聂母墓前》《濮阳桥畔》《东孟之会》《濮阳桥畔》《十字街头》。

⊙ 1938 年北新书局初版《甘願做炮灰》封面、版权页、扉页

虎符

　　《虎符》，"沫若选集"第一集第六册，另名《信陵君与如姬》，五幕史剧，郭沫若著，群益出版社（临江路西来街 20 号）刊行，发行人沈硕甫，笔者所见为民国三十一年（1942年）十月初版，土纸本，每册定价国币 10 元。封面衬底图案为虎符，淡淡的，书名为作者自题，压印在图案上，感觉相当古朴。

　　版权页上方有"本社出版新书"五种：《屈原研究》（郭沫若）、《水乡吟》（夏衍）、《夜雾》（S・Y）、《文艺论文集》（茅盾）、《少年维特之烦恼》（歌德著，郭沫若译）。刊有"本剧排演或改编必须得群益出版社同意"的字样。

　　书前有作者写于 1942 年 12 月的《缘起》，土纸印，字迹模糊，有些实在看不清，只好以□代之，其中说道：

　　　　虎符这种东西，没有点古器物学的常识的人是不能想像的。那不是后来的所谓安胎灵符之类在纸上画了一个老虎，而是一种伏虎形的青铜器，不大，只有四寸来往长。战国及秦汉就靠着这种东西调兵遣将。照例是对剖为二，剖而有□□合，腹部中空。背上有文，有的是把文字也对剖为二，有的分书两边，大抵是错金书。所谓错金书，是说把字刻成之后，另外灌以别种金属，再打磨平滑，文与质异色，是异常的鲜明。留存于世的，以半边为多，因为是分开使用，一半在朝内，一半在朝外，自然很难有两半都留存了焉的。两半都留存了下来的也有，我去年九十月的时候便得到一个。

　　　　我所得到的虎符，是由一位轿夫手里花了十块钱买来的。据说是由轰炸后的废墟中掏捡出来的东西，

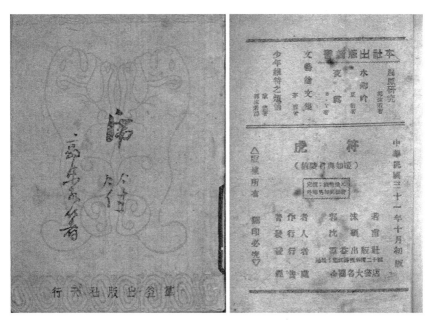

⊙ 1942 年群益出版社初版《虎符》封面、版权页

⊙ 从左至右:
1946 年、1949 年群益出版社版《虎符》封面

以前不知道是什么人的收藏品。长约四寸,背上有十个错金书,分写两边,一边五个,全文是"右须军衔干道车□第五十一。军下的一个字不知是间还是衔,车下一个字连笔画都弄不清。字体是汉隶,大约是汉初的东西,因为没有书籍,我还没有工夫来考证。但或许也怕是假的,因为两边完全整整地配合着,实在也是少有的事体。但不问它是真是假,我是很喜欢它的,它很重实,而且也古气盎然,我把它当成文具在使用。

但是就是这个铜老虎,事实上做了这篇《虎符》的催生符。我在这样想,将来这《虎符》要搬上舞台上演的时候,它的半边是还须得去串演一番脚色的。古书上的所谓"合符"就是拿一半边去和另一半边相合。普通是左半边在朝外,右半边在朝内,因此我们可以知道,信陵君和如姬所偷的虎符只是右边的半边,左边的是在晋鄙手里。

为了要写《虎符》我把史记和战国策(我手中现在可据的只有这两种书)翻来覆去的考证了好几天。首先是要定信陵兵救赵的时期,我在剧中把它规定成为了八月中旬,这是有相当根据,但要声明□不一定确确实实是如此。

书后有"人物表"。此剧从 1942 年 2 月 2 日起稿,至 11 日完毕。最后是《后话》(写于 1942 年 2 月 28 日),其中讲到:"该书作者所根据的资料,主要还是史记,但他也很费了一番苦心,加添了好些情事,虚构了几位人物。"

全书 190 页,封底有一枚群益出版社另一种标记,从未见过。

另外还见到过 1946 年 6 月再版,封面右侧有练式花纹;同时还见到过"群益"版 1949 年 8 月的四版(修订改版)。从版权页下面所印的文字看:"4(5 001—7 000)",可以推断那是第四版,印 2 000 册,每册基本定价 7 元 5 角。封面与初版、再版完全不同,无虎符图案。修订改版,除收《写作缘起》外,还有两文:1942 年 2 月 28 日写的《〈虎符〉后话》和 1948 年 3 月 24 日写于香港的《校后记》。

笔者在经手 1949 年的修订改版时,只是粗略一过,并未详阅,故漏掉了后面两篇文章,也成了自己的一次"后悔",同时也提醒自己,必须格外地注意"修订"或"改版"本,版本内容的差异往往在这些不为人所注意的版本里!

后来只找到了《校后记》,特在此一补:

此次改版,我把本剧重新校阅了一遍,添改了一些字句。第五幕实在是蛇足,应该删掉。前几年在重庆上演的时候,我请导演删,导演不肯。后来在广州上演,我又请删,似乎是删了的。以后本剧如有上演的时候,希望毫勿爱惜。

屈原

《屈原》，五幕历史悲剧，郭沫若著，笔者前后共见到过四种不同出版机构出版的版本：开明书店、文林出版社、群益出版社(有三个不同封面及版次)、新华书店晋察冀分店。

第一种，开明书店(上海福州路二七八号)印行，发行者章锡琛，民国二十四年(1935 年)四月初版，不知印数，每册实价大洋 4 角 5 分。美成印刷公司印刷。封面仅两字书名，其他一片空白。版权页左侧印："中宣会图书杂志审查会审查证审字第 1404 号　本书已照著作权法呈请内政部注册"，属"双料保险"。

书前有作者写于 1935 年沪难三周年纪念日的序：

屈原是我最喜欢的一位作家，小时候就爱读他的作品。但是精细的研究是没有做过的。这次因为开明书店的征稿，我得到了机会来过细地把我所喜欢的这位诗人和他的作品研究了一下，得到了很多为自己所不曾梦想到的见解。那些见解是叙述在正文里面的，我相信读者读过了这本小册子之后，当不至于有怎样的失望。

屈原自沉处的汨罗，我在一九二六年北伐的时候是路过的。那时候做过一首旧诗来吊他，大约因为旧诗容易记的原故，是还留在我的记忆里的。"晨曦耀江渚，朝气涤胸科。揽辔忧天下，投鞭问汨罗：楚犹有三户，怀有理则那？"我当时还不曾知道屈原何以一定要死的理由。我觉得仅仅是被放逐，仅仅是在政治上的失意，一位有为的男子应该是还有很多可做的事情，不至于于一纳头便去憔悴死。但我现在经过了一番研

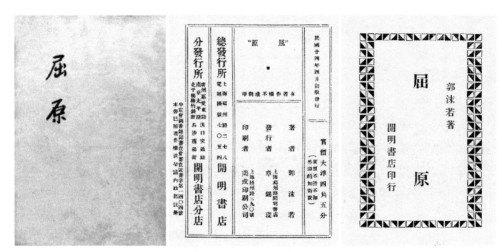

⊙ 1935 年开明书店初版《屈原》封面、版权页、扉页

⊙ 1943 年文林出版社重排版《屈原》封面、版权页

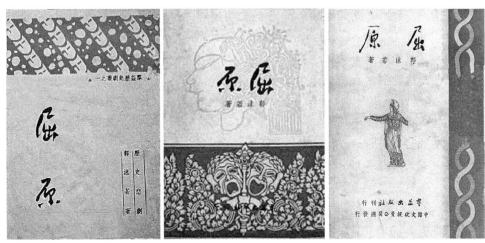

⊙ 从左至右：
1945 年群益出版社四版《屈原》封面、
1946 年群益出版社版《屈原》封面（两种）

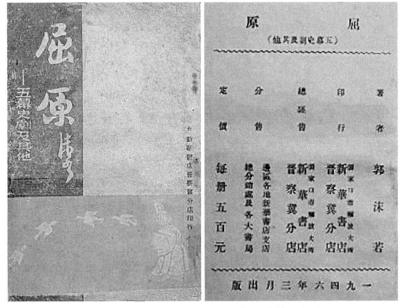

⊙ 1946 年新华书店晋察冀分店版《屈原》封面、版权页

究,知道他的死是在楚襄王二十一年,那时秦将白起把楚国的郢都破了,取了洞庭五湖江南,楚国的君臣逃到了陈城去,几乎演出了国破家亡的惨状,屈原是看到了这样的情形才迫不得已而自杀了的。所以屈原的自杀是殉国,并不是殉情。

感情是富有传染性的东西,所谓"一人向隅满座为之不欢"的,便是这个现象的旧式的说法。自从屈原死后,凡是神经过敏的诗人稍一不得志便要自比屈原,其实屈原是不好自比的。尤其是以国家或民族为口头禅的人更不好以屈原自比:因为要想成就一个屈原,那儿须得有一幕亡国灭种的惨剧。在这儿有最后一句话让我写出的是:

我国的屈原,深幸有一,不望有二。

第二种,"文学集丛"之一种(把"丛"误印"从"),文林出版社(重庆冉家巷 13 号)发行,发行人方学武,笔者所见为民国三十二年(1943 年)二月重排版,实为再版本,初版于 1942 年 3 月。重排本印 8 000 本,白报纸本 40 元,土报纸本 20 元。封面有花圈状图案,似有追悼意。封面和版权页皆印"文学集丛"。据笔者所知,这套集丛出版于 1942 年 3 月至 1943 年 2 月,到目前为止能够见到五种,除《屈原》外,还有:《三姊妹》(曹靖华译)、《金菩萨》(欧阳凡海著)、《恶魔及其他》(穆木天等译)和《赫曼与窦绿苔》(郭沫若译)。

第三种,群益出版社版,笔者见到过三种不同封面不同版次的版本。其一,重庆群益出版社以"群益历史剧丛"之一,民国三十四年(1945 年)九月四版(1945 年 1 月出过"渝一版",未见)。印 2 000 册,每册基本定价 4 元。其二,民国三十五年(1946 年)一月三版,印 1 000 册,每册定价 630 元。封面有戏剧人物和戏剧面具。从版次标示所见,这一版与"重庆"版在出版的版次上是"各行其是",即各以"初版"面世,并无版次上的延续关系。其三,"郭沫若文集第一辑第五册",民国三十五年(1946 年)七月四版,印 1 000 册,不知售价。中国文化投资公司总发行。版权页贴有郭沫若的白文版权印。扉页印"1946",另一空白页印作者自题的"沫若文集第一辑"。封面有练式花纹,设计装帧者是梁琛。从版次看,此书与 1946 年三版有着版次上的延续关系。

第四种,新华书店晋察冀分店(张家口市解放大街)版,1946 年 3 月出版,土纸印刷,副题为:五幕史剧及其他。不知印数,每册售价 500 元。封面印竖横色块,分别印书名及屈原人物图。

以文林出版社版为例,出版时正处于抗战后期,出版环境仍很艰苦,从书籍的纸张可以看出,是土纸本中最劣质的一种,几乎与黄草纸无疑,在纸张上还能清晰辨认出草屑,所印的字前后能隐约而见,字体的笔画也多有断笔,无法印扎实。此书虽是纸质极差的版本,但所留存的文献价值极高,除有郭沫若的名剧,在书后还附有两篇文章,一篇是郭沫若写的《写完〈屈原〉之后》,七页;另一篇是"回答徐迟先生的一封信"——《屈原与釐雅王》,另加一"徐迟先生来信"的附录。如果读过剧本《屈原》,再读这几篇文字,便对这一历史剧有了一个全面而完整的认识。

其中郭沫若写于 1942 年 1 月 20 日夜的类似于"后记"的文字,有些内容可以作为读剧本的辅助材料:

> 在《棠棣之花》第二次上演的时候,有好些朋友怂恿我写屈原,我便起了写的念头。但怎么写法,怎样才可以写得好,却苦恼着我。
>
> 第一,屈原的悲剧身世太长。在楚怀王时代做左徒时未满三十,在楚襄王二十一年郢都陷落而殉国时,年纪六十有二。三十多年的悲剧历史,怎样可以使它被搬上舞台呢?这实在是一个大问题。我为这问题考虑了相当的时间,因不易解决使我不能执笔者有三个星期之久。
>
> 其次是屈原在历史上的地位太隆崇了,他的性格和他的作品都有充分的比重。要描写屈原,如力量不够,便会把这位伟大人物漫画化。这是很危险的。有好些朋友听说我要写屈原,他们对于我的期待似乎未免过高,在元旦的报章上就有人坦言,"今年将有罕默雷特和奥塞罗型的史剧出现"。这种鼓励无宁是一种精神上的压迫。欧洲文学中并没有好几篇罕默雷特和奥塞罗,莎士比亚的作品中也就算这两篇最为壮烈。现在要教人一跃而跻,实在是有点苦人所难。批评家是出于好意还是出于"看肖神",令人有点不能摩捉。
>
> 然而我终竟赌了一口气,不管他怎样我总要写。起初是想写成上下两部,上部写楚怀王时代,下部写楚襄王时代。这样写法是有点像《浮士德》。我把这个意念同阳翰笙兄商量过,他很赞成。觉得只有这样才是办法。分写成上下两部,每部写它个五六幕,而侧重在下部的结束,这是当初的企图……就这样原打算写屈原一世的,结果只写了屈原一天——由清早到夜半过后。但是这一天似乎已把屈原的一世概括了。究竟是不是罕默雷特型或奥塞罗型,不得而知,但至少没有把屈原漫画化,是可以差告无罪的。

徐迟给郭沫若的信写于 3 月 26 日夜半文协宿舍,从前后时间看,时在 1942 年。徐迟在信首的一段话极有意思:

> 今日迁入文协,三个月来第一次宁静。拜读《屈原》,激动万分,遂至失眠。这正如在港时,炮火下读《阿 Q 正传》一遍,与以前首次听思聪的《绥远组曲》,所产生的同样的激动。忽然电灯亮了,从起来写一点意见……请你原谅我这样激动,把这信撕了。

在文末签名之后，徐迟又写了几句，那是在为郭沫若的《屈原》演出着想了：

  P. S. 钓者与卫士使我的心充满了温暖，不晓得那两位演员能否使听众体味到人间的阳光。

  又，真可惜张光宇还在沦陷的香港，他久久想画一套九歌的 Coztume，这样善于创造古风的舞台装置。

  可惜思聪又是在逃亡的途中，我所珍视的这个国宝，他一定乐于配制你的剧本中的插曲。

此书少去了封底，却让人感到，好像此剧的帷幕永远也无法关闭，像是有意地留下一个舞台空间，让观众产生无限的遐想……

其他的版本，与"文林"版的内容大致相同，未及细看，不敢断定。

棠棣之花

　　《棠棣之花》,《沫若文集》第一辑第四册,五幕剧,郭沫若著,笔者所见为群益出版社刊行、民国三十五年(1946年)八月初版,中国文化投资公司总发行,印 1 500 册,不知售价。封面有练式图案,衬页有"三女看书"图案,这一装帧,是"群益"较为典型的一种设计。

　　五幕幕景分别是:聂母墓前、濮阳桥畔、东孟之会、濮阳桥畔、十字街头。另有附录一,包括两文:《我怎样写〈棠棣之花〉》、《由"墓地"走向"十字街头"》。附录二有:《〈棠棣之花〉导演的自白》(凌鹤)、《〈棠棣之花〉的故事》。之后还有郭沫若作词的十首歌曲:《别母已三年》《明月何皎皎》《去罢兄弟呀!》《春桃一片花如海》《侬冷如春冰》《风火蛾》《侬本枝头露》《湘累》《我把你这张爱嘴》《在昔有豫让》。

　　附录一中的《我怎样写〈棠棣花〉》,此文写于1941年12月9日,其中说道:

　　　　真没想出《棠棣之花》在最近竟被搬上了舞台,而且大受欢迎。我知道这一多半是靠导演,演员,音乐,舞蹈及一切前后台工作人员诸君的力量……

　　　　我起心把这故事戏剧化是在民国九年的春天。我约略记得是想把《湘累》和《女神之再生》写完以后,开始执笔的。那时候我还在日本留学,是九州医科大学的二年生。我读过了些希腊悲剧家和莎士比亚,歌德等的剧作,不消说是在他们的影响之下,想来从事史剧或诗剧的"尝试"。

　　　　我起初的计划是想写成十幕,便是屠狗,别墓,邂逅,害谋,行刺,诀夫,误会,闻耗,哭尸,表扬。完全根

⊙ 1946年群益出版社版《棠棣之花》封面、版权页

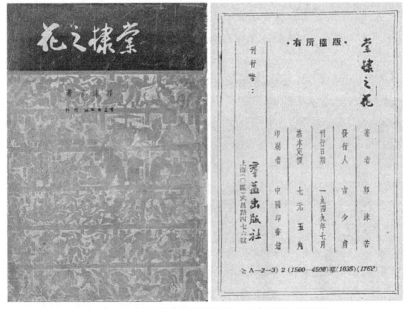

⊙ 1949年群益出版社版《棠棣之花》封面、版权页

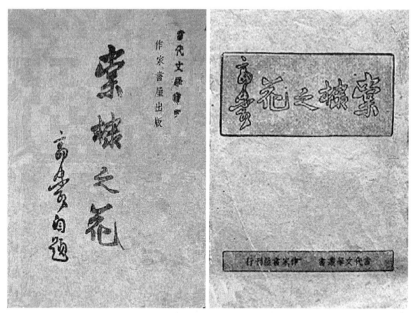

⊙ 1942 年作家书屋初版《棠棣之花》封面、扉页

据《刺客列传》,从严仲子访问起,写到聂政声名表露为止。

……《棠棣之花》作为五幕剧的现有形态是四年前"八一三"战役发生以后,而且是上海成为孤岛以后的事。上海成为了孤岛,有一个时期我住在租界的一位朋友的家里,因为工作不能做,而且不便轻易外出,于是便想起了把《棠棣之花》来作一个通盘的整理。加了一个行刺的第三幕,把以前割弃了的两幕恢复,就这样便使《聂嫈》扩大了。

另外笔者还见到过群益出版社(上海(0 区)武昌路 476 号)1949 年 7 月的版本,版权页上的标示是:"2(1 500—4 500)"。"2"说明是再版,"1 500—4 500"说明印数为 3 000 册,每册基本定价 7 元 5 角。中国印书馆印刷,发行人吉少甫。封面设计与练式封面完全不同,但内容与初版同。

在一次偶然的机会中,见到了比较罕见的作家书屋版,属"当代文学丛书"之一,失版权页,据悉为 1942 年 7 月初版。封面和扉页印"当代文学丛书"。书名由郭沫若自题。

作家书屋版"当代文学丛书",出版于 1942 年 2 月至 10 月,所见四种,除《棠棣之花》外,还有:《归去来兮》(老舍著)、《我们七个人》(日本鹿地亘著,沈起予译)和《耶稣之死》(茅盾著)。

孔雀胆

　　《孔雀胆》,郭沫若著,笔者所见皆为群益出版社的版本,四种,依次分别是:1943 年 12 月初版定价 40 元、1946 年 1 月三版(印 1000 册,定价 660 元)、1946 年 5 月四版(印 1000 册,不知售价,版权页有郭沫若白文版权印)、1948 年 2 月沪一版(印 1000 册,每册国币 9 元 5 角)。

　　以群益出版社 1948 年 2 月沪一版为例,全书收剧四幕:第一幕《通济桥畔劳军》,第二幕《梁王宫之后室》,第三幕《段平章之居室》,第四幕《通济桥前行刺》。

　　另有附录八篇:《孔雀胆的故事》《孔雀胆故事补遗》《昆明景物》《孔雀胆后纪》《孔雀胆的润色》《孔雀胆归宁》《孔雀胆二三事》《孔雀胆资料汇辑》(汤亚宁来函四件)。

　　书末有广告,其中有"群益"的"艺术丛书",郭沫若"四大学术论著"(《中国古代社会研究》《青铜时代》《十批判书》《屈原研究》);郭沫若"六大历史悲剧"(《棠棣之花》《屈原》《虎符》《筑》《南冠草》《孔雀胆》);郭沫若翻译歌德的三部巨著《浮士德》《少年维特之烦恼》《赫曼与窦绿苔》,以及《浮士德》(上下合译本)的广告。

　　1946 年的版本,其内容与前同。

⊙ 1943年群益出版社初版《孔雀胆》封面、版权页

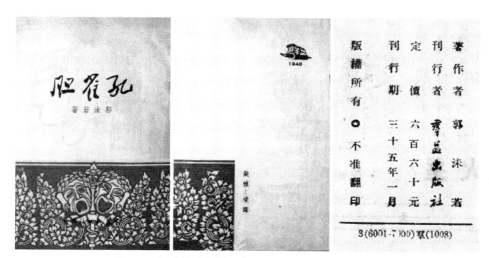

⊙ 1946年群益出版社版《孔雀胆》封面、封底、版权页

⊙ 从左至右：
1946 年、1948 年群益出版社版《孔雀胆》封面

南冠草

　　《南冠草》，郭沫若著，笔者所见为群益出版社四种不同封面不同版次的版本。

　　其一，民国三十三年（1944 年）三月初版，土纸本，重庆版，临江路西来街廿号，发行人刘盛亚。扉页印："一名《金凤剪玉衣》"。其二，群益历史剧丛之三，历史悲剧，民国三十四年（1945 年）二月渝二版，印 2 000 册，联营书店发行（重庆林森路特 18 号，成都祠堂街 21 号）。其三，"沫若文集第一辑第九册"，群益出版社刊行，中国文化投资公司总发行，民国三十五年（1946 年）九月四版，印 4 000 册，版权页有郭沫若朱文版权印。其四，民国三十七年（1948 年）八月沪一版，发行人吉少甫，印 1 500 册，每册国币 8 元 5 角。群海图书发行所（上海武昌路 476 号）经售。1949 年版与1948 年版封面相同色彩各异。

　　书末附录有《〈南冠草〉后记》，上下两部分，48 页，是篇对"夏完淳"的考证文字（上海版改名《夏完淳》上下），另有《夏允彝传》（侯玄涵，见上海版）。

　　后记中说道：

　　　　我自从知道夏完淳的存在，便很想把他戏剧化，早被订为去年（三十一年）三月份的工作，已经把人物和分幕约略拟定了。但足足停顿了一年，直到今年三月这项工作才算告了完成。坊间已经有"夏完淳"一个剧本，我为避免同名起见，便采用了《南冠草》这个名目。《南冠草》本是夏完淳最后一个集子的名称，是他在被捕后途中狱中所作的。

⊙ 1944 年群益出版社初版《南冠草》封面、版权页、扉页

⊙ 从左至右：
1945 年群益出版社渝二版《南冠草》封面
1946 年版《南冠草》封面
1948 年《南冠草》封面

筑

《筑》，又名《高渐离》，五幕历史剧，郭沫若著，1942年6月17日脱稿，笔者所见为群益出版社两种不同版次的版本。

其一，中国文化投资公司总发行，民国三十五年（1946年）五月初版，印2 000册，不知售价。封面有练式图案，扉页印"沫若文集　第一辑　第七册　群益出版社"，空白页印作者手迹"沫若文集第一辑"。

其二，修改本，1949年9月出版，版权页印："2（2 001—3 500）"，说明是再版，印1 500册，每册基本定价7元2角。发行人吉少甫。

以1946年版为例，全书190页，收《序言·上》（1942年6月16日）、《序言·下》（1942年6月20日）；1949年版稍有变化，序言上下，改为《〈筑〉（上、下）》，另附1948年2月28日写于香港的《校后记》。

序言分为上下两个部分，实际包含两个内容，一是作者写作经过，二是剧本中人物的分析。在书中，作者还说道："筑是一种乐器，可是其形制尚未考定"。

有关"筑"，作者在写于1942年6月16日的《序言·上》中说得很详细：

> 六七年前还在日本的时候，我就想把高渐离的故事写出来，但因为筑的形制无法考定，一直没有写出。
>
> 筑这种乐器是久已失传了。就直接或间接所能接近的古书上的记载，关于弦数，大小，和鼓法，都有出入，例如：
>
> 许慎的《说文解字》上说："筑，以竹曲，五弦之乐

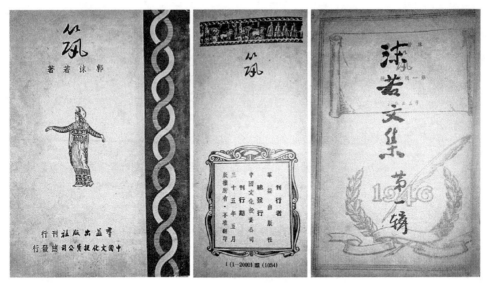

⊙ 1946 年群益出版社版《筑》封面、版权页、扉页

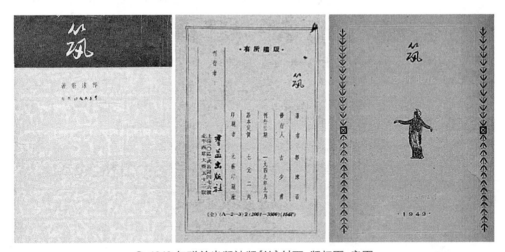

⊙ 1949 年群益出版社版《筑》封面、版权页、扉页

也。"《后汉书延笃传》注亦云:"筑,五弦之乐也。"这是说筑为五弦。

《淮南泰簇训》:"荆轲西刺秦王,高渐离,宋意为击筑。"注云:"筑曲二十一弦。"《淮南》旧注本有许慎与高诱两种,均散佚,看这弦数说的不同,大约这条是高诱的遗注吧。

更晚的书又多说是十三弦,如《格致镜原》,《清代续文献通考》等均主张此说。

以上是弦数的不同。

再就大小而言。

《汉书高帝纪注》,引应劭云:"筑,形似瑟而大,头安弦,以竹击之,故名曰筑。"颜师古云:"今筑形似瑟而小,细项。"

《史记刺客列传索隐》:"筑似琴,有弦,用竹击之,故名曰筑。"

似琴似瑟已有大小不同,似瑟而又有较大较小之异说。更晚的书如《通考》谓"唐置于雅部,长四尺五寸,折九尺之半为法。"又如《清代续文献通考》则以为"形如衣襟……通长为二尺六寸四分。"

鼓法呢?

古书中凡言筑时均言"击",上举诸注亦每言"以竹击之"或"用竹击之"。书之较晚者则击之之竹称竹尺。

又《史记高帝纪集解》引韦昭说:亦云"筑,古乐,有弦系之,不鼓。"言不如鼓琴鼓瑟之用指弹拨。

《释名释乐》:"筑,以竹鼓之"意即以竹击之。

然在《清代续文献通考》则别立异说,谓:"左手握其项,置尾肩上,右手执竹尺,抹松香脂轧之。"这鼓法颇略类今之提琴,"轧之"则是擦弦法,亦与提琴相近,而却大异于古之"击之"。

据上所述,筑之形制莫衷一是,旧说每嫌过略,新说虽详,然与旧说每复根本违异,因炎余颇为所惑。然在这儿如细心的加以整理,亦未尝得不到一个较有条理的揭发。……

书末有一篇简短的《校后记》:

为要改版,我又把这个剧本大大地修改了一遍。特别是第五幕的落尾处,我在最初虽然费了些心思,但没有得到适当的解决,旧稿是非常勉强的。我现在把它完全改换了。没想出隔了六年竟能得到这个比较满意的收获。

湘累

　　《湘累》,小说戏曲集,郭沫若等著,"当代名作选"(中国文学)第一辑第七种,笔者所见为天马书店(上海北江西路368号)印行、民国二十三年(1934年)六月初版,不知印数,每册实价大洋1角2分,编辑者和发行者皆为韩振业。

　　在版权页上,印有"当代名作选总目(中国文学)":《故乡》(鲁迅著)、《义儿》(叶绍钧等著)、《烦闷》(冰心等著)、《雨夕》(茅盾等著)、《飘泊》(巴金等著)、《寺外》(老舍等著)、《湘累》(郭沫若等著)、《微雪》(郁达夫等著)、《拜献》(徐志摩等著)、《野菜》(周作人等著)。十种全购大洋一元。

　　全书收剧本三篇:《湘累》(郭沫若著)、《鸭绿江上》(蒋光慈著)和《抗争》(郑伯奇著)。以郭沫若的《湘累》为书名。

　　全书70页,书末有后记,对以上三位作者的介绍与评介,不知何人所写,估计是编辑者手笔:

　　　　郭沫若是个少见的多才的作家。他写过诗,写过戏剧,写过散文,也写过许多小说。不过从作品的"质"上讲,当以诗作(包括诗剧)为他的作品之代表。一般的人们,也以"诗人"称呼他。他是中国近代文学史上有名的"创造社"的主将,他的作品的重心,也就在这一个时期。这时候的作品的结晶——《女神》诗集,不单醉倒了当时许多热情的青年,即在"五四"以来的新文学运动史上,也是一部不朽的力作。他的诗作,有如奔腾不羁的野马。描写生动活泼,音韵铿锵动听,真正地打破了旧诗的规律,而创造了新诗的精神的,在中国新文学运动上当以郭沫若为始。他的思想,随着时代的

⊙ 1934年天马书店初版《湘累》封面、版权页

进展,呈现了激烈的转变。在诗作上所表现出来的,大体可分做两个时期:前一时期的思想内容是对于旧社会制度之压迫和束缚个人,表示了极端的愤恨,积极地主张个人的自由解放,颇有"返于自然"(原始社会)的倾向。后一时期则对于社会的历史性质有了较清晰的认识,极力主张劳动者群的解放,而反对现社会的压迫和剥削大多数人的制度。概括起来,可说前期是个人主义的时代,而后期则是集团主义的时代。这里所选的,是前期代表作《女神》中的一篇,无论内容和形式,都是足以作为这一时期的作品的代表。

蒋光慈是同时代的作家中,思想上比较最前进的一个。他以中篇的自叙传式的小说《少年漂泊者》为第一部作品,第二部就是短篇小说集《鸭绿江上》。从此以后,陆续写过不少的小说和诗。于三年前患病去世。他的思想,也经过几个时期的转变。初期的作品,已充满了反抗压迫的热情,不过技术上比较幼稚。以后的作品,无论思想上技术上都续有进境,但到最后一时期,因为生活环境的关系,在思想上却反表现出了一步退却。长篇作《丽沙的哀怨》可说是这时期的代表。这里所选的《鸭绿江上》就是短篇集《鸭绿江上》作为代表的一篇。内容是描写朝鲜一个爱国青年的恋爱故事,同时暴露了日本帝国主义对朝鲜民众的残酷的压迫和杀害的情形,在当时,是曾经打动许多青年读者的心弦的。

郑伯奇也是由"创造社"出来的作家兼评论家。他的作品是多方面的,有诗,有小说,也有剧本。不过数量都不多。大体上以剧本居代表的地位。思想也很进步,以反对帝国主义横暴为内容的较多。这一篇《抗争》,以派遣在上海的外兵(帝国主义的军队)蹂躏中国国民众为题材;对于外兵的横暴及中国民众的愤慨,作了很多有力的表现,足以代表他的作品。

新时代

《新时代》，"世界文学名著"，上下册，屠格涅夫著，郭鼎堂(郭沫若)译，商务印书馆印行，笔者所见两种不同封面的版本。第一种，失版权页，据悉为民国十四年(1925年)六月初版，所见上册，封面两小天使图案。第二种，民国二十三年(1934年)十月国难后第一版，上册，版权页在下册。扉页后的衬页印有一花边框，内印"这本译书献给我的朋友仿吾"，仿吾，即成仿吾。此书初版于1925年6月，未见。此外，"商务"还有1927年版等。

书前有译者写的序，文笔优美，极佳。这也是笔者心目中所理解的较为理想的序言：留存了作者或译者以及版本的史料。除了序，还有一篇《解题》，把所有情况和盘托出，让人读后感到淋漓尽致！爽快——这样的序和《解题》虽长，非留不可也：

序

民国十年的四月一日是我最初辍学回上海的一日。那时候我对于文学的嗜好几乎到了白热的程度，我竟把我所学的医学中途抛弃了，想回上海来从事于文学的创作。这个志望是失败了的，就在那年的九月，我又折返了日本，终竟把医学弄毕业了，又才回到了上海来。

我同时认识了这两位姑娘——科学姑娘和文学姑娘——实在是陷到了叫我左右做人难的苦境，她们两位东拉西扯地牵着我，这几年来叫我彷徨无定地在黄海上踱来踱去。文学搅厌倦了，又想去亲近一下医学，医学刚好达到了一个接吻的目的，又要被文学拖

⊙ 1925 年商务印书馆初版《新时代》封面

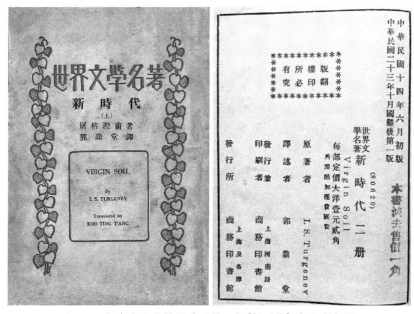

⊙ 1934 年商务印书馆国难后第一版《新时代》封面、版权页

回来了。

不过我觉得这样也好，我的生活可以因此多生些变化，我今后对于这两位姑娘也再不存偏爱的心事了。

那就是民国十年的四月一日，我第一次读屠格涅甫的这部著书。

那时和我同船回国的是我的朋友成仿吾，他也和我一样，太被文学的引力牵引很了，竟把临到头的毕业试验也没有受。我们竟约着同回了上海。他学的本是造兵科，但结果终和我是一样，他没有把他的枪炮去杀过人，我也没有把我的丸药去杀过人。

我们那时在船上同住了两天两夜，同睡在一个比地狱怕还要苦的三等舱的一只角上。风浪很大，我睡在船上不敢起来，他还好，他还时常要到头等舱去照料他朋友的家眷。

他那时候带着有好几本德文的屠格涅甫的小说，我在船上睡了两天两夜，便把这本《新时代》读过一遍。

这本《新时代》，就是这样对于我是有两重意义的小说呢，我除去喜欢它的本身之外，就还有这一段怀旧的幽情。

去年四月我重游日本去的时候，我特别把这本书向仿吾要了来，做永远的纪念。七月初间我重读这部书的时候，竟起了翻译他的志愿，费了四五十天的功夫，也就把这部书译成了。

这部书的自身我很喜欢，我因为这书里的主人翁涅署大诺夫，和我自己有点相像。

还有这书里面所流动着的社会革命的思潮。社会革命的两个主要的条件：政治的和经济的，在屠格涅甫是认得很清楚的。他把马克罗夫代表偏重政治革命的急进派，把梭罗明代表偏重增加物质生产力的缓进派，他自己是倾向于后者的，所以他促成了马克罗夫式的失败，激赏着梭罗明式的小成，他的思想明明是修正派的社会主义的思想。

不过五十年后的今日的俄罗斯，所成功的不是梭罗明，却是大规模的马克罗夫呢！"匿名的俄罗斯"已经成为了"列宁的俄罗斯"了！

这部书所能给我们的教训只是消极的，他教我们知道涅署大诺夫的怀疑是无补于大局，马克罗夫的燥进只有失败的可能，梭罗明的精明稳慎只觉得日暮途遥，玛丽亚娜的坚毅忍从又觉得太无主见了。我们所当仿效的是屠格涅甫所不曾知道的"匿名的俄罗斯"，是我们现在所已经知道的"列宁的俄罗斯"。

农奴解放后七十年代的俄罗斯，诸君，你们请在这书中去觌面罢！你们会生出一个似曾相识的感想——不仅这样，你们还会觉得这个面孔是你们时常见面的呢。我们假如把这书里面的人名地名改成中国的，把雪茄改成鸦片，把弗加酒改成花雕，把扑克牌改成马将（其实这一项就不改也不要紧），你看那俄国的官僚不就像我们中国的官僚,俄国的百姓不就像我们中国的百姓吗?

这书里面的青年,都是我们周围的朋友,诸君,你们不要以为屠格涅甫这部书是写的俄罗斯的事情,你们尽可以说他是把我们中国的事情去改头换面地做过一遍的呢! 我译成了这部书后,把心中的"涅暑大诺夫"枪毙了。

一九二五年四月元日补序于沪上

解题

(1)本书系以 Wilnelm Lange 的德译为蓝本,译成后曾以 Constance Garnett 的英译本参证,德译有不妥处间采英译。

(2)书名依德译名"Die Neue Generation"译作《新时代》,意不甚适,应译作《新代》或《新时代的青年》,但一嫌太僻,一嫌太冗。英译名为《Virgin Soil》,此言《少女地》。

(3)书中重要典实就所能考核者大都注出,本系自修工作,然于读者理解此书上想亦不无小补。

(4)译事算是尽了自己的良心,自己所不能十分满意的只是重译,我希望在数年之内有直读俄罗斯原文的机会。

(5)本书的出版,高梦旦、郑心南、何公敢、范允臧诸氏为我尽力,我在此敬致谢忱。

民国十三年八月十二日译者

约翰沁孤的戏曲集

《约翰沁孤的戏曲集》，郭沫若译述，商务印书馆出版发行，笔者所见为民国十五年（1926 年）二月初版，不知印数，纸面每册定价大洋 1 元，布面每册定价大洋 1 元 4 角。封面印书名和男女双人舞图案。布面精装书脊书名等烫金。

全书 363 页，收译文六篇：《悲哀之戴黛儿》(Deirdre of the Sorrows)、《西域的健儿》(The Playboy of the Wdrtern World)、《补锅匠的婚礼》(The Tinker's Wedding)、《圣泉》(The Well of the Saints)、《骑马下海的人》(Riders to the Sea)和《谷中的暗影》(The Shadow of the Glen)。

书末有"商务"的书目广告。另有译者 1925 年 5 月 26 日写于上海的《译后》，四页，其中说道：

> 我这儿译的六篇剧本是爱尔兰的文士约翰沁孤(John Millington Synge)做的。他生于一八七一年，死于一九〇九年，他在爱尔兰文艺复生的运动中是一位顶重要的作者。他短短的一生之中只有二十七首诗，六篇剧，还有些散文和翻译，……
>
> 我译他这部剧曲集很感困难的便是在用语上面。因为沁孤的用语多是爱尔兰的方言，据他自己说，剧中人物的说话几乎□□□□是他自己创作的。萧伯纳有一篇独幕剧"The Dark Lady of the Sonnets"，他是有意嘲弄着莎士比亚的；他说这位诗人记性不好，每逢和人对话，一听着有甚么警策的语句，便立刻写到钞本上，以备做戏剧时采用。萧伯纳这个莫须有的想像虽是出之讥嘲，但其实根本上是道破了伟大的作家的秘密。沁孤的态度便几乎全盘是这样。他的人物没有一

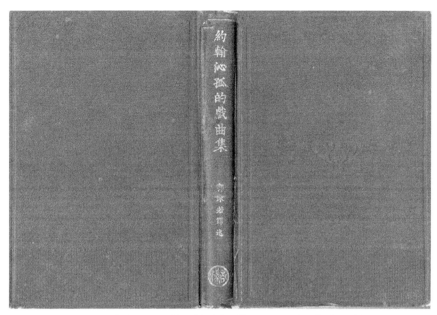

⊙ 1926 年商务印书馆版精装《约翰沁孤的戏曲集》封面封底

⊙ 1926 年商务印书馆版平装《约翰沁孤的戏曲集》封面、版权页、扉页

个是杜撰(当然是经过作家的"综合的再现"——这个字是我自己想出来的,我的意思是说由种种的经验的有机的组合),每个人物所用的话几乎都是由实地得来,所以我们读他的著作,一点也不觉得矜持,一点也没有甚么不自然的地方,他写出的全部的人物都是活的,一个个的心理,表情,性格,一点也没有虚假。他是把写实主义(realism)的精神,彻底地应用在戏曲上而成功了的。

但是我一移译他时便感不少的痛苦了。我们中国的语言是有千差万别的,究竟该用那一种方言去译他?要单用一种方言移译时,又恐怕看的人不懂。没有法子我只好仍拿一种普通的话来移译了,这在多数人能够了解上当然可以收些效果,但于原书的精神,原书中各种人物的传神上,恐不免要有大大的失败了。不过我在这儿想出了一个调济的方法,便是沁孤这些剧本,假使在我国各地方有上演的机会时,我希望各地方的人再用各地方的方言来翻译一遍,我想在舞台上是定可以成功的。

异端

　　《异端》，德国霍普特曼著，郭鼎堂（郭沫若）译述，笔者所见为商务印书馆三种不同版次的版本。

　　其一，民国十五年（1926 年）五月初版，不知印数，每册定价大洋 4 角 5 分。封面粗黑线框，竖印细线，左上印书名和作者名。其二，"世界文学名著"，即"世界文学名著丛书"，民国二十四年（1935 年）五月国难后第二版（1934 年 7 月国难后第一版），不知印数，每册定价大洋 4 角 5 分。封面左右为叶形图案，这是"世界文学名著"的统一设计。其三，民国三十六年（1947 年）二月三版，属"新中学文库"，扉页标"世界文学名著"，两者好像无法"统一"起来。全书 140 页，内容同前。所谓"第一版"，即初版，1933 年出版，也就是说"商务"版"新中学文库"，是按自己的版次出版的，与 1926 年 5 月的初版没有直接的延续关系。

　　书前有译者 1925 年 9 月 14 日写于上海的《译者序》，三页，其中说道：

　　　　他这部小说《异端》——原名是 Der Ketzer Von Sosna——是一九一八年出版的，要算是他新近的作品。我们假使知道他做这部小说时已经是行将六十的老人的时候，我们怕谁也是会生惊异的。他的取材是那么大胆，他的表现是那么浓艳，他这决不是我们中国的一些未老先衰的道学大家们所能梦想得到的呢！大凡伟大的艺术家，在精神上是长春不老的青年，他的天地永远没有秋风萧杀的时候。……我译这部小说已经是两年前的工作了，我是因为赞成他的这种作意，而且喜欢他的一笔不懈，一字不苟的行文。他全书中关于

⊙ 1926 年商务印书馆初版《异端》封面、版权页、扉页

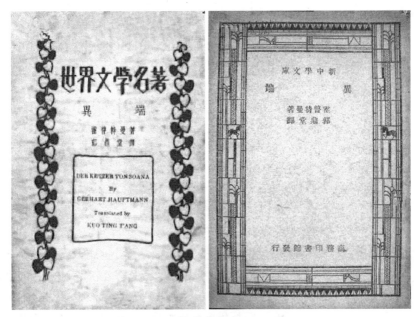

⊙ 从左至右：
1935 年商务印书馆国难后第二版《异端》封面
1947 年商务印书馆三版《异端》封面

自然的描写,心理的解剖,性欲的暗射,真是精细入微。精细入微之弊易流于
板滞枯涩,而此书独无此弊。霍氏自己说他书中的插话像一朵山野中生出的
可怜的龙胆花,他这个批评刚好可作他全书的写照了。……此书英译和日译
本都有,可惜英译本在上海书肆里不能寻出。日译者是中岛清氏,我现在整理
我的旧译稿时,曾将中岛氏的译本来作过一度的参证。书中的注解尤多取借
于后者。

初版书前有《译者序》,同前,后有"文学研究会丛书"书目广告六种:《玛丽》
《我的生涯》《线下》《印度寓言》《新文学概论》《莱森寓言》。还有共学社译述的世界
名著(小说)书目五种:《复活》《托尔斯泰短篇小说集》《父与子》《前夜》《甲必丹
之女》。

争斗

　　《争斗》,三幕剧,英国戈斯华士原著,郭沫若译述,笔者所见为商务印书馆印行、民国十五年(1926年)六月初版,不知印数,每册定价大洋4角5分。封面粗黑线框,竖印细线,左上印书名和作者名,与《异端》同。版权页分为上下两部分,上下分别印有英文和中文的版权事项,这一印刷形式,在早期"商务"版的图书中是常见的:规矩齐整,但有点老气横秋。

　　全书150页,书前有译者1926年1月28日写于上海的序,其中说道:

　　　　戈斯华士(John Galsworthy)是英国现存作家之一。他生于1867年。他在文学上活动的范围甚广,诗小说戏剧均所擅长……我这篇翻译是以Scribner出版的《戈氏戏曲集》为底本的。《戈氏戏曲集》已经出到第六集,合计作品已经在二十种以上了……我国社会剧之创作正在萌芽期中,我以为像戈氏的作风很足供我们的效法。他的作品除本篇而外,如《银匣》,如《长子》,如《白鸽》,如《正义》等,均其杰出之作,以后我想逐次移译出来,以供于读者。

　　此版本有两处值得关注,一是郭沫若写的序,已摆脱文言桎梏,读来有愉悦感;二是"商务"的这一版本封面别具一格,简洁而有艺术味。

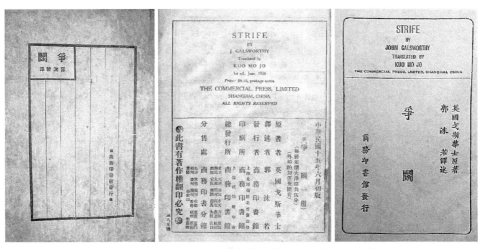

⊙ 1926 年商务印书馆初版《争斗》封面、版权页、扉页

石炭王

《石炭王》，易坎人（坎人，郭沫若）译，笔者所见四种不同出版机构出版的不同封面不同版次的版本：乐群书店、现代书局、海燕出版社和群益出版社。

第一种，乐群书店版，版权页的表述是："1928.10.1付排　1928.11.30初版　1—1 500册　1929.3.9再版1 501—3 500册　版权所有　每册实价1元5角"。此书为精装再版，封面蓝底，压印图案为矿灯和矿锤，这也是平装本的封面。扉页图案为木偶人，署名"坎人"。

全书520页，内分27章，其中有第一篇《石炭王的领土》、第二篇《石炭王的家奴》、第三篇《石炭王的臣仆》、第四篇《石炭王的意志》等。

第二种，现代书局版，1932年4月10日五版，初版于1928年11月，这说明"乐群"版与"现代"版在版次上存有延续关系。不知印数，每册实价1元5角。封面和版权页署名"易坎人"，扉页署名"坎人"。这两个名字皆为郭沫若的笔名。郭的笔名甚多，有将近30个左右。"坎人"之名见于《石炭王》，"易坎人"之名见于《屠场》。

如今常见的是第三种和第四种的版本。

第三种，海燕出版社版，1941年4月再版，印1 500册，不知售价。封面图案与"乐群"版基本相同，仅图案缩小。

第四种，群益出版社版，民国三十六年（1947年）八月出版，发行人吉少甫，不知印数，基本定价国币16元。这两种版本在版次上已经与初版的"乐群"版没有什么关系。

封底题名《石头人与人力》，封面题名《抽烟卷的矿夫》，由美国IRWIN D. HOFFMAN作图。

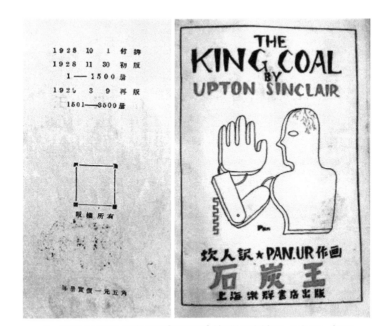

⊙ 1929 年乐群书店再版《石炭王》精装平装封面、版权页、扉页

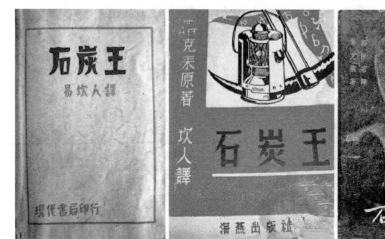

⊙ 从左至右：
1932 年现代书局五版《石炭王》封面、
1941 年海燕出版社再版《石炭王》封面、
1947 年群益出版社再版《石炭王》封面

屠场

　　《屠场》,辛克莱著,易坎人(郭沫若)译,笔者所见精装与平装两种版本。南强书局(上海四马路中西大药房隔壁二楼)出版,版权页的表述是:"1929　6　25 付排　1929　8　30 出版　1—3 000,实价 1 元 3 角"。精装本是在偶然的机会中见到过一眼,当时未留下任何信息,之后查找了很长时间才又重见其封面,虽已破损,但仍能隐约看清它的面目,最显眼处是封面印有的"南强"出版的"新兴文艺杰作选集"的标志。在《中国现代文学总书目》中,把它称之为"丛书",而在其他书目资料中却都失收,因此不知这套丛书到底有多少种。笔者所见只有一种标明"新兴文学丛书"的丛书(水沫书店 1929 年出版),内收《在施疗室》《革命底女儿》《钱魔》。精装本的内封图案,也就是平装本的封面,如果未见精装与平装的版本,也就无法弄清所有版本元素的细节。

　　全书 410 页,分 29 章,无标题。书末有藏书者的题签,记于 1929 年 9 月,是出书后一个月。书末有郭沫若写的《译后》。郭确实是个思路清晰、逻辑性很强的作家,这从他写的所有序跋就能看出,很值得读者欣赏与研究:

　　　　本书原名为《jungle》。直译时当为《荒荆》或者《榛莽》,自是象征的名目;译者嫌其过于文雅,与本作之内容不趁,故直取本书所写之《屠场》以更易之。

　　　　本译本之蓝本乃纽育 Vanguard Press 的 1927 年十月发行的第三版。此书本出世于 1906 年,自归 V·P 印刷后,于一年之间已出三版,其行销之猛烈殊可想见。惟本版与旧版,自 21 章以后便大有删削,特别是最后的结尾,在旧版中尚有 30,31 两章,而本版则全

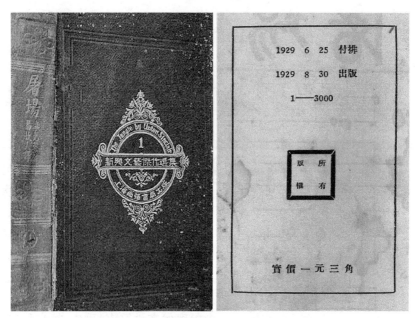

⊙ 1929 年南强书局精装初版《屠场》封面、版权页

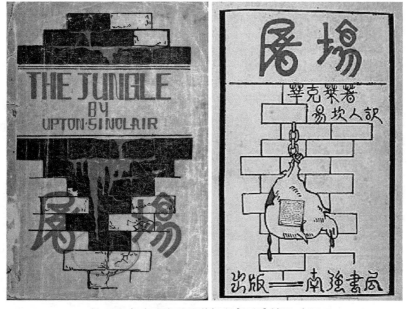

⊙ 1929 年南强书局平装初版《屠场》封面、扉页

盘删削了。作家尚存,此等删削当系作者亲笔;以余所见以此删定本为佳,其未经删定者大率皆蛇足,而特以 30,31 两章为尤赘。全书中所构成之效果,多为此二章所破坏,甚不足取。故本译书即以此新版为蓝本。

本书所含之力量和意义,在聪明的读者读后自会明白。译者可以自行告白一句:我在译述的途中为他这种排山倒海的大力几乎打倒,我从不曾读过这样有力量的作品,恐怕世界上也从未曾产生过。读了这部书我们感受着一种无上的慰安,无上的鼓励:我们敢于问:"谁个能有这样大的力量?"

本译书乃取逐译逐印的方式,故于前后译语每有出入处,而文气亦恐有不贯的地方,这些是译者深引以为遗憾的。在将来有机会时,当尽力更改。又于力量不到处或偶尔疏忽时庸或有误译之处,读者如见到时亦望随时指摘。

本书开端第一章,由玛利亚口中有立陶宛的一节恋歌唱出,因译者不解立陶宛语,故于译文中略去,今附录于下以待能者:"Sudievkv' ietkeli, tu brangiausis; Sudiev' ir laime, man biednam, Matau-paskyre teip Aukszcziausis,Jog vargt ant sviets reik vienam!)"

译者 1929 年 7 月 30 日译毕

书末有书籍广告:《新术语辞典》、《西洋史要》(元纯编译)、《世界大战后的资本集中》(鲁宾斯泰著,李华译)……《长途》(张资平作)、《洗衣老板与诗人》(杨骚译)、《湖丝阿姐》(孙侠夫著)等。

草枕

《草枕》，夏目漱石著，郭沫若译，笔者所见为美丽书店发行、1930 年出版，印 2 000 册，每册实价 7 角。封面黑线框，内从上至下印原著者名、译者名、书名及出版时间"1930"。扉页有花饰框，红得极其鲜艳，图案看似花叶，但又好像是鱼虾。

这一种郭沫若的版本，几乎在所有现代文学书目中失收，弄不清其中的缘故。

书前有译者写的《译者序》，其中说道：

> 草枕好比一株美丽馥郁的花，开在东湾三岛上，我现在大胆地把它移植到中华大陆来。请国人欣赏。但美丽馥郁之花，是否因土质之不同，气候之差异，来到中国而枯萎；是否因好尚之不同，馥味之悬殊，见摈于大陆的人士：这都很难预料。但我因爱此花之美丽馥郁，所以便想贡之于同好，真正懂得此花之美而香者，只要有一人以上，移植者的力气，已经不算白费；何况此花之知己，在号称四万万人中，或不限定只有一人呢……

全书收文 13 篇：《春之山路》《山岭之茶店》《旅邸之一夜》《朝之旅邸》《理发店》《春夕》《温泉之烟》《茶席》《小说诵读》《镜池》《观海寺》《春之丘》《川舟》。

与之同名的版本，笔者还见到过两种，一种是崔万秋译、上海真美善书店 1929 年 5 月出版的《草枕》，原著者同，收文仅郭译前五篇；另一种是李君猛译、长春益智书店1942 年版，见过已忘，不知收了什么文章。

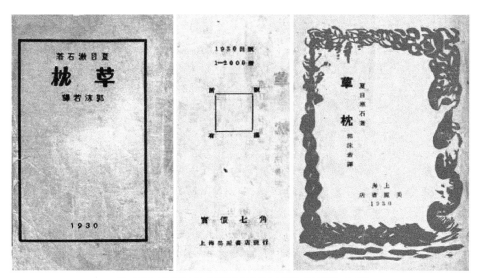

⊙ 1930 年美丽书店初版《草枕》封面、版权页、扉页

牧场

　　《牧场》,此书极为罕见,笔者可以说找了将近十多年才发现,这真要感谢网络的神奇,虽然所见极其简陋,但毕竟看到了它的真面目,这是任何想象都无法实现的。尤其是"月明书店",更是从未听说过,而且神奇到封底居然还留有一枚非常别致、异常珍贵的出版标记,所有这些都让人兴奋不已——版本收藏的魅力,也许就在这种偶然之间。

　　所见版本失版权页,从扉页上得知是月明书店1930年版,估计是初版。此书虽品相较差,但能一见芳容,已是天大之幸运。因见于网络,只见几幅书影,而不知书中内容,有待知情者补正。

　　在《中国现代文学总书目》中收有此书,表述极为简单而准确:"小说,(美)辛克莱著,易坎人(郭沫若)译,上海月明书店版"。但是,在上海图书馆的书库里居然失收,这更说明此书的罕见。

　　作者辛克莱·刘易斯,美国作家,生于1885年,逝于1951年。1914年出版了他的第一部长篇小说《我们的雷恩先生》。他一生主要的作品有《大街》《巴比特》《阿罗史密斯》等。《巴比特》曾于1930年获得了诺贝尔文学奖。获奖理由是:"由于他充沛有力、切身和动人的叙述艺术,和他以机智幽默去开创新风格的才华"。然而在美国评论界引起的反应却是谴责和攻击,同时还谴责诺贝尔奖评委会,说授奖给辛克莱·刘易斯是"因为他的书满足了欧洲人侮辱美国的欲望"。晚年由于家庭烦恼使他精神失常,最后死在罗马。在他的墓碑上镌刻的除姓名和生卒年外,只有:"《大街》的作者"这几个字。——看来,人生就是这么简单,用几个字就能概括。

⊙ 1930 年月明书店初版《牧场》封面、封底、扉页

煤油

　　《煤油》，辛克莱著，易坎人（郭沫若）译，笔者所见两种不同出版机构出版的版本：光华书局和国民书店。

　　第一种，署"易坎人"，光华书局印行，版权页的表述是："一九三〇年四月付排　一九三〇年六月出版　1—3 000册　平装两册实售 3 元　洋装一册 3 元 4 角"。封面图案以色块和文字搭配，相当和谐。扉页有花饰纹框，标明"1930"。

　　第二种，署"郭沫若"，上海国民书店发行，民国二十八年（1939 年）六月十六日出版，不知印数，全两册实价新币40 元。

　　书前有译者写的《写在〈煤油〉前面》，五页，其中说道：

　　　　辛克莱的作品，我算翻译了三部出来；关于他，我现在可以来说几句话。

　　　　第一层我们要知道这位作家的短处。这位作家的立场不是 Marxo-Ieninism，但要说他是社会民主主义者，他又多少脱出了。他假如是生在苏俄，可以称呼为"革命的同伴者"。所以我翻译他的作品，并不是对于他的全部的追随。

　　　　不过这位作家尽有充分的长处足以使我们翻译他，仿学他的。从大体来说，他是坚决地立在反资本主义的立场，反帝国主义的立场的。他生在资本主义最发达的美国，从内部来暴露资本主义的丑恶，他勇敢的暴露了，强有力的暴露了，用坦克用四十二珊的大炮全线的暴露了，这是这位作者最有光辉的一面，他的精神是很强韧的。……他的长处和他的短处都是因为生在

⊙ 1930 年光华书局初版《煤油》封面、版权页、扉页

⊙ 1939 年国民书店版《煤油》封面、版权页、扉页

美国。有美国那样发展的有产者的社会形态，所以才有那样丰富的资料来让他暴露。但就因为他是生在那样的有产者的社会里，所以他除暴露之外不能决绝的更前进一步。这便是他的作品所受的社会条件，同时也就是一般的文艺，乃至一般的意识形态，是怎样依存在社会的物质的基础上之一例证。……

朋友们或者会问我：那吗为甚么不翻译苏俄的作品，要翻译辛克莱？

这答案很简单。

第一我懂英文而不懂俄文，懂俄文的朋友很多，俄国的作品由懂俄文的朋友直接去介绍是较为妥当的。

第二是辛克莱有充分地可以使我们学习的美点，我在上面已经叙述了。

第三是目前的世界资本主义中美国是站在最尖端，特别在我们中国我们受他的麻醉受他的毒害最深最剧。……我们大家请在他这作品中来领略领略所谓"欧美式的自由"！——这是我在目前要介绍辛克莱的主要的意义。

全书 501 页，分上下两集，共收 21 章，有标题：《驰驱》《租地》《捣井》《牧场》《天启》《野猫》《罢工》《战争》《胜利》《大学》《叛徒》《赛仑号》《修道院》《明星》《暇期》《财喜》《曝露》《遁逃》《责罚》《献身》《蜜月》。

上集，从第 1 章至第 11 章；下集，从第 12 章《赛仑号》始至《蜜月》，共 339 页。书末有国民书店版、梅雨译的《对马》广告词。

战争与和平

《战争与和平》，L. 托尔斯泰原著，笔者所见四种不同出版机构出版的版本：文艺书局、光明书局、五十年代出版社和骆驼书店。前两种是由郭沫若译，后两种是由郭沫若与高地合译。

第一种，文艺书局版，1932 年 1 月出版，版权页的表述是："1931. 12. 15 付排　1932. 1. 15 出版　第一分册（下）每册实价大洋 6 角"。封面印"托尔斯泰最伟大的名著　郭沫若译　第二分册"。另有教堂、步枪等图案。

第二种，光明书局版，郭沫若译，1935 年 10 月出版，不知印数，每册定价大洋 9 角。封面和扉页印"第三分册"。封面图案是纪念碑雕像。

第三种，五十年代出版社出版，郭沫若、高地译，1942 年 9 月初版，不知印数，每册定价国币 10 元。封面、版权页印"第三卷"，封底印俄文书名"BOUHA"与"MUP"，右上角印"2"，不知是什么意思。

全书 481 页，书前有郭沫若 1940 年 1 月 23 日写于重庆的序，四页，其中说道：

> 托尔斯泰的《战争与和平》，我着手翻译已经是八九年前的事了。那时我寄居在日本，生活十分窘促，上海的一家书店托人向我交涉，要我翻译这部书，我主要的为要解决生活，也就答应了。但认真说来，我实在不是本书的适当的译者；因为我不懂俄文，并不能从原文中把这部伟大的著作介绍过来。我便偷了巧，开始是用 Reclam 版的德译本着手重译，同时用英译本和日译本参照。在译述的途中，我发现了我所根据的德译本

⊙ 1932 年文艺书局版《战争与和平》封面、版权页

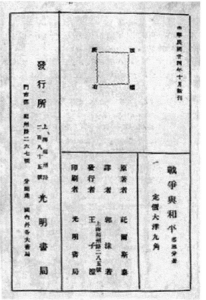

⊙ 1935 年光明书局版《战争与和平》封面、版权页

⊙ 1942 年五十年代出版社三版《战争与和平》封面、版权页

⊙ 1948 年骆驼书店版《战争与和平》精装平装封面、版权页

⊙ 1948 年骆驼书店版《战争与和平》精装平装本中的插图两幅

省略得太厉害了，于是便率性用 Garnett 的英译本为蓝本，一直重译了下去。（同时我也发现了一个秘密，便是米川正夫的日译本，号称为是从原文直译的，事实上只是 Garnett 本的重译……）单只叙述这一点，便可以知道我那译本是怎样不完全的一种东西了。更加以书店要急于出版，我是边译边寄，书店也就是边印边出，因此连那书里面的人名地名（据高地君的统计约有八百多）都译得前后参差，译文的草率自无庸说了。幸好译到将近一半的光景，书店因为营业困难，不能继续出版，连我的译稿都还有一部分存在上海的内山书店（这一部分译稿已遗失）未被取去，我也就把译笔停止了下来。

这部书我本来是十分爱好，并十分希望把它完整地介绍过来的，自己的外国语能力既不适宜于介绍，也曾经起过一番野心，想把俄文学好，卷土重来地作一个彻底的改译，但俄文程度学习来只认得几个字母，时辍时续地终久没有成器。人到上了年纪，要从新学一种外国文，似乎确是一件难事。第一，专心致志的工夫就做不到，有许多事务来阻挠你，总使你无法进展。我自己是早把全译的心事抛弃了。在日本时，曾经认识一位邢桐华君，他的俄文程度比较好，他曾经对我说，想把这书继续译完；我当时十分高兴，觉得自己是卸下了一项重担，曾极力怂恿他，要他趁早动手。记得民国廿六年春间，在东京出版的质文杂志（留东同学一部分爱好文学的人编印的，出到四期为日本警察所禁止）上，邢君还登过预告，但在他尚未着手移译之前却遭了日本警察的迫害，把他抓去拘禁了一个时期，并强迫出境。邢君回国，不久卢沟桥事变发生，他曾经进过军队，并参加了政治部的工作，最近是病在桂林，闻系喉头结核，有朝不保夕之势，他的翻译工作，我知道是一直不曾着手的。

最近我真是欣幸，突然接到高地先生给我一封信，信里面有这样的一节："最近我从原文将托尔斯泰的《战争与和平》全部译成，约一百万言。先生的译

文从前曾拜读过……也许先生所根据的原本不同,有些地方与原文小有出
入。……因为本书前部有很多很多的地方用了先生的译文,甚至可以说是试
验的校补,所以我很愿意和先生以合译的名义出版,假如我的名字是至影响先
生的威望,在我是十分荣幸的"。这样谦和到极端的一种通信已就足能使人愉
悦,更何况是十年来的一种遗憾突然得到满足,真是有说不尽的快慰。我自然
是立即便回复了高君,把我译述的经过略略告诉了他,怂恿他迅速出版……

　　不久高君也有回信来了,原来他也和邢桐华君相熟。他说:"邢桐华君在
抗战前,在南京和我同住一个院子里,他对俄国文学的研究比我深多了,我们
曾常常谈到先生在东岛时的工作与生活。很可惜他的健康不好,使他未能展
其所长。"这也要算是一段很有回味的因缘。将来,假使邢桐华君能够读到这
一段文字,我相信他一定也会愉悦的,因为他的未能实现的一项宏愿,被他的
友人替他实现了。

　　高君同时把全书的目录寄给了我,还有校译附言一篇叙述他从事译述的
经过和方法,又有关于作者及本书的介绍一篇,这些都是对于读者的十分亲切
的向导。正文首尾数章的译稿也寄了来,我都一一拜读了。译笔是很简洁而
忠实,同时也充分表现有译者性格的谦和与缜密。我对于高君虽尚无一面之
识,但读到这些资料使我感觉着十分的亲切,同时也就发生出了油然的敬意。
在目前军事扰攘的时期,高君竟有这样的毅力来完成了这样宏大的一项工程,
并且工作态度又那样有责任心,丝毫也不肯苟且。这怎么也是值得令人佩
服的。

　　译文的一部分我细读过了一遍之后,从前怀抱过的一番野心又淡淡地甦
醒了转来。我很想趁这个机会把高君的译稿来和原作对读一遍,以为我学习
俄文的机会,同时对于译文在有些地方想也可以略加润色。但又一回想,我的
时间终久是不会允许我的,仅是把出书的时期无谓地延长罢了。因此我也只
得让我这个野心又渐渐地潜伏下来,且待全书出版后再慢慢来实践吧。

　　至于本书的译出,高君一定要我和他联名,我感觉着有些不安。我怕的是
会窃取了高君的劳绩和美誉。因此我要诚恳地向读者奉告;我在这次的全译
上丝毫也没有尽过点力量,这完全是高君一人的努力的结晶。假使这里面的
前半部多少还保存了一些我的旧译在里面,那也只是经过高君淘取出来的金
屑。金屑还混在沙里面的时候,固是自然界的产物,但既经淘取出来,提炼成
了一个整块,那便是完全是淘金者的产物了。

　　高地的《译校附言》,1940 年 4 月写于新都县,八部分,13 页,其中第一和第三
部分分别说道:

一

一九三一年和平的夏季，得英译托尔斯泰的《战争与和平》，却在八个月后，在次年一·二八战事后，才开始将它读完。而这时（后来知道），郭沫若先生已开始翻译了。

一九三七年一月，得原文的《战争与和平》，而规律地阅读此书，巧合地，又是在八个月之后，在八·一三上海战事后。

同年十一月下旬，在警报声中，带了这部书离开南京，绕道到了武汉。在东湖边，当我所敬佩的S先生谈到各人在抗战中的工作计划时，我曾随口说出翻译此书之意。从前对翻译与小说虽然有过一些关系，然而这个工作的繁重和自己文学修养的不够，使我不敢着手。

一九三八年初，因为听说长沙方面可以找到职业，乃赴长沙。到了长沙后，我有机缘重行得到郭沫若先生的译本（一、二、三册）。论翻译，在技术上，在修养上，郭先生是我引为模范的，那时我闲着，每天将郭先生的译文与原文对看。郭先生的蓝本有删改处，因此郭先生的译本便有了须添补之处，我便顺手在译本上添补起来。同时我有了续译完毕的意思，因为续译，在我可以借用郭先生的译文，省点时间和精力。

当时我听说郭先生在长沙，当我打算去拜访时，听说他已离湘。我也就未通知他我的意思。

是年夏，得F先生的介绍，我入川教书。我转武汉入川，所带的书只有数册，这部书也在内。

我的工作的开始，是在七七周年纪念日后，在川东铜梁。那时业余颇有闲暇，便逐日校译抄写一点，唯因为这个工作繁巨，尚不敢坚信一定会做完毕，只可说是试试看，四个月中成绩甚微。十一月底到成都，继续进行，直至一九三八年终，所成的还是很少。

在一九三九年的开始，我在蓉开始利用余暇有规律地做此工作，同年六月，我还居新都县，继续工作，到十一月中，全部初稿竣事。不过工作并不那么顺利方便，例如夏天，日有蝇，夜有蚊，身内汗向外流，身外各种噪音向耳朵里挤，欲求一安静之所，真觉难如蜀道。稿纸用的是白粉对方所印的，这一百万字的抄写，除了百分之一是用钢笔外，其余都是用毛笔，这也是一个不方便处。回想起来，好似经过长途旅行，爬过一串串困难，带着疲倦的愉快走到了终点。

三

校译所本的原书是一九三五年莫斯科的Academia版，印刷、装订、样式皆相当讲究。据原书前附白，这个版本是根据一八八六年《托氏文集》第五版而排版，并根据一八七三年《托氏文集》第三版，手稿、校改稿有所更正（但仍有若干极小错误）。正文中夹用外国文，皆有俄文译注，唯文字与语气偶有差异；此类译注的一部分根据一八八六年托氏文集第五版排印的，一部分是一九三五年版新加的，并有区别的符号，但中文译本一律用中文译出，无须分别加注。

关于参考方面，译时只有一本俄英字典在手边，许多字查不到，使工作感到不便。有时得精通俄语的同事说明疑难处，但困难还是有。校阅初稿时，得借用露和辞典，却因为是翻版，字迹模糊，且有字查不着，此时只好借用英文译本的意思。

译时参考的英文译本是 Garnett 的译本，这个译本有很多可借助之处，但也有些小错误。（英文译本有 Vizetelly, Dole, Wiener, Garnett, Maude 五种，其中 Maude 译本最好，Garnett 译本次之，此二种及 Dole 的译本，译者均曾看过）。

目前译本的前部分可以说是郭沫若先生译本的校补。后面的部分则是我另行译出。校译时为了求合原文（不仅是在字眼上，而且还在句法上，因为有些俄文句子较之西欧文句更近似中文句法），为了前后笔调的统一，我曾将郭沫若先生的译文贸然任意更动，且偶有增加，又经过一番抄写，故现在前部的译文与郭先生译文的原来面目是稍微不同了。

……在此期间，托人在香港和上海买《露和辞典》，都无结果。同时，我为了几个名词查了点参考书。

这时，我通知郭沫若先生这件事已做完，接到他的复信，才知道他是先从德文译本后从英文译本翻译的，而郭沫若先生的长者的无限好意，使我在校稿时，更想到苦中之乐。我很感谢郭先生，他许我贸然任意借用他的译文，并助成这件工作。

今年一月，我开始逐句校阅，并向朱光潜先生请借英文"毛德"译本作参考，他又转向别人借到寄下。二月初，我收到英文"毛德"夫妇的译本。这个译本使我解决了不少困难。前面已校的又重行把自己不放心之处对照一过。第二卷以下的，对照"毛德"译本甚多。"毛德"的译本，一如"加纳特"的译本，是根据不同的原文版本翻译的，英译本有时较原文本多半句或一句，皆加译出来，因为英译本所多的，从行文上看，有时正是原文所需的。但是主体上还是遵守原文的。稍微困难之处，我都是以原文、英译、及译文三种逐句对照，不妥处是减少了。

另外还有"毛德"写的《论战争与和平》，18 页。

第四种，骆驼书店版，郭沫若、高地译，笔者见到过精装与平装两种版本，其一，1947 年 1 月初版，精装本，深色封面，书名由郭沫若手书。版权页印骆驼书店的出版标记，相当醒目。其二，1948 年 8 月三版，平装本，封面印红字，并有"第二册"和骆驼书店朱文印一枚。不知印数，版权页印"全四册六十五元"。内容同"五十年代"版。

另外据说还有中华书局 1939 年 8 月版，笔者始终未见。

黄金似的童年

　　《黄金似的童年》，苏联短篇小说集，"创作丛刊"，苏联赛甫琳娜等著，沫若（郭沫若）译，笔者所见为上海新文艺书店出版、1932年4月初版，不知印数，每册实价9角。扉页印"沫若译著小说"。

　　此书在郭沫若所有的著译书目中皆失收，不知其中缘故，估计留存在世者实在太少。笔者好容易才见到这一版本，但封面图案相当模糊，也看不清画的是什么。

　　书前有译者写于1932年4月2日的《译者》，即《译者序》，四页，其中说道：

> 　　在苏联的革命的十年中，文坛上产生了不少的惊人的苏维埃的文学。无产阶级的作家和"同路人"在这空前的事件中得到了无限的创作的动力。……
>
> 　　说来实在惭愧的很！我没有能力，精神与时间，不能将苏联十年来的文学作一个有系统的介绍，只能在这十分烦忙的工作与学习中偷一个工夫译这几篇短而又短的东西来。
>
> 　　面包，哑儿，幼儿，两个朋友及好妇人等是在国内反封建军阀的战壕内译的，其余是出国后译的。
>
> 　　关于面包的印刷等事，都是烦霁野诸兄代劳，这是我所特别感谢的！

　　全书283页，收小说：《面包》（爱伦堡）、《哑爱》（左祝梨）、《好妇人》（左琴科）、《两个朋友》（赛甫琳娜）、《犯人》（赛甫琳娜）、《乡下老关于列宁的故事》（赛甫琳娜）、《黄金似的童年》（赛甫琳娜）、《幼儿》（伊凡诺夫）、《猪与柏琪嘉》

⊙ 1932 年新文艺书店初版《黄金似的童年》封面、版权页、扉页

（亚洛赛夫）、《和年·面包与政权》（亚洛赛夫）、《女布尔雪维克——玛丽亚》（捏维洛夫）。附录《著者略历及照像》。

对照一些书目资料，包括书中目录，两者在所收篇目的名称上略有不同，或可能原本就印错了，如书中篇目是《和年·面包与政权》，资料篇目是《和平·面包与正权》，看来两者皆有错，正确的题目就是《和平·面包·政权》。

我们的进行曲

《我们的进行曲》，郭沫若译，大光书局出版发行，发行人陈荇荪，笔者所见为民国廿五年（1936 年）七月再版，不知印数，原价每册国币 5 角，特价每册国币 1 角 5 分。

书前有郭沫若写于 1929 年 11 月 25 日的《小序》，两页，其中说道：

> 这部《新俄诗选》是 L 由 Babette Deutsoh 与 Avrahm Yarmolinsky 编译的《Russian Poetm》的第二部翻译出来的。我把来和英译本细细的对读过，有些地方且加了很严格的改润；但如柏里的一首，叶贤林的一首，以及《缝衣人》《工厂汽笛》《Nepmen》《农村与工厂》《砌砖人》《木匠的刨子》等篇我差不多一字都没有改易，那完全是 L 的。L 的译笔很流畅，造语也很有精妙的地方，读他的译诗多少总可以把取一些原作的风味。……至于这儿所选的诗只是革命后四五年间初期的作品，严格的说来，这些诗都不足以代表新俄的精神。手法未脱陈套，思想亦仅是感情的冲动……

书末有附录：作者评传，作者 15 人。

全书 106 页，收 15 位诗人的作品。布洛克：《西叙亚人》，柏里：摘自《基督起来了：23》，叶贤林：《变形》第三部，马林霍夫：《强暴的游牧人》《十月》，爱莲堡：《我们的子孙之子孙》，佛洛辛：《航行》，阿克马托瓦：《"完全卖了，完全失了"》《"而且他是公正的……"》，伊凡诺夫：《冬曲：第三部 Sonnet》，阿里辛：《不是由手创造的》《缝衣人》，嘉斯特夫：《我们长自铁中》《工厂汽笛》，吉拉西摩夫：《第一球

⊙ 1936 年大光书局再版《我们的进行曲》封面、版权页

的传动》，白德宜：《新林》《Nepmen》《无人知道》，马亚柯夫斯基：《我们的进行曲》《巴尔芬如何知道法律是保护工人的一段故事》《非常的冒险》，柏撒门斯基：《农村与工厂》，喀辛：《砌砖人》《木匠的刨子》。

此书初版书名为《新俄诗选》，光华书局 1929 年 8 月初版，署名：L·郭沫若合译，"L"即李一氓。笔名"L"，见于 1928 年 4 月 15 日《流沙》半月刊第三期的《春之莫——献给亡友纪君》；又见于这本《新俄诗选》。除"L"外，李一氓笔名还有：氓、一氓、杜竹君、李德谟等。

华伦斯太

《华伦斯太》,德国席勒著,郭沫若译,笔者所见生活书店(上海福州路第384号)两个不同版次和封面的版本。

第一种,"世界文库",郑振铎主编,精装本,民国二十五年(1936年)九月初版,不知印数,甲种每册实价国币1元。全书分为三部,第一部《华伦斯太之阵营》,第二部《皮柯乐米尼父子》,第三部《华伦斯太之死》。

第二种,民国三十六年(1947年)四月胜利后第一版,发行人徐伯昕,印1500册,每册基本定价国币9元5角。全书227页,内容同前,封面不同。

书末有郭沫若写的《译完华伦斯太之后》,六页,其中说道:

> 最初和席勒的《华仑斯太》接近,已经是二十年前的事了。那时候译者还是日本一处乡下的高等学校的学生。与译者同学的成仿吾,他是尤其欢喜席勒的人,每每拿着席勒的著作,和译者一同登高临水去吟咏,在译者心中是留下有隽永的记忆的。仿吾后年曾存心翻译这剧的第三部《华仑斯太之死》,在创造社的刊物上曾经登过预告,这也是十年前的事了。但仿吾不曾把这项工作做出,我相信他以后也怕没有兴趣来做;因此我便分了些时间来替他把他的旧愿实现了出来。

> 本剧是以三十年战争为背景的历史剧,华仑斯太是实有其人。但作者对于史料的处理是很自由的,剧情的一半如麦克司·皮柯乐米尼与华仑斯太的女儿特克拉的恋爱插话,便完全是出于诗人的幻想。有些批评家以为这项插话是蛇足,不如直裁地用粗线把华仑

⊙ 1936 年生活书店初版《华伦斯太》书脊、封面、版权页

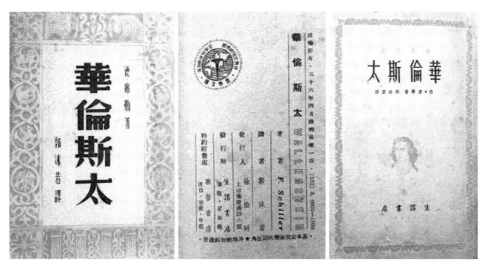

⊙ 1947 年生活书店胜利后第一版《华伦斯太》封面、版权页、扉页

斯太描画出来还会更有效果。但在我看来,觉得这个意见有点碍难同意。我觉得这个插话的插入正是诗人的苦心之所在,诗人是想用烘托法,陪衬法,把主人公的性格更立体地渲染出来,而使剧情不至陷于单调,陷于枯燥。诗人的这项用意和手法,实在是相当地收到了效果的。……

本剧原是诗剧,但几乎全部都是无脚韵的"白行诗",这种形式在中国是没有的。我的译文是全部把它译成了韵文,然而我除《序曲》及剧中少数可知歌词之外,都没有分行写。这意思自然是想节省纸面,并免掉许多排字上的麻烦,然而我也想讽谕一下近代的一些叙事诗人,诗不必一定要分行,分行的不必一定是诗也。

译完全剧费了将近两个月的工夫;译完后通读一遍,费了两天;今天费了半天工夫来写了这篇译后感。一九三六年的猛热的夏天,就在这译述中度过了。汗水虽然流了不少,但替我们中国文艺界介绍了一位西方式的"汉奸",这是应该感谢我们的席勒先生的。

至于席勒先生,他的全名是 Johann Christoph Friedrich von Schiller,生于一七五九年,死于一八〇五年,活了四十六岁,比我现在的年龄大得一岁。他是诗人,是戏曲家,是历史研究家。他于以"三十年战争"为背景的本剧外,别有《三十年战争史》的著作,是学者而艺术家也。他是学过医学的人,为歌德的至友,与歌德齐名。更详细的事迹,只好请读者去读他的传记。

赫曼与窦绿苔

《赫曼与窦绿苔》,歌德著,郭沫若译,笔者所见两种不同出版机构出版的版本:文林出版社和群益出版社。

第一种,文林出版社版,民国三十一年(1942年)四月初版,印4000册,每册定价4元5角。国光印书局印刷,群海图书发行所发行。编辑者罗荪,发行人方学武。封面和版权页皆印"文学集丛"。土纸本,字迹模糊。

第二种,群益出版社版,民国二十七年(1938年)一月出版,印1500册,每册基本定价7元5角。此书从封面到扉页,以及版权页和书页,皆有图饰或插图,且设计得相当规整。这是"群益"版本的一个显著风格。

全书172页,收文:《运命与同情》(克略培)、《赫曼》(特普西科勒)、《市民》(它丽雅)、《母与子》(欧特培)、《和事老》(婆里歆尼亚)、《时代》(克里娥)、《窦绿苔》(奕拉妥)、《赫曼与窦绿苔》(美尔坡美涅)、《展望》(乌拉尼亚)。

书末有郭沫若写于"二十日夜"的《书后》,即跋:

> 国内近来颇有叙事诗和长诗的要求,为技术的修养起见,我想到了这首有名的长诗,便把它翻译了。
>
> 这诗是以希腊式的形式来容纳着希伯来式的内容。内容于我们目前的现实没有多大的教训,只是多少有点"国防"的意味,和窦绿苔的为革命而死的未婚夫之可贵的见解,是值得提起的。
>
> 原诗乃Hexame□□(六步诗)的牧歌体,无韵脚;但如照样译成中文会完全失掉诗的形式。不得已我便通同加上了韵脚,而步数则自由。要用中文来做叙事诗,无韵脚恐怕是不行的。

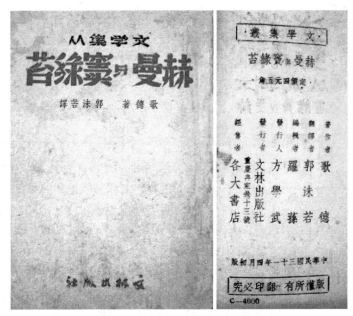

⊙ 1942 年文林出版社初版《赫曼与窦绿苔》封面、版权页

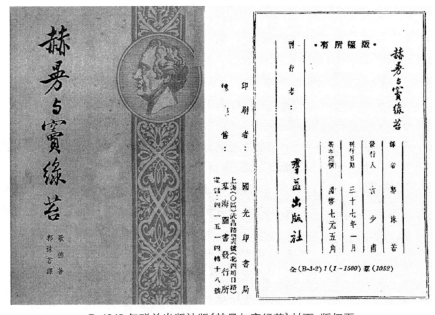

⊙ 1948 年群益出版社版《赫曼与窦绿苔》封面、版权页

⊙ 1948 年群益出版社版《赫曼与窦绿苔》扉页、正文页、插图

　　译法是全部直译,甚且可说是"棒译":因为几乎全体是一行对一行。然因译文有韵,又须牵就步数之故,于原文不免时有增损,间参以意译。但自信原文风韵及辞旨没有什么大的损坏。

　　原诗起草于一七九六年九月,脱稿于翌年六月,时歌德年四十七岁,正当法国大革命时代。诗中所叙乃一七九四年八月时事,时法国革命军与普鲁士奥地利联合军曾发生过战争。又诗中地点当在莱茵河东岸之中莱茵与迈茵河之间的小都会。然此故事事实有所本,其蓝本出自《Vollkommene Emigrationsgeschichte von denen aus dem Erzbistum Salzbrg vertriebenen Lutheranern》(《由惹尔慈堡寺领被驱逐的新教徒移住全史》一七三四年)。该书第六七一页有标题为《Von den Sparen der gottlichen Vorsehung》(《天作之合》)的插话。与此诗之本事大同小异。在此似乎可以发现出一种创作上的秘密,便是"改梁换柱"。作家把故事的经过由过去的移到现实来,这在时与地的刻画上便更有把握。再换个观点来说,便是利用故事的结构可以节省构想的劳力。这层或者是值得我们学习的。

郭沫若著译书目(1921—1949)

1921

女神(诗集,泰东图书局 1921 年 8 月初版)

西厢(戏剧集,王实甫著,郭沫若改编,泰东图书局 1921 年 9 月初版)

茵梦湖(与钱君胥合译,泰东图书局 1921 年 7 月初版,创造社出版部 1927 年 9 月初版)

1922

少年维特之烦恼(译集,泰东图书局 1922 年 4 月初版,创造社出版部 1926 年 6 月初版)

1923

辛夷集(诗文合集,泰东图书局 1923 年 4 月初版)

卷耳集(诗集,泰东图书局 1923 年 8 月初版)

星空(诗集,泰东图书局 1923 年 10 月初版)

1924

鲁拜集(译集,泰东图书局 1924 年 1 月初版,创造社出版部 1927 年 11 月初版)

1925

社会组织与社会革命(综合集,商务印书馆 1925 年 5 月初版)

新时代(译集,商务印书馆 1925 年 6 月初版)

牧场(译集,署易坎人,月明书店 1925 年 6 月初版)

聂嫈(戏剧集,光华书局 1925 年 9 月初版)

文艺论集(综合集,光华书局 1925 年 12 月初版,创造社 1929 年 5 月初版)

1926

约翰沁孤的戏曲集(译集,商务印书馆 1926 年 2 月初版)

雪莱诗选(译集,泰东图书局 1926 年 3 月初版)

德国诗选(与成仿吾合译,泰东图书局 1926 年 3 月初版)

落叶(小说集,创造社出版部 1926 年 4 月初版)

三个叛逆的女性(戏剧集,光华书局 1926 年 4 月初版)

异端(译集,商务印书馆 1926 年 5 月初版)

争斗(译集,商务印书馆 1926 年 6 月初版)

西洋美术史提要(综合集,商务印书馆 1926 年 7 月初版)

橄榄(小说散文集,创造社出版部 1926 年 9 月初版)

1927

请看今日之蒋介石(散文集,武汉中央日报 1927 年 3 月刊行)

瓶(诗集,创造社出版部 1927 年 4 月初版)

银匣(译集,创造社出版部 1927 年 7 月初版)

法网(译集,联合书店 1927 年 7 月初版,创造社出版部 1927 年 8 月初版)

1928

前茅(诗集,创造社出版部 1928 年 2 月初版)

浮士德(译集,创造社出版部 1928 年 2 月初版)

恢复(诗集,创造社出版部 1928 年 3 月初版)

从文学革命到革命文学(综合集,与成仿吾合著,创造社出版部 1928 年 4 月初版)

水平线下(小说散文集,创造社出版部 1928 年 5 月初版)

沫若译诗集(译集,创造社出版部 1928 年 5 月初版)

沫若诗集(诗集,创造社出版部 1928 年 6 月初版)

沫若诗全集(诗集,现代书局 1928 年 6 月初版)

查拉图斯屈拉钞(译集,创造社出版部 1928 年 6 月初版)

雪莱选集(译集,创造社 1928 年 10 月初版)

石炭王(译集,乐群书店 1928 年 11 月初版,群益出版社 1947 年 8 月出版)

革命精神人类机巧自然(综合集,开明书店 1928 年出版)

1929

我的幼年(散文集,光华书局 1929 年 4 月初版,文艺书局 1931 年 4 月初版,全球书店 1947 年 4 月初版)

美术考古学发展史(综合集,乐群书店 1929 年 7 月初版)

反正前后(散文集,现代书局 1929 年 8 月出版,立社出版部 1939 年 3 月初版,重庆作家书屋 1943 年 4 月初版)

屠场(译集,南强书局 1929 年 8 月初版)

新俄诗选(与李一氓合译,光华书局 1929 年 10 月初版)

塔(小说戏剧集,新兴书店 1929 年 10 月出版,商务印书馆 1926 年 1 月初版)

漂流三部曲(小说集,新兴书店 1929 年 12 月初版)

山中杂记及其他(小说散文集,新兴书店 1929 年 12 月初版)

1930

女神及叛逆的女性(戏剧集,新兴书店 1930 年 1 月初版)

中国古代社会研究(综合集,联合书店 1930 年 3 月初版,群益出版社 1947 年 4 月初版)

煤油(译集,光华书局 1930 年 6 月初版,国民书店 1939 年 6 月初版)

黑猫与塔(小说散文集,仙岛书店 1930 年 9 月初版)

山中杂记(散文集,光华书局 1930 年 10 月初版)

后悔(小说散文集,光华书局 1930 年 10 月初版)

沫若小说戏曲集(小说戏曲集,光华书局 1930 年 10 月初版)

草枕(译集,美丽书店 1930 年出版)

1931

黑猫与羔羊(散文集,国光书局 1931 年 1 月出版)

今津纪游(散文集,爱丽书店 1931 年 4 月出版)

甲骨文字研究(综合集,大东书局 1931 年 5 月初版)

汤盘孔鼎之扬搉(综合集,署名郭鼎堂著,北平燕京大学 1931 年 6 月出版)

殷周青铜器铭文研究(综合集,大东书局 1931 年 6 月初版)

桌子跳舞(小说散文集,仙岛书店 1931 年 6 月初版)

战争与和平(译集,一至三册:文艺书局 1931 年 8 月至 1933 年 3 月初版,光明书局 1935 年 10 月出版,中华书局 1939 年 8 月出版)

文艺论集续集(综合集,光华书局 1931 年 9 月初版,郁文书局 1932 年 4 月初版)

沫若全集(新文化书局 1931 年 11 月出版)

黑猫（小说集，现代书局1931年12月初版）

政治经济学批判（综合集，神州国光社1931年12月初版，言行出版社1939年5月出版，群益出版社1947年3月初版）

沫若文选（文艺书店1931年出版）

1932

两周金文辞大系（综合集，日本东京文求堂书店1932年1月初版）

两周金文辞大系（综合集，日本东京文求堂书店1932年1月初版影印）

血路（译集，原名《屠场》，南强书局1932年2月初版）

黄金似的童年（译集，新文艺书店1932年4月初版）

金文丛考（综合集，日本东京文求堂书店1932年8月初版影印线装）

创造十年（散文集，现代书屋1932年9月初版，重庆作家书屋1943年7月初版）

金文馀释之馀（综合集，日本东京文求堂书店1932年11月初版影印线装）

古代铭刻汇考四种（综合集，日本东京文求堂书店1932年12月初版影印线装）

1933

幼年时代（散文集，光华书局1933年出版）

沫若书信集（散文集，泰东图书局1933年9月初版）

行路难（小说集，商务印书馆1933年12月初版）

一只手（小说集，署麦克昂，大光书店1933年4月初版）

孤鸿（综合集，光华书局1933年4月出版）

卜辞通纂（附考释索引）（综合集，日本东京文求堂书店1933年5月初版影印线装）

1934

沫若自选集（乐华图书公司1934年1月初版）

古代铭刻汇考续编（综合集，日本东京文求堂书店1934年5月初版影印线装）

湘累（戏剧集，郭沫若等著，天马书店1934年6月初版）

生命之科学（译集，商务印书馆1934年10月第一册初版，1935年11月第二册初版，1949年11月第三册初版）

郭沫若文选（民声书店1934年初版）

1935

两周金文辞大系图录（综合集，日本东京文求堂书店 1935 年 3 月初版影印线装）

日本短篇小说集（译集，署高汝鸿译，商务印书馆 1935 年 3 月初版）

屈原（综合集，屈原研究，开明书店 1935 年 4 月初版）

两周金文辞大系考释（综合集，日本东京文求堂书店 1935 年 8 月初版影印线装）

郭沫若文集（散文集，亚新书店 1935 年出版，春明书店 1949 年 1 月初版）

1936

郭沫若小说选（小说集，仿古书店 1936 年 1 月初版）

郭沫若选集（万象书屋 1936 年 4 月初版）

离沪之前（散文集，今代书店 1936 年 5 月初版）

先秦天道观之进展（综合集，署郭鼎堂著，长沙商务印书馆 1936 年 5 月初版）

我们的进行曲（《新俄诗选》改名，与李一氓合译，大光书局 1936 年 7 月再版）

武昌城下（散文集，晓明书店 1936 年 8 月出版）

历史小品（小说集，创造书社 1936 年 9 月初版）

华伦斯太（译集，生活书店 1936 年 9 月初版）

豕蹄（小说散文集，不二书店 1936 年 10 月初版）

郭沫若杂文集（散文集，永生书店 1936 年 10 月初版）

隋唐燕乐调研究（综合集，商务印书馆 1936 年 11 月初版）

1937

北伐途次（第一集）（散文集，潮锋出版社 1937 年 1 月初版）

沫若代表作选（小说散文集，全球书店 1937 年 3 月初版）

人类展望（译集，开明书店 1937 年 3 月初版）

郭沫若创作小说选（小说集，时代出版社 1937 年 5 月出版）

艺术作品之真实性（综合集，日本东京质文社 1937 年 5 月初版）

殷契粹编（综合集，日本东京文求堂书店 1937 年 5 月初版影印线装）

北伐（散文集，北雁出版社 1937 年 6 月初版）

沫若近著（散文集，北新书局 1937 年 8 月初版，成都复兴书局 1943 年 1 月初版）

抗战与觉悟（散文集，抗敌出版社 1937 年 9 月初版，大时代出版社 1937 年 10 月初版）

前线归来（散文集，自强出版社 1937 年 11 月版，汉口星星出版社 1938 年 2 月

初版）

　　在轰炸中来去（散文集，抗战出版部 1937 年 11 月初版，新人书店 1938 年 1 月初版）

1938

　　战声（诗集，广州战时出版社 1938 年 1 月初版）

　　创造十年续编（散文集，北新书局 1938 年 1 月初版）

　　全面抗战的认识（散文集，广州北新书局驻粤办事处 1938 年 1 月初版）

　　沫若抗战文存（明明书店 1938 年 1 月初版）

　　甘愿做炮灰（戏剧集，北新书局 1938 年 1 月初版）

　　郭沫若先生最近言论（散文集，熊琦编，广州离骚出版社 1938 年 4 月初版）

　　文艺与宣传（散文集，广州生活书店 1938 年 8 月粤版）

　　德意志意识形态（综合集，一名《德意志观念体系化》，言行出版社 1938 年 11 月初版，群益出版社 1947 年 3 月初版）

1939

　　石鼓文研究（综合集，长沙商务印书馆 1939 年 7 月初版影印线装）

1940

　　周易的构成时代（综合集，中法文对照，长沙商务印书馆 1940 年 3 月初版）

　　"民族形式"商兑（散文集，桂林南方出版社 1940 年 8 月初版）

　　冰结的跳舞场（小说集，署高汝鸿译，三通书局 1940 年 11 月初版）

1941

　　羽书集（散文集，香港孟夏书店 1941 年 11 月初版，重庆群益出版社 1945 年 1 月初版，上海群益出版社 1947 年 8 月初版）

　　雪的夜话（小说集，署高汝鸿译，三通书局 1941 年 1 月初版）

　　小儿病（小说集，署高汝鸿译，三通书局 1941 年 3 月初版）

　　我的结婚（散文集，香港强华书局 1941 年 8 月出版）

1942

　　屈原（戏剧集，重庆文林出版社 1942 年 3 月初版，重庆群益出版社 1945 年 1 月初版）

　　赫曼与窦绿苔（译集，重庆文林出版社 1942 年 4 月初版，群益出版社 1948 年 1 月初版）

蒲剑集(散文集,重庆文学书店 1942 年 4 月初版)

棠棣之花(戏剧集,重庆作家书屋 1942 年 7 月初版,群益出版社 1946 年 8 月初版)

孟夏集(综合集,郭沫若等著,桂林华华书店 1942 年 8 月初版)

童年时代(散文集,原名《幼年时代》,重庆作家书屋 1942 年 8 月初版)

虎符(又名《信陵君与如姬》,重庆群益出版社 1942 年 10 月初版)

1943

屈原研究(综合集,重庆群益出版社 1943 年 7 月初版)

今昔集(散文集,重庆东方书社 1943 年 10 月初版)

孔雀胆(戏剧集,重庆群益出版社 1943 年 12 月初版)

1944

南冠草(戏剧集,重庆群益出版社 1944 年 3 月初版)

凤凰(沫若诗前集)(诗集,重庆明天出版社 1944 年 6 月初版,群益出版社 1947 年 3 月初版)

甲申三百年祭(综合集,苏中出版社 1944 年 9 月出版,胶东新华书店 1944 年 10 月初版,野草出版社 1945 年 10 月初版,新华书店晋察冀分店 1945 年 11 月出版)

1945

青铜时代(综合集,重庆文治出版社 1945 年 3 月初版,群益出版社 1946 年初版)

孔墨底批判(综合集,重庆文治出版社 1945 年 3 月初版,群益出版社 1946 年初版)

先秦学说述林(综合集,福建永安东南出版社 1945 年 4 月初版)

波(小说散文集,重庆群益出版社 1945 年 9 月初版)

十批判书(综合集,重庆群益出版社 1945 年 9 月初版)

郭沫若杰作选(小说集,新象书店 1945 年 10 月再版)

1946

苏联纪行(散文集,中苏文化协会研究委员会 1946 年 3 月初版,北平中苏文化协会研究委员会 1946 年 4 月初版,太岳新华书店 1946 年 8 月初版,裕民印刷厂 1946 年 11 月初版)

屈原(五幕史剧及其他)(戏剧集,张家口新华书店晋察冀分店 1946 年 3 月

初版)

划时代的转变(散文集,原名《反正前后》,现代书屋 1946 年 4 月出版)

归去来(散文集,北新书局 1946 年 5 月出版)

筑(戏剧集,群益出版社 1946 年 5 月初版)

历史人物(散文集,重庆人物杂志社 1946 年 8 月初版,海燕书店 1947 年 8 月初版)

南京印象(散文集,群益出版社 1946 年 11 月初版)

走向人民文艺(综合集,郭沫若等著,太岳新华书店 1946 年 11 月出版)

郭沫若杰作集(小说散文集,中学生课余读物,大中华书局 1946 年 12 月新一版)

1947

艺术的真实(综合集,群益出版社 1947 年 3 月初版)

少年时代(散文集,海燕书店 1947 年 4 月初版)

革命春秋(散文集,海燕书店 1947 年 5 月初版)

盲肠炎(散文集,群益出版社 1947 年 6 月初版)

今昔蒲剑(散文集,《今昔集》与《蒲剑集》合集,海燕书店 1947 年 7 月初版)

论赵树理的创作(综合集,郭沫若等著,山东朝城冀鲁豫书店 1947 年 7 月初版,晋察冀新华书店 1947 年 12 月初版,苏南新华书店 1949 年 6 月初版,辽东新华书店 1949 年 8 月初版)

地下的笑声(小说集,海燕书店 1947 年 9 月初版)

浮士德百卅图(综合集,群益出版社 1947 年 12 月初版)

创作的道路(散文集,重庆文光书店 1947 年 12 月出版)

沸羹集(散文集,大孚出版公司 1947 年 12 月初版)

天地玄黄(散文集,大孚出版公司 1947 年 12 月初版)

1948

美术考古一世纪(综合集,群益出版社 1948 年 8 月初版)

蜩螗集(附 战声集)(诗集,群益出版社 1948 年 9 月初版)

抱箭集(小说散文集,海燕书店 1948 年 9 月初版)

1949

中苏文化之交流(散文集,生活·读书·新知三联书店 1949 年 6 月初版)

苏联五十天(北平新中国书局 1949 年 8 月初版)

鲁迅先生笑了(诗集,合著,香港大众图书公司 1949 年出版)

说明

1. 郭沫若著译书目共收 173 种,包括诗集、散文集、小说集、戏剧集和综合集,书名后括号内均有注明。所谓"综合集",包括文论、考古、历史等内容,不再细列,以统称概括。

2. 书目以时间为序(1921—1949),以观作者著译之出版脉络。建国后作者的著译不列。

3. 书目所取版本皆以初版时间为依据,极个别者以再版记录。初版有几种的,则以时间最早者记录。有些以版权页的表述记以"出版"或"粤版"等。

4. 书目以作者著译为主,与他人合著者,一般不记,个别列入,只是想说明署以"郭沫若"名的合著还不在少数,有兴趣者可循此路径探究。

5. 所列书目较为完整,但因所见偏陋,必有遗漏,有望补正。

创造社部分成员版本掇萃

成仿吾

成仿吾（1897—1984），原名成灏，笔名石厚生、芳坞、澄实，湖南新化人。1910 年随兄成劭吾同往日本留学，接触西方文学，读歌德、席勒和海涅的作品。1921 年毕业于日本东京大学造兵科，回国后与郭沫若、郁达夫等组建创造社，编辑《创造季刊》。1925 年参加中国国民党，任广东大学教授和黄埔军官学校教官。
1928 年在巴黎参加中国共产党，主编中共柏林、巴黎支部机关刊物《赤光》。回国后参与"中国左翼作家联盟"活动。之后到鄂豫皖根据地，从事宣传教育工作并主持中央党校，是当时中央党校唯一的政治教师。1934 年随中央红军参加长征，到陕北后任中央党校高级班教员和教务主任。1937 年陕北公学成立并任校长。1938 年与徐冰合译《共产党宣言》。之后相继担任华北联合大学校长、晋察冀边区参议会议长、中共晋察冀中央局委员等。1949 年 10 月 1 日参加开国大典。文学著作收入"创造社丛书"的有与郭沫若合作著译的《从文学革命到革命文学》和《德国诗选》，以及《灰色的鸟》《流浪》《使命》和《仿吾文存》，详情请参阅相关篇章。其他文学著作版本所见有：

⊙ 1949 年中国出版社三版《共产党宣言》(与徐冰合译)封面、
《共产党宣言》(与徐冰合译)的另一种版本封面

郁达夫

郁达夫（1896—1945），原名郁文，幼名荫生、阿凤，字达夫，浙江富阳人。1913 年随长兄郁曼陀去日本留学，考入日本东京第一高等学校医科部。1914 年入东京第一高等学校预科，尝试小说创作。后改读法学部政治学科。毕业后入东京帝国大学经济学部学习。1921 年 6 月和郭沫若、成仿吾等人组织成立创造社，担任《创造季刊》《创造月刊》《洪水》半月刊编辑，同年出版中国现代文学史上第一部白话短篇小说集《沉沦》。1928 年加入太阳社，主编《大众文艺》。1930 年"中国左翼作家联盟"成立，为发起人之一。1936 年任福建省府参议。1938 年赴武汉参加军委会政治部第三厅的抗日宣传工作，任"中华全国文艺界抗敌协会"常务理事。应邀赴新加坡办报并从事宣传抗日救国，遭日本宪兵杀害。一生著作甚多，除《沉沦》《寒灰集》《鸡肋集》《苋萝集》和《文艺论集》编入"创造社丛书"外，另《浙东景物纪略》《空虚》《藤十郎的恋》等版本未见。其他文学著作版本所见有：

散文

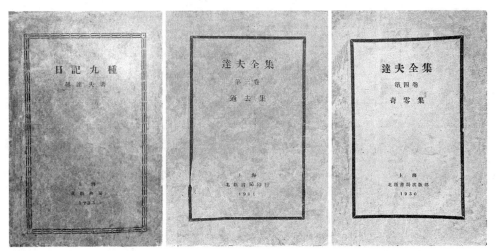

⊙ 1927 年北新书局初版《日记九种》封面、1931 年北新书局七版《达夫全集·过去集》封面、
1930 年北新书局五版《达夫全集·奇零集》封面

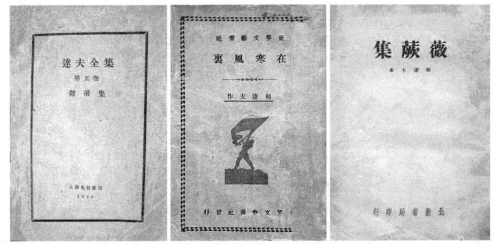

⊙ 1930 年北新书局四版《达夫全集·敝帚集》封面、1929 年厦门世界文艺书社初版《在寒风里》封面、
1937 年北新书局二版《达夫全集·薇蕨集》封面

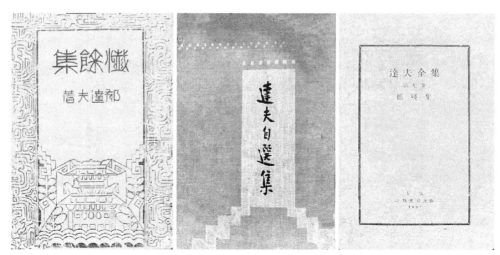

⊙ 1933 年天马书店初版《忏馀集》封面、1933 年天马书店初版《达夫自选集》封面、
1933 年北新书局初版《达夫全集·断残集》封面

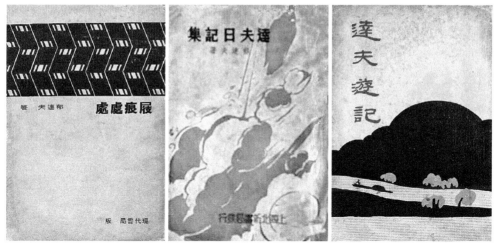

⊙ 1934 年现代书局初版《屐痕处处》封面、1947 年北新书局再版《达夫日记集》封面、
1936 年文学创造社初版《达夫游记》封面

⊙ 1948 年上海杂志公司初版《郁达夫游记》封面、
1936 年良友图书印刷公司初版《闲书》封面

小说

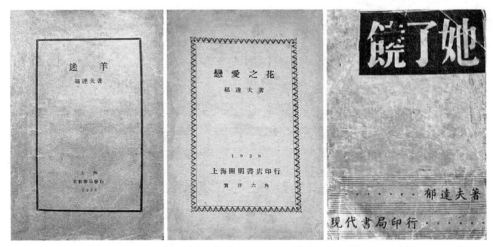

⊙ 1928 年北新书局初版《迷羊》封面、1928 年开明书店版《恋爱之花》封面、
1933 年现代书局初版《饶了她》封面

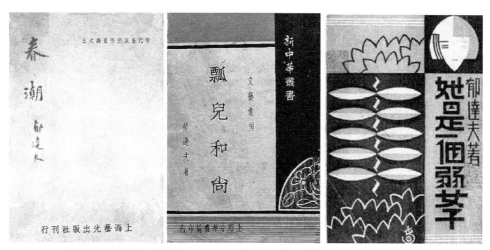

⊙ 艺光出版社版《春潮》封面、1935 年中华书局初版《瓢儿和尚》(编选本)封面、
1932 年湖风书局初版《她是一个弱女子》封面

翻译

⊙ 1930 年北新书局初版《小家之伍》封面、1934 年中华书局初版《几个伟大的作家》封面、
1935 年生活书店初版《达夫所译短篇集》封面

其他

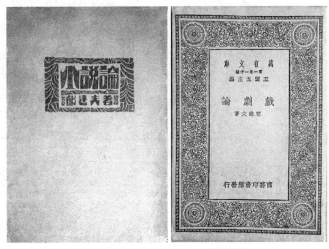

⊙ 1927 年光华书局三版《小说论》封面、
1930 年商务印书馆初版《戏剧论》封面

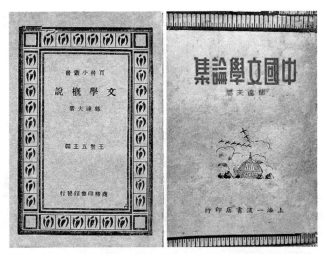

⊙ 1933 年商务印书馆国难后第一版《文学概说》封面、
1942 年一流书店版《中国文学论集》封面

张资平

张资平（1893—1959），原名张星仪，曾用名张声、张伟民、张星海，广东梅县人。1922年毕业于东京帝国大学理学院地质系。1913年开始创作，处女作是小说《约檀河之水》。1921年参与组建创造社。1922年回广州任焦岭铅矿经理兼技师。1924年被聘为武昌师范大学教授。1928年到创造社出版部工作，不久脱离，自办乐群书店和出版《乐群》半月刊。1934年出任民族主义文学刊物《国民文学》主编。1940年后出任汪伪政权农矿部技正和中日文化协会出版组主任，主编《中日文化》月刊。抗战胜利后因汉奸罪被捕。建国后居上海写作，最终病死安徽南部劳改农场。张资平是位高产作家，文学著作等身，其中《冲积期化石》《飞絮》《苔莉》《爱之焦点》《最后的幸福》和《蔻拉梭》已列入"创造社丛书"。另有不少自然科学方面的著作，亦不列此处。《时间与爱的歧路》《爱的交流》《别宴》版本未见。其他文学著作版本所见有：

散文

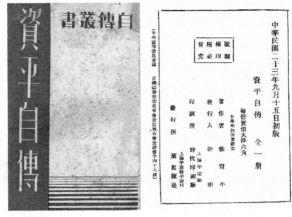

⊙ 1934 年第一出版社初版《资平自传》封面、版权页

小说

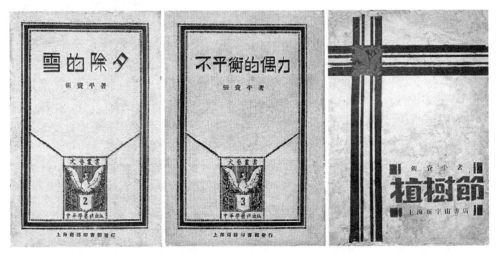

⊙ 1925 年商务印书馆初版《雪的除夕》封面、1926 年商务印书馆初版《不平衡的偶力》封面、
1928 年新宇宙书店初版《植树节》封面

⊙ 1930 年三版《柘榴花》封面、1931 年四版《柘榴花》封面、
1929 年现代书局初版《青春》封面

⊙ 1931 年光明书局三版《素描种种》和 1937 年新生书店版
《素描种种》封面

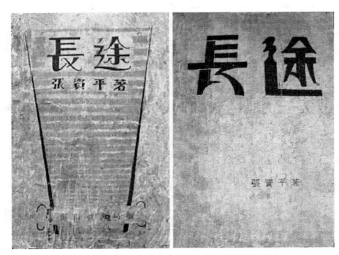

⊙ 1929 年南强书店初版、再版《长途》封面

⊙ 1929 年乐华图书公司初版《爱力圈外》平装和精装封面

⊙ 1930 年乐群书店初版《糜烂》封面、1932 年光明书局五版
《爱之涡流》封面

⊙ 1930 年复兴书局初版《跳跃着的人们》封面、1937 年复兴书局
版《跳跃着的人们》封面

⊙ 1930 年文艺书局版《天孙之女》封面、1939 年中华书局
初版《天孙之女》封面

⊙ 1932 年乐华图书公司五版《红雾》封面、
1931 年文艺书局初版《紫云》封面

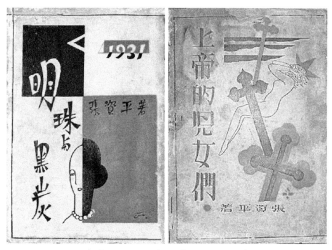

⊙ 1931 年光明书局初版《明珠与黑炭》封面、
1931 年光明书局初版《上帝的儿女们》封面

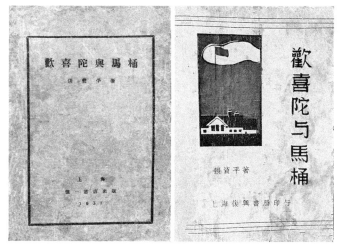

⊙ 1931 年唯一书店初版《欢喜陀与马桶》封面、
1937 年复兴书店版《欢喜陀与马桶》封面

⊙ 1937 年大光书局五版《群星乱飞》封面、
1932 年现代书局再版《北极圈里的王国》封面

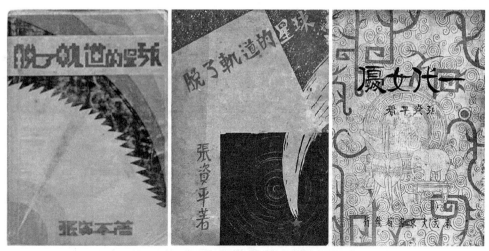

⊙ 1931 年现代书局初版《脱了轨道的星球》封面、
1933 年现代书局三版《脱了轨道的星球》封面、
奉天大东书局版《一代女优》封面

⊙ 1932 年现代书局初版《黑恋》封面、1931 年时中书局初版《青春的悲哀》封面、
1932 年文艺书局初版《恋爱错综》精装封面

⊙ 1933 年晨报社出版部初版《无灵魂的人们》封面、1934 年乐华图书公司再版《资平自选集》封面、
1936 年合众书店初版《青年的爱》封面

⊙ 1928 年启东书社初版《母爱》封面、1945 年知行出版社初版《新红 A 字》封面、
1931 年爱丽书店版《恋爱花》封面

翻译

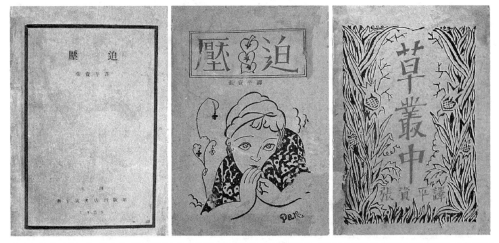

⊙ 1928 年新宇宙书店初版《压迫》和 1929 年三版《压迫》封面、1928 年乐群书店初版《草丛中》封面

⊙ 1936 年商务印书馆版《人兽之间》封面、1929 年光华书局再版《衬衣》(日本小说集)封面、
1928 年乐群书店初版《平地风波》(与人合译)封面

文艺理论

⊙ 1929 年联合书店初版《欧洲文艺史纲》封面、
1933 年联合书店四版《文艺新论》(日本藤森成吉原著)封面

郑伯奇

郑伯奇（1895—1979），原名郑隆谨，字伯奇，陕西长安人，生于西安。15岁加入同盟会，16岁参加辛亥革命。1917年去日本，先后就读于东京第一高等学校留学生预备班、京都第三高等学校、京都帝国大学。1921年在日本与郭沫若、成仿吾、张资平、田汉发起成立创造社。回国后在广州中山大学任教，并任黄埔军官学校政治教官兼入伍生部政治教官。1929年与夏衍、阿英等发起成立上海艺术剧社并任社长。1930年当选"中国左翼作家联盟"常务理事，同年参加"中国左翼戏剧家联盟"。1932年任职良友图书印刷公司，后任明星影片公司顾问和编剧，抗战时在重庆任郭沫若主持的文化工作委员会委员。文学著作《抗争》《鲁森堡之一夜》已编入"创造社丛书"。文学著作有散文集和小说集，其中《哈尔滨的暗影》版本未见。其他文学著作版本所见有：

散文

⊙ 1937 年良友图书印刷公司初版《两栖集》封面、
1945 年大陆图书杂志出版公司初版《参差集》封面

小说

⊙ 1932 年良友图书印刷公司初版《宽城子大将》封面

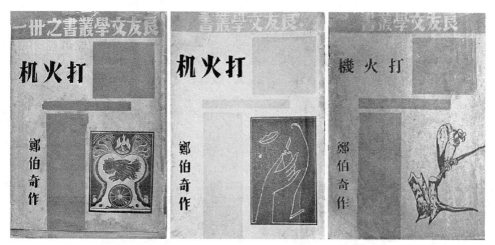

⊙ 1936 年良友图书印刷公司初版《打火机》,1940 年版《打火机》普及本,1945 年再版《打火机》封面

戏剧

⊙ 1930 年启智书局初版《轨道》封面

穆木天

穆木天(1900—1971)，原名穆敬熙，笔名伴天，吉林伊通人。1918年毕业于南开中学。1920年入日本京都第三高等学校文科。1921年加入创造社。1923年考入东京大学攻读法国文学。1926年毕业后回国，在中山大学、北京孔德学校、吉林省立大学任教。1931年加入"左联"，负责"左联"诗歌组工作，与杨骚等发起成立"中国诗歌会"，创办《新诗歌》。1937年参加"中华全国文艺界抗敌协会"，主编诗刊《时调》和《五月》。1938年后辗转昆明、广州、桂林、上海等地从事教学和创作。文学著作《旅心》《蜜蜂》《商船坚决号》《王尔德童话》收入"创造社丛书"，译作《密茜·欧克赖》《丰饶的城塔什干》《再会》《不可知的杰作》《青铜的骑士》《两诗人》《巴黎烟云》《快乐的日子》版本未见。其他文学著作版本所见有：

诗歌

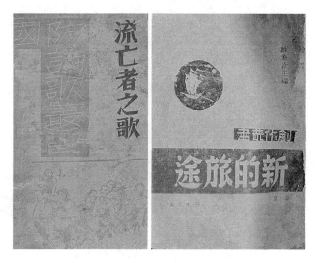

⊙ 1937 年乐华图书公司版《流亡者之歌》封面、
1942 年文座出版社渝初版《新的旅途》封面

散文

⊙ 1936 年新钟书局初版《平凡集》封面

翻译

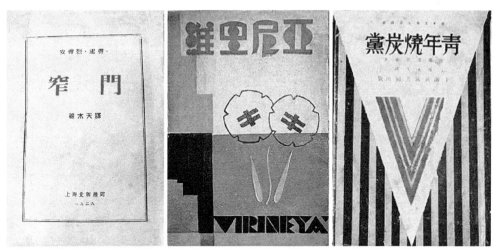

⊙ 1929 年北新书局再版《窄门》封面、1931 年现代书局初版《维里尼亚》封面、
1932 年湖风书局初版《青年煤炭党》封面

⊙ 1933 年现代书局初版《初恋》封面、1936 年北新书局版《牧歌交响曲》封面、
1936 年商务印书馆初版《欧贞尼·葛郎代》封面

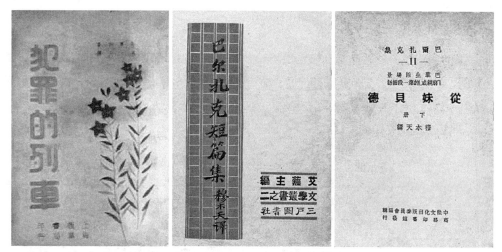

⊙ 1936年复兴书局第一次再版《犯罪的列车》封面、1942年三户图书社初版《巴尔扎克短篇集》封面、
1947年商务印书馆再版《从妹贝德》封面

⊙ 1942年文林出版社初版《恶魔》封面、
1949年文通书局上海初版《绝对之探求》封面

⊙ 1949 年现代出版社沪一版《弓手安得烈》封面、
1949 年现代出版社沪一版《王子伊万》封面

其他

⊙ 1938 年生活书店初版《怎样学习诗歌》封面

何畏

何畏（1896—1968），原名何思敬，字思敬，浙江余杭人。早年就读于日本东京帝国大学社会学系。1921年与陶晶孙、郭沫若等创办同人内部刊物《green》。同年参与创造社成立会议，被称为"创造社的眼"。毕业后到广东大学任教。1926年参加创造社广州会议，被选为创造社出版部总部第一届监察委员。1930年参加"左联"。在创造社的刊物上发表文章，但未见文学作品，更未收入"创造社丛书"。其他文学著作版本所见有：

⊙ 1930年春秋书店初版《文学方法论者普列哈诺夫》封面、1934年思潮出版社初版《托尔斯泰论》封面、1949年新华书店版《哲学底贫困》（署何思敬）封面

陶晶孙

陶晶孙(1897—1952),原名陶炽、陶炽孙,笔名晶明馆主、晶孙等,江苏无锡人。1906 年随父去日本,在日本读完小学、中学,进九州帝国大学学习医学。1921 年参与发起成立创造社。1929 年应上海东南医学院之聘回国,一面进行医学研究,一面投身新兴文学运动。一度主编《大众文艺》和《学艺》。
1930 年出席"中国左翼作家联盟"成立大会,为发起人之一。1946 年去台湾,1950 年去日本,两年之后逝世。文学著作《音乐会小曲》《木犀》收入"创造社丛书"。其他文学著作版本所见有:

散文

⊙ 1944 年太平书局初版《牛骨集》封面

小说

⊙ 1930 年世界文艺书社初版
《盲目兄弟的爱》封面

翻译

⊙ 1930 年北新书局初版《密探》封面、1930 年
现代书局版《傻子的治疗》封面

其他

⊙ 华中铁道刊《陶晶孙日本文集》封面

王独清

王独清(1898—1940),原名王诚,号笃卿,陕西长安人。1915年到上海,不久东渡日本,开始接触外国文学。回国后任《救国日报》编辑。1920年赴法国留学,研究和考察欧洲古典建筑艺术。回国后去广州,经郑伯奇介绍加入创造社并任理事,主编《创造月刊》。同时任广东中山大学文科学长。1929年任上海艺术大学教务长,主编《开展月刊》。1937年返故乡。文学著作收入"创造社丛书"的有:《圣母像前》《死前》《威尼市》《新月集》《杨贵妃之死》。其他文学著作版本所见有:

诗歌

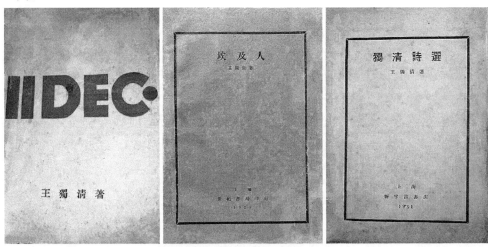

⊙ 1928年初版《11 DEC》封面、不知出版机构、1929年世纪书局初版《埃及人》封面、1931年新宇宙书店三版《独清诗选》封面

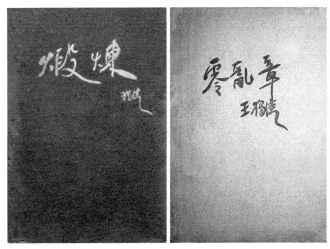

⊙ 1932 年光华书局初版《锻炼》封面、1933 年
乐华图书公司初版《零乱章》封面

散文

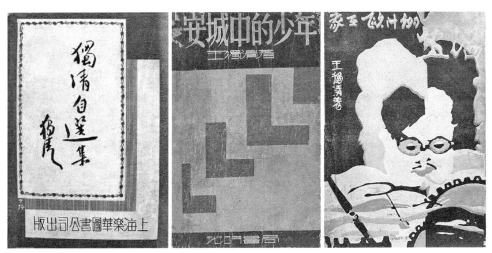

⊙ 1933 年乐华图书公司初版《独清自选集》封面、1935 年光明书局再版《长安城中的少年》封面、
1936 年大光书局再版《我在欧洲的生活》封面

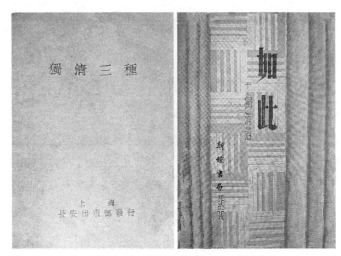

⊙ 1934 年长安出版社版《独清三种》封面、
1936 年新钟书局初版《如此》封面

小说

⊙ 1933 年光明书局初版《暗云》封面

戏剧

⊙ 1929 年江南书店初版《貂蝉》封面(两幅)

翻译

⊙ 1929 年现代书局初版《独清译诗集》封面、1937 年现代书局版《独清译诗集》封面、
　1948 年光明书局战后新二版《但丁·新生》封面

其他

⊙ 1932 年光华书局初版《独清文艺论集》封面

潘汉年

潘汉年（1906—1977），曾用名潘健行、严凯、萧开、小开、肖淑安，江苏宜兴人。1925年加入中国共产党。早年参加创造社。第二次国内革命战争时期到中央苏区，先后任江西苏区党的中央局宣传部部长、赣南省委宣传部部长。1934年随中央红军参加"长征"。遵义会议后受中央派遣，到莫斯科向共  产国际汇报遵义会议决定和中央红军"长征"情况。"西安事变"前后以党的联络员和谈判代表身份到南京、上海等地，为"西安事变"和平解决作出贡献。抗战时在上海、香港领导对日伪的情报工作。建立从上海到淮南、苏北解放区的地下交通线。解放战争后期，根据中央指示，把停留在香港的大批民主党派和无党派民主人士护送到解放区，为中华人民共和国的建立作出重大贡献。1955年因"内奸"被判刑。1977年含冤病逝。1982年平反昭雪，恢复名誉。早期的文学著作未收入"创造社丛书"，其他文学著作版本所见有：

小说

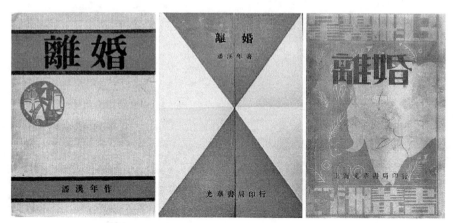

⊙ 光华书局 1928 年初版《离婚》、1930 年三版《离婚》、1933 年四版《离婚》封面

⊙ 1930 年中华书局三版《猫师傅》
（与人合编）封面

其他

⊙ 1938 年生生书店初版《抗战与民众运动》封面、
1938 年生活书店初版《全面抗战论》封面

周全平

周全平（1902—1983），原名周承澍，号震仲，江苏宜兴人。毕业于苏州第二甲种学校，曾在上海郊区当过菜店营业主任和农场职员。1922年加入创造社。1925年参与成立创造社出版部，主编过《洪水》《幻洲》《出版月刊》。1930年参加"左联"成立大会，选为候补常委。后脱离"左联"，先后在江苏无锡、安徽、甘肃等地工作。小说《烦恼的网》《梦里的微笑》收入"创造社丛书"，小说《林中》《圣诞之夜》《爱与血的交流》《旧梦》《他的忏悔》版本未见，其他文学著作版本所见有：

散文

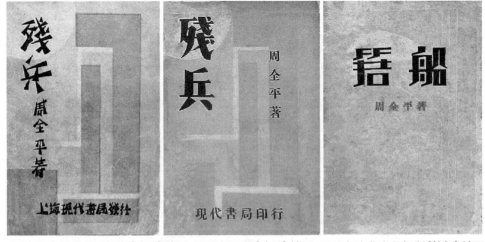

⊙ 1929年现代书局初版《残兵》封面、1932年三版《残兵》封面、1931年光华书局初版《箬船》封面

小说

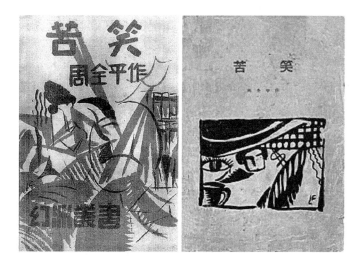

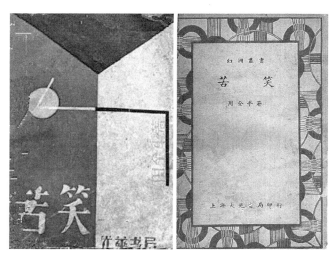

⊙ 1928 年光华书局再版《苦笑》、1930 年四版《苦笑》、1931 年五版《苦笑》封面、1935 年大光书局五版《苦笑》封面

⊙ 1930 年光华书局初版《楼头的烦恼》封面、1931 年再版《楼头的烦恼》封面、
大光书局版《楼头的烦恼》封面,不知出版年月

其他

⊙ 1927 年商务印书馆"百科小丛书"初版《文艺批评浅说》封面、
1930 年"万有文库"初版《文艺批评浅说》封面

叶灵凤

叶灵凤(1905—1975),原名叶蕴璞,笔名叶林丰、灵凤、佐森华、昙华、L.F、临风等,江苏南京人。毕业于上海美术专科学校。1925 年加入创造社,主编过《洪水》半月刊。1926 年与潘汉年合办《幻洲》。1928 年《幻洲》被禁后改出《戈壁》,年底被禁又改出《现代小说》。1929 年创造社  被封,一度被捕。1937 年抗战爆发,参加《救亡日报》工作,后随报到到广州。1938 年广州失守后到香港并定居,编《星岛日报·星座》副刊,直至退休、病逝。文学著作未编入"创造社丛书",另小说《时代的姑娘》《未完成的忏悔录》和《永久的女性》版本未见,其他文学著作版本所见有:

散文

⊙ 1927 年光华书局初版《白叶杂记》封面、
1931 年现代书局再版《天竹》封面

⊙ 1933 年现代书局初版《灵凤小品集》封面、1946 年
上海杂志公司版《读书随笔》封面

小说

⊙ 1927 年光华书局初版《女娲氏之遗孽》封面、
1931 年再版《女娲氏之遗孽》封面

⊙ 1927 年光华书局初版《菊子夫人》封面、1928 年光华书局初版《鸠绿媚》封面、
1936 年大光书局再版《鸠绿媚》封面

⊙ 1930 年现代书局三版《处女的梦》封面、1930 年现代书局再版《红的天使》封面、
1933 年四版《红的天使》封面

⊙ 1934 年现代书局四版《灵凤小说集》封面、1942 年益智书店版《爱力圈外》封面、
1947 年新象书店版《叶灵凤杰作选》封面

翻译

⊙ 1928 年现代书局初版《白利与露西》封面、
1939 年大夏书店初版《白利与露西》封面

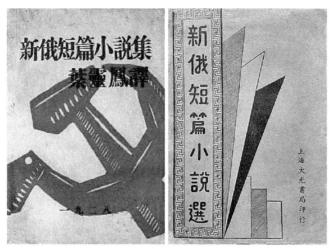

⊙ 1928 年光华书局初版《新俄短篇小说集》封面、
1937 年大光书局再版《新俄短篇小说选》封面

⊙ 1928 年现代书局初版《九月的玫瑰》封面、
1937 年版《九月的玫瑰》封面

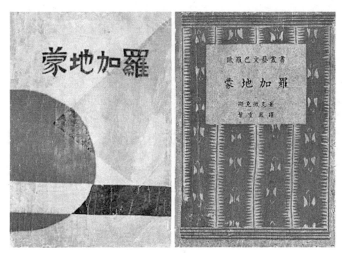

⊙ 1928 年光华书局初版《蒙地加罗》封面、1936 年
大光书局再版《蒙地加罗》封面

⊙ 1930 年现代书局初版《木乃伊恋史》(署名昙华)封面、
1935 年大光书局三版《世界短篇杰作选》封面

朱镜我

朱镜我（1901—1941），原名朱德安，又名朱得安，笔名镜吾、谷荫、朱怡庵、张焕明等，浙江省鄞县人。1918 年赴日本留学。1927 年毕业于东京帝国大学，入京都帝国大学大学院（研究院）从事马列主义理论研究。上世纪 20 年代提出无产阶级革命文学的口号，在中国最先翻译恩格斯的《社会主义从空想到科学的发展》。1928 年加入中国共产党，是创造社后期的重要成员，"中国左翼作家联盟"和"中国社会科学家联盟"发起人之一。历任"中国社会科学家联盟"党团书记、中共中央文化委员会主任、中共中央上海局宣传部部长、新四军政治部宣传教育部部长等职。1941 年在"皖南事变"中逝世。无文学著作收入"创造社丛书"，其他文学著作版本所见有：

⊙ 1930 年神州国光社初版《经济学入门》封面、1940 年言行出版社再版《经济学入门》封面、1947 年版《经济学入门》封面

⊙ 1929 年江南书店初版《社会诸研究》封面

冯乃超

冯乃超（1901—1983），原名冯子韬、冯仲堪，笔名乃超、马公越、李易水、冯公韬等，广东南海人，生于日本横滨。在东京帝国大学先后学哲学、美学、美术史，后应成仿吾之邀弃学归国参加创造社，历任《创造月刊》、《文化批判》编辑，以及上海艺术大学、中华艺术大学教师。1928 年加入中国共产党，1930 年联合鲁迅等筹建"左联"，起草"左联"《理论纲领》，任"左联"第一任党委书记兼宣传部部长。1938 年参与筹组"中华全国文艺界抗敌协会"，起草协会章程。1941 起任中共南方局宣传部"文委"委员。1946 年起任中共南方局统战委员会文化组副组长。后奉命赴香港工作，任中共华南分局香港"工委"委员。诗歌《红纱灯》收入"创造社丛书"，小说《傀儡美人》《抚恤》，翻译《某傻子的一生》《河童》版本未见。其他文学著作版本所见有：

翻译

⊙ 1934 年中华书局版《芥川龙之介集》
（署冯子韬）封面

其他

⊙ 1930 年神州国光社初版
《文艺讲座》（主编）封面

彭康

彭康（1901—1968），原名彭坚，字子劼，笔名有嘉生、子之等，江西萍乡人。1919年初中毕业后官费留学日本。1924年入京都帝国大学高中部，毕业后直升大学部哲学系。获博士学位。1927年"四一二"反革命政变发生后回上海，参加中国共产党。曾与郭沫若等共同组建创造社，任理事会理事、党组成员。参与组建"中国左翼作家联盟"。1930年与鲁迅等共同发起组织"中国自由运动大联盟"。后被叛徒出卖入狱七年，释放后到武汉国民政府军事委员会政治部第三厅工作，恢复组织关系。武汉失陷到重庆后转延安。曾先后任中共华中、华东、山东三个分局的宣传部部长。1945年在根据地创办华中建设大学并任校长。无文学作品收入"创造社丛书"，其他文学著作版本所见有：

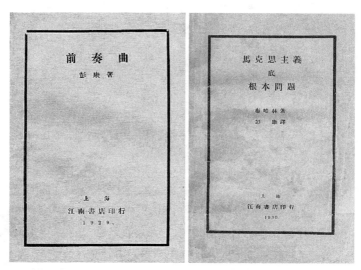

⊙ 1929 年江南书店初版《前奏曲》封面、1930 年
江南书店版《马克思主义底根本问题》封面

沈起予

　　沈起予（1903—1970），重庆巴县人。笔名有沈起予、沈绮雨、起予、绮雨等。1920 年进日本东京高等预备学校，考入京都帝国大学专攻文学。1927 年毕业后回国参加创造社和抗敌协会，同时在上海艺术大学执教。1930 年参加"左联"，历任《光明》半月刊主编、《新蜀报》《新民晚报》副刊编辑以及群益出版社主任编辑。1928 年开始发表作品，妻子李兰是位翻译家。无文学著作收入"创造社丛书"，小说《飞露》和翻译《两个野蛮人的恋爱》版本未见，其他文学著作版本所见有：

散文

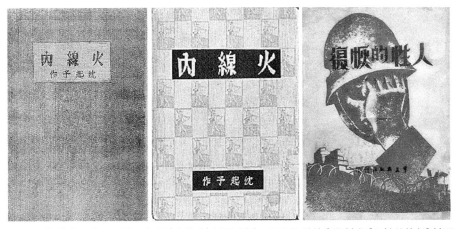

⊙ 1935 年良友图书印刷公司初版《火线内》封面、封套；1946 年群益出版社版《人性的恢复》封面

小说

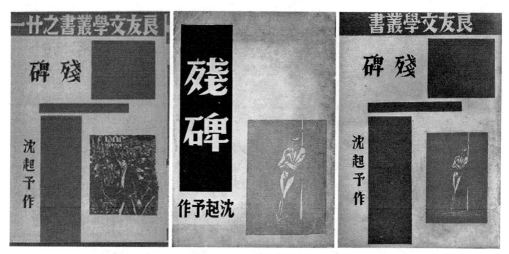

⊙ 1935 年良友图书印刷公司初版《残碑》、1941 年普及本初版《残碑》、
以及另一种不知出版年月的《残碑》封面

翻译

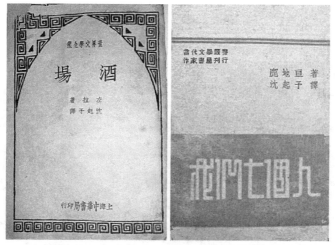

⊙ 1936 年中华书局初版《酒场》封面、1943 年
作家书屋初版《我们七个人》封面

⊙ 1944 年作家书屋初版《忏悔录》封面、1948 年三版《忏悔录》封面

⊙ 1947 年骆驼书店《狼群》两种不同封面的初版

⊙ 1935 年中华书局初版《战争小说集》封面、
1945 年作家书屋沪一版《叛逆者之歌》封面

其他

⊙ 1936 年生活书店初版《怎样阅读文艺作品》封面、1937 年生活书店再版《文学修养的基础》封面、
1939 年阳明书店初版《文学论集》封面

⊙ 1932 年开明书店初版《欧洲文学发达史》封面、
1949 年群益出版社初版《艺术哲学》封面

许幸之

许幸之(1904—1991)，名许达，笔名霓璐、天马、屈文、丹沙等，江苏扬州人，祖籍安徽歙县，自幼爱好绘画，13岁拜吕凤子为师，后进上海美专和东方艺术研究所就读。20岁赴日勤工俭学，进日本川端画会专学素描，后考入东京美术学校。与郭沫若、成仿吾、郁达夫等交往甚密，并得郭沫若资助。1927年应郭沫若电召回国，在北伐军总政治部工作。1929年在中共地下党主办的中华艺术大学任西洋画科主任和副教授。创办左翼美术团体"时代美术社"，先后参加"左联"、"剧联"、"美联"和"文总"。抗战时在"孤岛"从事话剧工作，后至苏北解放区筹建鲁迅艺术学院华中分院，并任教美术系和戏剧系，设计新四军臂章。后返沪赴港工作，历任中山大学、上海剧专、南京剧专等校教授。文学作品未收入"创造社丛书"，诗歌《诗歌时代》、小说《海涯》、戏剧《小英雄》《复活》版本未见。其他文学著作版本所见有：

诗歌

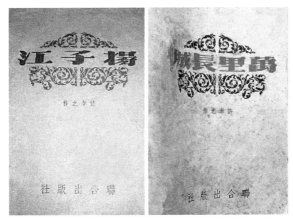

⊙ 1945 年联合出版社初版《扬子江》和《万里长城》封面

小说

⊙ 1940 年文化生活出版社初版《归来》封面、
1941 年堡垒书店初版《七夕》(与众人著)封面

戏剧

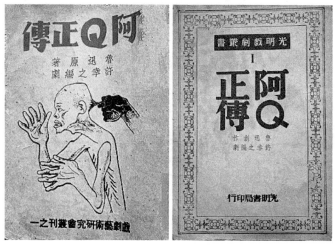

⊙ 1939 年上海戏剧艺术研究会版《阿 Q 正传》封面、
1949 年光明书局版《阿 Q 正传》封面

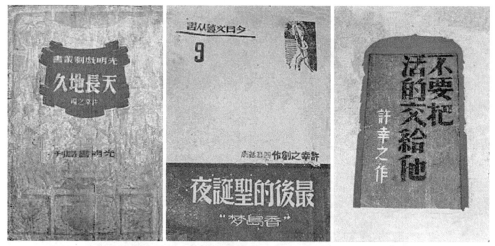

⊙ 1941 年光明书局再版《天长地久》封面、1942 年今日文艺社初版《最后的圣诞夜》封面、
联华书局初版《不要把活的交给他》封面

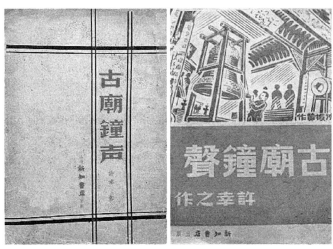

⊙ 1937 年新知书店初版《古庙钟声》和再版封面《古庙钟声》

其他

⊙ 1931 年文华美术图书印刷公司初版《法兰西近代画史》封面、
1936 年时代科学图书丛书社初版《航空的秘密》封面、
1936 年时代科学图书丛书社初版《现代战争的秘密》封面

倪贻德

倪贻德(1901—1970)，笔名贻德、尼特等，浙江杭县人。1922 年毕业于上海美术专科学校，留校任教，致力于美术理论和绘画技法的研究，介绍国外先进绘画艺术。1923 年参加创造社，进行文学创作，成后起之秀，受郁达夫的影响颇大。1926 年留学日本川端绘画学校。1928 年回国后在广州、武昌、上海的艺术专科学校任教。并组织"摩社"，主编《艺术旬刊》。1932 年和庞薰琴等组织"决澜社"。抗战爆发后跟随郭沫若投身抗日救亡运动，一度任国民政府军委会政治部第三厅美术科科长，后在西南联大、英士大学、国立艺专等校任教。抗战胜利后回杭州自办西湖艺术研究所。1949 年 4 月加入中国共产党。文学作品《玄武湖之秋》《东海之滨》收入"创造社丛书"。其他文学著作版本所见有：

散文

⊙ 1934 年良友图书印刷公司初版
《画人行脚》封面

小说

⊙ 1928 年北新书局初版《残夜》封面、1929 年北新书局初版《百合集》封面

其他

⊙ 1937 年北新书局三版《北新铅笔画》封面、不知出版年月的《北新水彩画》封面

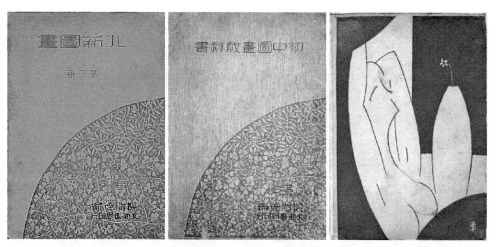

⊙ 1931 年北新书局初版《北新图画》封面、1931 年北新书局初版《初中图画教科书》封面、
1929 年金屋书店初版《近代艺术》封面

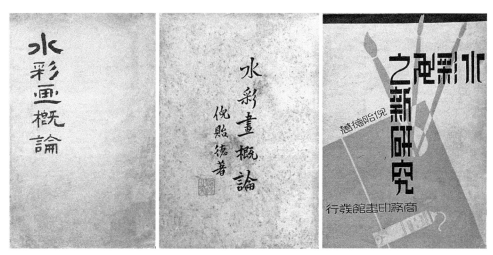

⊙ 1929 年光华书局再版《水彩画概论》封面、1931 年光华书局四版《水彩画概论》封面、
1937 年商务印书馆初版《水彩画之新研究》封面

⊙ 1936 年中华书局初版《西画论丛》封面、1937 年
中华书局初版《西画论丛续集》封面

⊙ 1935 年中华书局初版《西洋画法纲要》封面、1936 年再版《西洋画法纲要》封面

⊙ 1933 年现代书局初版《西洋画概论》封面、1934 年商务印书馆初版《现代绘画概观》封面、
1934 年开明书店初版《现代绘画概论》封面

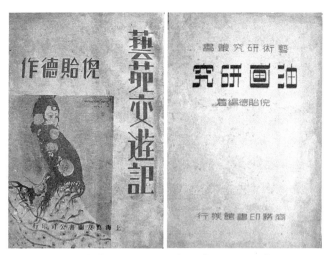

⊙ 1936 年良友图书印刷公司初版《艺苑交游记》封面、
1941 年商务印书馆初版《油画研究》封面

⊙ 1928 年光华书局再版《艺术漫谈》封面、三版《艺术漫谈》封面、
1935 年大光书局四版《艺术漫谈》封面

柯仲平

柯仲平(1902—1964),原名柯维翰。曾用笔名仲平、仲屏、平、南云,云南广南人。1916年考进云南省一中学,国立北平政法大学法律系肄业。1926年到上海参加创造社,在创造社出版部负责打包邮寄工作。创造社出版部被查封后被捕,经营救出狱,到陕北榆林中学任教,不再参加创造社活动。1929年参加高长虹等人组织的"狂飙"出版部工作。1930年加入中国共产党,任《红旗报》采访记者。后任上海工人纠察队总部及上海总工会联合会纠察部秘书。1935年东渡日本留学。1937年到延安,在中央宣传部文化工作训练班学习,任班长。同年陕甘宁边区文艺界救亡协会成立,当选为文协副主任等职。文学作品未收入"创造社丛书",其他文学著作版本所见有:

诗歌

⊙ 1927年光华书局版《海夜歌声》封面、1938年战时知识社初版《边区自卫军》封面、1950年三联书店第一版《从延安到北京》封面

⊙ 1940 年读书生活出版社初版《平汉路工人破坏大队的产生》封面、
1954 年人民文学出版社北京第一版《边区自卫军——
平汉路工人破坏大队》封面

戏剧

⊙ 1930 年新兴书店版《风火山》封面（两种）、1949 年新华书店初版《无敌民兵》封面

蒋光慈

蒋光慈（1901—1931），原名蒋如恒（儒恒），又名蒋光赤、蒋侠生，号侠僧，安徽霍邱人。16岁就读安徽省立第五中学，主编校刊《自由花》。1920年经陈独秀介绍参加中国社会主义青年团。1921年到莫斯科共产主义劳动大学，开始文学创作。次年转为中国共产党党员。归国后任教上海大学社会学系。1925年出版第一部诗集《新梦》，参加创造社。1928年与孟超、钱杏邨等成立太阳社，主编《太阳月刊》《时代文艺》《拓荒者》等刊物。1929年出版长篇小说《丽莎的哀怨》，因流露出同情白俄贵族妇女，渲染不健康情绪，受到左翼文艺界批评。1929年因病赴日疗养，回国后与鲁迅、柔石、冯雪峰等人组成"中国左翼作家联盟"筹备小组。"左联"成立时被选为候补常务委员。因对当时党内"立三路线"的"左"倾冒险主义不满自动退党。1931年4月肺病加剧，病逝于上海。无文学作品收入"创造社丛书"，诗歌《哀中国》、小说《丽莎集》《夜话》版本未见。其他文学著作版本所见有：

诗歌

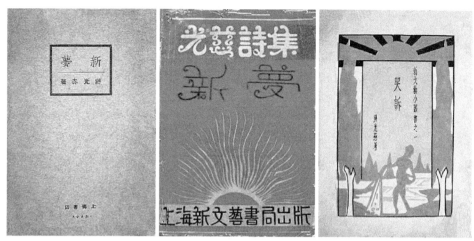

⊙ 1925 年上海书店初版《新梦》封面、新文艺书局版《光慈诗集》封面、
1933 年新文艺书局初版《哭诉》封面

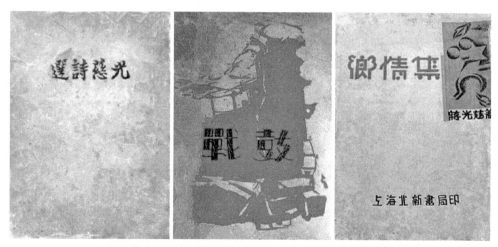

⊙ 1928 年现代书局版《光慈诗选》封面、1929 年北新书局初版《战鼓》封面、
1930 年北新书局再版《乡情集》封面

散文

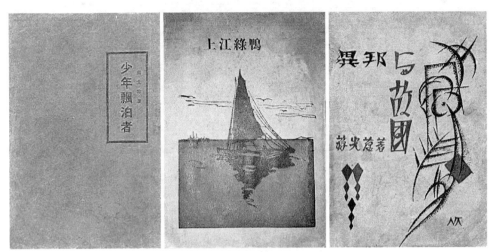

⊙ 1926 年亚东图书馆初版《少年飘泊者》封面、1927 年亚东图书馆版《鸭绿江上》封面、
1930 年现代书局再版《异邦与故国》封面

⊙ 1928 年泰东图书局再版《短裤党》封面、1939 年亚东图书馆再版《短裤党》封面

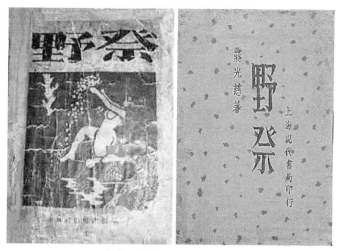

⊙ 1927 年创造社出版部初版《野祭》封面、
1929 年现代书局五版《野祭》封面

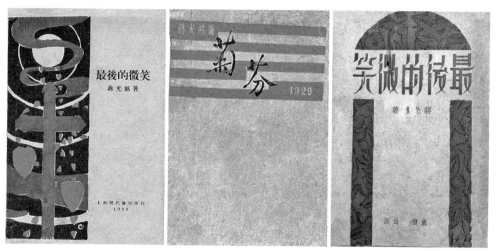

⊙ 1928 年现代书局初版《最后的微笑》封面、1929 年现代书局三版《菊芬》封面、
1940 年新东书局重印初版《最后的微笑》封面

⊙ 1929 年现代书局初版《丽莎的哀怨》封面、
1941 年新东书局再版《丽莎的哀怨》封面

⊙ 1930 年北新书局再版《冲出云围的月亮》封面、
1939 年新东书局版《冲出云围的月亮》封面

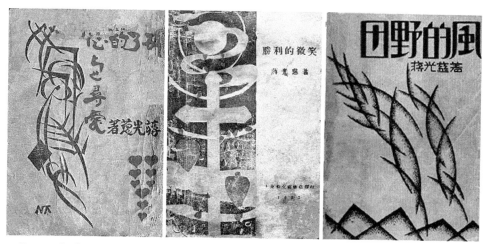

⊙ 1930 年爱丽书店版《碎了的心与寻爱》封面、1932 年新文艺书店三版《胜利的微笑》封面、
1932 年湖风书局初版《田野的风》(原名《咆哮了的土地》)封面

翻译

⊙ 1930 年北新书局五版《一周间》封面、1932 年泰东图书局三版《冬天的春笑》封面、
1932 年亚东图书馆四版《爱的分野》(与陈情合译)封面

其他

⊙ 1931 年亚东图书馆八版《纪念碑》(与宋若瑜合著)封面，
1931 年改为《最后的血泪及其他》封面

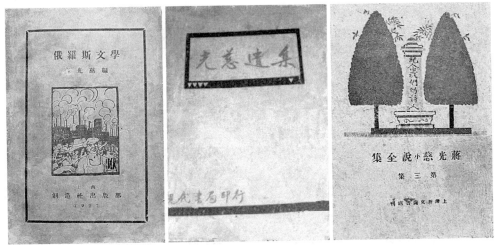

⊙ 1927 年创造社出版部初版《俄罗斯文学》封面、
1932 年现代书局版《光慈遗集》封面、1933 年新文艺书店版《蒋光慈小说全集》封面

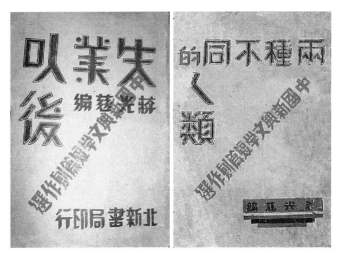

⊙ 1930 年北新书局初版《失业以后》封面、
1930 年北新书局初版《两种不同的人类》封面

段可情

段可情（1899—1994），原名段传孝、段传定，号白苑，笔名可情、白莼、锦蛮等，四川达县人。1919 年留学日本。1922 年赴德国柏林大学求学。1926 年赴莫斯科中山大学学习，毕业后回国，参加创造社出版部工作，是创造社重要成员，与成仿吾、王独清、郑伯奇同为编辑委员。1927  年开始发表作品。曾见过鲁迅并与之商量过联合出版刊物的事宜。曾主编《彗星》杂志，并任上海艺术大学教授，以及四川三台高级中学、达县通川中学、达县师范学校校长。无文学作品收入"创造社丛书"。其他文学著作版本所见有：

小说

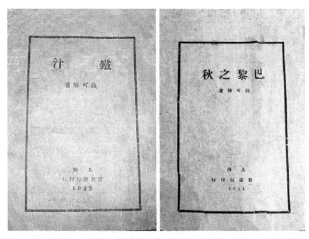

⊙ 1929 年启智书局初版《铁汁》封面、1934 年启智书局再版《巴黎之秋》封面

翻译

⊙ 1934 年现代书局初版《杜鹃花》封面、1929 年世纪书局初版《新春》封面

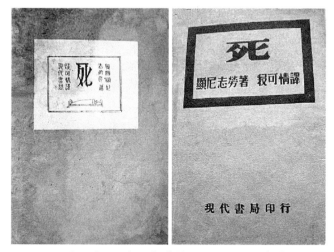

⊙ 1930 年现代书局初版《死》封面、1933 年再版《死》封面

黄药眠

黄药眠(1903—1987),原名访莶、黄访、黄恍,笔名有达史、黄吉、番茄等,广东梅县人。1925 年毕业于广东高等师范英语系。历任上海创造社出版部助理编辑兼暨南大学附中教师,上海华南大学、上海艺术大学教师。1929 年受党组织派遣赴莫斯科共产国际工作,1933 年回国,任中国社会主义青年团中央局宣传部部长。1934 年被捕,由八路军办事处保释出狱,先在延安新华通讯社,后赴武汉国际新闻社任总编辑,"皖南事变"后撤至香港,与杨刚、乔冠华等从事国际宣传运动。主编《民主与文化》,兼任中华文协香港分会的主席。著作未列入"创造社丛书",诗歌《黄花冈上》《桂林底撤退》版本未见。其他文学著作所见版本有:

散文

⊙ 1948 年文生出版社
初版《抒情小品》封面

小说

⊙ 1946 年中国出版社初版《暗影》封面

翻译

⊙ 1928 年世纪书局初版《烟》封面、1929 年文献书房初版《月之初升》封面、
1929 年启智书局初版《工人杰麦》封面

⊙ 1942 年诗创造社版《西班牙诗歌选译》封面、1944 年峨嵋出版社初版《沙多霞》封面、
1944 年桂林文化供应社版《永逝了的菲比》封面

其他

⊙ 1948 年远方书店版《战斗者的诗人》封面、1946 年新中国出版社增订版《到和平之路》封面、
1944 年远方书店初版《论诗》封面

⊙ 1929 年江南书店初版《史的唯物主义》封面、1948 年人间书屋初版《论约瑟夫的外套》封面、
1949 年求实出版社版《论走私主义的哲学》封面

阳翰笙

阳翰笙（1902—1993），原名欧阳本义，字继修，笔名华汉等，四川高县人。毕业于上海大学社会学系，1925年加入中国共产党。五卅运动中曾担任全国学联常务理事。同年任中共上海闸北区委书记。1926年调广州黄埔军校政治部。北伐革命时期先后在第六军、第四军做政治工作。1927年南昌起义后任叶挺部二十四师党代表。起义失败后，辗转经香港到上海，经郭沫若介绍加入创造社，和潘汉年、李一氓成立党小组，参与创造社的领导。1928年开始发表小说，处女作是短篇小说《女囚》。与李一氓共同创办《流沙》半月刊及《日出旬刊》。1929年后发起组织"左联"并任党团书记和中共中央上海局文委书记。1932年创作第一部电影文学剧本《铁板红泪录》后，转入电影戏剧界担任组织领导。小说《暗夜》收入"创造社丛书"，小说《寒梅》《义勇军》及戏剧《火线上》版本未见，其他文学著作版本所见有：

小说

⊙ 1929 年现代书局初版《十姑的悲愁》封面、1930 年新宇宙书店再版《女囚》封面、
1932 年湖风书局重版《深入》封面

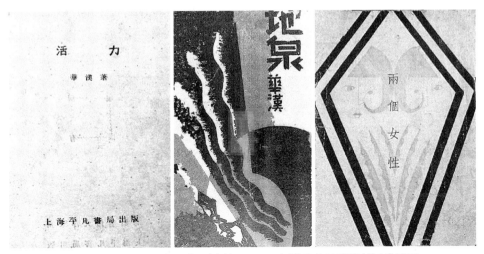

⊙ 1930 年平凡书局初版《活力》封面、1932 年湖风书局重版《地泉》封面、
1940 年亚东图书馆七版《两个女性》封面

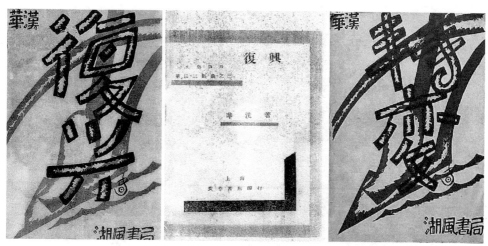

⊙ 1932 年湖风书局重版《复兴》封面、1932 年爱华书店三版《复兴》封面、
1932 年湖风书局重版《转变》封面

⊙ 1932 年湖风书局版《最后一天》封面、1946 年
进修书店初版《大学生日记》封面

戏剧

⊙ 1938 年华中图书公司初版《前夜》封面、1938 年华中图书公司初版《李秀成之死》封面、
1943 年当今出版社初版《两面人》封面

⊙ 1938 年华中图书公司初版《塞上风云》封面、
1943 年四版《塞上风云》封面

⊙ 1944 年群益出版社初版《天国春秋》封面、1945 年黄河书局初版《槿花之歌》封面、
1949 年版《天国春秋》封面

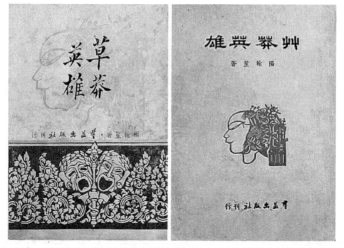

⊙ 1946 年群益出版社初版《草莽英雄》封面、1949 年版《草莽英雄》封面

电影

⊙ 1948 年作家书屋初版《万家灯火》
（与沈浮合著）封面

其他

⊙ 1930 年现代书局初版
《唯物史观研究》封面

李一氓

李一氓（1903—1990），原名李民治，笔名民治、一氓、杜竹君、李德谟等，四川成都人。早年赴法国勤工俭学。1925年在广州加入创造社。1926年加入中国共产党，任国民革命军总政治部宣传科科长，参加北伐。1927年参加南昌起义，任政治部秘书主任。1928年与阳翰笙共同编辑《流沙》。1930年参与发起成立"中国社会科学家联盟"，是中国左翼文化界总同盟负责人之一。参加长征，先后任中共陕甘宁省委宣传部部长。抗战爆发后受命协助叶挺组建新四军，任秘书长和中共中央东南分局秘书长。抗战胜利后先后任苏北区党委书记、华中分局宣传部部长、大连大学校长等职。无文学著作收入"创造社丛书"，与人合译的《新俄诗选》版本未见，其他著作版本所见有：

⊙ 1929年江南书店初版《恩格斯马克思合传》封面、1930年初版《马克思论文选译》封面

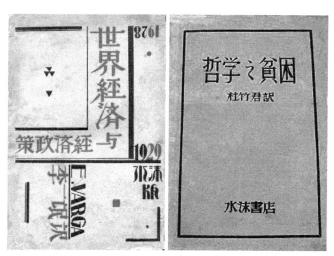

⊙ 1929 年水沫书店初版《世界经济与经济政策》封面、
1929 年水沫书店初版《哲学之贫困》（署杜竹君）封面

李初梨

李初梨（1900—1994），原名李祚离、李楚离、李初藜，四川江津人。1915 年随兄去日本。1916 年入东京高等工业学校。1920 年考入东京第一高等学校预科。1921 年入熊本第五高等学校预科，并由田汉介绍加入少年中国学会。1924 年入京都帝国大学文学部德国文学科。1926 年任创造社出版部日本京都分部经理。1927 年 11 月与彭康等人回国，参与后期创造社活动，创办《文化批判》，倡导革命文学。1928 年加入中国共产党。1930 年参加"左联"。1931 年因叛徒出卖被捕。1936 年出狱后赴延安，任新华通讯社社长。无文学著作收入"创造社丛书"。《辩证法唯物论入门》未见版本。其他著作版本所见有：

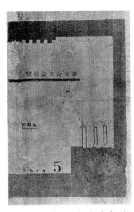

⊙ 1930 年江南书店初版
《怎样建设革命文学》封面

洪为法

洪为法（1899—1970），原名洪炳炎，字式良、石梁，笔名天戈等，江苏扬州人，祖籍仪征。19岁开始发表作品。1921年考入武昌高等师范中文系，与郭沫若通信结交，成为扬州唯一的创造社成员。毕业后赴上海与周全平合编创造社刊物《洪水》。1927年应郭沫若之邀赴汉口任教，曾任湖北《农民日报》副刊编辑。同年离鄂返苏，先后在国民党江苏省党部、省政府、民政厅，国民党上海市党部、海员党部等任职。抗战胜利后任江苏省政务厅秘书、省立镇江民众教育馆馆长、南京市教育局督学等职。文学著作未收入"创造社丛书"。其他文学著作版本所见有：

诗歌

⊙ 1928年芳草书店初版《他，她》封面、1929年北新书局初版《莲子集》封面

散文

⊙ 1927 年光华书局初版《长跪》封面、
1936 年大光书局三版《长跪》封面

⊙ 1928 年金屋书店初版《做父亲去》封面、1936 年北新书局初版《为法小品集》封面、
1947 年永祥印书馆初版《谈文人》封面

小说

⊙ 1931 年文华美术图书印刷
公司初版《呆鹅》封面

其他

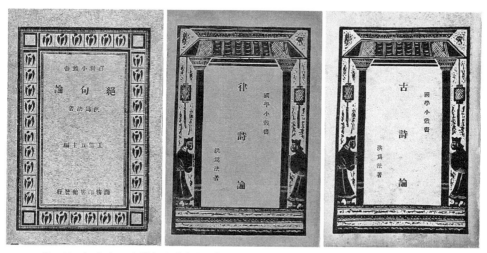

⊙ 1934 年商务印书馆初版《绝句论》封面、1935 年商务印书馆初版《律诗论》封面、
1937 年商务印书馆初版《古诗论》封面

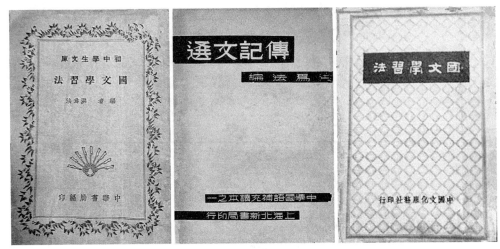

⊙ 1935 年中华书局、初版《国文学习法》封面、1935 年北新书局初版《传记文选》封面、
1936 年中国文化服务社五版《国文学习法》(合编)封面

⊙ 1936 年大光书局再版《曹子建及其诗》封面、
1936 年正中书局四版《初级应用文》封面

敬隐渔

敬隐渔生于1902年,原名敬显达,笔名敬渔,四川遂宁人。8岁经神父保荐送入彭州白鹿镇修院学习拉丁文、法文、古希腊罗马文化、天主教经典,还背着传教士自学中文。15岁到成都进修法文,并完成学业。21岁到上海报考并录取中法工业专门学校攻读工科,但向往文学事业。加入创造社,成中坚力量,郭称四川同乡敬隐渔为"创造社同人之一"。"五卅惨案"后逃离上海,到法国经里昂去瑞士,认识罗兰·罗曼。敬是罗兰60大寿庆生名单中唯一的中国人。1926年到巴黎大学注册心理学专业,但为生计努力翻译和创作,仍入不敷出,得到罗兰接济。最后因神经症恶化,被迫回国。在残酷的厄运中译出巴比塞长篇小说《光明》。1931年前后神秘失踪,传说因狂疾蹈海自尽。无文学作品收入"创造社丛书"。其他文学著作版本所见有:

小说

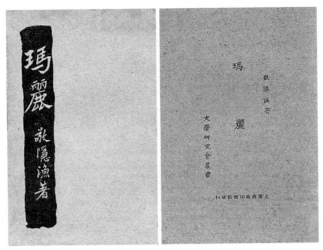

⊙ 1927 年商务印书馆再版《玛丽》封面、
1931 年商务印书馆三版《玛丽》封面

翻译

⊙ 1930 年现代书局初版《光明》(平装精装)封面、1932 年现代书局三版《光明》封面

朱谦之

朱谦之(1899—1972),字情牵,笔名朱谦之,福建闽侯人。幼父母双亡,由姑母抚养成人。1916 年入读北京大学哲学系。曾因散发革命传单遭军阀当局逮捕入狱百余日,后经营救和全国声援获释。出狱后著《革命哲学》。1921 年在杭州兜率寺修佛学,后与佛门断绝关系。1923
年任厦门大学讲师,撰写《音乐的文学小史》。1924 年至 1928 年客居杭州西湖潜心著述。1929 年东赴日本研究哲学。1932 年回国后历任广州中山大学教授、哲学系主任、历史系主任、文学院院长、文学研究院院长等职。哲学著作《革命哲学》《无元哲学》收入"创造社丛书"。《中国思想方法问题》《现代史学概论》《黑格尔主义与孔德主义》《孔德的历史哲学》等版本未见,其他文学著作版本所见有:

散文

⊙ 1924 年新中国丛书社初版《荷心》封面、
1927 年中央书局版《荷心》封面

⊙ 1928 年现代书局初版《回忆》封面、
1946 年国立中山大学史学研究会初版《奋斗廿年》封面

其他

⊙ 1928 年泰东图书局初版《到大同的路》封面、1941 年商务印书馆初版《扶桑国考证》封面、
1945 年国立中山大学文科研究院初版《哥伦布前一千年中国僧人发现美洲说》封面

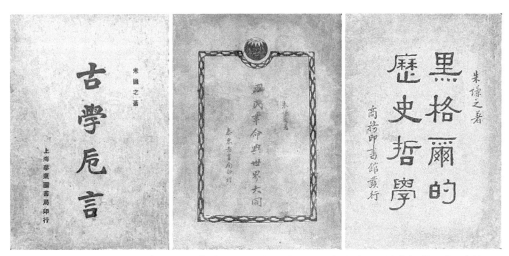

⊙ 1927 年泰东图书局四版《古学卮言》封面、1927 年泰东图书局初版《国民革命与世界大同》封面、
1936 年商务印书馆初版《黑格尔的历史哲学》封面

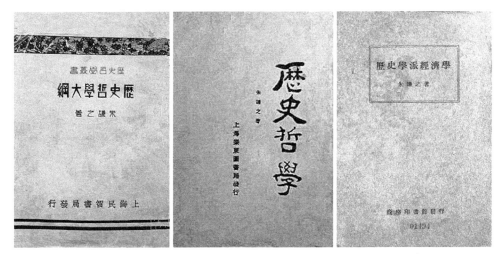

⊙ 1923 年民智书局初版《历史哲学大纲》封面、1928 年泰东图书局《历史哲学》再版封面、
1933 年商务印书馆初版《历史学派经济学》封面

⊙ 1926 年泰东图书局初版《谦之文存》封面、1944 年中华正气出版社初版
《太平天国革命文化史》封面、1948 年中国社会学社广东分社初版《文化社会学》封面

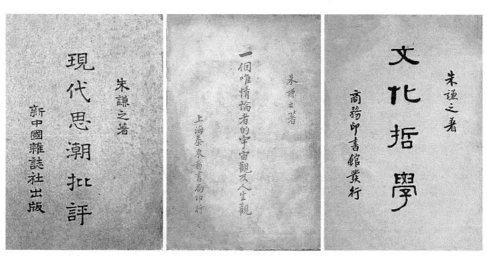

⊙ 1920 年新中国杂志社初版《现代思潮批评》封面、1924 年泰东图书局初版
《一个唯情论者的宇宙观及人生观》封面、1935 年商务印书馆初版《文化哲学》封面

⊙ 1929 年泰东图书局再版《音乐的文学小史》封面、1935 年商务印书馆初版《中国音乐文学史》封面、
1946 年广东文化事业公司版《中国文化之命运》封面

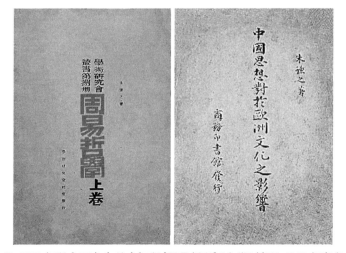

⊙ 1923 年学术研究会总会初版《周易哲学》(上卷)封面、1940 年商务
印书馆初版《中国思想对于欧洲文化之影响》封面

滕 固

　　滕固（1901—1941），字若渠，笔名若渠、滕固，江苏宝山（今上海市）人。早年毕业于上海美术专科学校，留学日本，攻读文学和艺术史，获硕士学位。1929年赴德国柏林大学留学，获美术史学博士学位，在当时属凤毛麟角。回国后任行政院参事兼中央文物保管委员会常务委员、行政院所属各部档案整理处代理处长、重庆中央大学教授等职务。被德国东方艺术学会推举为名誉会员。1938年国立北平艺专与国立杭州艺专合并成立昆明国立艺术专科学校，任校长，因故离职去重庆。最终，因家庭纠纷死于非命。文学著作未收入"创造社丛书"，小说《壁画》未见版本，其他文学著作所见版本有：

诗歌

⊙ 1925年光华书局初版
《死人之叹息》封面

散文

⊙ 1936 年商务印书馆初版
《征途访古述记》封面

小说

⊙ 1926 年光华书局初版（线装）《迷宫》封面、1927 年《迷宫》初版封面、
1928 年群众图书公司重印《银杏之果》封面

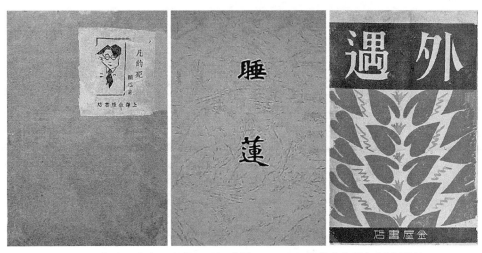

⊙ 1928 年金屋书店三版《平凡的死》封面、1929 年芳草书店版《睡莲》封面、
1930 年金屋书店初版《外遇》封面

其他

⊙ 1927 年光华书局初版《唯美派的文学》封面、1933 年商务印书馆初版《圆明园欧式宫殿残迹》封面、
1936 年大光书局三版《唯美派的文学》封面

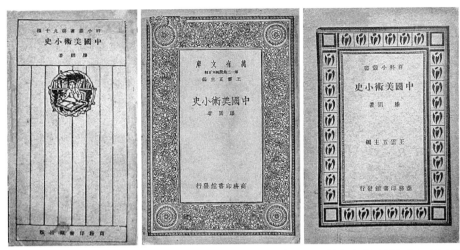

⊙ 1925 年商务印书馆初版《中国美术小史》封面、1929 年商务印书馆初版《中国美术小史》封面、
1935 年商务印书馆国难后第二版《中国美术小史》封面

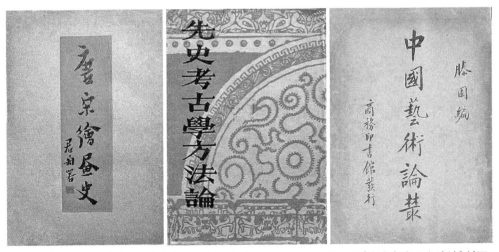

⊙ 1933 年神州国光社初版《唐宋绘画史》封面、1937 年商务印书馆再版《先史考古学方法论》封面、
商务印书馆版《中国艺术论丛》封面、不知出版年月

孟超

　　孟超（1902—1976），原名孟宪榮，笔名有林默、东郭迪吉、南宫熹等，山东诸城人。1928 年与蒋光慈等在上海成立太阳社，出版《太阳月刊》，创办春野书店。1932 年参加"左联"。抗战时期在广西、四川、香港等地从事报刊编辑和创作。1940 年在桂林创办《野草》，为野草社五人之一（其他四位是夏衍、宋云彬、聂绀弩、秦似）。1943 年在桂林创办《艺丛》。无文学作品收入"创造社丛书"，诗歌《候》《残梦》、小说《冲突》版本未见，其他文学著作所见版本有：

散文

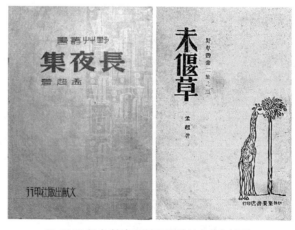

⊙ 1942 年文献出版社再版《长夜集》封面、
1943 年集美书店初版《未偃草》封面

小说

⊙ 1930 年泰东图书局初版《爱的映照》封面、
1942 年文献出版社初版《骷髅集》封面

戏剧

⊙ 1941 年白虹书店初版
《我们的海》封面

其他

⊙ 1949 年学习出版社初版
《水泊梁山英雄谱》封面

杨邨人

杨邨人（1901—1955），笔名邨人、柳丝、巴山等，广东潮安人。1925年加入中国共产党，是太阳社的主要创建人之一，曾任"中国左翼戏剧家联盟"首任党团书记。1932年曾在湘鄂西苏区。同年写成自白《脱离政党生活的战壕》，次年在《读书杂志》发表，宣布"揭起小资产阶级革命文学之旗"，要做"第三种人"。1933年在《大晚报·火炬》化名柳丝著《新儒林外史》攻击鲁迅。1955年"肃反"运动时跳楼自尽。无文学作品收入"创造社丛书"，小说《狂澜》版本未见，其他文学著作所见版本有：

小说

⊙ 1928 年春野书店初版《战线上》封面、1931 年
亚东图书馆三版《失踪》封面

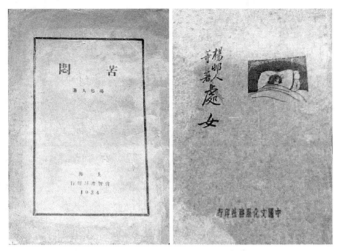

⊙ 1934 年启智书局版《苦闷》封面、1936 年
中国文化服务社九版《处女》封面

戏剧

⊙ 1942 年南方印书馆版《新
鸳鸯谱》(原名《货殖传》)封面

自跋

关于此书，还想与读者沟通一下。

全书分为三部分，第一部分为"创造社丛书"，第二部分为"郭沫若版本"，第三部分为"创造社部分成员版本掇萃"。每个部分之前皆有《小引》一篇，实际是篇导读文字。

第一部分，是把所有 65 种"创造社丛书"的版本以音序排列，实际是把所有文学体裁的版本进行了"混排"，从《爱的焦点》到《最后的幸福》。虽然这种排列十分简易，但却失去了一个相当重要的因素：出版时间。原本，确实想以出版时间（主要是初版）排列，但是目前所见初版本残缺不全，有的能见，有的始终未见，所见大多只是初版以降的版本，除再版三版外，甚至可达十几版。如此混杂的版次，根本无法以初版本的出版时间排列，即使排了，也是眉毛胡子一把抓，理不清头绪，所以只得放弃，只好以"老少无欺"的音序安排。虽然这在阅读时会有一种"怪怪"的感觉，但各种文学体裁的有机而无序的搭配，倒也会使人产生一种意想不到的意趣。

第二部分，所收郭沫若版本皆为建国之前的版本，即从1920 年至 1949 年，也就是说是未被收入"创造社丛书"的版本，但却又与创造社及"创造社丛书"的版本有着密切关系的版本。在这部分，总共收录版本 110 种，分为五章：诗歌、散文、小说、戏剧、翻译。其中散文部分为最多，版本达48 种，也可见郭沫若的"散文强项"。在五章中每个章节的最后一部分，专收"郭沫若等著"的版本，这些版本虽非郭的专著，但都冠以郭的名字，弃之可惜，索性见到一种收一种，并且以合并综合的方式为一篇，并标以"及其他"以示区别，同时尽量保持它们的本来面貌。原本还想设置"综合"一章，专收郭沫若的其他著作，如《西洋美术史提要》《中国古代社会研究》《两周金文辞大系》等，约有 20 篇左右，因篇幅关系，也便只好忍痛割爱了。

这些版本，全部以我的所见所闻为依据，有的版本品相很好，有的则破损不堪，即便稍作修正，也无法改变它们坎坷经历所带来的伤痕。所收版本，仍以眼见为准，不管版次，只要能见到的，尽量收录其间。当然，也有不少的版本，可能未见而遗漏于外，那也是没有办法的事情，只好让它们继续在外"流浪"。所收版本，有的有着前后延续的关系，对于这类版本，大多合并叙述，即一篇文章中介绍两种同类的版本，目的是想让读者看到版本之间的密切关系，以及作者在著述时的创作意图。比如 1932 年 9 月 20 日初版的《创造十年》，到 1938 年 1 月又出了《创造十年续编》，两者出版时间虽隔六年，但彼此的关系无法分开，故不管出版时间而把它们放在了一起。

第三部分是《创造社部分成员版本掇萃》，关于这部分已在自序中作了说明。以我所掌握的资料信息，总共应该有 53 人，版本 485 种，每位作者大多能见肖像照片，所收版本的数量不一，最多者张资平 42 种，最少者 1 种，缺版本者也有几人（可能未发现）。版本的品相，大多一般，极少数不佳，但也不忍遗弃，一并收录。但事实上，因为篇幅的关系，并不可能把 53 人的版本都罗列，因此经再三斟酌，选择了 53 人中的 30 人，想从这 30 人中以窥全豹，这愿望是否能实现，还有待读者品评。选择的 30 人，主要考虑一有肖像照片，二有版本实物，而且在创造社中有着一定的知名度。至于排列的先后，完全是以个人主观意见为准，比如成仿吾在创造社的重要地位，就把他排在最前面；最后一位杨邨人，以前虽听说过，但却是被发现得最晚的，故自然放在最后垫底。原本想在这一部分再附录几份文字，如《"创造社丛书"部分广告词》《〈创造日汇刊〉及其他》《创造社同人的回忆》等。但也因篇幅的关系而舍去了。从资料的完整性来讲，那是很可惜的。

书前收有"创造社丛书"彩色书影 32 幅，从中可窥见创造社的某种"色彩"。另外，郭沫若版本以及创造社部分成员的版本，书前的彩色书影中皆未收入，主要考虑不要冲淡了"创造社丛书"的面貌。

最后，要感谢把此书列为"浦东文化丛书"的浦东新区地方志办公室主任柴志光先生，以及一直支持与帮助我的上海远东出版社资深编辑黄政一先生，还有为此书出版尽心尽力的所有朋友。

张泽贤

2017 年 10 月初稿

2020 年 8 月修订一稿

2020 年 10 月修订二稿

2021 年 5 月修订三稿

于上海浦东犬圈斋

张泽贤